山东省社科规划项目（08CXWZ03）研究成果

王倩／著

隐形的壁垒

大众传媒语境下儿童文学传播障碍归因研究

YIN XING DE BI LEI
DA ZHONG CHUAN MEI YU JING XIA ER TONG WEN XUE
CHUAN BO ZHANG AI GUI YIN YAN JIU

中国社会科学出版社

图书在版编目（CIP）数据

隐形的壁垒——大众传媒语境下儿童文学传播障碍归因研究 / 王倩著. —
北京：中国社会科学出版社，2013.1
ISBN 978—7—5161—2139—9

Ⅰ.①隐… Ⅱ.①王… Ⅲ.①中国文学—儿童文学—大众传播—研究
Ⅳ.①I207.8

中国版本图书馆CIP数据核字(2013)第036992号

出 版 人　赵剑英
策划编辑　路卫军
责任编辑　武　云
责任校对　郑慧钦
责任印制　王　超

出版发行　中国社会科学出版社
社　　址　北京鼓楼西大街甲158号（邮编 100720）
网　　址　http://www.csspw.cn
　　　　　中文域名：中国社科网　010—64070619
发 行 部　010—84083685
门 市 部　010—84029450
经　　销　新华书店及其他书店

印　　刷　北京君升印刷有限公司
装　　订　廊坊市广阳区广增装订厂
版　　次　2013年1月第1版
印　　次　2013年1月第1次印刷

开　　本　710×1000　1/16
印　　张　17.5
插　　页　2
字　　数　298千字
定　　价　55.00元

序 一

如今是传媒兴盛的时代，电影、电视、互联网、手机等，成为日常生活的内容与方式，现代人的生存状况在改变，包括儿童的生活形态也发生了巨大的变化。例如，现在的孩子已经离不开电视，从幼儿阶段开始，还不认字，就先看大量动画片。"读图"为主的卡通电视，对儿童心理成长到底有什么正面和负面的影响？长大一点，孩子们开始看故事片，由于我国还没有影视分级制度，儿童可能过早接触"儿童不宜"的社会生活内容，这是否可能导致儿童过早的社会化以及成人阶段的提前？到了青少年时期，多数孩子都会迷恋游戏与网络，诸如暴力、黄色和各种粗俗文化的泛滥，其对青少年的人格形成的影响到底有多大？我们知道现在童年的生态已经遭到前所未有的严重冲击，当今印刷文化与电子文化相交织的复合型媒介环境可能对儿童的成长有难以把握的负面影响。但这一切来得太突然，人们正在享用这种突然变化带来的各种便利，许多东西尚未沉淀下来，所以也很难沉下心来研究这些新出现的问题。

拿儿童文学来说，这些年从事这方面研究的学者多了起来，报刊上常见研究儿童文学的文章，这方面的专著也接二连三问世，的确有点儿繁荣景象。但又感到不太"解渴"，许多研究都陈陈相因，跳不出约定俗成的框框。诸如上面提到的大众传媒背景下的儿童文学所面临的新的问题，就少有人去探究。我们平时也许都会对这些新的现实的问题有感触，但也仅是说说而已，很少转化为学术问题。我们的学术反应还不够敏感。所以当我接触王倩女士的博士论文《大众传媒语境下儿童文学传播障碍归因研究》时，一看到题目，就眼前一亮：这是值得去做的新鲜而有价值的课题！

这项研究提出了这样一个严峻的问题：传媒产业的迅猛发展，裹挟着对儿童和儿童文学已经陷入了大众传媒所迅速构筑起来的商业、消费、娱乐的包围圈。儿童为电视、网络、手机等逼真的画面、虚拟的世界和交流的参与性、互动性与形象性等优势所吸引，以纸质媒介为主要载体的儿童文学就必然被冷落。这项研究抓住了一个要点，即在看似繁荣的儿童文学创作与出版的背后，是传播的遇冷和遇阻，儿童文学在大众传媒语境中面临重重考验与挑战。作者想要做的，就是对儿童文学传播中所遭遇的各种障碍进行调查研究和归因分析，看有没有对策，能否找到适应大众传媒时代的儿童文学发展新路。

该研究对儿童文学传播障碍的研究，不是停留于一般描述，而是首先弄清楚基本状况。作者依据问卷调查，去寻找儿童文学传播过程中"障碍"存在的部位，并分别从传播者与传播内容、传播中介与传播过程、受众的接受与反馈等几方面逐层分析儿童文学传播障碍产生的内因与外因。

该研究发现的这个现象值得关注。那就是在当前市场导向下的儿童文学出版功能已经发生了位移，从文化、教育媒介转变为商业机构，文化媒体的"把关"权力日益凸显，对作家创作的制导力量越来越突出。而出版资源无序竞争、儿童文学编辑整体素质欠佳、"山寨"现象等出版"大跃进"问题，也都成为儿童文学传播质量提升的阻碍。与此同时，语文教师儿童文学素养的不足、语文教材儿童文学选文的缺失、新课改要求与语文教师现状的矛盾以及作为"意见领袖"的家长的非科学引导等问题也是影响儿童文学传播的重要因素。

该研究以问卷调查和深度访谈等实证研究获得的数据和经验为依据，对于儿童文学接受和反馈过程中产生障碍的内因与外因进行了逐层解析，然后有针对性地提出了一些减少"障碍"的构想：作为传播起点的作家要关注传媒时代儿童成长特点及需求，追求内容、文体和形式的创新；作为传播中介的出版组织要改变传统出版观念，探求图书营销策略和发掘儿童文学自身市场潜力；作为"意见领袖"的教师和家长要提高自身的儿童文学素养，发挥积极引导作用，等等。

该研究值得肯定的是运用了实证调查的方法，这有别于那些夸夸其谈不着边际的论作让人感到十分踏实。但这项研究不只是文学的，也是社会学的，如果能更多地借用社会学的方法，调查问卷就会更科学和可靠；有些个案的分析（例如儿童畅销书的策划、包装、传播等过程的分析），也就更贴近文章的主旨。另外，该研究关于突破"障碍"的构想还不够具体，比如在现有体制下，到底应当有哪些政策的改动或设置可用于限制大众传媒对儿童成长的不良影响，以及可以采取哪些措施去保护儿童文学的出版传播，都很关键，还需要更多的讨论。而该研究对传媒时代儿童文学乃至儿童教育所面临的许多新问题的描述，也还需要提练，并从理论上进行细致的探索。但这项研究已经做得很出色，它的直面现实，强烈的问题意识，以及尝试靠数据实证说话，就已经是儿童文学研究的一个新生面了。

温儒敏

2012年12月26日 于历下南院

（作者系山东大学特聘文科一级教授，

北京大学中文系教授，中国现代文学研究会会长）

序 二

　　王倩的这部书稿是在博士论文的基础上修订而成的，现在付梓出版，我作为导师，非常乐意为之作序。

　　王倩的博士论文不是用理论推导的方法进行论证，而是采用了以实证为基础、并与推理相结合的方法。论文开题的时候，我曾为此感到纠结。因为拘于惯性思维，以为按照推理论证的程式写文学论文更规范，实证研究在文学学位论文中毕竟少见，心中没底，总觉得欠稳妥。待到论文逐步完成，对于这篇论文的指导才越来越有信心。直到论文答辩，获得好评，并被评为优秀论文，这才真正放下心来。

　　王倩的论文是关于儿童文学传播障碍的研究，这是一个有价值的选题："在看似繁荣的儿童文学创作与出版的背后，是传播的遇冷和遇阻"，儿童文学研究"在大众传媒语境中面临重重考验与挑战"，"这应该是传播与儿童文学研究的关键问题与先在之点"。选题是论文成功的起点，而论文完成的关键在于选择与选题相契合的路径和方法。恰恰在这个重要的环节上，王倩的论文开题就遇到了"考验与挑战"：文学论文的轻车熟路对这个选题并不适用，必须另辟蹊径，选取适合这个选题的方法。

　　毋庸讳言，另选路径和方法存在着深层"障碍"：其一，学界存在 "由作家写作，出版社（或者报刊）出版（发表）以及批评家对作品评论构成的圈子。这是有些封闭的三角圈，于是从创作到批评研究成了'内循环'"。[①] 王倩论文的选题横跨传播与儿童文学研究两界，研究的对象溢出了原有的"圈子"，就必然挑战长期以来在学界形成的"三角圈"，并由相沿成习的"内循环"中突围而出。其二，传统的研究方法就文学批评和文学史研究所提出的问题而言，是自足的思维模式。由此形成了论文写作不成文的规矩，即围绕焦点式的问题，提出系统性的核心理念，由此推导进行逻辑论证，布局谋篇。然而，王倩是在对儿童文学传播进行大量的实地调查中发现问题

---

① 温如敏：《"文学生活"：新的研究生长点》，《中国现代文学研究丛刊》2012年第8期。

的，提出的问题离不开对于传播的调查。选题的出发点和研究的基础，与现今文学论文的惯常思路并不吻合。这一选题是关于文化传播与儿童文学的跨界研究，采取的是对于传播的调查和儿童文学研究路径的求索的综合方法，对于传统的自足的文学研究模式而言，无异于方枘圆凿。如果仍然沿用惯常的研究方法，单一地进行逻辑推理，就会削足适履，使研究沦为无本之木，无源之水，乃至伤及选题。

论文写作原本就有理论思辨和实证研究的不同方法，近些年来的文学论文重思辨而轻实证，则是学院派自我禁锢所造成的弊病。经历过思想解放热潮文学论文的爆发期，新世纪的文学研究期待学术论文在数量和质量上均达到与历史发展相称的高度，对论文的规范化要求也就顺理成章。需要警惕的是，与规范化要求相伴而生的某些形式的禁锢，或者会衍生出"论文八股"的弊端。

不过，本篇论文的选题虽然自始至终贯穿着由调查而来的实证，但却不是单一的实证研究，而是思辨与实证相结合的综合研究。首先，这是选题目标决定的，不只要对儿童文学传播进行实际考察，还要对其所遭遇的"障碍"展开归因性分析思辨，二者缺一不可。其次，这种两结合的研究方法，确实增加了论文写作的难度。无论怎么说，单纯的逻辑推理的理论研究毕竟在学界普遍采用，已经有现成的套路，而这篇论文所采用的两结合的方法则要走陌生的路，要循着选题目标探究适合自己的思路。一方面，思辨论证研究要求相应的理论修养，而且，选题是跨学科的，理论资源就不仅是文学的，还要求具备心理学的、传播学的理论修养；另一方面，实证研究的要求更是远远超出了书斋作业的范畴。王倩在社会调查方面的准备相当充分。她得益于承担全国妇联的"全国家庭教育十一五重点课题"，并获一等奖。调查问卷两千余份，运用社会科学统计软件包SPSS，对7000多个数据进行梳数理分析，并据此展开儿童文学传播范畴的逻辑分析。

王倩的博士论文整体性地体现了思辨研究与实证研究的有机结合。思辨的逻辑坐标与调查的实证坐标纵横交织成一体，层层推进，丝丝入扣。第一章由调查问卷结果提出传播的障碍问题，问题由实证而来，构成深层内涵的却是逻辑思维的节点：典型受众，三个角度，障碍存在的部位，等等。第二章对传播起点的考查，突出的是在调查基础上的分析论证，落脚在归因研究这一目标上。第三章沿着传播过程顺藤摸瓜，以儿童文学出版和教学为实证，鞭辟入里地剖析传播障碍的存在现象，由结构功能的嬗变来探究障碍产生的因由。第四章可以作为本论文的看点，在实证与逻辑分析的结合上有一定的代表性，以问卷调查和深度访谈等实证研究获得的数据和经验为依据，在传播的终端上，对于儿童文学接受和反馈过程中产生障碍的内因和外因进行了颇具说服力的论证，表达了论文作者的独特见解。第五章针对上述调查分析，提出破除障碍的主张和实现顺畅传播的构想。因为有上述实证和辨析作基础，这里的主张和构想就不会是浮泛之论。在一篇论文中，一手抓实证，一手抓逻辑思辨，能做到使二者互为表里，相得益彰，并不是一件容易事。可以说，王倩在这方面所做的努力，是值得称赏的。

大众传媒语境下的儿童文学传播研究，是一项系统性工程。这篇博士论文仅是其阶段性成果。未来的研究任重道远，期待王倩不断获得新成绩。愿与王倩共勉，是为序。

王万森

2012年12月12日于山东师大

（作者系山东师范大学文学院教授，博士生导师，

中国新文学学会副会长，山东省人民政府参事）

目　录

摘　要

　　近年来，文学传播研究越来越受到学术界关注。较之现当代文学领域传媒研究的方兴未艾，儿童文学的传媒研究显得相对滞后和冷清。随着传媒产业的迅猛发展，作为现代文化权力中心的大众传媒裹挟着商业意识、消费意识、娱乐意识对儿童和儿童文学形成了包围之势。电视、网络、手机等现代媒体以其逼真的画面、虚拟的世界和交流的参与性、互动性与形象性等优势，吸引了儿童关注的目光，以纸质媒介为主要载体的儿童文学相比之下似乎显得过于"经典"和"精英化"。在看似繁荣的儿童文学创作与出版的背后，是传播的遇冷和遇阻，儿童文学在大众传媒语境中面临重重考验与挑战。在这一时代背景下，对儿童文学传播中所遭遇的各种障碍进行调查研究和归因分析，进而思考解决问题的对策就成为一个具有时代意义的重要命题。这应该是传媒与儿童文学研究的关键问题和先在之点，有利于帮助儿童文学寻找到适应大众传媒时代的发展路径。

　　绪论部分剖析了大众传媒对传统意义上的"儿童"和"儿童文学"的消解，并对研究所涉及的三个重要概念"儿童文学"、"目标受众"和"传播障碍"予以厘清，在分析新时期以来儿童文学研究的进展与不足的基础上，指出当下的大众传媒语境中儿童文学去向何方已成为无可回避的重要命题。由于儿童文学传播障碍的研究是一个具有跨学科性质的选题，各相关学科之间的对话与合作才能解决仅凭单个学科难以解决的问题，因此，本研究将儿童文学置于文学、心理学、传播学等学科的交叉之点上，从多学科角度对之进行透视。以归因理论作为基础理论和研究方法，以思辨研究和实证研究作为互相补充的研究手段，全面观照和深入解读儿童文学的传播过程，从积极角度出发对传播障碍进行专门研究。并探寻减少障碍的路径就成为本研究的最终目标，也是最具创新意义之处。绪论中阐明了相关理论在本研究中将如何应用并根据理论指引推出了若干研究假设，以期在后面的研究中予以证实或证伪。

　　第一章对儿童文学传播的总体状况进行描述与分析，并依据问卷调查结果呈现其传播过程中存在的障碍，指出儿童文学创作与出版表面繁荣的背后是传播的受阻。本章以儿童文学的典型受众——小学阶段的儿童为研究对象，从儿童、家长和教师三个角度调查分析小学生阅读儿童文学的情况，发现儿童文学阅读中存在的问题，呈现儿童文学传播过程中障碍存在的部位，并在其后的三章中分别从传播者与传播内容、传播中介与传播过程、受众的接受与反馈等几方面逐层分析儿童文学传播障碍产生的内因与外因。

　　第二章指出，在儿童文学传播的链条中，起点是传播者与传播内容。对传播障碍进行归因研究，首先的一步就是到传播的起点去寻找原因。作为传播起点的作家及其文本创作，是决定整个传播过程成败得失的第一个关键之点。其中，作家的创作观是文本的灵魂，决定了传播内容的立意、选材和文本建构，决定了传播内容是否受到消费者的欢迎；而文学形象独特性、文本艺术形式，则是作家创作观的具体体现。因此，从作家创作观、文学形象、结构艺术和文学话语等方面对当下儿童文学传播中存在的问题做深入细致的研究，是真正解决儿童文学传播障碍归因的重要一环。

　　第三章针对传播过程中的障碍进行分析，指出市场导向下儿童文学出版的功能发生了位移，已从文化、教育媒介转变为商业机构，文化媒体的"把关"权力日益凸显，对作家创作的制导力量越来越突出。出版资源无序竞争、儿童文学编辑整体素质欠佳、"山寨"现象等出版"大跃进"问题成为儿童文学传播质量提升的阻碍。与此同时，语文教师儿童文学素养的不足、语文教材儿童文学选文的缺失、新课改要求与语文教师现状的矛盾以及作为"意见领袖"的家长的非科学引导等问题也是影响儿童文学传播的重要因素。

　　第四章对于儿童文学传播的接收终端——儿童受众的接受与反馈进行了研究，指出儿童受众的接受是儿童文学创作的终极目标，也是儿童文学能否实现有效传播的关键之点。与此同时，我们还应认识到，儿童文学传播过程不是封闭的，而是开放的、循环的，儿童受众的反馈对于传播的整个过程至关重要，其本身已是传播过程中不可或缺的一环。本章以问卷调查和深度访谈等实证研究获得的数据和经验为依据，对于儿童文学接受和反馈过程中产生障碍的内因与外因进行了逐层解析。

　　第五章针对前文所述儿童文学传播各环节存在的障碍及其根源，从文学生产、媒介组织、意见领袖和儿童接受四个方面探究实现顺畅传播的路径。本章提出了一系列减少障碍的构想：作为文学传播起点的作家关注传媒时代的儿童成长及其内在需求，构建自己的儿童文学观，在叙事方式和话语方式上大胆探索，追求文体和艺术形式的创新；作为传播中介的出版组织努力改变传统出版观念，建立立体化运作模式，追求更高审美选择，树立图书"品牌效应"，探求图书营销策略和发掘儿童文学自身市场潜力；作为"意见领袖"的教师和家长提高自身儿童文学素养，发挥积极引导作用；语文教育相关领导机构完善语文教材选文思路，落实和改进新课改要求。同时，为消减儿童文学接受与反馈环节的障碍，应努力为儿童打造良好的外部环境，进一步开发儿童自身阅读能力、畅通儿童反馈路径。只有从以上多个环节着手，才能减少儿童文学传播中的障碍，使儿童文学真正走向儿童，在传播中实现自身价值。

余论以"传媒时代，儿童文学研究何为"为题，对于媒介时代，儿童文学研究如何拓宽理论视野，更新学术话语，使儿童文学理论批评重新走上儿童文学发展的前台并发挥建设性的作用进行了思考和展望，期待儿童文学研究不仅仅停留在文学研究或文化研究的"纯学术"范围，而是通过对儿童文化乃至与之相关的整个社会文化语境的思考和参与，实现对儿童文学的现实建设的努力。儿童文学理论批评应该敢于跳出"儿童文学"这个圈子，采用跨学科研究的方法，将研究对象置于当代传媒文化中去观照和审视，梳理与辨析。

传媒与儿童文学是一个有着深远历史意义与现实关怀的命题，也是一个有着众多理论难点和言说障碍的艰难话题，这就注定这一话题的开放性和延展性。生长延展的传媒文化和儿童文学要求我们在对现实的密切关注中不断更新理论话语，对这一命题予以持久、延展性的探讨。

Abstract

In recent years, research on literature spread is being paid more and more attention to in academic world. Comparing with prosperous media studies in contemporary literature, media studies of children's literature appears to be relatively lag behind and quiet. With the rapid development of media industry, mass media, as the power center of the modern culture, is surrounding children and children's literature with commercial awareness, consumption awareness and entertainment awareness. The modern media, such as TVs, internet and mobile phones, catch the eyes of children with advantage of vivid images, virtual worlds, and participatory, interactive and vivid communication. On contrary, paper—based children's literature seems to be too "classical" and "elitist". Behind the false prosperous phenomenon of children's literature creation and publication, there are restrictions in its spread. Children's literature is facing tremendous tests and challenges. In the context of this era, to investigate and analyze the attributions of various obstacles encountered in the spread of children's literature so as to consider how to solve the problems, become an important proposition that has epochal significance. This should be the key and chief issue in the research of media and children literature, which will help the children's literature to find the development path to adapt the mass media era.

The introduction analyzes the mass media's dispelling to the traditional children and children literature, and clarify those three important concepts involved in the research: children literature, target audience and spread obstacles and analyzing the progress and shortage of children's literature since the new period, it also points out where the children's literature will go in the context of that mass media becomes an inevitable important proposition.

Research of spread obstacles of children's literature is a cross—disciplinary topic. Dialogue and cooperation between all relevant disciplines can resolve difficult problems that cannot be resolved by single discipline. Therefore, this study put the children's literature into the intersection of literature, psychology and communication, to observe from the multi—disciplinary perspective. The research use Attribution theory as the basic theory and research means, use speculation research and empirical research as the research method, observe comprehensive reflection and in—depth interpretation of the spread of children's literature. The ultimate goal of this research is that, starting from a positive attitude of specialized research on communication barriers to explore the paths to reduce these barriers, this is also the most innovative idea of this research. Introduction explains how the relative theory applied and introduced a number of hypotheses, in the hope of prove or disprove in the following study.

In chapter 1, the author illustrates how to apply relevant theories in the research and brings out a lot of research hypothesis based on theoretical guidance to confirm or disprove them in the later research. Researches on the spread obstacles of children's literature is a cross—disciplinary topic, dialogue and cooperation between all relevant disciplines can resolve problems that are impossible for single discipline researches. The research, placing children's literature on the intersection of literature, psychology, communication and so on, put it in perspective from the multi—disciplinary point of view. Therefore, this research takes attribution theory as the basic theory and research method, Speculative research and empirical research as supplement, then take comprehensive care of the process of children literature and do special research on communication obstacles from the positive angle, which will be the ultimate goal and the most innovation significance of the research.

The second chapter described and analyzed the overall situation of the spread of children's literature, rendered obstacles to its propagation according to the survey results, and point out that behind the presentation of prosperity of children's literary creation and publication, the truth is the blocked spread.

The author adopted a questionnaire to do the research, with the children in the primary school as the subject. Then the author analyzed these materials, which are read by the children from the perspectives of teachers, students and parents, so as to discover the existing problem in the children's literature reading. In the following three chapters, the author is trying to find the origin barriers of children's literature dissemination from such aspects as disseminator and content, intermediary and process, the feeling of reader and feedback and so on.

In Chapter 3, the author point out that dissemination barriers are caused by factors as the dilemma of the writers' idea, the lack of literature image uniqueness, deficiency of narrative creativity and the inadequacy of the literature languages. It is a good starting for the dissemination to try to eliminate the barriers.

In Chapter 4, the author, in terms of the analysis of the dissemination barriers, found that the function of children's literature has transformed from educational and cultural medium to business institution under the market—orientation. Therefore, the cultural medium played more and more an important role in examining these books and set a lot of restricts for the writer. The good competition and the overall level of the edition of the children's literature leave much desired. The phenomena of pirated books and the problem of "Big Leap" in publishment become the obstacles for the improvement of the children literature. Meanwhile, the dissemination of children's literature had been effected by such factors as the lack of literature quality of Chinese teacher, the limit of textbooks for children, the conflict between the requirement of the new course reform and the current situation of the teacher and the existing problem of parents.

In Chapter 5, the author conduct the research on the feeling of readers and the feedback and put forward that the reception of the children is the ultimate goal and the key issue whether the children's literature disseminated effectively. Meanwhile, the process of children's literature dispersion is open and recycled rather than closed. The feedback is critical to the process, for it was the indispensable elements in the process. This chapter based on the data from questionnaire and interview, and then the author gave a detailed analysis of reasons of the barriers incurred by reception and feedback.

In Chapter 6, as pointed out earlier, regards to the obstacles in the various aspects of children's literature spread and its origin, the author explored the path to reduce barriers and to achieve smooth propagation of children's culture, from four aspects which are literary production, media organization, opinion leader and children receive. This chapter pointed out that the writer, which is the start point of literature spread, should pay more concern on children's growth and its internal needs in this mass media era, build their own concept of children's literature, and to make bold explorations in term of innovative style and narrative mode; as the agent of culture spread, the publication organizations should strive to change the traditional publishing concept, to establish comprehensive operation mode, to pursuit a higher aesthetic choice, to establish the "brand effect", to explore the book marketing strategies and to explore children's literature market potential; teachers and parents, as "opinion leaders" should raise their own children's literature quality, to play an active role in guiding; educational government should improve the idea for choosing language teaching materials, should implement and improve the new curriculum requirements. In the mean time, in order to eliminate the obstacle in acceptance and feedback aspects children's literature, efforts should be made to create a favorable external environment for children, and to further develop the children's own reading ability, to smoothen the path for feedback from children. Proceeding with the above tasks, we can reduce the obstacles to the spread of children's literature, and children's literature can be truly be the children's, and to realize their own value in its spread.

In Future Discussions, considering the barriers of the process, the author provided some suggestions and pointed out the current dilemma of the children's literature and dissemination. The author continue to present the idea how the new medium offer the chance to the development and take full advantage of the newly—space and dissemination carrier， strengthen the initiative of the reception of children literature， conform the real context in the era of medium so that create ecological literature reading environment and enhance the power of children' s literature dissemination.

Media and children' s literature are of profound historical significance and caring subject and also a tough topic for theoretical difficulties and language barriers. All of these points give a open and large space for the topic. The medium culture and literature require our attention on the constantly update theory and a long—standing discussion on the subject.

绪　论

自近代以来，中国文学传播研究越来越受到学术界的关注。著名学者、作家曹聚仁认为："中国的文坛和报坛是表姊妹，血缘是很密切的。"[①]尤其"进入1990年代以后，国内外学界日益关注晚清以降大众传媒与现代文学的紧密联系，相关论著陆续涌现，且有成为新一波'显学'的潜在优势"。[②]文学传播作为文学活动中的重要一环，肩负着文学生产和文学消费的桥梁功能。而且，随着大众传媒的发展，在不断生成新的文学场的同时，"无论是从文学的创作、出版，还是到文学传播与接受，还是到作家的明星化、批评的媒介转向和文艺研究的扩容，大众媒介的影响力可以说无处不在"。[③]但较之现当代文学领域传媒研究的方兴未艾，儿童文学的传媒研究则显得相对滞后和冷清。随着传媒产业的迅猛发展，作为现代文化权力中心的大众传媒裹挟着商业意识、消费意识、娱乐意识给儿童文学带来冲击。电视、网络、手机等现代媒体以其逼真的画面、虚拟的世界和交流的参与性、互动性与形象性等优势，吸引了儿童关注的目光，以纸质媒介为主要载体的儿童文学相比之下似乎显得过于"经典"和"精英化"，儿童文学的传播面临重重考验与挑战。在这一时代语境下，对于儿童文学传播中所遭遇的各种障碍进行研究也就成为文学研究中的重要命题。

第一节　问题的提出

大众传播媒介主要分为两大类：印刷媒介和电子媒介，它们是现代传播的工具。大众媒介的出现和发展引发了深刻的社会变革。就文学领域而言，

---

① 王玉琦：《近现代之交中国文学传播模式转换研究》，江西人民出版社2005年版，第4页。
② 陈平原、［日］山口守：《大众传媒与现代文学》，新世界出版社2003年版，第3页。
③ 谭旭东：《重构文学场：当代文化情境中的传媒与文学》，敦煌文艺出版社2010年版，第20页。

大众媒介参与和影响了所有的文学场景与文学活动，"大众媒介在审美现代性中的作用表现在：它不只是审美现代性的外在物质传输渠道，而且还是它本身的重要构成维度之一；它不仅具体地实现审美现代性信息的物质传输，而且给予审美现代性的意义及其修辞效果以微妙而又重要的影响"。①中国近现代新文化的兴起就和报纸杂志媒介的出现有关，20世纪80年代电视的普及和90年代网络的兴起，使中国人体验到了全球化和商业化语境的种种现代或后现代的感受。大众媒介的影响已经波及社会生活的每一个层面，每一个领域。研究儿童文学，也不能脱离开这一背景。

一　大众传媒对现代生活的塑造

媒介，英文为"medium"(复数media)，其含义是使事物之间发生联系的中介体、手段和工具等。"媒"在先秦时期指"婚姻介绍人"，《诗经》中"匪我愆期，子无良媒"的"媒"即是此意，后引申为事物发生的诱因，如《文中子•魏相》："见誉而喜者，佞之媒也。""介"是指两者之间的中介，在《旧唐书•张行成传》中就有："观古今用人，必因媒介。""媒介"在《现代汉语词典》中解释为："使双方（人或事物）发生关系的人或事物。"媒介的发展总与一定时期社会生产力发展水平相适应，口耳相传、文字媒介、印刷媒介、电子媒介以及新媒介等分别是不同时期社会生产力发展的产物，集中体现了人类自身的智慧和才能，每一时代的媒介都可以代表当时社会的文明程度。前农业文明时期，人类传播信息主要依靠口耳相传的方式，眼、耳、口、鼻、身等是人类自身就具有的媒介，被称为"自身媒介"。口耳相传方式作为人类最基本、最自然的传播方式，方便了人们的交流，使人与人之间形成了融洽、和谐的社会关系，但这一传播方式不易保存，传播信息有限。进入农业文明时期后，文字的诞生有效解决了口耳相传过程中造成的信息遗失问题，大大加强了传播内容的丰富性、复杂性，开辟了人类传媒发展史上的新纪元，改变了口耳相传存在的时间和空间上的局限性。文字，使人类文明真正实现了传播的时空跨越。进入工业社会之后，传播媒介领域迎来了印刷媒介时代。在德国，古登堡于15世纪发明了铅活字，并印制了42行的《圣经》；在中国，早在北宋时期（11世纪）毕昇发明了活字印刷术，到了明代开始出现了用木活字印刷的《邸报》，人类传播史又进

---

① 　王一川：《大众媒介与审美现代性的生成》，《学术论坛》2004年第2期第125页。

入一个新的时代。随之，文明的进步导致了电子媒介时代的降临。电子媒介的出现，大大改变了媒介传播信息的效率，也在悄然改变着人类的生产生活方式。1857年，法国发明家斯科特发明了世界上最早的一部留声机；1906年，世界上第一次实验性无线电广播开始进行；1936年，英国广播公司在伦敦建立了世界上第一座电视台；1946年，世界上第一台电子计算机诞生。此后，人类迎来了信息时代。1950年，美国研制成功EDVAC计算机。EDVAC方案是计算机发展史上具有划时代意义的里程碑，其存储程序概念的提出和计算机结构理论的初步确定为电子计算机的发展奠定了理论基础。1971年世界上第一个微处理器诞生，1981年IBM公司推出首台PC机，1984年TCP/IP成为互联网上的标准协议，1989年Word Wide Web在瑞士诞生，1993年美国开始了它的"信息高速公路计划"。计算机的渐趋普及，把信息对整个社会的影响逐步提高到一种绝对重要的地位。信息量、信息传播速度、信息处理速度以及应用信息的程度等都以几何级数的方式增长，人类开始进入信息时代。就是在这样的时代里，"地球村"的任何一个人都可以同世界上其他地方进行信息交流。互联网、虚拟空间成为人们生活中常见的空间形态，把人们的生活有机地联系在一起。从媒介发展的历程可以看出，人类传播媒介的发展方式是一个相互叠加的过程。新媒介的产生往往带来传播方式、传播格局的变迁，但旧媒介并没有消亡，而是继续发挥它的作用，新旧媒介相互影响共处于一个空间之中；从传播发展的速度来看，传播媒介发展的步伐越来越快。因此，从某种意义上说传播媒介的发展史也就是人类社会的发展史，传播媒介的每次革命都会给人类社会带来意想不到的图景，它不但改造了人类的生活环境，也在悄然改变着人们的心理和文化形态。在传播史上出现的诸种传播方式中，以眼、耳、口、鼻、身等作为媒介的传播被视做人际传播，借助于报纸、杂志，广播、电影、电视、互联网等传播媒介所进行的传播被视为大众传播。当今社会包括文学在内的一切文化活动主要借助于大众传播媒介进行。

　　"媒介即讯息。"[1]加拿大著名传播学者麦克卢汉认为每一种媒介发出的信息，都代表着或是规模、或是速度、或是类型的变化，都会介入到人类的生活中。他认为："传播媒介都在彻底地改造我们，他们对私人生活、政治、经济、美学、心理、道德、伦理和社会各方面影响是如此普遍深入，以

---

　　①　[加]马歇尔·麦克卢汉：《理解媒介——论人的延伸》，何道宽译，译林出版社2011年版，第19页。

致我们的一切都与之接触，受其影响，为其改变。"①麦克卢汉认为"讯息"从技术的特征上看甚至比内容更重要。英国传播学者丹尼斯•麦奎尔对此作了进一步解释："媒介是使我们看到身外世界的窗口；是帮助我们领悟经历的解说员；是传送信息的站台或货车；是去伪存真的过滤器；是使我们正视自己的明镜。"②美国学者约书亚•梅罗维茨则认为媒介是作为"文化环境的媒介"，他给媒介加了三个暗喻：媒介如管道，又如语言，还如环境。③可见，媒介作为文化环境的意义已被普遍认识到。在此基础上，认识当代大众传媒环境的特点也是本研究所必需的前提。

当代大众传媒所构建的传播环境具备如下特征：一是从传播媒介的技术特征来看，已形成了复合性传媒环境。人们对大众媒介的接触除报纸、杂志、广播、电视、书籍、光盘外，对电子游戏卡、计算机软件、互联网等媒介也有广泛的接触，尤其是对互联网等媒介的接触有着明显的上升趋势。互联网以多媒体的特征、交互性的功能，融合各种媒介于一身，迅速成为一种人们了解外部世界的媒介工具。它为人类提供的不仅仅是一种先进的技术手段，更是由于其新的传播媒介而带来了文化生产与传播方式的重大变革。无论纸质媒介，还是电子媒介都以先进的网络媒介为基础进行相互之间的融合与渗透，因而当代传媒环境基本上复合了网络媒介所具有的特性。在这种复合性的传媒环境中，人们获取信息的渠道和速度空前广泛和迅速，形形色色的大众传播媒介成为人们日常生活中不可或缺的重要组成部分。二是从信息传播的内容来看，当代传媒环境具备多元化的社会特征。纸质媒介的传播内容日趋丰富多样，广播电视也采取分众传播的方式满足受众的各类需求。随着互联网的出现，信息开放度大为增强，不同的声音可以在同一空间传播。受众既可以作为信息的接受者在网上浏览信息，又可以作为信息的传播者在网上发布信息，每个拥有上网能力的人都可以成为网络传播的主体。信息源的不断增加使网上的内容越来越丰富和多样。超文本链接的形式改变了传统的线性组织形式，更有利于把各种资源组织起来，知识之间呈网状跳跃式相连。凡是受众能够想到的东西，随时都可以进行检索、查询和运用并成为链接的主体。在新兴媒体和传统媒体的相互竞争中和共同努力下，已经营造出

① 李彬：《传播学引论》，新华出版社1993年版，第161～162页。
② [美]斯蒂文•小约翰：《传播理论》，陈德民、叶晓辉译中国社会科学出版社1999年版，第575页。
③ [美]约书亚•梅罗维茨：《消失的地域:电子媒介对于社会行为的影响》，肖志军译，清华大学出版社2002年版，第34页。

一种多元的传媒环境。三是从传播方式上看，以互联网为代表的新媒介在传播信息的过程中，具有虚拟特点。媒介所传递的社会信息和人类经验往往是经过精心剪裁、拼贴后，以声音和画面形式出现的现实镜像或虚假组合，但却又往往被认为是真实可信的，而身边实在发生的一切反倒是不真实不可信的。如铺天盖地的电视广告可能会使人产生一种错觉，似乎生活中有你永远享用不尽的最美好的东西，而这些东西又是那样鲜活、生动地展现在你的眼前。正如现代著名社会学家吉登斯所言："在现代性条件下，媒体并不反映现实，反而在某些方面塑造现实。"①四是在传播途径上呈现交互式传播。在报刊、广播电视等传统媒介的传播过程中，受众参与程度较低，反馈较为被动。以互联网为代表的新兴媒体，具有高度的媒介互动特征，已经从过去的单向信息传播实现了信息的双向流动。受众不再单单是从媒体被动接收信息，而是可以通过各种方式参与到媒介传播中来。这种互动性还体现在受众可以对媒体的运作发生影响，受众在网络传播中可随时发表评论，反馈意见，进而影响传播。交互式传播的媒体环境中，不存在纯粹的受众和纯粹的传者，传者、受者的身份界限已经不很明确。第五，从信息消费方面来看，当代传媒环境具有娱乐化的趋势和特点。且不说电视娱乐节目的比例、影响之大，短信、闪客、版主、BBS、博客、在线游戏等也为受众提供了一个崭新的娱乐和交流平台。传媒环境中，娱乐的形式和内容越来越丰富。在这样一个丰富多彩的信息场中，能有效激发人们的创造性、主动性和探索意识。但由于一些媒介对娱乐功能的过分渲染，从而产生一些负面影响，如对娱乐的过度沉迷和享乐思想的滋生、审美能力的下降等。正如现代西方马克思主义批判理论家道格拉斯·凯尔纳所认为的那样："媒体娱乐通常令人愉快，而且声光与宏大的场面并用，诱使受众认同于某些观念、态度、感受和立场等。消费文化提供一系列令人眼花缭乱的货物和服务，引导个人参与某种商品化的满足体系。媒体和消费文化携手合作，制造出与现存的价值观、体制、信仰和实践相一致的思维和行为。"②

除具备以上五个特征，当代媒介环境还有一个值得注意的趋势，那就是媒介环境的数字化，这也是媒介现代化的标志。数字化将许多复杂的信息用

---

① 参见陈卫星《以传播的名义——陈卫星自选集》，北京广播学院出版社2004年版。
② [美]道格拉斯·凯尔纳：《媒体文化：介入现代与后现代之间的文化研究、认同性与政治》，丁宁译，商务印书馆2004年版，第12页。

数字来描述，其实质是一系列二进制代码。采用数字技术之后，大众传播媒介在传播信息的过程中，能够做到没有丝毫损失地到达受众，数字技术实现了现代大众传媒的无损耗传输。数字技术在媒体中的运用，给人类提供了高品质的信息获得享受。今天正在普及的高清数字电视、数字音频广播、数码激光照排等在传输过程中就不会有任何信号损失，受众可以实现高质量的信息获取和视听享受。而在数字技术诞生之前，广播电视等大众传媒还是模拟信号。作为实现数字化之前用来表示信息的模拟信号，如用电流脉冲表示画面的电视信号，用胶片表示图像的照片，用电磁波表示声音的广播等等，最大的弊端是信号在传输和复制过程中的损失，受众接收到的信号经过很多周折之后，质量大不如前。这也是媒介数字化飞速发展的动因。数字化技术实现了多元媒体之间的信息联通，无论是纸媒介中的文字、图片还是电视媒介的画面和声音，都可以运用数字技术，通过电子计算机和互联网进行发布和传输。数字技术媒介数字化后通用的标准接口，在传输中，通过数字化设备来制作、传输、发布、接受数字化信号，从而实现多种媒体的融合与传输。数字就像一种都会讲的语言，一条都可以走的道路。广播电视传输手段也正在向数字化转变。数字化媒介环境，实现了各种媒介及其信息的交叉和融合，实现了受众和媒介环境之间强有力的互动，媒介环境不再单纯给人类以服务或制约，媒介的受众同样可以参与媒介环境的信息生产、传播、循环甚至是提出不同建议来修复现有媒介环境。数字化的媒介环境下，受众占有更高层次的主动性。

　　媒体文化研究者和批评家尼尔·波兹曼在《娱乐至死》中提出"媒介即隐喻"，即"媒介用一种隐蔽但有力的暗示来定义现实世界。"他同时提出，"媒介即认识论"，即一种重要的新的媒介会改变话语的结构，且决定性地、不可逆转地改变符号环境的性质。"在我们的文化里，信息、思想和认识是由电视，而不是由铅字决定的"，①媒介的改变与每一个人的生活，与人类社会每一种文化现象息息相关，大众传媒语境不仅仅是现代人的生存背景，同时也在改变和塑造着现代生活，包括对儿童和儿童文学发生深远而且强有力的影响。因此，本研究借助修辞学中的术语"语境（context）"，将大众传媒环境作为研究对象存在和研究工作开展的背景。在此，需要补充说明的是此处对于"语境"立足于宽泛的理解，认为语境是指社会文化形态。

① [美]尼尔·波兹曼：《娱乐至死》，章艳译，广西师范大学出版社2004年版，第12页。

学术界对于这一概念的理解和使用有较大分歧，对语境因素的认定和分类也很不一致。有些研究者对于语境的认识停留在狭义的层面，认为语境主要指上下文（context），是"在话语或文句中，位于某个语言单项前面或后面的语句、词或短语"①。也有学者从相对广义的角度认为语境包括三个方面的内容："1．表达的话语中心，也就是说写者所要表达的信息——语句篇章的意思、思想感情。2．表达的主观因素与客观因素。主观因素，就是说写者的立场、观点、品格、气质、才能、学识、兴趣、爱好、艺术修养、语言习惯等；客观因素，就是表达的时间、空间、对象、前后语、上下文、条件、因果、前提等。3．表达的领域、目的的不同，长期地反复使用不同的传递媒介、语文材料、表达方式而形成的一系列言语特点的有机统一体——语体"②。更多学者对这一概念进行了更为宽泛的理解和延伸，它涉及人类生活的各个方面，从衣食住行、风俗习惯到价值观念等等。生活在一定自然环境和社会形态中的人所进行的一切活动，总要受到一定的自然和社会因素的影响和制约，这种自然和社会因素均可视为"语境"。本研究对于后一种理解较为认同，认为文学传播作为社会人的一种活动，会受到来自传播环境各种因素的制约，这些因素对文学生产者、传播者和接受者均会产生影响，因而对于文学传播活动所处语境的考察无疑具有重要意义。

二　大众传媒对儿童与儿童文学的消解

随着大众传媒家族的不断发展扩大，各类纸质媒介（报纸、杂志、书籍）、电子媒介（广播、电影、电视）和新兴媒介（网络、手机等）形成一种强大的力量，无时无刻不对人们的生活发生影响。对于从小生活于传媒包围中的儿童来说，这种影响就更为明显。当然，我们不能忽略大众传媒带来的正面作用，比如，儿童在成长过程中通过媒介获取必要的信息资源和娱乐资源。但是，自从电影、电视等大众媒介诞生以来，尤其20世纪五六十年代电视在西方发达国家普及之后，一些社会学家、教育学家和文化研究者担心电视利用其声画俱传和现场感强的优势，将成人社会的图景毫无遮拦地暴露于儿童眼前，从而诱导儿童早熟，步入成人化阶段。1958年到1960年间，传

---

① [德]哈特曼·斯托克：《语言与语文学词典》，黄长著等译，外语教学与研究出版社2000年版，第22页。

② 郑颐寿、林承璋：《新编修辞学》，鹭江出版社1987年版，第122页。

播学者威尔伯•施拉姆在北美的10个不同地区实施了11项关于儿童收看电视的效果的调查研究，并于1961年出版了根据调查写成的著名研究报告《儿童生活中的电视》（Television in the Lives of Our Children）。这部著作向人们讲述和分析了儿童从电视里看到了什么、儿童怎么看电视里的内容、看过之后会怎样等问题。①虽然施拉姆并没有得出电视对于儿童有害无益的最终结论，但报告的发表还是引起了不少学者的忧虑，他们担心电视这种具有超级影响力的媒体会对儿童受众产生无法估量的负面作用，特别是导致儿童过早地社会化，并带来成人阶段的提前。最深刻和强烈地表达这种担忧的当属尼尔•波兹曼和另一位美国学者约书亚•梅罗维茨。波兹曼认为童年是否存在取决于当时社会的大众媒介环境，并提出两个命题：一是童年理念是文艺复兴以来人类历史上最大的发明。印刷术创造了成年人的新定义，儿童必须接受教育，以达到成熟的成人，这就产生了儿童的概念。印刷术起了隔离成人与儿童的作用，使儿童无法了解成人世界的秘密。对儿童来说，最大的秘密是性，其次是金钱、暴力、疾病、死亡、社会关系等。另一命题是以电视为中心的现代传媒环境模糊了成人与儿童的界限，由此导致童年在北美地区的消失。②约书亚•梅罗维茨对于电视导致的成人"儿童化"和儿童"成人化"进行了深入的专题研究，探讨了以电视为代表的媒体所引起的角色模糊化现象。梅罗维茨指出，印刷读物使儿童与成人世界有了分界。由于年幼的儿童所掌握的文字有限，理解水平也不及成人，因此他们只能阅读内容较为简单的儿童书籍，无法阅读复杂的成人书籍，也就无法通过印刷媒介知晓成人世界的秘密。可以说，印刷媒介为成人开辟了一个能供成人之间进行传播而又不会被儿童偷听到的"地方"。而电视由于与印刷媒体使用不同的符码，所有电视节目在播放时所用的基本编码都是声音和图像，没有复杂的符码用以排除年轻的观众或者将观众按照不同的年龄群体加以区分。电视的形象化形式代表了它所展示的内容，提供给儿童的印刷媒体能将儿童隔离出来，为他们展示生活的理想图景，而电视却可以向儿童展示成人撒谎、喝酒、欺骗和杀人的画面，将成人的秘密公开于儿童面前，进而将儿童融合于成人群体之中。③

① Wilbur schramm, Jack Lyle, and Edwin Parker, *Television in the Lives of Our Children*, Stanford University Press, 1961, p.89.

② [美]尼尔•波兹曼：《童年的消逝》，肖昭君译，台湾，远流出版社1994年版，第57页。

③ [美]约书亚•梅罗维茨：《消失的地域:电子媒介对于社会行为的影响》，肖志军译，清华大学出版社2002年版，第35页。

尼尔·波兹曼在《童年的消逝》一书中所提出的观点与约书亚·梅罗维茨惊人地相似。我们审视一下当代的传媒环境就会发现，现代儿童所面对的是印刷文化电子文化相交织的复合型媒介环境。在这一环境里，儿童不再像以往那样从父辈那里线性地接受文化熏染。电子信息形成儿童新的认知方式和认知心理，改变了儿童的思维方式和行为方式，从而使其童年体验发生变化。在印刷文化时代，儿童的社会化更多的是依赖读书和学校教育，而电子媒介的兴起构成了教育的挑战力量，电子媒介在学校教育之外参与了儿童的社会化过程，也在家庭教育之外参与了儿童社会性发展。"20世纪下半叶，儿童应该在家庭和学校完成的社会化过程由媒介尤其是电视来完成了。"[①]随着《童年的消逝》一书被介绍到中国，"童年消逝"问题开始受到国内儿童教育和儿童文学界的关注。按照约书亚·梅罗维茨和尼尔·波兹曼等人的观点，"儿童"、"童年"都是历史的概念，是成人关于儿童的普遍假设。儿童文学的产生是以"儿童"、"童年"概念的产生为前提的，没有"儿童"、"童年"的发现，就没有儿童文学的出现和发展。同样，"儿童"、"童年"的消逝，也将导致儿童文学的消逝。　在中国的一个典型现象就是影视剧使儿童过早接触和成人所接触的一样的内容。我国尚未实行影视剧分级制度，很多时候是全家人同看一部电视剧，于是许多儿童不宜接触的情节，也在与成人同时观看的过程中被儿童一并接收了；一些本不属于儿童知道的内容，也过早地知道了。即便在电视剧之外的其他节目中，暴力、性暗示镜头和粗口也远比国外多，令人防不胜防。一些成人电视节目的编创人员还热衷于把儿童当道具和调味品，如在一些"模仿秀"和相亲类节目中，就经常能看到儿童的出现。许多家长热衷于为孩子编织明星梦，把他们推上电视，使儿童沦为成人的玩具。"电视已经成为一个召唤所有儿童参与的巨大的超级模仿秀。"[②]英国学者大卫·帕金翰断言，在以电视为主体营造的大众传媒环境下成长的儿童，"童年的公共空间——不管是玩耍的现实空间还是传播的虚拟空间——不是逐渐衰落，便是被商业市场所征服。这样一个不可避免的后果是儿童的社会与媒体的世界变得越来越不平等"[③]。在大众传媒的参与和作用下，儿童以令人忧虑的速度和方式变得成人化和社会化，导致了"童年的

---

① [美]尼尔·波兹曼：《童年的消逝》，肖昭君译，台湾，远流出版社1994年版，第64页。

② 莫幼群：《大众媒介怎样偷走了"童年"》，《深圳周刊》2001年第6期，第28页。

③ [英]大卫·帕金翰：《童年之死——在电子媒体时代成长的儿童》，张建中译，北京，华夏出版社2005年版，第110页。

消逝"。

　　童年不存，儿童文学焉附？在大众传媒巨大的消解力量面前，"童年"生态遭到严重冲击，儿童文学的发展亦难以摆脱其影响。

　　在对童年进行消解的同时，大众传媒也在实施着对于儿童文学的消解。媒介的迅猛发展和快速普及造成了成人世界对儿童世界的侵蚀，媒介时代的儿童日益被卡通片、成人电视剧、MTV、网络小说所吸引，视听文化的丰富性、易操作性、易选择性不由分说地吸引了儿童的眼球。"电子媒介消解了文化的深度模式，解构了所有的文化秘密，系统完整的文化体系变成了纷飞的文化碎片。"①无论在西方还是东方，人们看到的一种现象是：在电子传媒环境中长大的一代，越来越多的人变成了"电视人"和"容器人"。"电视人"是日本学者林雄二郎在《信息化社会：硬件社会向软件社会的转变》（1973）提出的概念，指的是伴随着电视的普及而成长的一代，他们在电视画面和音响的感官刺激环境中长大，行为深受电视媒体的影响，是注重感觉的"感觉人"。"电视人"与在印刷媒介环境中成长起来的他们的父辈重理性、重视逻辑思维的行为方式形成鲜明的对比。与阅读儿童文学书籍相比，他们更愿意也更习惯从电视中获得直观的信息和娱乐，而不再喜欢和习惯需要复杂"译码"过程的阅读，纸质儿童文学因此被束之高阁或干脆拒之门外。"容器人"是日本学者中野收在1973年出版的《现代社会与信息传播》中提出的用来描述现代人行为特点的概念。"容器人"描述了在以电视为主的媒介环境中成长起来的现代人的内心世界，认为这样的内心世界类似于一种"罐状"，是孤立的、封闭的。"容器人"概念的提出强调了传播媒介对人格形成过程的影响，是对"电视人"的补充、夸大和延伸。"电视人"和"容器人"现象在我国同样存在，并且，这种现象出现在越来越多的儿童身上。如今，由前些年的无数"电视迷"到今天出现的无数"网瘾少年"，都是"容器人"在社会现实中的例证。电子媒介用饱满丰富的、应接不暇的视听形象强烈冲击着人的感觉器官，使人来不及作出主动的反应。在收看电视时，人的大脑常常处于半停滞状态，不去积极地获取信息和思考问题，久而久之，对于想象和思维能力的开发无疑带来障碍。在大众传媒语境中，如何培养儿童的文化情怀，培养想象力和创造力，培养儿童文学的受众群体成为一个严峻的问题。

―――――――――
　　①　周国清、莫峥：《电子媒介时代儿童文学的突围》，《书屋》2011年第9期，第25—28页。

电子媒介及其与市场结合形成的消费文化连在一起，还深刻影响着儿童文学的创作和出版。与整个社会一样，文学包括儿童文学早已义无反顾地进入了消费社会。在商业化、时尚化写作流行的文化语境中，文学已难以保持自身原有的品格。大众传媒的迅速发展，除了有现代科技的助力，更有商业运作的强有力推动。商业法则已牢牢控制了出版的各个环节，从选择出版物的内容到确立表现方法，到宣传、营销等各个环节都离不开这一法则的操控。市场需要寻找"卖点"，需要把作家包装成明星，需要把作品炒作成流行文化的载体，需要风格的同一和批量化、系列化的写作。虽然，这样的写作方式并不符合儿童文学的精神向度与美学追求。许多儿童文学作家在商业消费文化和大众文化的裹挟中，发生了种种变化，大批一味迎合媒介文化口味而失去自我、疏离儿童文学本位的作品相继出现。

如果说，以电视为代表的电子媒介迅速、平等地将成人世界的内容毫无隐藏地向儿童敞开并导致了童年的消逝等影响深远后果，那么，在网络等新媒体对儿童受众版图进行重新分割、各类大众传媒对文学观和儿童观进行重塑的文化语境下，儿童文学的命运就更值得研究者深切关注。在当下的大众传媒语境中，儿童文学是否存在传播障碍，存在的话是在哪些环节中存在何种障碍，怎样才能减少障碍并实现有效传播？这已经成为传媒时代的儿童文学研究无可回避的重要命题。

第二节　研究对象与研究现状

一　研究对象

（一）关于"儿童文学"

需要首先申明的是，广义的儿童文学概念将儿童影视剧、动漫、网络游戏等都涵盖其中，不过受惠于当今传媒文化大发展的文化语境，儿童影视剧、儿童动漫、网络游戏等都已发展成为独立的研究领域，因而本文所指涉的儿童文学侧重以传统纸质媒介为其存在方式，尤其以文字为主要传播符号而非以图画为主的纸质读物。

美国美学家W.E.肯尼克曾经说过这样一句话："就像奥古斯丁知道时间是什么一样，我们也知道艺术是什么。只是一旦有人问到我们，我们却不知道了。也就是说，我们无法找到任何简单的或复杂的定义清晰明确地表达这个词和这个词语的逻辑。"同样，如果有人问到什么是儿童文学，估计我们也会面临这样的境地。不可否认，儿童文学是切切实实存在着的。《大不列颠百科全书》对于"儿童文学"是这样认为的："确实存在着儿童文学这个自主共和国"。①然而，我们应该怎样界定这个所谓"自主共和国"呢?与这个"共和国"对立的是另一个"共和国"——成人文学，那么究竟是什么决定了两者的界限?如果深入探讨起来，这一系列问题远非看上去那样简单。关于儿童文学的研究，几乎所有重要的研究著作与论文都涉及了儿童文学本体论这一命题。儿童文学本体论属于儿童文学理论研究的基础问题。它伴随着儿童文学理论的诞生而诞生，是整个发生期研究者开展工作的逻辑起点。儿童文学本体论的研究视点主要包括儿童文学的发生根由，对儿童文学是什么的追问，以及建设儿童文学的途径等理论与实践问题。关于儿童文学本体论的认识，在儿童文学的研究领域也一直有不同的看法。儿童文学之所以存在是因为要满足儿童的文学需要。这是现代中国儿童文学发生以来先辈们很清醒的一个认识。那么，儿童为什么有文学的需要？又该如何满足呢？这是本体论研究首先入题的部分。面对儿童文学这样一种新生事物，国人难免提出这样的疑问，"儿童有文学的需要吗？"因为之前的中国是没有这样单列文学给儿童的，也并不知道儿童有文学的需要。针对这一问题，发生期儿童文学的研究持有不同的立场。有学者是从儿童的立场来证明他们的文学需要的，主要有复演论的应用、实证说明、常识观点这三种观点。复演论的理论来源是达尔文进化论中的"复演说"，周作人又对其进行了具体说明 。可以说"复演说"为19世纪下半叶以来人类认识儿童提供了很好的途径，是我国儿童文学理论初生期的一个重要理论资源，被人们广泛引证来说明儿童文学。实证说明的观点是通过实证的方法来说明儿童"是否阅读文学"，这是说明"儿童需要文学"最直接的理由。常识观点是通过生活经验常识来发现"儿童天性就有文学的需要"，这种需要似乎不必作更多"为什么而需要"的解释，它就是儿童生命，或人与生俱来的一个功能，为人的一般特性。民国时期的学者魏寿镛、周侯予做过这样的描述："人是一种动物，儿童是人的一期。动物是有情感的，有了感情，对于他的生活，便有爱，憎，悲，喜……

---

① ［法］狄德罗主编、集体编定:《大不列颠百科全书》，不列颠百科全书出版社1980年版，第241页。

种种情绪，构成有情感的思想，表现出来，便是文学。"①同时期的研究者朱鼎元的经验是："你不见牧童坐在牛背上唱山歌么？你不见小学校里的小学生上没有兴趣的功课时，偷看小说和故事么？你不见小孩子在夏天乘凉时，强要他的母亲讲故事么？你不见讲故事的时候，儿童的兴会淋漓吗？"②此外，也有学者从教育的立场出发来认识儿童文学的本体。1912年周作人最早的儿童文学理论文章就是从儿童教育的基点出发研究儿童文学的。他认为整个发生期的儿童文学就是在"教育"的母体中成长起来的。所以，也可以说教育是儿童文学的中心立场。③郭沫若对此的论述也很有代表性："人类社会根本改造的步骤之一，应当是人的改造。人的根本改造应当从儿童的感情教育、美的教育着手。有优美纯洁的个人才有优美纯洁的社会。因而改造事业的组成部分，应当重视文学艺术。……是故儿童文学的提倡对于我国社会和国民，最是起死回春的特效药，不独职司儿童教育者所当注意，举凡一切文化运动家都应当别具只眼以相看待。"④既然儿童对文学有需要，那么谁来满足这一需要？对于这一问题，有人认为满足儿童文学需要的主体在儿童自己，因为他们有创造文学的能力。这种创造大略可以分为两种形态，一种是纸本创造，即一般的文学写作，将观念中的文学意味物化在纸本中，这种现象普遍存在，在今天更是如此。但就其在儿童创造总数中的比例来看，还是少数；多数创造在第二种形态。不过，也有人认为满足儿童文学需要的主体是成人，因为成人有诸多满足儿童文学需要的动因。例如，应孩子讲述故事的要求，或者安抚孩子的技术需要，儿歌、故事，着实在这个过程中扮演了重要的角色。逐渐地，这种行为就会伴随有"牵引"的内在欲望，于是事实、经验、思想等，有意无意地以"生命"传递、继承的形式在"儿童文学"中表达开来。这里的儿童文学就是成人专为"儿童"的文学。

　　关于儿童文学的定义，我们认为实际上并不存在一个本质的、"终极性"的定义。就像我们从本质上说，实际上并不知道"艺术是什么"、"时间是什么"一样，可以说，人们对儿童文学本质的认识，也更多的是在不同历史阶段、不同背景下有具体针对性的一种"辨认"。在历史的长河中，也许，这些"辨认"终将会被证明都不过是一种暂时性的"应对"。就像美国

---

① 魏寿镛、周侯予：《儿童文学概论》，商务印书馆1923年版，第10页。
② 朱鼎元：《儿童文学概论》，中华书局1924年版，第6页。
③ 周作人：《儿童文学小论》，儿童书局1932年版，第66页。
④ 郭沫若：《郭沫若全集》，人民文学出版社1990年版，第256页。

科学家札德所认为的"儿童文学"的概念是一个模糊集一样。如果从构词类型上看，"儿童文学"这个概念是由"儿童"与"文学"这两个词组成的复合词。而"儿童"和"文学"这两个概念本身也有一定的模糊性，再加上儿童文学是随着时间的推移和时代的变化不断发展的，它丰富多彩，变幻多姿，每一个研究者都难以避免时代的局限，都只能从某一个背景下和某一个角度去界定儿童文学这个概念。假若我们想用一个固定的理解和阐述去界定不断发生着变化的儿童文学，恐怕是不可能的，因而，"儿童文学"这一概念具有模糊性。当然，虽说儿童文学的定义具有"模糊性"，但是对儿童文学本质的"追问"本身所具有的价值却是不言而喻的，这也在一定程度上对儿童文学的创作实践发挥了积极的推动和指导作用。本节无意在这一问题上进行深入探讨，而只想对儿童文学的表层特征做一个事实性的描述，提供一个可操作的、功能性的概念。就像我们虽然从本质上并不清楚"究竟什么是时间"一样，但这并不妨碍我们在可能的情况下通过对它的描述予以辨认。实际上，许多研究者也在尝试依据儿童文学的一些表层特征对它的基本概念进行定义。

新中国成立前，受到以"自由教育论"和杜威等"儿童中心主义"教育理论为基础的儿童文学理论的影响。专家学者都认为"儿童文学就是用儿童本位组成的文学"，因此"凡是叫儿童文学的，必得是那些切于儿童的生活，适应儿童的要求，能唤起儿童兴趣的东西"。①新中国成立后，研究者们对于儿童文学的阐述一度具有很大分歧。有的研究者强调其教育功能，有的强调因循儿童本位，也有的强调儿童文学应以文学性作为主要特征和评价标准。进入新时期后，关于儿童文学的看法更为多样，论争继续进行。在争论中，产生过一些比较有代表性的定义。例如，著名学者蒋风在《儿童文学概论》中指出："儿童文学是根据教育儿童的需要，专为广大少年儿童创作或改编，适合他们阅读，能为少年儿童所理解和乐于接受的文学作品。"②另一位著名学者浦漫汀指出："广义的儿童文学即适合于各年龄阶段儿童的心理特点、审美要求以及接受能力的，有助于他们健康成长的文学，其中以特意为他们创作、编写的作品为主，也包括一部分书写作家主观意识却能为孩子

① 濮美琴：《儿童文学定义初探》，《文教资料》2008年第34期，第35页。
② 蒋风：《儿童文学概论》，四川少年儿童出版社1982年版，第13页。

们所理解、接受又有益于它们身心发展的文学作品。"①中国儿童文学研究中心主任王泉根在《中国儿童文学现象研究》指出："作为文学大系统中的一个相对独立的组成部分的儿童文学，是成年人为吸引、提高三至十五六岁的少年儿童鉴赏文学的需要而创作的一种专门文体。它既是有少年文学、童年文学、幼儿文学三个层次的文学所组成的集合体，又是由'儿童本位的儿童文学'与'非儿童本位的儿童文学'两大部类所构成的整一体。"②我们可以看到，有很多学者致力于对"儿童文学"的研究，他们在这一领域也有所建树。但是，我们也不能忽视，理论批评和研究的落后，致使儿童文学作家忽视了儿童的存在。中国儿童文学理论研究停留在儿童文学创作主体作家上，研究方法也多用反映论一种。例如，"儿童文学是专为儿童创作并适合他们阅读的、具有独特艺术性和丰富价值的各类文学作品的总称。""儿童文学是根据教育儿童的需要而专为少年儿童创作、编写的，适合他们阅读的文学作品。"儿童文学是"适合不同年龄的少年儿童阅读的各种体裁的文学作品。……是向少年儿童进兴审美教育、思想品德教育和增长科学文化知识的重要手段。"③这些定义多以创作主体为关注对象却忽视了作为阅读主体的儿童的存在。中国儿童文学理论批评和研究的滞后状态，对于儿童文学创作与传播的进一步提升十分不利。

　　日本的儿童文学研究者对"儿童文学"也有一些比较有代表性的定义。例如，鸟越信在《新编儿童文学研究》说："儿童文学就是能与儿童读者交流兴趣的文学。"关英雄在《儿童文学的本质》一书中指出："所谓儿童文学，一般地说，是指成人为儿童创作的文学作品。"国分太一郎认为："所谓儿童文学，是指成年人强烈地意识到为儿童阅读所创作的一切文学作品。"上笙一郎认为："所谓儿童文学，是以通过其作品的文学价值将儿童培育引导成为健全社会一员为最终目的，是成年人适应儿童读者的发育阶段而创造的文学。"本文只列举日本学者关于"儿童文学"的代表性定义，限于篇幅，对日本国内"儿童文学"研究现状将不作分析。

　　反观西方儿童文学的研究者，与中国和日本的研究者相比，他们很少对儿童文学进行概念性的界定，大多采用描述性的、具有可操作性的定义，例

---

① 浦漫汀：《儿童文学教程》，山东文艺出版社1991年版，第15页。
② 赵准胜：《呼唤和谐的儿童本位观》，吉林大学学位论文，2007年第48页。
③ 岳乃红：《基于儿童的小学低年级语文课程改革研究》，扬州大学学位论文，2009年第17页。

如瑞典的玛丽亚•尼古拉耶娃在她编写的教科书《儿童文学导论》中是这样定义的："儿童文学是主要以儿童为读者对象，由专业人士创作、出版、发行的文学作品。"这里的儿童指0岁至18岁的人，这意味着文本的范围非常广阔。

从以上这些对儿童文学的定义可以看出，无论是明确的还是隐含的，在对儿童文学表层特征的描述中，基本上都会触及儿童文学的两个基本特征，就是"适合儿童阅读"与"成人创作"也即儿童文学的"目标受众"和"来源"。目前，对于"来源"的说法还是比较一致的，但是对于"目标受众"的界定尚有分歧，仍需进一步辨析。

（二）"目标受众"的界定

儿童文学的受众并不是单一的，不仅包括18岁以下的儿童，也包括成人，因此儿童文学的受众是广泛的。但是受众与目标受众自然是有区别的，首先，儿童文学存在的前提就在于人们认识到儿童是有别于成人的、独立的群体，有自己的心理、生理发展特点，他们对于文学的需要和成人是不同的，这也就是儿童文学作为一种独立的文学门类存在的理由。对于儿童文学"目标受众"的界定，研究者们的基本认识是一致的，但也有一些不同的观点。

无论中国还是西方的研究者中，都有一种观点认为儿童文学的目标接受者只有儿童；与此相对的观点认为儿童文学的目标接受者除了儿童还有成人。对此，西方儿童文学理论家巴巴拉•沃又作了进一步的区分，她认为存在两种不同的观念，一种是"两个目标接受者"，作者表面上是写给儿童看的，实际上真正的读者对象是儿童背后的成人——家长或老师，英国维多利亚时期的儿童文学就是代表。另一种是"双重接受者"，作家创作时的隐含读者既包括儿童，也包括成人，他们由于生活经验、审美体验等方面存在差异，所以对于文本的理解处于不同的层面，但他们的理解都是同样重要的、有价值的，没有高下之分。[①]可以认为，这就是我们常说的"老幼咸宜"。如果从我们的阅读实践中找例子，安徒生童话就是最好的证明。安徒生童话是世界闻名的文学经典，既具有独特的艺术风格，又有深刻的思想内涵，以其动人的故事情节、诗意的美和戏剧性的幽默感吸引着包括儿童和成人在内的众多读者。

尽管儿童文学的目标受众可以包括成人，但是不可否认儿童文学的主要

---

① 参见李源《当前小学生课外阅读现状及对策研究》，北京师范大学，学位论文2007年。

目标受众是儿童，也就是说儿童文学的接受主体是儿童。就像"单一接受者说"和"双重接受者说"这两种说法尽管存在分歧，但有一点是相同的，即都注意到了"儿童"这一群体在儿童文学活动中的重要存在。它们都是联系"儿童"来谈论儿童文学的。这在一定程度上提醒了人们：离开了"儿童"就无法说清楚"儿童文学"这个概念。那么，"儿童"究竟指哪些人群呢?一种代表性的界定是三岁至十五六岁；另一种按照1989年11月20日联合国大会通过的《儿童权利公约》第一条规定，"儿童系指十八岁以下的任何人，除非对其适用之法律规定成年年龄低于十八岁。"此为国际通用准则。另外，发展心理学依据不同年龄段身心发展的不同，把人一生的发展阶段划分为童年期、青少年期和成年期，每一个时期又包含若干小的发展阶段。其中，童年期指出生到十二岁之前。这一阶段又可细分为婴儿期（出生到十八个月至二十四个月）、儿童早期（三岁至五岁）和儿童中晚期（六岁至十一岁）。①

　　本研究的视角之一是心理学，试图从心理的角度研究儿童受众，因此采用心理学对于儿童发展阶段的划分，并在上述划分的基础上对研究对象做进一步的界定。本研究没有对婴儿期的受众加以关注，这是因为专门以婴儿期儿童为受众对象的儿童文学作品较为少见，婴儿期儿童即便接触纸质媒体也以图画为主而非文字为主。此外，儿童早期即六岁之前的受众亦不是本研究关注的重点。虽然儿童作为人的一个成长阶段，很难完全依据心理和生理的发展给予严格的界定，具体到每一个个体，情况又是千差万别，但是如果结合到人们从小所经历的各类教育和当代儿童的发育成长的一般规律，也许我们可以结出一个比较务实的看法，那就是从小学一年级到六年级也就是六岁之后到十二岁之前正处于儿童中晚期的学生是儿童文学的最标准的目标受众。因为本研究通过访谈发现，六岁之前的儿童尚处于幼儿园阶段，大部分孩子的阅读以读图为主，即便接触文字也多是图文并茂的"桥梁书"。而年龄大于十二岁的初中阶段的儿童或许是受到中国的教育状况影响，抑或与青少年发育提前有关，没有充足的时间阅读儿童文学作品，对儿童文学的需求和兴趣也较小学阶段的受众有所降低。更不用说处于高中阶段的儿童，他们一般被称做"年轻的成人"(Young Adult)，其年龄已超越了儿童文学的范畴。这个年纪的青年人的特有问题，在当下的社会已慢慢开始在青春期读者群的生活里出现：恋爱、欺凌、滥用药物、自杀、身份认同等问题现在也

① Sanrock.J.w.Adole, *Scence(8th edition)*, New York:McGraw—Hill Companies, Inc. 2001, p.67.

成为了以青春期读者为对象的儿童文学题材。所以，依据中国当下的现实情况，标准的儿童文学受众群或者说儿童文学目标受众的主体是小学阶段的儿童。本研究中涉及儿童文学接受障碍的部分即以他们为主要研究对象。

（三）研究中采用的"传播障碍"概念

传播是"人类关于赖以存在和发展的机制，是一切智能的象征，且通过空间传达它们和通过时间保存它们的手段"，[①] 作为一种过程，也可说是"信息主体通过一定的传播媒介，采用相应的传播技巧，将各种不同的信息内容传送给受众，从而实现传播主体的传播目的的过程"[②]。关于传播过程最著名的论述当属申农提出的信息传播模式，申农将这一过程概括为：信源→编码→信道→译码→信宿，申农同时指出，噪声在信道阶段发生强作用。申农模式最初用于描述电信系统信息传播，有较强的电讯传导特征，在这一描述中，最有价值的在于提出了噪声这一概念。噪声是一个比喻性的说法，指那些不符合信息本来的意义，又附着在信息上对于信息传达造成干扰的意义或物理形式传播过程中，噪声是难以完全避免的。另外，反馈也应该是完整传播过程中一个不可忽略的部分。反馈是一种与信源传播方向相反的传播，来自于受者信源。反馈也可以分为真反馈与假反馈。假反馈是被误读或经过粉饰、伪装的反馈，能将传者导入歧途，使之对于传播的调节造成失误，产生畸变[③]。噪声和假反馈都是信息传播障碍的体现。噪声的概念可以扩展为：接收到的任何不是信源传递的信号或任何期望信息难以被准确解码的信号，或在传播过程中发生的、非信源想要的、造成意义失真并影响了信宿接收信息的任何情况。噪声不论源于信道、受众、信息传播者还是信息本身，都总是混淆传播者的意图，限制了要在特定时间、特定情况下发出的期望信息的数量。[④]"信息传播障碍的理论原型就是噪音。"[⑤]

对于传播障碍产生的原因，传播学者郭庆光这样论述："社会发展是建立在系统正常运行的基础之上的。其中社会信息系统是与政治系统、经济系统、文化系统重合、交织在一起的，它的运行除了受到其他系统的影响和制

①　[美]威尔伯·施拉姆：《传播学概论》，陈亮等译，新华出版社1984年版，第3页。

②　周鸿铎：《应用传播学引论》，中国纺织出版社2005年版，第131页。

③　单晓红：《传播学：世界的与民族的》，云南大学出版社2003年版，第45—46页。

④　约翰·费斯克：《传播研究导论：过程与符号（第二版）》，许静译，北京大学出版社2008年版，第58页。

⑤　刘卫利：《信息传播中的障碍分析》，《情报杂志》2010年第29期，第176页。

约之外，其本身的状况如何对其他系统乃至整个社会产生重大的影响。社会信息系统本身也是一个存在着众多可变因素的系统，参与系统活动的个体或群体是伴随着丰富的精神和心理活动的主体，这个特点决定社会信息系统比一般物理或生物信息系统更复杂、更具有不确定性，也更容易产生传播障碍和传播隔阂。传播障碍包括结构与功能障碍，如传播制度是否合理、传播渠道是否畅通、信息系统的各部分的功能是否正常等等。①公共关系学中将传播障碍定义为"一切干扰信息及时、准确、完整地发布、传递、接受的条件和因素"。②

只要是涉及传播的领域，传播障碍的存在就是信息传播系统的必然现象。但在传播障碍难以完全避免的同时，涉及这一概念的各学科学者几乎都认为，传播障碍的存在会造成社会成员的认知、判断、决策和行动的混乱，带来一系列的社会问题。这些问题如果不及时妥善地解决，都会产生不良后果。然而，"社会信息系统与其他社会系统一样，永远处于平衡与不平衡、矛盾的存在与克服的辩证运动的过程当中。问题的关键在于，人类应该如何科学地认识和把握这些矛盾，不断找到解决矛盾的有效方法，把人类社会的发展推向更高的阶段"。③

"传播学作为应用科学，应该为发现和解决社会传播实践中的问题提供较为合理的方法。"④本研究的出发点之一就是从传播学视角，利用实证研究与内容分析相结合的方法去考察儿童文学传播过程的每一个环节是否存在障碍，以及通过梳理障碍的具体表现和形成过程，寻找障碍存在的深层原因。

本研究中的"传播障碍"既包括对传播系统各部分如传播者与传播内容的考察，也包括对于传播过程存在障碍的考察，如传播渠道是否畅通，传播方法是否恰当，传播环境是否理想等。同时，又因儿童文学传播这一特有的传播现象而表现出特定的内容。对于传播障碍的界定与分析将从以下两方面入手：一方面，传播障碍发生在儿童文学传播过程中各要素之间的互动关系中；另一方面，在儿童文学传播流程中，在传者与受者互动的过程中，传播障碍看似由传者始发的传播活动所形成，却体现在受众身上：即受众是否能够接收到信息，已接收的信息是否被解读或误读，以及受众反馈途径是否畅

---

① 郭庆光：《传播学教程》，中国人民大学出版社1999年版，第11页。
② 刘强、彭洪峰：《公关经理MBA强化教程》，中国经济出版社2002年版，第317页。
③ 闫欢：《中国少儿电视节目传播障碍的归因研究》，中国传媒大学学位论文，2006第12页。
④ 郭庆光：《传播学教程》，中国人民大学出版社1999年版，第12页。

通等一系列影响传播致效的现象。

本研究是对当代儿童文学传播的考察，是一种共时性考察，是对儿童文学传播活动的结构、环节和要素进行的解剖和分析，属于横向过程研究。"社会传播是一个极其复杂的过程，评价任何一种传播活动，解释任何一个传播过程即便是单一过程的结果，都不能简单地下结论，而必须对涉及该活动或过程的各种因素或影响力进行全面的、系统的分析。"①儿童文学传播过程所涉及的基本要素包括以下几方面，即传播者及传播内容、传播中介以及在传播过程中产生影响的"意见领袖"、接受者及其反馈，因而本研究将针对儿童文学传播障碍问题分别从以上几方面进行分析。

"信息的发送者和接收者，在传播过程中有着极其复杂的行为。制造信息并不等于传播，如果仅是制造和散布信息，不管其所使用的语言、内容和风格是多么地动人，都不能算是传播。记者和任何大众传播者所制造的信息，是不能保证一定有阅听人受众的，而即使信息被接收了，也无法保证它能被完全的理解。信息的制造只是传播过程的一个部分而已，除非信息的制造能和整个传播过程配合，否则你的信息也许不会有任何接收者。信息未受到注意就等于没有传播，它只是白费工夫而已，因为未受注意的信息——如那些没有读者的报上新闻、没有观众的电视节目，并未传播任何事物。只有'反馈'，才能说明效果。"②

在传播过程中，传者只有消除传播内容上的不适宜之处，克服传播过程中的阻碍，使受众正确地、充分地理解信息，才能使信息的传播效果达到极致。在儿童文学的传播过程中，传、受双方均受制于环境，而且双方处于互动的关系中，传者所需要克服的传播障碍，是通过受者的接受体现出来的。因此，本研究中对传播障碍的主要表现的论述便是从受众即儿童的角度呈现出来的，对于儿童的儿童文学阅读状况的调查与访谈将是本研究立论的基础。

二 研究现状

（一）新时期以来的儿童文学研究

新时期以来，从纵向上看，我国对儿童文学的研究的确取得了一些成绩。自20世纪80年代末以来，儿童文学的研究已由单一的作家作品评论发

① 郭庆光：《传播学教程》，中国人民大学出版社1999年版，第67页。

② 转引自闫欢《中国少儿电视节目传播障碍的归因研究》，中国传媒大学学位论文，2006年第9页。

展到将作家作品置于一定时代的文学思潮中去研究，这无疑是一种巨大进步。在基本理论方面，研究者们也已经开始注意新理论的建构，儿童文学基本理论也得到了进一步的澄清，儿童文学的理论研究变得活跃，研究领域不断拓宽，出现了一批学术水准不一，但富有学术个性和学术品味的理论著作和文章。例如班马著的《中国儿童文学理论批评与构想》一书，从儿童文学的美学角度，关注儿童文学的接受主体和创作主体两个方面，提出了"走出自我封闭的儿童文学观念"的必要性，将研究儿童文学的视点由具体的生活空间转移到儿童所需的精神空间上，"重视儿童读者在审美态度上对外部世界的主动追求性，从而突破局限在'儿童生活'的狭小的描写空间"。并以此摆脱儿童文学中"儿童反儿童化"这一美学悖论。应该说作者提出了儿童文学理论的新命题，具有一定的深刻性。孙建江著的《童话艺术空间论》一书，以我国的童话理论缺乏空间意识为出发点，从当代童话"作者的空间思维"、"作品的空间构成"、"儿童对于空间的心理需求"、"空间结构的网络"等几个方面，论述了童话与幻想、童话中的虚虚实实、大小相对及假定性与合理性的关系，从文本的角度将童话的幻想看做是一个自足的系统，看做是一个过程，从而深入对童话幻想的内部生存机制的研究并由此最终完成对童话的总体把握。该著对童话作出新的阐释，提出了童话（甚至可以说是儿童文学）研究中的一个新的理论命题："幻想载体——幻想空间"。尽管有些章节论述未详尽展开，但是我们不能否认《童话艺术空间论》一书的研究视角新颖，对童话创作的创新有一定的启发。汤锐的《比较儿童文学初探》则是一部尝试构筑中西儿童文学比较研究新范式的理论专著。汤著在梳理了中西方儿童文学发展的脉络后，为我们描绘了一条清晰的线索，并对比中国和西方的儿童文学创作，论述其差异，为后来的研究者构建了一个比较研究的范式。这是新时期以来第一部也是唯一的一部比较儿童文学著作，为儿童文学界单一的研究方法注入了活力。由于儿童文学审美特性的回归，王泉根所著的从审美角度关注儿童文学理论建设的《儿童文学审美指令》和杨实诚著的《儿童文学美学》也相继面世。前者以"儿童文学与审美"为中心，提出了"接受主体审美意识的自我选择与儿童文学两大部类"这一新的理论命题；后者则顺着审美关系这条主线，力图建立一个不同于一般艺术美学的儿童文学美学体系。对20世纪中国儿童文学力图进行较全面考察和总结的是孙建江的《二十世纪中国儿童文学导论》。该著作将20世纪中国儿童文学置于社会和文学思潮中进行总体把握，从文本的角度，将我国儿童文学格局表述为：以教育型为主，以温情型、游戏型为辅兼及其他，对我国儿童文学观的确立、儿童文学思潮、儿童文学作品的价值取向等作了较精当的阐述。不足之处是对十七年及"文革"十年的儿童文学的论述不够。此外，这时期还有郑光中的《幼儿文学ABC》、曹文轩的《儿童文学新思潮》、王泉根的《儿童文学美学沉思录》等著作以及黄云生的《简论儿童文学创作的读者意识》、张锦贻的《论低幼儿童文学的审美价值及其它》等理论文章。

　　新时期以来，我国对于儿童文学的研究，不仅在理论方面取得了可喜的成绩，而且对于儿童文学史的研究也日益受到关注，并出现了一些填补空白的著作和文章。新时期最初几年文学界的注意力还在恢复儿童文学理论和创作上，对儿童文学史的关注还很少，充其量处于零星史料的"钩沉"阶段，80年代中期以后，开始出现有关儿童文学史的研究和整理的著作。蒋风主编的《中国现代儿童文学史》和张香还所著的《中国儿童文学史》（现代部分）是我国最早的两部儿童文学史著作。蒋风主编的《中国现代儿童文学史》对于一百年来中国儿童文学从史前阶段到渐渐起步、获得发展等各个阶段进行了细致的梳理和深入的分析。张之伟著的《中国现代儿童文学史稿》一书，史料翔实，其中有许多第一手资料，是一部扎实细致地研究儿童文学发展史的著作。

　　此外，还出现了关于儿童文学文体史方面的研究，如由吴其南和金燕玉分别著述的两部《中国童话史》。前者将童话这一文学样式放在社会思潮和历史背景中去考察，较真实地再现了中国童话发生发展的轨迹，尤其是对一些儿童文学现象和思潮，有自己独到的见解，论述严密，对童话文体特征及其演变的论述，稍嫌不足。后者材料丰富，对童话作家作品的论述充分，详尽，但对童话史上出现的重要现象论述不足。这一时期还出现了第一部论述我国儿童文学理论与批评发展历史的学术著作——方卫平的《中国儿童文学理论与批评史》。著者对晚清以来各个时期儿童文学研究的社会文化背景、理论思潮、学术特征、理论代表作了具体的、历史的描述和理论阐述，并对我国儿童文学理论的未来走向提出了自己的构想。除了史著以外，还出现了对某一历史阶段或某一社团流派进行研究的著作，如王泉根的《现代儿童文学的先驱》，从新的研究角度开拓了儿童文学史研究的新领域，对文学研究会的儿童文学运动作了多层次、全方位的研究，这不但使现代儿童文学史的研究得以进一步深入，也使人们对文研会在新文学运动中的历史功绩有了较系统的评价。他的另一篇论文《三十年代中国儿童文学现象的历史透视》对30年代的我国儿童文学现象进行了梳理，指出30年代中国儿童文学的三大突出现象：左翼文艺运动为儿童文学注入新鲜血液；张天翼创作的三部童话把现实主义儿童文学创作推向了新的高度；伴随"科学救国"思潮出现科学文艺创作热并出现了进一步强化文学与现实，文学与社会进程之间联系的倾向，注入"革命范式"的理想主义激情。此外，还有一些有关儿童文学史的著作和研究文章，尽管学术水准不一，都对儿童文学史的研究起了一定推动作用。

我国对儿童文学的研究虽然从文学理论、文学史、文学批评等方面都取得了一定的成绩，但不可否认的是，与一般文学的研究相比，儿童文学的研究应该说是落后的。毋庸置疑，对儿童文学研究的广度、深度以及研究方法，都滞后于儿童文学创作的发展。这一时期对于儿童文学的研究，就具体成果而言，水平参差不齐，而且研究中还存在一些失衡和不足之处。学术界有一个不争的事实即儿童文学至今还没有形成有自己特色的完整的理论体系，有的理论著作在力图建立儿童文学新论题的同时，未能跳出成人文学理论的思路，用一般文学规律去俯合儿童文学的特殊规律，其结果是不但对创作起不了指导作用，反而令人迷惑。此外，对这一领域的研究往往是停留在一些老生常谈的问题上，缺乏新意，如总是围绕儿童文学与教育的关系问题长篇大论却迟迟未能形成完整的理论体系。不仅如此，在注重儿童文学理论建设的同时，缺少新的理论立足点和深度，有些新论题提出后得不到充分的论证；儿童文学的创作理论也明显滞后于儿童文学的创作实践。在作家作品论方面，许多作品评论多介绍性文字，就事论事，溢美之词盖过理论论述，几乎成为赏析文章；同时，缺少全面的作家作品论。儿童文学史的研究中也有许多领域尚待开拓，如对五六十年代儿童文学作怎样的历史评价？它与三四十年代的儿童文学又是怎样一种关系？对十年动乱中的儿童文学持什么评判态度？这些问题在当代儿童文学史的论著中往往被一笔带过或避而不谈。其实，作为一种文学现象，它既然存在过，又受到当时人们的认可，就一定有其研究的价值，研究这些问题，对后来的儿童文学创作和研究也有可借鉴之处。以上这些也许正是今后的儿童文学研究所需要弥补的。

（二）大众传媒与儿童文学研究

近年来，大众传媒对文学的影响，已经越来越受到学术界的关注。在这方面涌现出了不少有独特价值和鲜明观点的研究成果。其中，学院派的研究对于批判型知识分子的忧虑进行了充分表达：大众传媒和它所塑造的文化对于传统的文学书写带来了极大的负面影响，媒介文化可能会消解精英文化。如欧阳友权就曾表达过文学生存的危机感，他认为："在这个时代里，电子媒介无所不在，图像符号所形成的文化霸权，已经从文化形态穿透到文化精神，并从生活方式影响到人们的生活态度。于是，在数字化媒介的强势覆盖下，'读图'胜于'读文'，'读屏'多于读书，直观遮蔽沉思，快感冲击美感，文化符号趋于图像叙事。图像文化的视觉冲击不断挤压着文字阅读的市场空间，萎缩了文学消费的读者阵营。"①另一位研究者金惠敏在《图像增殖与文学的当前危机》一文中，也提到"第二媒介时代"图像的增殖引发了"文学的当前危机"，并断言："对于文学的存在，图像的增殖及其对于主体的解构可能是一种致命的打击。一方面当大众满足于图像的轻松观览，语言或者语言的文学就会因其难度而被冷落；另一方面更严重的是，图像或拟像解除了语言依其本性所造就的主体的深度阅读、反思能力和批判精神。"②应该说欧阳友权和金惠敏对于视觉冲击的这种忧虑并非空穴来风。在新媒体不断涌现的今天，辨别能力较强的成人有时都不能抵挡纷繁复杂的图像、音频等现代媒介手段的冲击，更何况心智尚未成熟，世界观、价值观尚未形成的儿童，媒体对其冲击之大，影响之深远是不言而喻的。我国当代文学批评界和文化研究专家应该敏锐地注意到这一问题的突出存在，积极研究大众传媒对儿童和儿童文学的影响。但令人遗憾的是，儿童文学的研究者们少有人注意到大众传媒的影响，在研究儿童文学时忽视了大众传媒和其他社会因素的作用，所以，这一领域的研究较为缺乏。由于对媒体缺少充分认识和深入了解，在研究中甚至出现了对常识性问题的错误判断。比如儿童文学界虽然有人研究了中国儿童文学的"现代化进程"，但在论述"现代化进程"时竟然都没有提及媒介的推动，事实上"现代中国儿童文学的进程除了儿童文学作家、理论家的自觉努力外，还有一个外部文化场域的整合和规范，这当然

---

① 欧阳友权等：《网络文学论纲》，人民文学出版社2003年版，第72页。

② 王岳川：《媒介哲学》，河南大学出版社2004年版，第32页

就包含了媒介与媒介文化的力量"。[①]王一川就深刻地指出: "中国审美现代性进程是与媒介的现代性进程紧密交织在一起的。一方面,审美现代性依赖于传播方式的现代性即大众媒介的发达,因为正是大众媒介的发达为审美现代性提供得以展开的现实传播网络和社会动员场域;另一方面,大众媒介的发达本身并非外在于审美现代性,而是构成它的一个基本层面。小说中的审美信息需要由特定媒介传递给受众。在这个意义上说,没有媒介便没有文学审美;同理,没有现代媒介便没有现代文学审美或审美的现代性。而审美现代性及更根本的文化现代性作为一场深刻的社会转型,必然在很大程度上依赖于媒介的现代性变革。"[②]一个最简单的事实是, "五四时期现代儿童文学的诞生与现代儿童报纸杂志的产生有着密切关联"。[③]应该说,新兴的大众传媒(除电视外也包括网络)对于近年来儿童文学创作产生了不容忽略的影响,但是大部分儿童文学研究者对此未能予以敏锐觉察。反观西方学者对这一领域的研究,他们在探讨大众传媒对儿童的影响和对文学的影响方面有着相当的深度和广度,如戴安娜•克兰也曾在一本书中谈道: "媒介文化之所以逐渐受到比较年轻一代的社会科学家的青睐,并且在一些新近的社会学理论中,文化,尤其是媒介文化已经成为一个重要角色,是因为媒介文化影响了当代社会的方方面面。"西方学者在探讨大众传媒对儿童的影响和对文学的影响方面的贡献是不可抹杀的,但研究存在的不足之处亦不容忽视。比如对媒介和儿童文学内在或外在之联系的研究还存在着空白地带。尼尔•波兹曼和梅罗维茨等学者就指出了电子文化的发展导致了童年的消逝,但却没有进一步探讨在童年面临消逝的环境里如何再造童年文化,以及童年在大众传媒语境里再现与重构的可能性。至于儿童文学在大众传媒时代对于童年生态优化的文化价值也没有被意识到。

综上所述,无论是中国还是西方,对大众传媒与儿童文学的研究在取得成果的同时都存在一定缺憾。究其原因,是多方面的,但是从根本上看,还是因为社会学者、传媒学者和文学学者还没有充分认识到媒介,特别是电视媒介(包括网络)对于儿童心理、儿童教育、儿童文学等有着深刻的影响,

---

① 谭旭东:《童年再现与儿童文学重构——电子媒介时代的童年与儿童文学研究》,北京师范大学学位论文,2006年,第56页。

② 王一川:《大众媒介与审美现代性的生成》,《学术论坛》2004年第2期,第121—125页。

③ 谭旭东:《童年再现与儿童文学重构——电子媒介时代的童年与儿童文学研究》,北京师范大学学位论文,2006年,第131页。

因此，这一课题才值得去深入研究。于是，探讨媒介与童年、儿童文学内在或外在的可能的联系是一项崭新的研究课题。也正是基于此，本论文所要探讨的问题应该是也将会是年轻学者注目的一个学术热点。论者坚信，媒介和媒介文化已经影响了当代社会生活的方方面面，特别是"当代文化实际上就成了媒介文化"（斯诺语）的今天，对媒介与当代文学、儿童文学的思考，就成了一个文学研究者的自觉行为。

第三节　理论基础与研究假设

儿童文学传播障碍的研究处于文学、心理学、传播学的交叉点上，它的开放性和延展性使得我们仅用文学理论和传统的文学研究方法无法做到全面观照和深入分析。因此，在研究中进行多学科交叉透视的方法有其合理性和必要性。在与本研究相关的心理学、传播学等学科已有的研究中，有大量的理论成果可以帮助我们解释纷繁复杂的儿童文学传播现象。文学、心理学、传播学理论的结合，可以使我们"运用一种从未有过的全新视角来看待事物……可以开拓我们的视野，为我们扫清认识过程中的障碍，帮助我们超越思维定势"。[①]由于篇幅所限，本节仅选取与本研究关系较为密切的文学、心理学和传播学理论进行介绍，并简要阐释相关理论对于本研究的启示以及根据理论做出的研究假设，以期在后面的研究中予以证实或证伪。

一　文学相关理论及对本研究的启示

（一）文学场域理论及其启示

"场"本来是法国学者皮埃尔·布迪厄在进行社会学分析时提出的一个词，一个场是由处于不同位置的客体相互之间形成的客观关系构成的一个构造，其中的各种关系或位置有着自己的运转法则、规律和权威形式；每个场与其他场之间都处在不断斗争和变化中的，而这种变化和斗争过程中彼此之间的界线是并不确定。显然，这种研究非常契合现代社会发展所形成的各种错综复杂的关系。从场域理论看文学，文学研究是要对一系列"纸上的建筑群"作出系统而深入的分析，涉及作家、出版商、发行者、传媒、读者、

①　[美]斯蒂芬·李特约翰：《人类传播理论》，史安斌译，清华大学出版社2004年版，第4页。

批评家等因素。"文学场"就是这些不同资本持有者相互争斗的空间。当各不同爱好和习性的文学资本进入文学场后，它们就会积极参与到文学权力的斗争去。研究彼此之间的关系及发展，无疑是文学研究中不可或缺的重要一环。与以往文学研究相比，这一理论为以往单一的作家作品研究开拓了新的视阈。它打破了以往理论中存在的"二元对立"思维，超越了理论上的二分法原则，让文学研究可以从更多视角去思考整个文学世界格局。对客观存在的"习性"展开考察是进行场域研究的基本单元。在布迪厄看来，"习性"是一种"社会化了的主观性"，"是一个开放的性情倾向系统，不断随经验而变，从而在这些经验的影响下不断强化，或者调整自己的结构。它是稳定持久的，但不是永远不变的"。①这就为文学的"场域"研究提供了可能性。因为文学作为一门艺术类型，在社会文化构成中是最强调独特性、创新性的，所以，文学研究中既不能偏于文学规则也不能过分夸大个人的主观性，而是要对二者构成的"习性"做出一种较为客观的研究。"资本"则是场域理论中另一个极为重要的概念构成，它在场域斗争中的作用体现为既是目的又是手段。在任何一个领域中，人们总是力求争取拥有一定数量的资本，因为这是任何一个场域斗争的最终目的，否则，权力个体会在角逐中就会丧失自己的竞争实力而处于劣势，最终会丧失自己的地位；同时，场域斗争本身也需要借助资本才能进行，没有资本根本就不存在所谓的场域。在布迪厄看来，资本依据其在场域中的作用可以分为经济资本、社会资本和文化资本，并特别强调了文化资本和社会资本的重要性。三种资本在场域中通过"习性"的推动，通过行为者的主观能动作用来促成场域发展变动。在文学场中，文化资本和社会资本又有着自身的独立性，按照自己的特性和规律不断推动文学的发展。与此同时，它们还与政治、经济、伦理、法律等权力不断发生着斗争，在力量的角逐中共同形成一个文学场的整体格局。例如在当下中国文学语境中，各种流派和文体处在不断分化和衍变的过程中，文学场的研究可以尽量保证文学自身的独立性。

布迪厄的理论启发我们，在今天的这个时代，儿童文学作为文化产品也具有资本属性，对文化产品的认识必须放置到新的场景里来。因为文学生产、文学传播和文学接受所处的语境正在不断受到来自各方面的影响或侵

① [美]华康德：《实践与反思——反思社会学导论》，李猛、李康译，中央编译出版社1998年版，第178页。

蚀，像以往那样仅仅关注作家和文本的研究已经很难说清楚今天发生的一些文学现象。我们将儿童文学置于历史的文化的视阈里来考察，其实是对儿童文学审美世界进行深刻洞察的前提，儿童文学并不是本质化的固定的概念，而是相对的概念，它是被历史地、文化地建构起来的，而且也承载着历史的、文化的多重信息，它一开始就是文化的杂糅体。如果只是强调儿童文学本身和作家本身的价值与意义，总是囿于文学的审美判断，儿童文学作为文化的建构物就无法得到清晰的认识，儿童文学理论批评可能就会陷入本质主义的困境而难以走向宽阔的艺术视野。

儿童文学的文学场研究对儿童文学传播障碍归因探索有着极为重要的价值。首先，儿童文学作为文学艺术之一种，在其发展中必须保持自身的独立性，不能为来自外部的各种势力左右。这是儿童文学保持自身文学性和健康发展的关键。布迪厄在"颠倒的经济逻辑"理论分析中认为，文学只有按照自己的逻辑在保持自身独立性、远离商业逻辑下，才会在自我发展中始终保持赢家的可能。其次，各种权力的斗争是文学场活力的集中体现。在当下这个日益多元化的儿童文学语境中，文学场内部的斗争必然会不断调整整个文学场的格局和发展趋势。以往那种仅仅依托政治意识形态运作的单一模式日渐式微，取而代之的是经济资本、文化资本和社会资本构成的合力，在不断斗争中促进儿童文学在自身的轨道上顺利前行。最后，读者对儿童文学的选择和接受对文学场的倾斜起着至关重要的作用。无论是对各类型"资本"的研究还是"习性"的分析，研究者应当充分重视彼此之间各种关系的纠葛和斗争。以往作家那种闭门造车、模仿复制的创作方式必须转型，以面对广大的儿童文学市场。这种转型绝对不是要求作家去取悦市场，而是要在创新拓展的过程中创作出更多优秀的好作品。文学场研究将会大大促进儿童文学传播研究，改变目前研究方法和思路单一化的格局。

(二) 接受美学理论及其启示

接受美学理论是20世纪西方文论的重要组成部分，诞生于20世纪60年代德国康斯坦茨大学，主要创始人有著名学者汉斯•罗伯特•姚斯、沃尔夫冈•伊瑟尔等。姚斯在他那篇文艺学史上具有革命性的演说《研究世界史的意图是什么、为什么？》中提出："在作者、作品与读者的三角关系中，读者绝不仅仅是被动的部分，或者仅仅作出一种反应，相反，它自身就是历史的一个能动的构成。一部文学作品的历史生命如果没有接受者的积极参与是不可思议的。因为只有通过读者的传递过程，作品才进入一种连续性变化的经验视野之中。"①接受美学理论探讨了读者能动的接受活动在文学传播中的地位和作用，认为文学研究的方向应该从传统的以作者——本文关系为中心转移到以本文——读者关系为中心，对阅读的审美反映问题进行理论上的探讨。该理论对于读者的地位和作用的重视对我们研究儿童文学传播障碍很有帮助。首先，没有儿童，就没有儿童文学作品，因为儿童文学的目的就是为了以儿童为主体的读者的接受。其次，儿童读者的接受是一种创造，他们并不是消极被动地去接受文本，相反，在作者、作品和读者三者的关系中，儿童起到了主动的、积极的作用。儿童读者对于儿童文学文本的接受是再创造的过程，也是实现文本意义的过程。儿童文学的接受对象是儿童，属于一个比较特殊的群体，因而他们对文学的接受有自身特殊的规律。接受美学关于将作品的创作、传达与接受看成是一个连续过程，并特别把接受者置于重要地位的观点，把文学的接受看做是一个读者以自身的审美感受与作家一起进行创作的看法，对于儿童文学的研究具有特别重要的意义。尤其对于儿童文学传播障碍的研究来说，不能仅对于作为传播起点的作家和作品进行关注和研究，对于作为传播终点的儿童受众的接受及其反馈亦应甚至更应予以重视和研究，因为他们的接受状况如何对于传播效果的达成具有至关重要的意义。

依据接受美学理论，儿童文学作家和研究者在传播研究中应充分重视读者的意见反馈。一方面，作家不应将自己视为万能的传道者，而要在文学生产过程中不断了解读者的心理审美需求，不断探索艺术世界的主题内涵和审美创新，以崭新的艺术形式留给读者更多的阅读空间，如诗歌思维的跳跃性、叙事结构的多样性等。特别是对读者的阅读意见，作家应当关注他们的建议而不断对自己的创作进行反思。另一方面，作为研究者在对接受者的研究中，在采用一些西方实证研究方法的同时，应重视现代读者的个性化体验和需求，对作家和读者之间的关系作出深入的对比研究。

在对读者接受地位的确认基础上，姚斯认为在文学接受的过程中，读者的阅读不是一种简单的被动接受，而是在未接纳作品之前就有着对文学作品的某种期待。因为读者不可能是一张白纸，他们在生活中早已经形成了自

---

① [联邦德国]H.R.姚斯、[美]R.C.霍拉勃：《接受美学与接受理论》，周宁、金元浦译，辽宁人民出版社1987年版，第24页。

己的审美经验和阅读期待。这就是姚斯提出的"期待视野"。作家的创作
要符合读者的期待视野，才能够为读者所接受。显然，这一理论是比较符合
读者心理研究的，因为依据心理学观点看，一个人在作出某一决定或行为之
前，大多数情况下是依据自己的预先思考做出的，自然也形成了一种对行为
之后果的预料。读者群体同样如此，阅读的需求就构成了一种对将要选择的
文本的事先确立。依据这一理论，儿童文学传播要加强"期待视野"在生产
和消费关系方面的研究。一部优秀儿童文学作品应该符合儿童读者的阅读期
待，否则就很难在传播和消费过程中产生较大影响。而反观之，当文本走向
读者完成传播和消费过程后，接受研究应该加强读者期待效果与作家"期待
视野"认识契合度的研究。在大众传媒时代里，"期待视野"成为沟通作家
和读者的中介。正确处理好二者的关系，是导致儿童文学传播畅通与否的关
键。当然并非在任何情况下作家创作的预期期待与读者的期待要求契合程度
越高越好。很多情况下，读者的"期待视野"与文本往往是背离的，甚至出
现文本接受遭到拒绝的尴尬局面。例如一些超时代的文本往往会大大超越既
有读者的"期待视野"，造成该时代读者对文本的拒绝。这种错位在文学史
上并非罕见。

　　"意义空白"理论是伊瑟尔提出的一个重要观点。在伊瑟尔看来，文
学只有通过读者的"填空"才能够真正实现自己的价值。因为文学自身的结
构中隐藏着很多需要作者去想象的空间，只有读者将其中的某些观点和结构
激活，文本才能最后获得自身的意义。在很多情况下，读者和文本的这种
接触本身是不确定的。这种不确定性就是由文本中的"意义空白"造成的。
"所谓空白，是文本中作者有意或无意留下的、没有标明的预设编码。"[1]
由文字、结构等因素形成的"空白"并非是真正的空白，而是作者留给读者
进行意义生成的审美机制。"空白"让读者在阅读中能够充分发挥自己的主
体性，通过自己拥有的审美经验在阅读中进行"填空"，从而不断生成一个
个独特的形象，对文学作品进行重新认知和建构。"伊瑟尔认为，一部文学
作品之所以具有永恒的魅力，并不是因为它描写了超时代的'永恒价值'，
而是因为它的结构总能使人纳进新的东西，在这个过程中，作品的空白点起

---

　　① 屠克：《文本分析的接受美学视角》，《重庆科技学院学报（社会科学版）》2010年第12期，
第117页。

了关键的作用。"① "读者的这种审美需求就要求文学创作要留有较多的空白与召唤结构,给读者留有充分的驰骋想象与再创造的广大空间,以吸引和召唤读者的接受欲望。"② "意义空白"的存在有助于发挥读者的主体性,让整个文学活动的整体性更加突出。具体到儿童文学传播研究中,这些"空白"形成的"意义未确定性"一方面对儿童读者的阅读水准提出了更高的要求,有助于儿童读者自身阅读创造性的提升。特别是各种童话故事和民间传说,会激发儿童展开丰富的想象空间,去展开想象的翅膀。另一方面,该理论推动读者参与文本价值的形成。在对同一文本的阅读中,不同的体验和思考会大大拓展该文本的审美空间。例如,对安徒生童话、格林童话的接受史的研究,就是对其审美价值在读者那里不断拓展的价值累积。但是,在具体文学研究中我们切不可夸大读者的功能。因为无论如何文本是一个稳固的结构体,有着自己的意义空间和结构要素。如果过于夸大读者的主体作用,就会导致文学阅读走向偏离文本事实的歧途。

二 心理学相关理论及对本研究的启示

(一)归因理论及其启示

在确定以传播障碍作为研究对象之后,笔者试图找到出现传播障碍的原因。本研究的一个出发点是心理学视角,于是在呈现传播障碍之后,对传播障碍进行归因分析就成为本研究的落脚点,心理学的归因理论将成为本研究的理论基础之一。

作为当今心理科学乃至整个人文社会科学研究中使用频率很高的概念之一, "归因"是指人们对自己或他人的行为结果进行分析、形成因果性解释的过程。在生活中,人们一直在对自己或他人的行为以及身边发生的事情寻求原因,同时做出自己的解释,这就是归因现象。 "归因理论是一种以认知的观点看待动机的理论,它认为'寻求理解'是人类行为的基本动力,人们对自己或他人的行为进行解释与推论,进而通过这种因果关系来认识、预测、控制周围的环境,以及随后的行为。归因从总体上可分为两种,一种为自我归因,即对自身行为结果的原因的知觉;另一种为人际归因,即对他人

---

① 王卫平:《接受美学与中国现代文学》,吉林教育出版社1994年版,第37页。
② 王卫平:《接受美学与中国现代文学》,吉林教育出版社1994年版,第97页。

行为结果的原因的知觉。"① "最初的归因研究主要集中于成就领域的自我归因和个人动机研究,在有关理论得到进一步发展和完善后,又将其扩展到人际归因和社会动机领域,即对他人的归因领域,从而使归因理论应用于社会生活的诸多方面。"② 随着国内外学者对于归因理论体系的不断完善,归因研究的范围也进一步扩大,成为认识和理解人类社会行为的理论基础,"归因"成为当今心理科学乃至整个人文社会科学研究中使用频率很高的概念之一。有学者认为:"在新的世纪里,归因理论将会为我们更好地认识和理解人类复杂的社会行为以及改善人们的社会生活发挥更大的作用。"③

本研究采用归因理论出于以下原因:

首先,如对归因理论的简介中所述,归因理论在诸多学科得以应用,参照其他学科的研究问题,本研究认为也可以采用归因理论来做文学与心理学、传播学交叉领域的研究。

其次,归因理论最初是指对个体的归因,随着研究的逐步深入,正如日常生活中对发生在一个人身上的同一事件,人们往往会迁移到与其视为同质化的群体中一样,对群体的归因也是可行的。教育领域内,教育学中教师与学生的相互作用的归因研究就是属于这个范畴的。同时,本研究中依照教育学研究中将教师作为儿童成长过程中的"间接重要他人"的职业角色,笔者将儿童文学传播者、教师和家长在儿童文学传播中的角色看做是儿童受众的文学阅读中的"间接重要他人"。参照师生之间、亲子之间相互作用的归因研究,在对处于互动关系中的儿童文学接受者进行研究时,可以采用归因理论进行分析。

另外,已有的心理学归因研究往往是对一个事件、一类行为或一个群体进行的归因,而由于这里试图做的儿童文学传播的研究,同教师与学生的相互作用的归因研究需要考虑整个教育结构中的相关变量一样,儿童文学的传播障碍所涉及的也是整个传播结构中的所有要素。其涵盖的内容和所牵涉的过程与机制尽管不能完全参照教师与学生的归因研究的已有课题研究过程;但可以采用相似的研究方法。

① 邸志强:《归因理论在体育院校田径技术教学中的应用研究——以跳高技术教学为例》,河南大学学位论文,2010年,第1页。
② 闫欢:《中国少儿电视节目传播障碍的归因研究》,张爱卿等译,中国传媒大学学位论文,2006年,第10页。
③ [美] B.维纳:《责任推断:社会行为的理论基础》,华东师范大学出版社2004年版,第17页。

（二）认知结构理论及其启示

现代认知心理学研究表明，人类的行为并不能被视为对外部刺激纯粹的被动反应。恰恰相反，主体的选择、加工在这一过程中发挥着十分重要的作用。怎样确定和选择信息，如何对这些信息进行处理则与主体的内在认知结构密切相关。"所谓认知，就是指主体赖以获取知识和解决问题的能力，它是人类个体内在心理活动的产物。"[①]认知心理学家们认为，"从儿童到成人，人们认知水平的不断提高并非认知结构本身发生变化的结果，而是通过原有认知结构之功能不断被激活、工作有效性的不断提高及其结构各元素间相互作用的熟练程度的提高而逐步实现的"。[②]

受众对媒介信息的接受基于他们对现实世界的认知，而媒介信息正是受众认知现实世界的重要信息源，受众通过对媒介信息进行认知，将之转化为自身的现实行动，进而对现实生活产生影响。"从客观现实到媒介现实再到受众的心理现实，涵盖了认知结构的转换过程。"[③]受众对媒介信息的认知过程中，包含对媒介内容的选择和判断，不同的受众群体会对同一信息产生不同甚至截然相反的心理反应。不同的受众会根据自己的生活经验或知识积累建构不同的心理现实。此外，大众传媒在为受众提供拟态环境时，也在向他们传播社会所公认的价值观和行为模式，在政治、经济、文化等各方面对受众产生潜移默化的影响，逐渐改变着他们的价值观和认知结构。很大程度上，媒体"制造"了大众文化，同时也"修正"着受众对于时尚、消费、广告、暴力、性、情感等现实事物的认知。媒体的威力侵入了大众的浅表生活和深层思想，影响着人们价值观的形成和行为模式的养成。可以说，受众通过媒介获得的对于社会真实的认识，只不过是他们关于社会知识的心理结构反作用于物理真实的一种意识性的折射。而正是这个虚拟的现实为受众认知结构的形成提供了操作的平台。随着信息时代的发展，大众传媒对现代生活的渗透力和影响力日益增强，人们越来越习惯于在"媒介现实"中生存。同时，大众传播事业的繁荣把现代人卷入信息巨流之中，尤其是随着网络媒体的崛起，这种媒介形式在使信息传播的速度、广度、自由度等方面发生巨变的同时，也把大量未经"把关人"严格鉴别和删选的信息置于受众面前。此

---

① 乔瑞雪：《传媒素养构建的理论依据研究》，《林区教学》2011年第6期，第152—153页。
② 周红路：《当代大学生传媒素养机构研究》，大连理工大学学位论文，2006年，第3页。
③ 周红路：《当代大学生传媒素养机构研究》，大连理工大学学位论文，2006年，第9页。

种情况下，应该如何理性地区分媒介现实与客观现实？如何准确地选择符合自身信息需求的媒介内容？如何科学地、批判性地分析大众传媒所提供的信息？应该说，这些问题对于生活于大众传媒包围之中的儿童提出了更大的挑战。欲使儿童对媒介及其所传播的内容有理性认知，不仅有赖于他们的个人阅历、知识层次和思想层次的丰富与提高，而且与他们对媒介自身的了解情况密切相关。这就不仅仅需要提高他们的媒介素养水平，同时取决于社会、老师、家长针对儿童所进行的媒介素养教育的阙如与否。社会、老师和家长能否通过教育使每一位儿童受众成长为了解媒体的"内行"，能够从媒体中获得所需要的信息，并对之进行必要的筛选，这是建立媒介真实与儿童心理真实间张力结构的关键所在。

　　本研究中，无论儿童文学的传播者还是受众，抑或传播过程中作为"把关人"和中介出现的编辑和作为"意见领袖"出现的教师、家长，都处在大众传媒的影响之下，他们的传播或接受都受到来自大众传媒的影响，在此影响作用下决定对儿童文学的阅读或拒绝，阅读效果的获得也因之受到影响。个体认知发展水平从根本上说在于其认知结构中诸元素彼此间的协调程度，而且这种发展呈明显的阶段性特点。儿童认知结构中的基质虽然与成人没有多大区别，但由于阅读能力、社会阅历、情感特征等方面的局限，使得他们在认知水平上表现出明显的"童真"性。正是由于儿童阶段在其认知结构上特具的"平衡点"，使得他们并非如人们惯常认为的那样——认为儿童只是媒介信息完全被动的使用者，而是根据自己的媒介偏好选择适合自己的认知特征的媒介信息。正是基于儿童这一特殊受众群的特殊偏好，文学才有了所谓"儿童文学"与"成人文学"的区别。在相同的信息刺激下，不同心理的受众会作出不同的认知反应。儿童文学的阅读也一样，并不能被视为是对外部刺激的纯粹的被动反应，主体的选择、加工在这一过程中发挥重要作用，而主体对客体的认知程度从根本上取决于主体的认知结构。为了满足儿童的阅读需求，吸引住儿童的注意力，出版机构纷纷投入人力物力，策划出版适应儿童需求的文学作品。许多儿童文学作品之所以在儿童受众群体中受到了普遍欢迎，在于它们适应了儿童认知发展的需要，儿童在阅读中获得极大的满足。而许多老师和家长反对孩子阅读某些作品，比如杨红樱的"马小跳系列"是因为他们站在成人本位的角度害怕淘气包马小跳的行为会带来儿童的模仿，也就是说他们意识到了媒介对儿童行为的塑模作用。一旦媒介找到了切入特定受众群认知结构的适当途径，其在后者的认知发展中将扮演重要角色，媒介符号和理念必然会对该受众群的社会行为发挥某种形式的模塑功能，这一点已被许多调查和现实中的案例所证实。运用认知结构理论可以帮助我们更为清楚地了解儿童文学传播过程中不同行为背后隐藏的动机。

大众传媒传播的信息中有许多显然有负面作用，但由于受众认知发展具有明显的渐进性特征，使得媒介无法突破受众认知结构的内在局限，单方面地"教育"受众。①从反面来讲，大众传媒通过所传播信息建构的拟态环境对儿童这一特殊的受众群体的社会化会产生认知、情绪上的反应甚至脱敏，使他们误将拟态环境解读为真实环境，从而对其成长产生负面影响。②以皮亚杰为首的日内瓦学派通过对儿童认知发展的实验和研究提出进一步说明，认为"人的认识是主客体在相互作用中通过同化于己，即把外界的信息同化为主体的认知结构和顺应于物，即改变发展主体的认知结构以适应客观环境而完成的"。③由此可见，人类的行为并不能被视为是对外部刺激的纯粹的被动反应，主体的选择、加工在这一过程中发挥着重要作用，而主体对客体的认识程度从根本上取决于主体的认知结构。个体的认知结构是由一系列心理能力共同构成的复杂系统，它的基本功能表现为：获得外部信息，并将这些信息转化为自身的知识结构，最终用它指导自己的实际行为。这样一来，在当前的环境中该如何认识大众传媒对儿童认知发展的影响，建构儿童文学受众甚至传播者的合理的认知结构，使儿童文学的创作和阅读进入良性循环阶段，得到更为健康的发展，是减少障碍的一个重要渠道，这是该理论对本研究的重要启示。

三 传播学理论及对本研究的启示

（一）使用与满足理论及其启示

"使用与满足"（use and gratifications）理论产生于20世纪40年代，形成于70年代，关于它的研究被划分为"传统"和"现代"两个时期。20世纪40年代，赫佐格的研究，苏切曼对收听电台古典音乐的动机的研究，还有贝

---

① 童清艳：《信息时代媒介受众的认知结构分析》，《新闻与传播研究》2000年第4期，第75—82页。

② 殷文：《社会新闻中的不良镜头对青少年的影响》，《广西社会科学》2006年第11期，第172—175页。

③ [瑞士]皮亚杰：《发生认识论原理》王宪钿译，商务印书馆1996年版，第8页。

雷尔森对报纸的研究，属于"传统时期"的成果。而20世纪60年代之后，对"使用与满足"的"现代研究"呈现出更复杂的形式。"使用与满足"理论将受众视做有着特定需求的个人，将他们的媒介接触活动视做基于特定的需求动机来"使用"媒介，并通过"使用"使受众需求得以满足的过程。这一理论主张，传播者和研究者不仅要尽可能地了解受众对什么感兴趣，还要了解为什么感兴趣。

　　"使用与满足"理论把能否满足受众的需求作为衡量传播效果的基本标准，比较科学地纠正了传播学发展早期的"魔弹论"、"皮下注射器理论"等受众观，在满足受众需求、发挥受众在传播中的能动作用以及实现更好传播效果等方面有着积极意义。但每种理论都不可避免地带有局限性。"使用与满足"理论的局限在于过于强调个人，还在于虽然指出了受众的能动性，但这种能动性却极其有限，仅仅限于对媒介提供的各种内容进行"有选择地接触"这个范围内，因而不能反映出受众作为社会实践的主体，有着传播需求和传播权利的主体所具有的能动性。①"使用与满足"理论也存在明显缺陷。第一，这一理论认为受众在信息选择过程中已经具备了一种信息选择的理性。显然这是不科学的。因为受众信息选择理性的成熟有一个生成的过程。受众的选择既受感性的支配，同时也受理性支配。一个非理性的受众，可能会无条件地接受媒体的引导，在鱼龙混杂的信息环境中迷失自我；第二，使用与满足理论假定受众知道自己需求什么，但受众需求什么，媒介却不一定能满足受众的需求，因此受众仍然会受媒介的制约。既然媒介提供的信息是有限的，而且是通过一定的议程设置所安排的，那么受众的"满足"也只能以信息的议程设置为前提，因此，"满足"也只是一种假定。②

　　从这一角度出发，抛开对传播体制、传播者和传播方式的批判和思考，单从儿童的层面来进行理论考察，要消解大众传媒和"大众文化"对儿童群体的消极影响，我们只能进一步强调儿童的理性作用，强调对信息的批判与反思的能力，即强调他们的主体性。儿童正处在生理、心理的发育时期，知识体系、价值观念等尚未成型，还没有完全具备理性识别、判断、解读大众传播媒介所传播的信息的能力。儿童阅读儿童文学和进行其他媒介接触的行

① 陈燕华：《"使用与满足"理论与科学的受众研究取向》，《东南传播》2006年第10期，第21—22页。
② 周红路：《当代大学生传媒素养机构研究》，大连理工大学学位论文，2006年，第3页。

为受到他的知识水平和视野的制约，同时又受到家庭环境、社会环境等社会条件的制约。儿童对媒体有获取信息、娱乐等方面的需求。我们要弄清楚究竟是哪些因素在影响着儿童的文学阅读行为，这又会对儿童与儿童文学的健康成长产生什么样的影响。这些都是我们的研究需要解决的问题。使用与满足理论把受众成员看做是有着特定"需求"的个人，把他们的媒介接触活动看做是基于特定的需求动机来"使用"媒介，从而使这些需求得到满足的过程。这启发我们要重视儿童文学传播中受众的因素，重视儿童的媒介选择与他们的日常生活需求的关系，从受众角度分析儿童文学作品受欢迎或遇冷的原因；还启发我们随着时代与环境的变化，应该对儿童这一概念和儿童的需求有不断发展的认识，作为传播者的作家和出版机构应尽可能满足受众的合理需求，并对之进行引导以利于儿童和儿童文学的健康发展。同时，也只有重视儿童文学受众的反馈，根据受众反馈的信息及时调整传播内容和传播策略，才能提升传播效果，更大限度地实现有效传播。

（二）两级传播假设及其启示

传播学研究的先驱者之一拉扎斯菲尔德于20世纪40年代提出了"两级传播论"。这个结论认为：意见通常从广播和印刷媒介流向"意见领袖"（Opinion leader，又译为舆论领袖），再从"意见领袖"流向人群中不太活跃的部分。这一理论的关键词是"意见领袖"。"意见领袖"就是人群中比较活跃的部分，因为他们拥有更多的主观兴趣，因此，他们比一般的人更多地接触媒介，比一般的人知道更多的媒介内容。他们把他们所知的东西，"流"向"人群中不太活跃的部分"，以至对这些"不太活跃者"产生影响。

两级传播假设描述的是印刷媒介时代和早期电子媒介时代的传播关系：印刷媒体使用文字符号传播，不可能把信息直接传到处于文盲半文盲状态的广大人民群众中，必须依靠有文化的人即"意见领袖"，从中转达、解释。但随着收音机、电视机的普及，以广播电视为代表的电子媒体可以把信息直接传达到广大受众包括那些一字不识的受众。而且，面对媒体的激烈竞争，各媒体千方百计在信息的接近性、通俗性上下工夫，以争夺更多的受众挑选它。这两个因素大大降低了"意见领袖"的存在价值，从而也降低了"两级传播论"的现实价值。[1]现在，电子媒介的发展已经进入了成熟的阶段，其影响越来越超过印刷媒体。电子媒介由于其声画俱传的特点，对于受众的接受

---

[1] 周红路：《当代大学生传媒素养机构研究》，大连理工大学学位论文，2006年，第3页、第20页。

水平要求较低，因而其受众群与印刷媒介相比更为广泛，而且随着经济社会的发展，电子媒介也越来越普及，人们对于媒介信息的接触变得愈发容易。因而，这一假设一度因研究者认为有其条件上的局限而被认为"过时"并因此受到冷落。

对于本研究而言，该假设确有非同于一般传播问题研究的特殊意义。因处于成长阶段的儿童是在家长的监护之下，其信息接触行为包括儿童文学的阅读选择都不可避免地要受到来自家长的影响。如对于课余时间的安排，对于课余接触媒介的安排，对于是否订购儿童文学书籍和期刊，甚至对于儿童文学作品的理解和评价，都会受到来自家长的影响甚至在很多方面缺乏自主选择的权利必须听命于家长。因此，家长在信息传播的过程中某种程度上充当了"意见领袖"的角色，其作用如何和应该如何作用都值得研究。儿童所能阅读到的儿童文学作品中包括被语文教材选中的那部分，甚至在许多由于各种原因导致的儿童文学阅读较为缺乏的儿童那里，课本编选的作品几乎就是他们能够读到的儿童文学作品的全部。无论语文教材中的作品在儿童文学阅读中所占比重如何，无论除去课本外教师是否引导儿童进行课外阅读，义务教育阶段的语文老师无疑也是除家长之外另一强有力的"意见领袖"，而且，由于教学的要求，每一篇被选进教材的儿童文学作品都会被以"精读"的方式处理，教师通常会参照教学参考书上的理解为学生进行课文的分析讲解，这样，"意见领袖"的作用就得到进一步放大。因而，在儿童文学传播的研究中，应重视对于家长和教师所起的"意见领袖"作用的关注和研究，提出正确发挥作用，促进儿童文学传播的建设性意见。反过来说，在儿童文学传播中担负"意见领袖"角色的教师和家长，应当提高自己的儿童文学素养，才能在二级传播中完成好中介作用，从而消减传播障碍。

（三）"知沟"扩大假设及其启示

"知沟"这一提法最早出现在1970年，帝奇纳、多诺霍和奥里恩在一篇名为《大众传播流动和知识差别的增长》的论文中率先提出。"知沟"理论的实质是对大众媒介普及时代信息流通的均衡性、公众在知识获取方面的平等性提出质疑。该假设认为："随着大众传媒向社会传播的信息日益增长，社会经济地位高的人将比社会经济地位低的人以更快的速度获取信息，因此，这两类人之间的知沟将呈扩大而非缩小之势。"[1]假设以群体的社会经济

---

① 参见百度百科"知沟理论"。http:baike.baidu.com/view/362493.htm。

地位（SES）作为考察媒介效果的变量，尤其关注公共事务、科技新闻等与公共决策、社会发展有直接关联的媒介内容能否为不同社会阶层所平等获取。他们认为印刷媒介的中产阶级价值取向加剧了传播中的"知沟"现象。[①]"知沟"假设揭示了大众传播的负面功能，即：随着社会信息流量的增加，高SES群体获取媒介知识的能力和速度较快，从而与低SES群体之间可能出现两极分化的趋势，以此推论大众传媒加剧了社会不平等，对社会变迁具有深远的影响。

　　"知沟"扩大假设帮助我们认识到：随着社会信息流量的增加，不同群体之间获取媒介知识的能力和速度可能出现两极分化的趋势。当前，我国正处在社会主义初级阶段。城乡发展不平衡，区域发展不平衡、是制约我国发展的重要问题，这种现状导致城乡、区域经济发展的存在差距，经济差距是知识差距存在的重要原因，对于儿童文学的传播与接受来说，也不可避免地存在这样的因素。家长的经济收入、知识水平、社会地位对儿童的教育有着很不相同的影响。不同儿童的接触媒介的条件和在阅读等媒介接触活动中得到指导的机会也有很大差距。对于本研究，"知沟"假设提示我们去关注不同地区的儿童和同一地区但是不同经济条件的儿童之间是否有"知沟"存在，存在的话程度如何？我们应当认识到减小"知沟"对于儿童成长进而对儿童文学发展的重要意义，并研究可以采取何种有效措施以达成目的。我们不仅应当认识到减小"知沟"对于儿童成长与发展的重要意义，而且，具体到本研究中，要调查与儿童文学传播相关的我国儿童、家长和教师之间"知沟"存在的种种情况，研究"知沟"产生和扩大的原因，探寻"知沟"差异对于儿童文学传播所带来的突出影响并努力寻求减少差异，使优秀的儿童文学作品实现更大范围传播的路径。

四　多学科交叉点上的研究假设

　　当前，国内对儿童文学的诸多研究中，对儿童文学传播的研究较少，更鲜有基于实证研究基础上的对于儿童文学传播障碍的专门研究。因而，本研究具有探索性。根据实证主义的研究思路，研究是需要假设的。在实证主义研究视野下，没有研究假设意味着研究是没有基础的，盲目的，研究结果不可预期。这种预期效果的判断主要依据便是研究假设。有了假设，就为研究

[①] 姚君喜：《大众传播媒介与反贫困——大众传播与贫困地区甘肃的社会发展研究》，复旦大学学位论文，2004年，第8页。

的自证性和他人进行验证提供了基础。

在制定研究假设时，本研究参考了前文列举的相关文学理论、心理学理论和传播学理论，作出如下基本假设：

儿童文学作品作为一种文化产品有其资本属性，其意义和价值不仅仅取决于作品在物质方面的直接生产者(作家)，还受制于出版营销机构以及对作品进行解码和阐释的一系列成员，譬如批评家、家长、教师和各种社会机构等。儿童文学的创作、传播、儿童读者对于儿童文学的接受无一不受到来自现实环境的影响。在当今传媒时代，传媒文化影响下的儿童文学生产与传播发生了巨大变化，这些变化是传播障碍产生的重要背景因素。认识到环境的改变并积极做出传播策略的调整，儿童文学才能获得进一步发展。

儿童读者在作者、作品和读者三者关系中起到了主动的、积极的作用，他们对于儿童文学作品的接受是一个创造的过程。儿童阅读行为与个体的接受水平、环境的影响、作品的质量、家长和教师的引导等因素呈正相关。中小学语文教材中儿童文学作品的选取对于儿童的文学阅读有风向标的作用。语文教材的选文、语文教师与家长的儿童文学素养对于学生的儿童文学阅读积极性和阅读效果也有不同程度的影响。

儿童阅读有很大的可塑性，如果给儿童受众提供高质量的儿童文学读物、充足的阅读时间，并进行适当的阅读指导，儿童受众能抵御来自大众传媒的不良影响，充分借助各种媒介资源进行儿童文学阅读，会取得良好的阅读效果，对儿童的语言文字表达能力、审美素养、思维能力等各方面会产生正向影响。儿童在文学传播中的反馈对于儿童文学创作亦有积极作用，儿童文学创作、传播、反馈是一个相互联系的循环链条。

在这一理论假设的指导下，本研究将关注以下问题：影响儿童文学传播的因素有哪些？哪些环节的问题导致了传播障碍的产生？导致传播障碍产生的原因中有哪些内因外因？哪些是可控因素与不可控因素？理想的儿童文学传播环境是怎样的？现实环境中不利于儿童文学传播的因素应如何克服或者如何由对现实因素的消极抵抗转为积极利用？儿童最感兴趣的媒体是什么？儿童的儿童文学阅读条件是怎样的？大众传媒的使用对儿童文学阅读有什么正面负面影响？纸媒中什么内容最有吸引力？儿童的文学阅读与家长、老师的要求是否一致？儿童在阅读能力方面有何欠缺？如何克服这些欠缺以促使儿童文学传播效果的进一步提升？

"提出问题是解决问题的一半"，问题提出的过程也是对事物本质的把握过程，在后面的研究中，将带着这些研究假设，按照既定的研究思路对以上问题一一探究。

第四节　研究方法与创新点

一　研究方法

(一)文献研究法

文献研究法是根据一定研究目的，通过查阅文献来获得相关资料，全面了解所要研究的问题，从中总结规律发现问题并在此基础上进一步展开深层次调研的一种研究方法。本研究通过查阅与儿童文学和文学传播研究相关的资料、文献，包括对于作为儿童文学重要传播中介的小学语文教材上的课文进行逐篇分析和归类，掌握尽可能详尽的资料，并梳理国内外研究现状，了解前人已经取得的成果，吸取可借鉴的经验，避免盲目性和重复研究，并发现研究中的缺失，确立研究的选题，对儿童文学传播障碍进行深入研究和归因分析。

（二）问卷调查法——定量研究

问卷调查法是以书面提出问题的方式收集资料的一种研究方法。本研究采用问卷调查方法，运用统一设计的问卷结合科学的抽样程序向被抽取的儿童、家长和中小学语文教师了解情况，以便对被调查对象的儿童文学阅读状况或指导儿童进行儿童文学阅读的状况有准确、详尽的把握。问卷的数据将录入国际通用的社会统计学软件包SPSS 16.0进行统一的数据整理和运算，统计结果将直接用于对该课题的分析研究。

1. 问卷设计

问卷设计过程中主要使用文献法，首先收集已有与儿童文学阅读相关的问卷，整理其中有关的题项并进行归类，其次根据理论架构，在参考之前研究的基础上根据本研究的目标自编题目。这一过程中根据前文对儿童文学及其目标受众的界定，参照国内外相关研究成果，笔者对儿童文学阅读障碍这一概念进行了可操作化测量，将其分解为阅读动机与习惯、图书来源、阅读环境、阅读效果四个主要维度，对儿童文学的阅读状况进行考量。考虑到主要调查对象为小学生，问卷编制过程中注意了用词的浅显易懂并尽量避免主观及情绪化的表述方式。

2．调查对象

调查对象的选取直接影响最终研究结果，对于整个研究的开展至关重要。本研究选取济南市小学阶段的儿童为主要调查对象是基于以下考虑：

大众传媒时代的儿童对包括书报杂志、广播电视、网络、手机等媒介的接触与使用多在家庭和学校进行，因此其媒介接触状况相当程度上依赖于当地的经济和文化发展水平，针对儿童文学阅读受其他大众传媒影响如何所开展的研究要求所选择的地区在经济文化发展方面应达到一定水平，这样方能保证大多数儿童的媒介接触和使用需求，以便反映传媒时代的种种现实情况。考虑到我国中小城市经济发展水平有限，网络普及率还不高（截止到2009年6月，普及率不足15%），不足以为儿童多样化接触与使用媒介提供充足的外部条件，不利于传媒时代儿童文学传播障碍的呈现，因此不选取这部分城市的儿童为调查对象。同时，北京、上海、广州等少数特大城市的经济状况、传媒环境以及学校的教育条件和家庭的经济状况也具有特殊性，对于我国大多数地区而言代表性不大。综合以上考虑，本研究选取目前已经具备一定经济文化发展水平，能为儿童的日常媒介接触行为包括儿童文学阅读提供必要外部条件的二线省会城市作为调查研究开展的地点，具有较好的普遍性和研究意义。

另外，笔者长期在济南生活学习，对济南市六区、一市（县级市）、三县的状况比较熟悉，在济南进行相关调查有利于降低研究开展难度，保证调查研究的质量。另外，笔者开展大众传媒与青少年发展研究十余年，并就儿童的媒介接触与文学阅读问题多次开展公益讲座，其间走访不同学校、不同年龄段的中小学生及其家长、老师和各类教育机构的工作人员，获取了大量资料，有助于研究的深入开展。

值得指出的是，由于我国各省份、各地区之间经济社会发展水平和文化差异明显，不同地区的儿童在儿童文学阅读方面存在较大差距。因此本研究不是严格意义上的代表性研究，而是典型性研究，研究结果尚不能完全代表全国儿童的整体水平。

3．抽样方法

在开展具体问卷调查时，考虑到济南市小学生这一调查总体数量庞大、分布广泛，为更好地把握调查精度，笔者采取了多阶抽样的方法，将随机抽样和整群抽样相结合，逐步抽取样本。抽样的基本要求是要使样本能够尽量真实、全面地反映九年义务教育阶段儿童的儿童文学阅读状况及存在的问题，同时考虑样本的年级结构、性别比例基本保持平衡。抽样过程分为以下两个阶段：

一阶抽样：济南市拥有251所小学，其中，城市小学较为集中和多样，包括四种不同类型。为使样本分布均匀，在该阶段使用随机抽样的方法，在四种类型的学校中各随机抽取一所小学组成第一阶样本。这四所学校在师资配置、教学条件、教学辅助设施（如阅览室）等方面均有一定差距，可以从不同层面反映济南市小学的现状。由于研究条件所限，未能对农村小学学生进行大规模调查，仅有针对农村中小学生及其家长的个案访谈作为研究的补充与参考。

二阶抽样：由于同一小学同一年级不同班级的学生的整体水平差别不大，满足群间差异较小的条件，故第二阶段采用整群抽样的方法。在抽中4所学校的每一年级抽取一个班级，以该班所有学生为调查样本。这一阶段共有四所学校的24个班级构成第二阶样本。

多阶抽样的特点在于能够将各种抽样方法的优点综合起来，以较小的时间和物力消耗获取最佳调查效果。本次抽样调查最终抽取了1200名小学生成为本研究的样本。

4. 问卷的发放与回收

笔者于2009年5月至6月间在济南市小学生中发放调查问卷，本次调查采取统一发放问卷、统一回收问卷、不记名方式在抽中的四所小学中同时开展。[①]调查共发放问卷1200份，收回问卷总数1049份，总回收率87.4%。所得问卷录入SPSS 16.0软件进行数据清理后，删除无效问卷44份，余有效问卷1005份，有效率96.2%。在有效样本中，男生占被调查总人数的49.6%；女生占被调查总人数的50.4%。年级结构中，小学低年级学生占被试学生总数的32.7%，中年级学生占被试的30.0%；高年级学生占被试的31.3%，样本分布基本均衡。

---

① 此次调查系在山东师大文学院新闻学专业 2008 级研究生李昕言、赵洪涛的协助下完成，问卷设计由本人完成，李昕言、赵洪涛协助进行了问卷发放和数据统计工作。

5．数据分析

本次问卷调查所得全部数据录入SPSS 16.0社会统计软件包进行数据整理和分析，研究采用的主要分析方法有以下两种：

一是描述统计分析，即对问卷进行描述统计分析，通过对相关问题的回答进行频率统计，描述被调查者的基本情况及儿童文学阅读现状。

二是相关性分析，以被调查者基本情况中的"年级"、"儿童文学阅读时间"和"家庭及教师指导情况"为自变量，以阅读动机与习惯、图书来源、阅读环境、阅读效果四个主要维度为因变量，进行相关分析，考察家庭、社会等各方面因素对儿童文学阅读的影响。

（三）深度访谈法——质性研究

本研究采用质的研究方法来收集和整理资料。质性研究不同于量化方法，它是以研究者本人作为研究工具，在自然情境下采用多种资料收集方法对社会现象进行整体性探究，使用分析和归纳的方法形成结论，通过与研究对象互动，对其行为和意义建构获得解释性理解的一种研究方法。质性研究包含田野调查、民族志、人类学研究、深度访谈、参与观察、焦点团体研究等等。目前质性研究已跨出原来领域被广泛应用于科学研究之中。本研究所采用的主要是质性研究中的深度访谈和观察法。"深度访谈是一种无结构的、直接的、一对一的访问形式，是与结构式访谈相对而言的，它并不依据事先设计的问卷和固定的程序，而是只有一个访谈的主题或范围，由访谈员与被访者围绕这个主题或范围进行比较自由的交谈。访问过程中，由掌握访谈技巧的调查员对调查对象进行深入的访问，用以揭示对某一问题的潜在动机、态度和情感。"[①]与结构访谈相比，无结构访谈能够做到细致、深入地了解情况，并且有较强的灵活度。但是，此种访谈方法对调查员的要求比结构访谈的要求更高，所得的资料难以进行统计处理和定量分析而且特别耗费时间，使得访谈的规模受到较大的限制。

作为质性研究中的重要方法，深度访谈在目前的人文社会科学研究尤其社会学和传播学以及心理学研究中有着重要的地位，在文学研究中目前使用尚不多见。由于本研究涉及的儿童文学传播中的接受主体——儿童以及传播中发挥重要影响的家长和教师都是有思想有感情，有各自经历和个性的人，

①　秦银：《大学生智能手机应用软件设计的用户期望研究》，江南大学学位论文，2011年，第28页。

面对每一个不同的研究个体,定量研究中虽然通过测量、数字、运用统计学的方法揭示了儿童文学接受中一些共性的规律,但在研究中,研究对象只能在某个特定的时间在主试用尽量不带个人感情倾向的语调宣读完指导语后,面对试卷、量表选择"偶尔"或者"经常",回答"是"或者"不是",回答背后的原因是什么却无从知道。因而,要进一步找到、找准儿童文学传播障碍产生的原因必须要借助质的研究方法作为补充,才能使研究更加细致和深入。

本研究采用深度访谈时侧重个案研究。个案访谈也是调查的一种类型,是与问卷调查法相对而存在的,是通过与被调查者进行面对面的交流,加深对所研究问题的了解以获取研究所需信息的一种分析方法。这一研究方法方便可行,引导深入交谈可获得可靠有效的资料,有利于研究的深入。本研究采用个案访谈主要出于两个目的:一是对采用定量研究方法所分析的结果进行巩固、确认,二是将被调查对象的儿童文学阅读状况或指导儿童进行儿童文学阅读的状况放在被调查者的日常生活、学习或工作中来考察。个案访谈可以获得定量研究所无法达到的一些成果,使被调查者的儿童文学阅读等行为更加生动、具体和全面,有助于了解被试的想法,甚至测定数量分析的结果是否合理。某些通过定量分析方法较难准确反映或者反映有所欠缺的成分,可以通过个案访谈加以重点调查。因此,在个案访谈中,更多关注儿童和家长、教师对儿童文学的认识、感受,并特别询问行为背后隐藏的态度和观点。

笔者除在济南从事儿童文学阅读调查外,2009年和2010年曾四次接受"齐鲁大讲坛"邀请,分别赴泰安市的新泰、宁阳、肥城和枣庄市的滕州针对儿童的媒介接触与文学阅读开展公益讲座,接触了不同学校、不同年龄段的学生及其家长、老师,开展了富有成效的互动、交流,获取了大量第一手资料,以便从多个侧面对儿童的文学阅读状况和效果进行探究。

儿童文学传播本身是个流动的过程,传播障碍的发生也不是一个完全固化的结果,传受者双方在传播过程中呈现的也不是静止不变的状态,而无论量化还是质性的研究方法恰好可以在行动中去捕捉研究对象的信息,并跟随传播的动态过程。笔者认为,以上几种方法的结合能够更好地完成研究任务。

二 创新点

如上文所述，当前国内对儿童文学以及文学传播的诸多研究中，鲜有针对儿童文学传播障碍所进行的专门实证研究。因而，本研究具有探索性，这主要表现在研究对象的选取和研究范式的确立以及研究方法的运用上。

（一）研究对象

以往的儿童文学研究大都从创作的主体论出发，忽视儿童文学的服务对象——儿童这一接受主体的存在，以及对于儿童文学出版和阅读推广的研究。本研究除分析由于创作主体与传播中介而产生的传播障碍之外，结合调查与访谈结果对于儿童文学的接受主体进行了研究，分析其阅读障碍产生的内因与外因；对于作为传播中介的出版机构和语文教材以及在二次传播中担任"意见领袖"角色的教师、家长亦进行了关注和研究。同时，对于以上研究对象注重考察其生存环境以及环境所带来的深远影响，这是以往的儿童文学研究常常忽略的。置身于大众传播信息洪流中被商业消费文化与大众文化所裹挟的儿童与儿童文学都因为环境的影响而发生了很多改变，这种改变对于儿童文学尤其儿童文学传播所带来的影响值得我们密切关注和深入研究。如何减少传媒语境下儿童文学传播所遭遇的种种障碍是一个关系到儿童文学生存发展的重要命题，本研究具有重要性与紧迫性。

（二）研究范式

本研究处在多学科的交叉之点上，具有很强的跨学科性和兼容性。仅凭单个学科难以对其中的问题进行充分揭示和解析，须以各相关学科的对话与合作方式开展整合性研究并据此提出完善合理的解决问题的思路。

运用大众传播学理论进行一般的文学研究在近些年成为热点，但在儿童文学研究领域尚未得到应用。本研究采用归因理论作为基础理论，用社会心理学的归因研究方法研究儿童文学传播中出现传播障碍的内因与外因，并力图将心理学、传播学、文学等各方面理论有机结合，较为全面地关照和深入解读儿童文学传播过程中的障碍，在研究范式上是一种新的尝试。

（三）研究方法

如前所述，本研究选择了问卷调查法（定量研究）和深度访谈法（质性研究）作为重要和基础的研究手段，以调查中所获得的数据和资料来论证儿童文学传播障碍的存在和表现，并在此基础上结合作家与作品以及儿童文学传播过程中的诸种因素进行归因分析。采用定量研究和质性研究进行社会科学的研究已在其他学科领域中受到重视，但在文学研究尤其儿童文学的研究中所见不多，有一定创新性。

本研究力求结合当代中国儿童文学的传播实践，从积极的角度出发，不仅呈现障碍和探寻障碍存在的原因，而且从如何减少传播障碍，提高传播效果，有利于儿童文学发展和儿童成长的角度分析可行性措施，力求寻找对于儿童与儿童文学自身以及儿童文学传播皆有助益的应对策略，以弥补此前研究的不足，为今后更深一步的研究和文学研究视阈的拓展提供借鉴。

第一章　儿童文学传播现状与存在的障碍

进入21世纪，中国的儿童文学进入了一个百花齐放的繁荣时期，不仅许多著名的儿童文学作家纷纷推出自己的新作品吸引读者，同时还涌现出许多创作儿童文学作品的"后起之秀"，其所创作的儿童文学作品时尚新颖，同样受到少年儿童的喜爱，丰富多彩的优秀儿童文学作品层出不穷，将儿童文学市场推向了一个火爆销售的顶峰。特别是一些较早打响名号的品牌图书，由于具有一定的市场基础，加之后期的宣传包装，重新推出市场后受到少年儿童的热烈欢迎，销售业绩一路飙升，销售量达到上万册的图书比比皆是，销售十几万册甚至上百万册的儿童文学书籍也并不罕见，整个儿童文学市场呈现出供不应求的发展态势，销售业绩连创新高，媒体和读者反响热烈。然而，儿童文学创作与出版繁荣的背后，却隐藏着传播的遇冷，阅读接受的有效率处于较低水平，反馈环节的不畅通也使得传播无法成为一个良性循环的过程。

当代儿童文学传播的总体状况如何？是否存在障碍？本章在对儿童文学传播状况进行总体把握与描述的基础上，有针对性地考察传播过程的每一个环节中障碍存在与否，并重点利用实证研究的方法对儿童文学阅读出现的问题进行挖掘与梳理，力求清晰地揭示传播障碍存在的主要部位及其外在表现。

第一节　对儿童文学传播现状的总体描述

考察当代儿童文学传播，要把现象置于当前的时代背景和地域背景之下，结合社会制度、文化生态、经济现实等当前儿童文学传播的总体环境中的各项因素，对于研究主体进行综合考量。这个总体环境即是儿童文学传播环境的外在延伸，构成了每一个孩子的生存大环境。儿童每天生活在这个环境中，儿童文学的传播也发生在这个环境中，文学经由传媒到达孩子，这一美妙的过程就像故事一样每天都在上演，也在书写着今天孩子们的童年生活。我们从特定的时代、特定的地域来比较儿童文学传播的历史与现实的差异，东方与西方的差异，可以看到中国当代的儿童文学传播已经取得了迅猛的发展，然而传播过程各要素之间的互动关系中，也不可回避地存在着问题。

一 走向主流的"边缘文学"

"五四运动"开始，《安徒生童话》、《格林童话》、《爱丽斯漫游奇境记》等西方经典性儿童读物被引入中国，让中国的孩子们第一次看到了现代意义的少儿读物。同时期，白话文被很多作家接受，成为创作的主要语言形式，大批作家在进行创作的同时，留下了大量儿童可以阅读的优秀作品，这为儿童文学的传播打开了大门，这些作品渐成系统，逐步将儿童文学纳入到文学的一个支流，儿童文学在中国的发展也逐渐经历了从无到有的质变，逐渐走向主流文学体系之下。此后几十年来，无数作家留下了很多优秀的儿童文学作品，然而几十年间，由于中国社会的风云突变，在一定程度上制约了职业儿童文学作家进行儿童文学创作，儿童文学在文学主流下仍然处于边缘位置。直到1976年10月"文革"结束后，伴随着人们思想的逐步解放，社会改革的步伐逐步推进，中国现代化的进程也在加快。在中国社会发生巨大变革的大背景下，外来思想与中国文化发生激烈碰撞，中国文学也同样在这一背景下发生了空前的变化，这一时期，儿童文学开始由"边缘文学"走向主流。"从中国儿童文学史的高度鸟瞰，我们可以毋庸置疑地说：新时期儿童文学是中国儿童文学发展最快、变化最大、成绩最著而所需探讨、研究的课题也是最多的时期。"[①]20世纪90年代以来，中国的儿童文学作家在传统文化、西方文化的碰撞后有了进一步融合的趋势，与随之而来的后现代文化以及本土地域文化相结合，逐步建立起新时期中国儿童文学的创作体系，构筑起了有中国特色的儿童文学坐标系。随着20世纪初中国现代启蒙主义文学运动的开展，"儿童文学开始提到议事议程，儿童也逐渐成为人们关注、尊重的对象。"[②]新时期，儿童文学终于回归到职业化、专业化创作出版和发行的工业化传播进程中，国内出现了一系列的儿童文学作家代表人物，引领着儿

---

① 王泉根：《简议中国新时期儿童文学》，《中国图书评论》2002年第6期，第19—20页。

② 王泉：《中国儿童文学的文化坐标——以20世纪90年代以来的儿童文学创作为例》，《学术探索》2010年第3期，第119—124页。

童文学在中国的发展。

20世纪90年代，曹文轩凭借《红瓦》、《根鸟》等作品，为儿童文学开启了一扇智慧之门，"拓展出了一个更具心灵质感和生命智慧的艺术空间。"[①]在进入新世纪后，曹文轩依然延续了原有作品清新文雅的风格，并加入了许多新时代的元素，推出了《青铜葵花》、《细米》、《甜橙树》等脍炙人口的作品。这些作品深入到少年儿童的内心世界，将温暖与感动、宽容与坚持、纯洁与高雅诠释得淋漓尽致，作品主人公在个体的苦难中磨砺和成长，逐渐坚定了理想信念，产生了与命运、时代抗争的想法，具有特定历史时期的烙印。少年儿童对这些作品产生了激烈的思想共鸣，它们成为当时十分有影响力的儿童文学作品。以女作家殷健灵为代表的青年作家，在新世纪以来进行的系列创作着重关注"成长"这一话题，写作了《画框里的猫》、《纸人》等作品，把青春期作为作品的描述对象，探索特定年龄的儿童心理，形成了忧伤与沉郁的风格，深受大龄儿童的欢迎。同时，林彦的《梨树的左边是槐树》、赵菱的《让你猜猜我是谁》、唐兵的《永远的安》等以丰富的情感和朦胧的情愫为题材，将一种崭新的情感理念融入作品当中，这些都对少年儿童具有一定的吸引力，加之带有淡淡忧伤笔触的叙事方式，更为作品增添了一种神秘感，这些作品一经推出市场，就受到了少年儿童的热烈追捧。与此同时，秦文君的《男生贾里》、《女生贾梅》，陆梅的《谁能把春天留住》、叶耳的《寻找陈小强》、胡若凡的《寻网》、谢倩霓的《不曾改变的呼吸》、张晓玲的《日落南河》、姚金翎的《带着花瓣的沼泽》等深受小读者喜爱的作品层出不穷，它们在创作中虽然各具风格，但基本都以现实主义为题材，构筑了在当今飞速变革的社会中的不同环境下成长起来的个体的故事。

2000年，著名儿童文学作家杨红樱推出了校园小说《女生日记》，这部作品引领了校园文学作品的新潮流，一股清新之风吹进了儿童文学创作领域，为儿童文学的创作注入了一股新的活力。此后，杨红樱继续发力，先后出版了《杨红樱校园小说》、《淘气包马小跳》、《笑猫日记》等校园文学作品，都因为符合当时少年儿童的阅读心理，符合当时的市场需求而获得持续热销，杨红樱以及她的作品成为儿童文学界名副其实的"黑马"，据调

---

① 杜霞：《寻找回来的世界——新世纪儿童文学创作述评》，《天津师范大学学报（社会科学版）》2010年第3期，第48—53页。

查，自1998年7月起，截至2008年7月仅仅10年的时间，杨红樱的作品销量已经突破了3000万册，成为业界一个出版神话。2006年21世纪出版社的《皮皮鲁总动员》出版，在一个月内销量就超过了《哈利•波特》，影响力引起业界广泛关注。"伴随着畅销书的出现，通俗化、娱乐化、类型化的写作方式逐渐清晰，儿童文学的'类型'创作意识日益鲜明，并从大一统的儿童文学中分流出来"①。杨红樱、郑渊洁等作家开辟了儿童文学畅销书的新时代，也使得少儿图书市场化运行得以飞速发展，这也代表了当前文化产业化运作背景下儿童文学发展的必由之路。畅销书给市场注入了活力，促进了儿童文学的繁荣与发展，也为当前儿童文学的健全和多元发展起到了推进作用，然而，在以市场化为主导越来越为现代社会所重视的时候，利益成为很多群体的争夺焦点。于是，受利益驱动的跟风、炒作等创作模式急功近利，严重扰乱了市场秩序。例如，在浙江少儿出版社推出"中国幽默儿童文学创作丛书"后，至少有十余家专业少儿出版社出版了以"幽默"为关键词来包装的图书。在今天的图书出版市场上，这种"千人一面"的现象比比皆是。一个作家、一家出版社用了几年甚至十几年精心打造的一部书，自然会引起广大读者的关注，而一旦被受众关注，也往往会引来其他出版社或作家的关注，由此导致的结果是在一两个月内"攒"一本或者几本同类型、同风格的图书，如此短的时间内"拼"出一本书，不免有浑水摸鱼、混淆视听之嫌。因而，很多家长对于图书选择的体验是，同类型的书只读市场上最早出现的那一本就可以了。这种出版的混乱无序状态，虽然短时间内可以给出版社或者作者带来丰厚利润，但永远不会深受读者的关注和喜欢，即便被购买回家，也很可能被"束之高阁"，没有了阅读的下文。这种现象导致了今天很多出版社和作家都在盯着眼前的一己私利，而没有站在整个儿童文学的高度，以对孩子、对历史高度负责任的态度来要求自己的事业，这是今天造成儿童文学传播障碍的一个社会现实因素。实践证明："通俗儿童文学并不是艺术上降格以求的东西，而是同样需要作家具有经过真正修炼而获得的艺术底蕴。"②而真正让"以市场为导向"来指挥儿童文学的创作，还需要出版社和作家能够承担责任，也能够担当风险。

---

① 杜霞：《寻找回来的世界——新世纪儿童文学创作述评》，《天津师范大学学报（社会科学版）》2010年第3期总第210期，第48—53页。

② 朱自强：《新世纪以来原创儿童文学两大走向》，《中华读书》2008年第6期，第10版。

二 虚实参半的童书繁荣

目前，随着素质教育的逐步普及，如何提升少年儿童的综合素质已经成为教育界的主要课题，同时，"读书从娃娃抓起"也被大多数老师和家长所认同，在社会关注的目光和"意见领袖"的一致倾斜下，儿童文学作为一种能够提升少年儿童文学素养的文字作品，受到了越来越强烈的关注。越来越多的人认识到，孩子必须有足够的能力，才能在纷繁复杂的社会中立足，因此，传统刻板的学习能力已经越来越不受认可，相反，提高孩子的创新能力、综合应用等实践性能力逐渐成为重要的学习标准，受到教育界的广泛推崇。儿童文学出版市场由此迎来了其快速发展的繁荣时期。"我国拥有面向3.67亿未成年人的广阔少儿读物市场。2010年，全国580家出版社中，有519家上报了少儿类图书选题，占出版社总数的89．5％。"① 有出版社管理层人员坦言，"专业编辑我们一个不要，儿童读物编辑有多少要多少。没办法，就童书挣钱。"童书出版成了出版界名副其实的"朝阳产业"，甚至出现了数套销售超1000万册的超级畅销书。如此火爆的市场，不仅使得专业少儿社厉兵秣马，纷纷抢占原创儿童文学资源，就连一些成人读物出版社、教育社、专业社也争相"试水"儿童文学图书市场。② 而在上述对"童书"的调查中，儿童文学作品所占份额巨大，并且从市场的走向来看，未来，儿童文学作品依然呈现供不应求的上升趋势，在整个童书出版市场中占领较高领地。"2007年，儿童文学约占整个童书码洋的半壁江山（接近50%），在100种畅销童书排行中，儿童文学约占80%；在前50名中，约占90%；在前10名中，全部是儿童文学，单品种销售册数在8万至30万之间。"③ 由此可见，儿童文学书籍是"童书"中当之无愧的主力军。

当儿童文学市场的繁荣成为有目共睹的事实之后，出版社还十分注重打造儿童文学作品的"软实力"，各家出版社纷纷大展拳脚，别出心裁推出了许多适应市场发展需要的儿童文学作品，并且在出版的过程中注重儿童文学作品的包装、营销以及与国际儿童文学市场的接轨等，为中国的儿童文学作品注入"精品元素"，受到了越来越多小读者的欢迎。在图书的出版样式、

---

① 王慧：《全媒体出版为少儿读物开辟新领地》，《出版营销》2010年第9期，第58—60页。

② 赵霞、方卫平：《论消费文化背景下的儿童文学创作与出版》，《南方文坛》2011年第4期，第43—47页。

③ 韩进：《儿童文学出版的市场表现及价值诉求》，《出版科学》2009年第2期，第21—26页。

装帧等方面独辟蹊径，如撕不破、泡不烂的儿童书，立体图画书，床挂书，游戏书等，装帧精美，图文并茂，这些做法都迎合了少年儿童的好奇心，对于激发他们的阅读兴趣，吸引他们进行反复阅读都起到了积极的作用，因此深受少年儿童的喜爱和追捧。2010年，一场声势浩大的图书博览会在北京举行，儿童文学作品是其中十分重要的展出部分，各个少儿出版社纷纷使出浑身解数，将自己所出版的精品儿童文学作品进行展出，儿童文学作品的展位一片欣欣向荣的新气象，令许多小读者流连忘返。所展出的儿童文学作品装帧精美，内容丰富，题材新颖，成为书博会一道亮丽夺目的风景线。

面对繁荣的儿童文学市场，单纯地进行单本的新书出版已经远远无法满足市场和读者的需求，因此，出版社开始将目光投向系列图书和汇编类图书上面，努力拓展出此类儿童文学作品的"半壁江山"。系列图书具有一定的体系，在分类上较为明确，并且具有一定的连续性和整体性，加之这种成套销售更加有利于促进图书的整体运营，因此特别受出版社的关注。如江苏美术出版社出版的"冒险小王子"系列，二十一世纪出版社出版的"森林报"系列，中国少年儿童出版社出版的"乌丢丢的奇遇"系列，接力出版社出版的"巴巴爸爸"系列等图书，在推出市场时均销售火爆，为系列图书的发展指明了道路。汇编类图书则是将题材或内容相近的图书进行整合后出版，出版社逐渐改变了过去"简单汇总"的汇编类图书出版思路，而是在整合过程中融入创新思路和新鲜元素，在选材上更加偏重于市场的需求，同时加入具有号召力的品牌作家作品，让整个汇编书籍更加具有品牌号召力。如中国少年儿童出版社出版的"金牌作家系列"、"典藏书库系列"、"最具阅读价值的中国儿童文学•名家短篇童话卷"系列，新疆青少年出版社的"大师笔端的天使"系列等。系列图书和汇编类图书已经成为广大小读者进行儿童文学系统阅读的"法宝"，在市面上这类图书也越来越多，销售业绩一直居高不下。

笔者在对目前儿童文学市场进行调查时发现，出版社偏重于出版知名作家作者的作品，如曹文轩作品集《忧郁的田园》、《红葫芦》、《蔷薇谷》、《追随永恒》、《三角地》；杨红樱《男生日记》、《五·三班的坏小子》、《漂亮老师与坏小子》、《淘气包马小跳系列》；秦文君《男生贾里》、《女生贾梅》、《小鬼鲁智胜》、《小丫林晓梅》；郑渊洁《童话大王》、《舒克和贝塔》、《皮皮鲁和鲁西西》、《魔方大厦》等。知名作家具有一定的品牌号召力和读者基础，加之他们的儿童文学功底深厚，写作经验丰富，写出的作品较能打动人，因此十分畅销。许多知名的儿童文学作家认识到自己的优势所在，牢牢把握住市场脉搏，从市场的需求出发，将自己作品的特色发挥得淋漓尽致，如曹文轩、秦文君、黄蓓佳、杨红樱、郑渊洁等知名作家，都纷纷推出了新作、力作，用品质和实力占领了绝大多数儿童文学市场的领地。在这种形势之下，各大出版社越来越认识到知名作家作者的市场潜力，纷纷与他们进行合作。出版社的鼎力相助，加之愈演愈烈的市场需要，让越来越多的优秀儿童文学作品诞生于市场之中，受到小读者们的青睐。

中国的少年儿童多数是由国外的童话故事陪伴长大的。作为儿童文学最重要的一种体裁，童话作品长期以来也是依赖国外的引进。根据一项北京开卷信息技术有限公司"开卷全国图书零售观测系统"的市场销售数据发现，"少儿文学图书的码洋比重超过少儿图书市场1/3，从少儿文学图书的零售市场销售情况来看，外国少儿文学与中国少儿文学在册数、码洋、品种三个方面的比例大于4：6。"由上述数据可见，中国的儿童文学图书并没有实现"自给自足"，而是长期处于一种依赖国外引进的状态。①中国出版社依赖引进并不是一种个别现象，而是极为普遍的。

中国的少年儿童需要"兼容并序"的文学态度，中国的少年儿童出版界也需要从中寻找一种"反思精神"。各出版社在无法打破这种长期以来形成的"以引进为主"的格局的情况下，开始在创新思路，拓宽路径上下工夫，采取了与多家国外出版社进行合作，深入发掘国际知名品牌和经典作品等方式，力求将最好的国外儿童文学作品输送到中国，让中国的少年儿童读到来自世界各地的经典作品，吸收不同国家的先进文化。如中国少年儿童出版社的德国引进版《劳拉的星星》、中国电力出版社的奥地利引进版《三个丹尼斯》、贵州人民出版社的美国引进版《蒲公英国际大奖小说》、电子工业出版社的英国引进版《彩虹童话旋梯书》等，都成为少年儿童喜爱的国外引进图书。"优秀的引进版儿童文学作品不仅能使小读者们受益，而且对于开阔成人儿童文学作家的事业、丰富作家们的艺术体验，也是大有益处的。"②也

---

① 谭旭东：《"偏食"引进底气不足——少儿图书引进版现象管见》，《出版广角》2008年第9期，第33—34页。

② 李欣人：《经典引介与儿童文学出版的发展——兼谈明天出版社的儿童文学图书引进》，《出版发行研究》2010年第6期，第39—40页。

就是说，引进作品不仅丰富了中国的儿童文学出版市场，而且为中国的儿童文学创作注入了源源不断的生机与活力。

中国的儿童文学出版市场虽然以"引进"为主，但是随着各大出版社对外交流的意识逐渐增强，把中国的儿童文学作品推向国外逐渐成为一种责任和使命，"2007年，21世纪出版社输出图书6种40多册，主要是儿童文学作品，其中就有童话大王郑渊洁的'皮皮鲁总动员'（30册）和童话《魔法小仙子》；2007年，韩国出版社一举拿下黄蓓佳的3部作品《我要做好孩子》、《亲亲我的妈妈》、《我飞了》版权。同年，瑞士出版社购买了《我要做好孩子》德语版权。此外，曹文轩的《山羊不吃天堂草》输出韩国，《青铜葵花》版权被海外多家出版商争购。金波的《和树谈心》、《影子人》也输出韩国。"①这些成绩都增强了中国儿童文学创作者和出版者"走出去"的信心和勇气。当"走出去"的理念逐渐渗透到儿童文学作品当中时，儿童文学作品本身便具有了一种多元化的色彩与内涵，这从一定程度上也提升了国内儿童文学作品的质量，为塑造越来越多的精品书籍打下了良好而坚实的基础。

三 "输在起跑线上"的儿童文学

近年来，教育领域的一句话"别让孩子输在起跑线上"影响了无数中国家长。这句话同样也开拓了中国广阔的儿童早教与培训市场。"无论如何都要提前做到，决不能输给其他孩子"，直到今天这恐怕还是无数家长的心声。一些家长由于担心自己的孩子输在起跑线上，通过各种培训班给孩子输入远远超越其年龄的知识和技能。"输在起跑线上"是所有家长最担心的事情。"偏激的儿童潜能开发就仅限于智力上的开发，盲目地对各种科学早教趋之若鹜，而忽略了儿童文学在儿童情商培养中的重要地位。"②从胎教到早教，再到幼教，直到孩子升学到初中、高中，"起跑线"贯穿在整个孩子的成长过程当中，也贯穿在繁荣的儿童教育培训的商业化市场里。

"不让孩子输在起跑线上"这一观点的形成并非偶然，从根本上讲是由于市场经济打破了平均主义大锅饭，人们进入激烈竞争的时代，而在这种时代背景下，中国实行了计划生育的基本国策。相对于过去每个家庭的五六

---

① 韩进：《儿童文学出版的市场表现及价值诉求》，《出版科学》2009年第2期，第21—26页。

② 崔文晶：《中国儿童文学的弱点和发展的必然趋势》，《商业文化（学术版）》2010年第5期，第68页。

个孩子相比，如今每个家庭只有一个孩子，自然会视为掌上明珠。"独生子女"成为中国30年来尤为特殊的群体，每个家庭的这唯一一个成为父母、爷爷奶奶、姥姥姥爷全家关注的焦点，他们的成长被整个家庭看做是未来最为核心的工作。于是，集聚着全家人"望子成龙"、"望女成凤"的呵护与期望，孩子走上了被裹挟的成长之路。独生子女在这种承担着父辈、祖辈的心理期望和未来期待的状态下成长，已经慢慢失去了自由。孩子在家庭间要比技能，在学校里要比成绩，学习成绩长期以来是小学生面临的最重要的负担。面对写不完的作业，背不动的书包，孩子更多情况下是家长和老师联手操控下的学习机器。平常，很少会有自己自由支配的时间。对于今天的儿童来说，儿童文学接触最大的障碍就是没有时间阅读。中国有13亿人口，近年来，大学生就业压力逐渐加大，劳动力和人才市场的需求并不同步，这导致了严重的市场竞争，这种压力快速传导给了家庭和学校。通过什么方式解决这些问题，通过什么途径能够为自己的孩子谋取更多的机会，这成为每一个家长忧心的事情，好好学习、取得高分成为很多孩子必须要走的道路。"教育体制在选拔人才这方面一时间不能迅速飞跃到完善的全面考察录取的理想状态，依然延续着考试选拔的方式。这使得从长远打算的家长们'不愿让孩子输在起跑线上'的心情愈演愈烈。"[1]在这种背景下，儿童文学承载了过多的教育功能，使得很多儿童文学作品背离了儿童文学阅读的初衷，而沦为教科书的粗浅演绎和图解。究其原因，其中很重要的一点就是忽略了作品本身的精神内涵，在这一点上，国外的儿童文学作品优势就更加明显一些，国外儿童文学作品语言较为简练，作品本身的故事性和趣味性也更强，能够让孩子在充分体会一个个新奇故事的同时，从中体会一些人生的哲理，启发他们对"真善美"的内心感悟，因此，外国的儿童文学作品比中国的儿童文学作品普遍具有更强的现实意义。

今天很多教育专家告诉我们孩子不会"输在起跑线上"，也有很多家长不再刻意要求孩子有什么出息、学什么技能，而是让孩子以快乐为中心，回归儿童本真天性，做他们喜欢做的事情。"人生是一场长距离的马拉松，而不是一闪而过的百米竞赛。百米赛跑，起跑的反应时间、前30米加速的爆发力是最重要的，占得先机的人即使不能拿冠军，也一定会名列前茅。而对于

---

① 崔文晶：《中国儿童文学的弱点和发展的必然趋势》，《商业文化（学术版）》2010年第5期，第68页。

跑马拉松来说，起跑却是一点也不重要的小环节，一开始冲在前头的可能掉队，一开始不冒头的可能后劲儿十足，超强的体能、坚强的意志、合理的战术才是关键。"①

直到今天，我们仍然不能回避的一种现象是，某些偏远或贫困地区的孩子因经济条件而无法接触儿童文学。由于历史原因，中国的城乡之间、区域之间在经济发展方面的差距依然十分突出。在城市、东部发达地区这些看似几乎不存在任何障碍的地方，仍然有很多孩子在小学阶段没有看过任何一本课外书。而在西部和偏远农村，尽管温饱问题已经解决，但是对于精神营养的补给却远远跟不上。笔者在对共青团山东省委青少年部联合山东广播电视台在2012年初发起的一项大型儿童公益行动"心愿直通车"进行调查时发现，很多农村孩子的心愿是拥有一套课外书，没有图书室的农村小学占到1/3还要多。作为乡村儿童购买图书的终端分支机构，新华书店在也只在乡镇建立分店，这对于远离乡镇的孩子而言，路途遥远和昂贵的书价都是导致他们难以进行儿童文学阅读的原因。

在文学领域，"文学都市化"是一个经常被关注的话题，对于儿童文学而言，这一现象尤为严重。特别是近些年来，随着改革开放的不断深入，城市化进程的逐步推进，农村在经济发展上与城市的差距越来越大，在文化发展方面越来越被边缘化。儿童文学的创作源头——农村题材的儿童文学作品几乎绝迹。"都市少年小说不但以压倒性的优势确立了自己在文坛的地位，而且，可以说是独霸文坛，除了一些零星的短篇小说，在儿童文学各体裁中阵容最强大的长篇小说里，我们看到的全是都市少年形象。我们几乎看不到一个当代的农村少年儿童形象！"②被边缘的不仅是农村孩子阅读的经济条件，同样，即便农村孩子拥有了一部图书，但是里面所描述的故事也会远离自己的生活，导致他们很难理解书中的内容，在接受效度上自然大打折扣。儿童文学作品过于都市化已经成为一种现实，都市小说的脱颖而出，从一定程度上破坏了儿童文学题材的平衡性，人们的目光过多地停留在都市儿童身上，而忽略了广大农村儿童的阅读需求。这样一来，农村儿童读到的是一些远离自己生活的儿童文学作品，他们无法对作品产生认同感，更无法从中体会到儿童文学的魅力，这一切，都不利于他们对儿童文学阅读产生浓厚的兴趣。

---

① 王美婵：《谁说"孩子不能输在起跑线上"》，《中国青年报》2011年5月24日第2版。

② 李东华：《儿童文学的新声音》，《文艺报》2005年12月20日第2版。

在中国，这对于数量要远超城市儿童的农村儿童而言非常不公平。从儿童文学的发展和传播来讲，农村题材的发展滞后，必然难以实现文学生态的全面发展。一个并不健全和完善的文学生态所引起的传播障碍，不仅仅对儿童不利，对整个文学界的发展也不利。"世界上四个儿童中，就有一个中国儿童。我们还应该经常强调:在三个中国儿童中，就有两个农村少年儿童。对于中国儿童文学事业来说，农村少年儿童绝对是一个不能漠视的群体。"[①]同样不可忽视的还有东西部经济发展差距带来的障碍。对于偏远地区的孩子而言，给他们提供更多的开阔视野的机会，尽可能减少"知沟"的存在极其必要。

四 与新媒介竞争的纸质阅读

电脑与互联网、手机与3G网络的出现，既是传统的信息传播工具的延伸，又形成了新的大众传媒形态。而且，随着新技术的不断更新换代，新的电子产品不断涌现，将继续改变着人们的生活。今天以电子屏幕为代表的全新传媒形态已当之无愧地成为主流媒介，使得当今的文学传播也越来越青睐用新的传媒形式包装自己，而纸质文学读物也在这种环境下受到冲击。新科技所具备的便捷、高效、互动的特性使之远比传统的纸质媒介有趣，因而也更容易争夺儿童读者。由此也不可避免地造成一些弊端，"过早地疏远了以纸质媒体为依托的优秀儿童文学作品的同时也就疏远了人类在童年能够欣赏作品时伴随着的思考分析能力和阅读能力"。[②]由此而带来的可能就是儿童在面对传统的文学作品和电视、电脑、手机等电子显示屏幕的时候，更愿意选择娱乐性强的电子屏幕，而把纸质的文学作品看成了阅读的负担。

然而，与传统的文学载体书籍所不同的是，电视、电脑、手机等，更像一个筐。每一本书籍只能承载一部文学作品，每一页纸只能承载固定的内容，而电子显示屏却可以显示不同的内容。于是，儿童在使用新媒介的时候，其关注的一定不完全是儿童文学作品。与此同时，我们国家对于影视传播并没有分级制度，孩子从理论上可以看到和大人完全一样的画面。而对于电脑和手机等网络接收终端来讲，更没有成人和儿童之间的分界。于是，在新的大众传媒环境下，儿童和成人所接触的是同样的信息，儿童和成年人的

---

① 黄瑛:《儿童文学:期待为农村少年儿童言说》，《电影评介》2007年第9期，第85—86页。

② 崔文晶:《中国儿童文学的弱点和发展的必然趋势》，《商业文化（学术版）》2010年第5期，第68页。

理解力也越来越近。许多儿童文学作品没法做到充分体现童年的乐趣，而将成人的世界过多地加注到作品当中，让作品缺少了童趣，少年儿童在阅读的过程中无法体味童年的欣喜，过早地进入了一个成人的世界，这无疑是十分残酷的。尼尔•波兹曼的名著《童年的消逝》和大卫•帕金翰的著作《童年之死》便是对这一观点的深刻描述。进入新世纪以来，少年儿童的接受能力更强，对于各种信息的接受也更为丰富多彩，而相对于儿童文学，孩子们似乎更喜欢浏览通俗小说、网络日志、论坛博客、时尚杂志，关注的角度和视角较之过去时代的同龄人有着很大的改变。甚至逐渐进入青春期的孩子开始注意一些黄色、暴力的信息，非主流慢慢地在孩子们身上出现。似乎一夜之间，孩子们长大了。过早成长起来的儿童，也在过快地成熟。因而在越来越短暂的儿童时代，他们接受儿童文学的心理年龄也越来越短。

　　进入新世纪以来，网络上儿童文学网站雨后春笋般涌现。正是依靠声音、图像、文字等多种传播符号，给受众带来了完全不同于过去的抽象文字表达，儿童文学的传播有了一个更为宽泛的空间。"网络儿童文学利用因特网这一特质媒介给那些热爱儿童文学、关心儿童文学发展的不同层次的读者提供了尽可能广阔的空间和舞台。"[①]在绚丽多姿的多媒体时代，中国的少年儿童时时刻刻都面对着一个个虚拟的空间，这个空间所带来的便捷是有目共睹的，然而它所带来的弊端也不容小觑。"童年的公共空间——不管是玩耍的现实空间还是传播的虚拟空间——不是逐渐衰落，便是被商业市场所征服。这样一个不可避免的后果使儿童的社会与媒体的世界变得越来越不平等"[②]网络时代，很多儿童在接触网络、手机新媒体时以阅读文学作品为借口，来接触更多的信息，也接触更多的游戏。娱乐是孩子的天性，阅读儿童文学本身就带有愉悦身心的作用，然而当新媒体能够给孩子带来全新信息接受体验的时候，传统的文学作品便失去了对儿童的那种魅力。新媒介环境下，"电视人"、"容器人"等概念不断被学者提出，并越来越受到社会的广泛关注。由此可见电子屏幕对于儿童文学具有完全相反的双重功效，其一是承载儿童文学、传播儿童文学的新的媒介形态；其二，则完全与儿童文学的传播相对立，儿童在使用新的传播工具的时候，更多地以游戏娱乐为目

---

　　① 阮咏梅：《对网络儿童文学的浏览和思考》，《广西社会科学》2003年第6期，第115—117页。
　　② [英]大卫•帕金翰：《童年之死——在电子媒体时代成长的儿童》，张建中译，华夏出版社2005年版，第110页。

的，从而削弱了儿童文学的传播。

随着新媒体的广泛兴起，许多出版社已经开始认识到新媒介对传统纸质儿童文学书籍的巨大冲击。网络已经开始占据少年儿童的业余时间，加之其所提供的更加直观有趣的阅读愉悦感，足以让少年儿童产生更加浓郁的阅读兴趣，网络的"入侵"一方面丰富了少年儿童的业余生活，另一方面也减少了少年儿童的纸质书籍的阅读时间，对儿童文学的出版市场产生一定的冲击和影响。因此，"当代儿童文学必须思考如何在一个新媒介影响日益深广的社会里探索儿童文学发展的有效途径，以同时实现其经济与文化两方面的价值。"①许多出版社开始考虑在网络上开辟自己的"第二出版市场"，将网络儿童文学纳入自己的出版规划，形成了网络出版与图书出版交相辉映的景象。如"中国少儿文学网(www.81816.com）、中国儿童文学网（www.61w.cn）、小书房——世界儿童文学网（www.dreamkidland.cn）、国际华文儿童文学网（www.bjccl.com）、中华少年文学网、中国儿童文学网（www.jhnewcentury.com）、中国儿童资源网（www.tom61.com）、少儿文学网（www.shaoer.net.cn）、儿童的街——儿童文学网（www.etdej.com）、阿凡提儿童文学网（www.afanti.cc）、小河儿童文学网（www.ypes.tpc.edu.tw）、小飞鱼儿童文学网（www.xiaofy.com）、小书包儿童文学网（www.xiaoshubao.com）、儿童文学创作（www.etwx.net）"②等都是在这种情况下应运而生的优秀儿童文学网站，"同一内容因为媒介的变化，从传统阅读到电子阅读的变化，足以唤起读者种种美好想象和很好的阅读体验感。不同的编辑方式，图文并茂以及用生动的互动来满足读者视觉、触觉、听觉甚至嗅觉等各方面的要求。"③他们与传统的图书出版相辅相成，共同构成了中国儿童文学出版的主体。

综上所述，在新的历史时期，各家出版社纷纷创新思路，稳步拓展儿童文学生存空间，对知名作家作品的支持、"引进来""走出去"的出版理念、网络出版的探索等，都是他们对于儿童文学所进行的积极而有益的尝试。在出版人和作家的种种努力之下，中国的儿童文学进入了一个加速发展

① 赵霞、方卫平：《论消费文化背景下的儿童文学创作与出版》，《南方文坛》2011年第4期，第43—47页。
② 韩进：《儿童文学出版的市场表现及价值诉求》，《出版科学》2009年第2期，第21—26页。
③ 王慧：《全媒体出版为少儿读物开辟新领地》，《出版营销》2010年第8期，第58—60页。

的阶段。然而，市场的持续热销并不代表儿童文学的传播畅通无阻，相反，家长老师的倾力推荐、学生的争相阅读等现象，只是儿童文学繁荣的市场条件下的一种表象，绝大多数少年儿童无法满足自身阅读需求。儿童文学的市场化对于自身的繁荣与发展功勋卓著，但同时也理应纳入整个少年儿童文化产业链，建立健全一个具有完善生态系统的儿童文学传播环境。

第二节　儿童文学阅读状况调查——以济南市小学生为例

中国的儿童文学市场呈现出积极繁荣的发展态势，在创作和出版走向繁荣的同时，儿童的阅读状况如何？能否实现儿童文学的有效传播？少年儿童所具有的天然的阅读兴趣，儿童文学对于儿童的天然亲和力，在当今的大众传媒语境下能否得以发挥和实现？本研究以儿童文学最主要的目标受众——小学生为研究对象，对这一群体的儿童文学接受状况进行了调查与访谈。

调查采用自编的《儿童文学阅读现状调查问卷》，包括学生卷、家长卷和教师卷。调查在济南市选取了1200名1年级至6年级学生及其家长，1至6年级语、数、外任课教师134名作为调查对象。除发放问卷外，笔者还对一些小学生和小学语文教师进行访谈，并对学生家长进行访谈。调查时间为2009年5月15日至2009年6月29日，访谈时间为2009年5月至2011年6月。笔者采用问卷调查与访谈结合的方法，试图从学生、教师、家长几个方面横向了解小学生儿童文学阅读的状况，从年级等方面纵向了解不同年龄层次学生对儿童文学的阅读情况。

其中，学生卷主要围绕学生的儿童文学阅读动机与习惯、图书来源、阅读环境、阅读效果几方面的问题进行调查；教师卷着重从教师的儿童文学阅读兴趣、儿童文学素养、推荐学生阅读图书种类、开展儿童文学阅读及利用儿童文学实施教学活动情况来展开；家长卷着重围绕家长对于儿童文学的认识情况、对孩子进行儿童文学阅读的支持度、影响家长购买儿童文学作品的原因以及对孩子的课外阅读指导情况进行调查。调查中被试的社会人口具有随机性特征，调查结果具有一定的代表性和可信性。访谈主要围绕以上几方面的行为背后存在何种原因进行。问卷与访谈的结合是为了能够准确把握儿童文学阅读现状，深入探究儿童文学传播路径、发展规律和趋势，为业界提供必要的研究基础、实践参考和决策依据。

一　被试社会人口特征综述

（一）性别比例

本研究的问卷调查涉及1200名小学生，在收回的1005份有效问卷中，男生人数占被调查小学生总人数的49.6%，女生人数占被调查小学生总人数的50.4%，被试男女比例与济南市人口的男女性别比例99.75：100基本一致。统计结果如图1—1所示。

（二）学校分布

本调查在济南市251所小学中抽取省重点学校、市重点学校、一般学校、外来务工人员子弟学校各一所，共四所小学。每所小学的被试学生数分别为：山东师范大学附属小学（省重点小学）的学生233人，占被调查总数的19%；济南师范附属小学（市重点小学）的学生383人，占被调查总数的32%，花园路第二小学（一般学校）的学生298人，占25%；济洛路小学（外来务工人员子弟学校）的学生284人，占被调查小学生总数的24%。统计情况如图1—2。

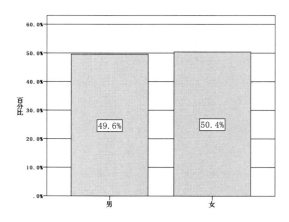

图1—1 被试小学生的性别比例

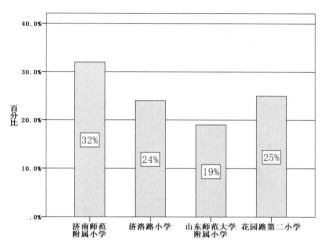

图 1—2 被试小学生的学校分布

（三）年级结构

　　为更好地反映小学不同阶段儿童的儿童文学阅读状况，笔者将小学生一年级至六年级的学生分为高、中、低三个年级段进行研究，不同阶段的学生在全体被试小学生中所占的比例为低年级32.7%、中年级40.0%、高年级27.3%，由于高年级小学生面临毕业，部分学生未按时返校故收到的问卷较少，但三个年级段人数的分布大致均匀。如图1—3。

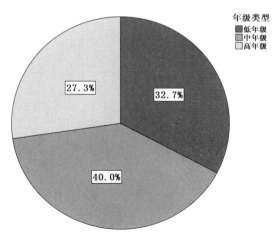

图1—3 被试小学生的年级结构

（四）家庭经济状况

从调查情况来看，被调查的济南市小学生的家庭在2009年5月至6月提供的月收入情况为：家庭月收入（指夫妻双方之和）在3000元以下的占36.9%，3000~5000之间的为35.7%，5000~7000为14.9%，7000~10000为7.8%；10000元以上为4.7%，统计情况如图1—4。

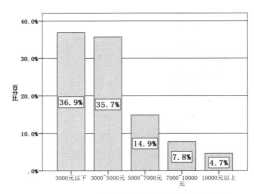

图1—4 被试小学生的家庭经济状况

（五）父母受教育程度

被试小学生的父母受教育情况分布为：小学及以下文化程度占被调查者总数的4.1%，初中文化程度占被调查者总数的21.3%，高中或中专文化程度者占被调查总数的33.9%，大学文化程度占35.5%，研究生文化占5.2%，统计情况如图1—5。

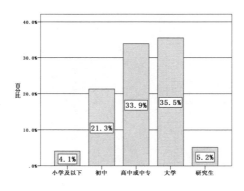

图1—5 被试小学生父母的受教育程度

（六）父母的职业分布

从被试小学生的父母职业分布情况来看，党政机关干部占2.4%，企事业单位管理人员占14.6%，私营业主占5.8%，专业技术人员（如医生、律师等）占17.0%，办事人员（行政业务员、警察等）占3.5%，个体经营者占25.3%，商业服务人员占9.1%，工业运输业生产人员占3.6%，农业劳动者占1.7%，现役军人占0.5%，城乡无业、失业、半失业者占6.4%，离退休人员占1.6%，其他人员占8.5%。职业分布统计情况如图2—6。

（七）教师年级分布

被试的134名教师中，有40名为1—2年级的低年级教师，占29.9%；有45名为1—3年级的中年级教师，占33.6%；有49名为5—6年级的高年级教师，占36.6%。低、中、高年级教师都在总人数30%左右，基本持平，分布统计情况如图1—7。

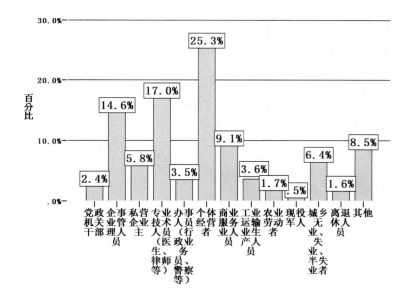

图1—6 被试小学生父母的职业分布

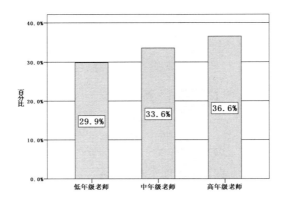

图1—7 被试教师的年级分布

（八）教师的执教科目分布

被试的134名教师中，语文教师98名，占73.1%；数学教师20名，占14.9%；英语教师16名，占11.9%，因语文教师对于儿童文学阅读的研究和对于学生的指导要远远超出其他科目教师，因此这一比例有利于研究的深入和访谈的开展。被试教师的执教科目分布情况如图1—8。

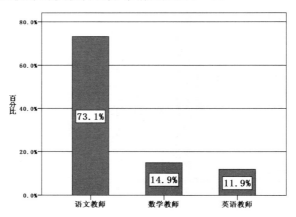

图1—8 被试教师的执教科目分布

（九）教师的年龄分布

被试的134名教师中，年龄在20—30岁的80名，占59.7%；年龄在30—40

岁的36名，占26.9%；年龄在40岁以上的18名，占13.4%，这一比例与小学教师总体的年龄分布情况基本一致，有一定代表性。统计情况如图1—9。

（十）教师的受教育情况

被试的134名教师的受教育情况分布为：无高中以下文化程度者，高中或中专文化程度者占被调查总数的9.7%，大专文化程度占27.6%，大学本科文化程度占52.2%，研究生文化占10.4%，这里的受教育情况既包括全日制教育也包括继续教育。统计情况如图1—10。

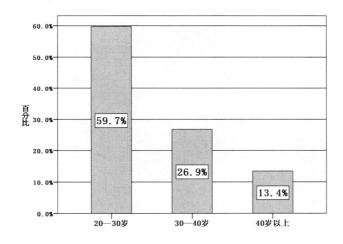

图1—9 被试教师的年龄分布

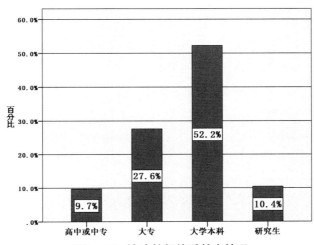

图1—10 被试教师的受教育情况

二 小学生儿童文学阅读的基本情况

目前，市面上的课外书种类繁多，供小学生挑选的余地也非常大，在大众传媒包围中的小学生，对于课外阅读的兴趣有多大？调查显示，绝大多数小学生对课外阅读持欢迎态度，如图1—11。

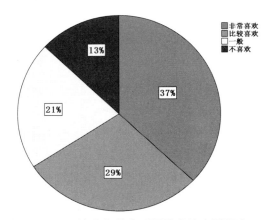

图1—11 被试小学生对课外书的喜爱程度

有37%的小学生表示非常喜欢读课外书，有29%的小学生表示比较喜欢读课外书，有21%的小学生表示对课外书的喜欢程度为"一般"，另有13%的小学生表示不喜欢课外书，尽管绝大多数小学生表示"非常"或"比较喜欢"读课外书，表明了小学生对课外书的阅读渴望程度较强，但是这并不代表他们对儿童文学作品"情有独钟"。访谈发现，视觉文化浸染中长大的孩子们对于漫画作品尤为喜爱，百科知识类作品尤其图文并茂的百科知识类作品也受到小学生的普遍欢迎和喜爱。因此，问卷中设置了一项"你最喜欢阅读哪一类书"的调查。统计结果如图1—12。

由图1—12可以看出，小学生最喜欢的图书类型依次为"漫画类"、"百科知识类"、"儿童文学类"、"学习辅导书"、"作文选"，分别占整体比例的52%、37%、8%、2%、1%。其中，"漫画类"书籍图像丰富，内容有趣，以过半数的比例位居榜首，成为小学生最喜欢的书籍类型。在访谈过程中发现，学生们的书包里大多放着《名侦探柯南》、《阿衰全集》等漫画书籍。相比较于纯文字类作品，漫画作品更加形象生动、夸张幽默，这些特点都更加容易吸引小读者，充分刺激他们的阅读兴趣，更有利于发挥儿童的想象力，发掘出其更加深层的阅读潜力。"百科知识类"涵盖知识面广，能够满足小学生的好奇心，成为一部分小学生的最爱，位居第二；而仅有8%的小学生喜欢"儿童文学类"的书籍，其受欢迎程度与学习工具书——"学习辅导书"、"作文选"相差无几。这从一个侧面折射出小学生在进行课外阅读时，儿童文学类作品没有得到小学生的广泛认可，受欢迎程度并不高。

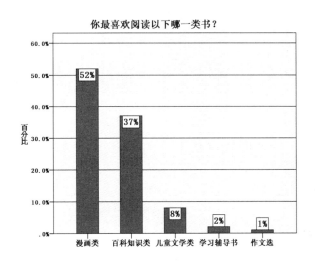

图1—12 被试小学生喜爱课外书的种类

小学生在这样的阅读偏好之下，对于儿童文学书籍的阅读实际投入多少时间呢？问卷中有"你每天读儿童文学书籍的时间大约是多少"的问题，被试小学生的回答如图1—13。

调查发现，有32%的小学生在课余时间几乎不读儿童文学作品，有30%的小学生阅读儿童文学作品的时间在20分钟之内，有20%的小学生每天阅读儿童文学作品的时间在30分钟之内，有12%的小学生阅读儿童文学作品的时间在20—40分钟，每天阅读儿童文学作品时间在1个小时左右的小学生仅占5%，而达到1个小时以上阅读时间的小学生仅占总体比例只有1%。调查显示，绝大多数小学生阅读儿童文学的时间都在一个小时之内，达到一个小时以上的学生比例非常小，而几乎不读的学生数量更是高达32%。

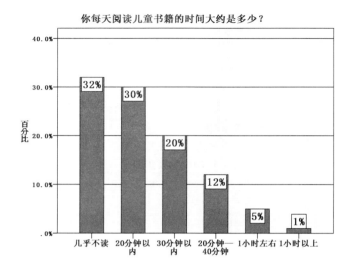

你每天阅读儿童书籍的时间大约是多少？

图1—13 被试小学生阅读儿童文学书籍的时间

　　有如此多的孩子不读或很少读儿童文学作品，是他们不愿意读还是另有原因？小学生的课余时间主要用来做什么？在调查中对这一问题进行了了解，结果如图1—14。

　　由图1—14可以看出，在这项"小学生课余时间最常做的事情"的调查中，有31%的小学生课余时间最常做的是"做作业、学习"，在整体中所占比例最大；紧随其后的是"看电视"，有19%的小学生选择；"上网"、"参加各类辅导班（如绘画、钢琴、奥数、作文等）"分别有13%和12%的小学生选择，位列第三、第四；"读课外书"和"在家里玩或者户外运动、游戏"旗鼓相当，所占比例均为11%；选择"其他"的占3%。

　　调查显示，小学生目前的课业负担依然较重，最大比例的小学生将大多数课余时间放在"做作业、学习"上，这势必造成他们没有足够大量的时间去进行课外阅读；占次比例和第三比例的小学生将课余时间放在了"看电视"和"上网"上，这在一定程度上反映出多媒体对纸质图书的冲击和影响。访谈发现，与传统图书相比，小学生往往更加关注能为他们带来丰富视觉效果和娱乐效果的电视节目和网络，多重的感官体验在一定程度上分散了孩子的精力，加之小学生所接触到的儿童文学作品都具有较强的"教育性"和"功利性"，使其产生了儿童文学作品乏味无趣的印象，更加将自身的兴趣点转移到其他方面，这些原因都使得大多数小学生的阅读兴趣没有真正地付诸行动；近年来，让孩子学一项"一技之长"成为小学生教育体系中的重要一环，各种兴趣辅导班越来越受到家长的推崇，"参加各类辅导班"由此占用了一部分孩子大多数的课余时间；相比而言，选择"读课外书"的比例较低，与"在家玩或者户外运动、游戏"持平，仅占"11%"，这从一定程度上反映出当前小学生的课外阅读现状：在课余时间，绝大多数小学生并没有进行课外阅读的习惯，即便有一定阅读习惯，以儿童文学为主要阅读内容的也比较少。

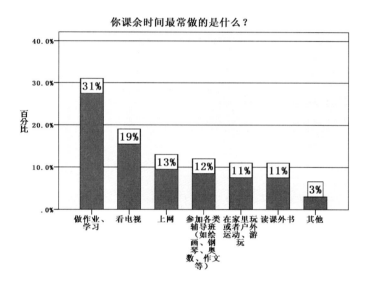

图1—14 被试小学生课余最常做的事

第三节 儿童文学传播障碍的主要表现

作为儿童文学标准的目标受众，当下的小学生群体普遍拥有较为强烈的阅读愿望，这一点从前文的描述和分析中可以看出来。大众传媒的冲击下，儿童对于纸质儿童文学作品的热爱确实有所降低，喜爱的类型也有所改变，但总体的需求和热情并未消泯。这与教育部门的倡导是一致的。《全日制义务教育语文课程标准》明确指出："培养学生广泛的阅读兴趣，扩大阅读面，增加阅读量。"①

笔者在2010年12月在小学生群体中的一次小组访谈中有一个开放式题目："请写出你最近阅读的课外文学作品"。大多数学生只写出1—2部作品，还有一部分学生回答："无"，仅有极少数的学生回答在3本书以上。对于另一个问题"你一学期一般看几本儿童文学作品"，回答"4—5本"的居多，超过5本的学生寥寥无几。如此推算，大部分小学生的阅读量远远达不到新课标所规定的"145万字"的要求，离广泛阅读更是相去甚远。

在儿童文学市场销售日趋火暴的今天，儿童文学作品却不能顺利到达目标受众手中。而衡量文学传播效果的重要依据就是受众的文学接受状况。从接受角度来看，在儿童文学传播中存在哪些障碍？表现如何？对于这一问题的探讨，还是以受众调查为依据展开分析。

一 喜爱阅读却无法如愿

在对济南、泰安、枣庄部分学校的小学生及其家长进行访谈时发现，由于处在大众传媒包围中的小学生能够通过电视或网络等媒介获得轻松与娱乐，他们与自己的父辈小时候相比，对于儿童文学阅读的渴望程度有大幅下降。但与此同时，当代儿童也表达了他们对儿童文学的喜爱，大多数小学生希望能够阅读优秀的儿童文学作品，但在这一过程中，由于课余生活被与学习和特长培养相关的事情挤占，许多小学生没有能够将自己的"阅读渴望"付诸行动。

访谈中，问到小学生所看过的儿童文学作品或所知道的儿童文学作家时，大多数小学生的回答仅局限于《拇指姑娘》、《卖火柴的小女孩》、《丑小鸭》、《青蛙王子》、《灰姑娘》、《白雪公主》、《小红帽》等经典童话中，而所知道的儿童文学作家也仅仅局限于安徒生、格林等外国知名童话作家，这些局限性都在一定程度上制约了小学生更加深入到儿童文学作品当中，这种状况从一个侧面反映了小学生对于儿童文学作品的阅读量十分匮乏。

小学语文教师对儿童文学也比较感兴趣，大多数语文老师表示对儿童文学作品"较为喜爱"，但在访谈中，语文教师所读过的作品和认识的儿童文学作家也非常有限，甚至对一些经典的儿童文学作品也较为生疏，大多数语

---

① 教育部：《全日制义务教育语文课程标准（试验稿）》，北京师范大学出版社2001年版，第19页。

文教师的儿童文学素养仅仅停留在较为浅显的层面上。

在对学生的访谈中，笔者听到许多这样的声音，"我觉得秦文君的《男生贾里》、《女生贾梅》不错，挺经典的，我读了很多遍都不觉得厌烦。""我特别喜欢杨红樱的作品，她的作品都很有趣，就好像发生在我们身边的故事。""我们班同学都喜欢黄蓓佳的《我要做个好孩子》，课余时间还一起讨论呢，现在我们基本上人手一本，特别好看。""《喜羊羊与灰太狼》出新故事了，我们班的同学都看了，觉得比电视动画片还精彩呢，希望以后能一直看到喜羊羊和灰太狼的新故事。"通过与孩子们的对话，笔者发现，小学生们对于儿童文学作品的要求其实并不复杂，以"真实自然"、"生动有趣"、"贴近生活"为主，具有这样特点的作品比较容易受到他们的喜爱和欢迎。相反，那些脱离孩子的实际生活，以大人的说教口吻进行叙述的作品则最不受欢迎。"最讨厌那种说教的课外书了，我一点都不喜欢看。""我最不喜欢那种大人高高在上，假装懂得我们的世界，其实写的东西根本不符合我们的内心。""我不喜欢那种严肃的作品，一看就觉得没劲儿。""有的书就像是写给大人们看的，一点儿都不生动，看上几页就不愿意翻了。"这些孩子的心声真实地表达了他们对儿童文学作品的渴望与需求，十分值得儿童文学作者和出版人去借鉴和揣摩。

二 "偏食"明显，阅读无序

目前，小学生在进行儿童文学阅读时多以世界名著为主，如《一千零一夜》、《安徒生童话》、《格林童话》等，也有许多儿童在家长或教师的推荐下阅读成人名著，如中国的四大名著。访谈中，高年级语文教师建议学生阅读四大名著的十分多见。这与老师和家长的观念有关，也与目前应试教育的大环境有关。小学生在沉重的课业负担压力下，仅能够从课外书中阅读到少量的儿童文学作品或者在课外阅读一些与书本相关的儿童文学作品。

阅读需要兴趣、心情，更需要营造好的环境氛围。在调查中发现，学校普遍能够注意到学生阅读儿童文学的环境，但仍有待改善。在问卷调查中有77.6%的学生提到，喜欢在安静的环境里看书，针对学生这样的要求，有72.4%的班级专门为学生开设"图书角"，但在图书角里专门开展读书交流活动的班级只有51.7%，有29.4%的班级有时会开展，18.9%的学生提到在班级里完全不曾开展过读书交流活动。见图1—15。

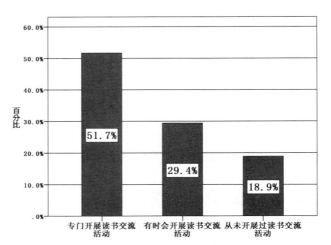

图1—15 学生关于班级是否开展读书交流活动的回答

　　在教师卷的问卷中，问到教师是否在班级开设图书角时，75.8％提到班级设有图书角。对于开展的阅读，有46％的班级经常开展读书交流活动，48％的班级有时会开展，6％的班级几乎没有开展过读书交流活动。见图1—16。

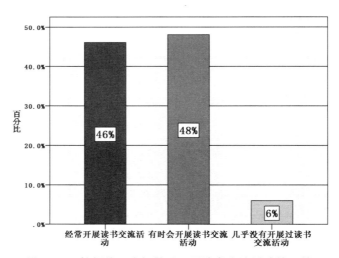

图1—16 教师关于班级是否开展读书交流活动的回答

　　在这些活动中只有22.7％的教师明确表示会和学生一起阅读儿童文学作

品，63.6％的教师表示有时会和学生一起阅读，13.7％的教师从不和学生一起阅读儿童文学。见图1—17。

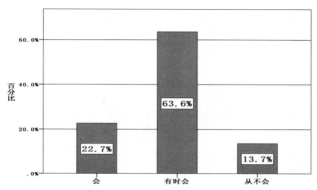

图1—17　教师是否会和学生一起阅读儿童文学作品的调查

　　梅子涵在《阅读儿童文学》一书中曾这样写道："儿童文学是成年人在写作，已经长大的成年人会在一个编成的故事里传颂自己的经验和哲学，你不能不说，它们对孩子的长大会有指引会有帮助，这些指引和帮助就是儿童文学里的成年人的声音，但是优秀的儿童文学是不会有了这些成年人的声音便把故事里的孩子弄得不像一个孩子的，没有孩子的天真，没有孩子的淘气，结果就没有了孩子的可爱，至于不像孩子了，孩子成了成年人希望的一只挂在树上的快要落下来的成熟的苹果。你如果迫不及待地想吃苹果，那么是会觉得红得快要落下来的苹果真好，可是如果你想欣赏成长本身的生机和蓬勃，看那生命的亮鲜，你其实是应该去站在树枝上的青苹果前的。"[1] 在访谈中笔者发现，大多数小学生所熟知的儿童文学作品仅仅停留在经典传统的作品上，如上文中所提到的《一千零一夜》、《安徒生童话》、《格林童话》等，这些儿童文学作品多来源于国外，是世界经典作品，对于中国现当代儿童文学作品和作家，很多小学生能够知道的仅仅局限于郑渊洁和杨红樱等人。造成这一现状的原因除了家长和老师没有发挥好积极的引导作用之外，儿童文学市场上现当代作品的相对萧条也是重要的原因之一。在市场经济的冲击作用之下，儿童文学作家逐年减少，目前已经所剩无几，作家的减

————————
① 梅子涵：《阅读儿童文学》，少年儿童出版社2005年版，第127页。

少直接导致了儿童文学作品的减产，为数不多的儿童文学作品也不能真正走进孩子的世界，使得儿童极少能够接触到优秀的现当代儿童文学作品，因此只能阅读国外的经典名著。

在对小学生的问卷调查和访谈当中，笔者发现，目前小学生的课外阅读处于一种没有规则的任意发展当中，阅读效果并不理想。在调查当中，笔者发现小学生的整个阅读过程没有任何计划性，在时间的安排上也不尽合理，读书方法简单、单一，甚至没有，基本上是逮到哪本是哪本，喜欢哪本是哪本。有的学生以文字很少的卡通漫画等口袋书为阅读对象，这些书刊尽管能使人愉悦一时，但其缺乏内涵和品位，给少年儿童所带来的帮助少之又少，对知识的积累和审美品位的提升也没有裨益，更不用说增进智慧和扩展人生境界了，再加上少年儿童大多没有做读书笔记的习惯，在阅读中所产生的体会大多会随着时间的流逝而消失。在访谈中，笔者发现许多学生对看过的书既不能说出书的大概内容，也不知道书中主要人物形象的大名，更不用说熟记书中的精彩段落、评说书的思想见解了，大多数少年儿童的儿童文学阅读处于一种无序与低效的阅读当中。

三 分级呈现，阻碍渐强

"儿童文学是文学，它能极大地丰富儿童的知识，开启儿童心智，让儿童在阅读中体会爱的幸福美好，受到美的感染熏陶，在快乐地阅读中快乐成长。"[①]

表1—1　　不同年级的小学生喜爱儿童文学作品的类型

年　级	儿童故事	图画书	儿童小说	儿童诗歌	童　话
1	38.4%	22.2%	6.1%	6.1%	27.3%
2	11.1%	33.3%	2.0%	3.0%	50.5%
3	17.2%	8.6%	28.4%	14.7%	31.0%
4	10.3%	9.3%	45.4%	4.1%	30.9%
5	15.3%	4.1%	41.8%	9.2%	29.6%
6	21.2%	2.0%	40.4%	14.1%	22.2%

① 张小琴、李巧义：《儿童文学课外阅读现状及对策初探》，《读与写：教育期刊》2009年第11期，第117—118页。

　　儿童文学对于儿童的成长具有非常重要的意义，并且随着年龄的增长呈现出"分级"的差异性，是满足儿童不同成长阶段阅读需要的重要精神食粮。

　　据一项不同年级的小学生喜爱什么类型的儿童文学作品的问卷调查[①]结果（见表1—1）显示：不同的年级所喜爱的儿童文学类型不尽相同。表1—1的数据可用图1—18—1至1—18—6做更直观的表示。

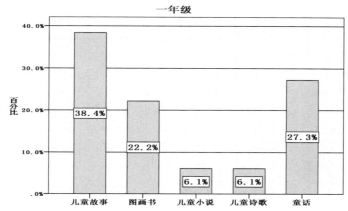

图1—18—1 一年级学生对于不同类型文学作品的喜爱程度

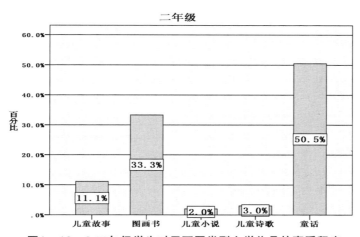

图1—18—2 二年级学生对于不同类型文学作品的喜爱程度

　　① 黄俊、华党生：《泰州市小学生儿童文学阅读现状调查》，《湖南科技学院学报》2011年第7期，第16—17页。

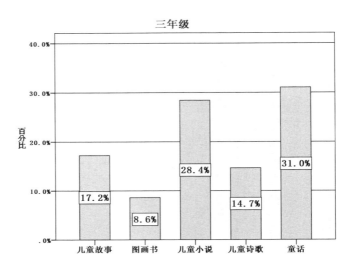

图1—18—3 三年级学生对于不同类型文学作品的喜爱程度

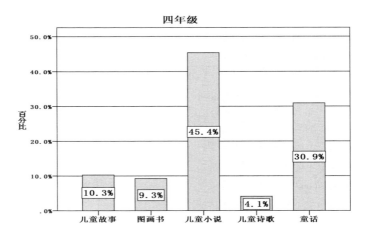

图1—18—4 四年级学生对于不同类型文学作品的喜爱程度

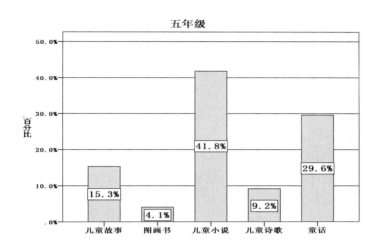

图1—18—5 五年级学生对于不同类型文学作品的喜爱程度

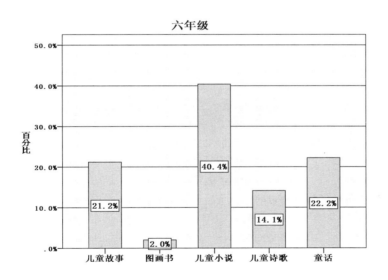

图1—18—6 六年级学生对于不同类型文学作品的喜爱程度

　　调查数据显示，低年级学生对图文并茂、充满幻想的故事书、童话书以及图画书较为感兴趣，而对于相对枯燥的儿童小说和儿童诗歌不感兴趣；中年级学生在保留对原来故事、童话书籍的兴趣基础上，随着年龄的增长和文学素养的提升，开始逐渐关注儿童小说和儿童诗歌，对较为稚嫩的图画书的疏离亦开始显现；而到了五年级和六年级，图画书已经退出了高年级学生的阅读生活，他们的兴趣点向其他体裁的儿童文学转换，高年级学生的阅读兴趣逐渐开始呈现出多样性和广阔性的特征。

此外，小学生的儿童文学"分级"阅读还体现在性别上。前面的调查显示，被试人群8%最喜欢阅读儿童文学作品。这其中，女生占84%，男生仅占16%。约一半的小学男生选择"最喜欢漫画"，另有接近40%的男生选择"最"喜欢百科知识类。这种差异也随年级增长越来越明显。笔者在对部分小学生进行访谈时也发现，即便同样是阅读儿童文学作品，女生对于儿童文学的偏好多为较为唯美动人的童话或故事，而男生则更喜欢读一些带有奇幻色彩和冒险精神的作品，这都是他们与生俱来的性别特质所决定的。

调查发现，家长和老师对小学生的儿童文学阅读也存在"分级"现象，随着孩子年级的不断提高，家长和老师对孩子进行儿童文学阅读的支持度也逐渐降低，在对低、中、高不同年级的父母进行调查时发现，选择十分支持孩子进行儿童文学阅读的家长在低、中、高年级中的比例分别为72%、43%、12%。见图1—19。

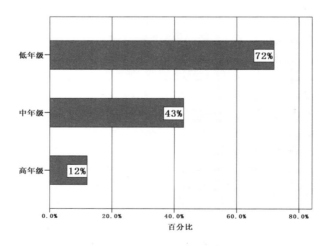

图1—19 不同年级家长选择"十分支持孩子进行儿童文学阅读"的比例

另一项关于教师选择"十分支持孩子进行儿童文学阅读"的比例在低、中、高年级中分别为83%、52%、21%。见图1—20。

与家长一样，教师对孩子课外阅读的支持率也呈现出十分明显的随学生年级增长而降低的趋势。

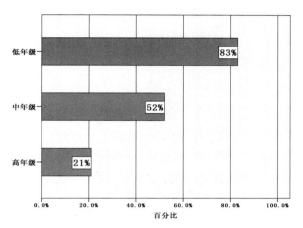

图1—20　不同年级教师选择"十分支持孩子进行儿童文学阅读"的比例

通常来说，低年级的学生由于刚刚入学不久，课业负担较轻，家长对其教育的关注度较强，愿意付出更多的精力和金钱去帮助孩子进行各方面素质的提升，作为能够提升孩子文学修养与综合素质的儿童文学作品，家长自然十分支持。但随着年级的升高，小学生面临的课业和升学压力逐渐加大，在这种情况下，为了能让孩子有更多的时间和精力进行书本上的学习，家长和老师对孩子进行儿童文学阅读的支持力逐渐弱化，在这种引导之下，小学生的儿童文学阅读遭受了一定的阻碍。

四　目标模糊，途径受限

笔者通过访谈调查了许多小学生一个问题："你喜欢看的课外书大都由谁推荐？"回答基本一致——"自己"。这个回答令我们深思。也就是说，对于小学生阅读而言，家长和教师的"意见领袖"作用发挥得并不好，孩子们对于他们推荐的书并不十分认可，他们更希望根据自己的兴趣自由阅读。

在对家长和教师的访谈中，笔者发现，作为"意见领袖"的他们希望孩子看的书包括五种类型，分别是：学习辅导书、作文选、百科知识类、世界名著和儿童文学。对于这五种类型的书籍，家长和老师最喜欢孩子看哪一类呢？调查结果如图1—21。

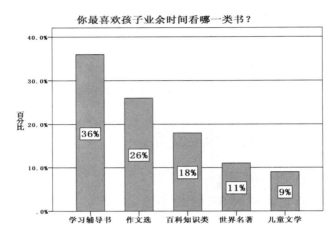

图1—21 家长和老师最喜欢孩子课余看哪一类书

　　调查显示，有36%的家长和老师喜欢孩子在课余时间读学习辅导书；有26%的家长和老师喜欢孩子在课余时间读作文选；有18%的家长和老师喜欢孩子在课余时间读百科知识类书籍；有11%的家长和老师喜欢孩子在课余时间读世界名著；只有9%的家长和老师喜欢孩子在课余时间读儿童文学。从调查中不难看出，家长和老师对孩子的阅读要求以教育和功利为目标，折射出现应试教育隐藏的教育弊端，大部分家长和老师把孩子的学习成绩摆在第一位，认为只要把课本上的知识学好了，考试能够取得一个好成绩，才算是较好地完成了学习任务。在这种理念的指引下，家长和老师在课外都希望孩子能够多看一些与课本知识相关的书籍，如"学习辅导书"、"作文选"等，这些书籍都能够帮助孩子提高学习成绩，符合应试教育的现状。而作为文学性和艺术性较强的儿童文学，绝大多数家长和老师对其持一种较为消极的态度，认为儿童文学作品无益于提升学生的学习成绩，仅有极少部分的家长和老师赞成孩子在课余时间阅读儿童文学作品，这种态度直接导致了老师和家长无法充分发挥出指导孩子阅读儿童文学作品的作用，因此，"学生缺乏明确的阅读目标，缺乏欣赏、鉴别文学作品的能力，他们只能根据自己的喜好来自由选择课外读物。"[1]

―――――――――

① 张小琴、李巧义：《儿童文学课外阅读现状及对策初探》，《读与写：教育期刊》2009年第11期，第117—118页。

　　尽管与教学辅导书和作文书相比，老师和家长对孩子进行儿童文学作品的阅读并不十分支持，但是他们普遍能够认识到儿童文学作品的积极作用，认为孩子阅读儿童文学十分有价值，着眼点跟孩子们的看法相似。如图1—22。

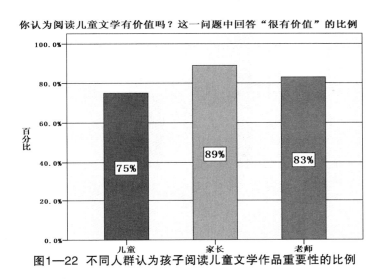

图1—22　不同人群认为孩子阅读儿童文学作品重要性的比例

　　由图1—22可见，75%的儿童认为阅读儿童文学有价值；89%的家长认为阅读儿童文学有价值；83%的老师认为阅读儿童文学有价值。不论是儿童、家长还是老师都十分认可儿童文学作品的价值，从一定程度上反映了儿童文学作品的被认可程度尚可。

　　根据调查发现，小学生阅读的儿童文学书籍，大多数学生通过购买的方式获得，有一小部分学生是通过借阅取得。购买和借阅是学生阅读儿童文学书籍的两个主要来源。调查结果显示，小学生购买书籍（包括独立购买也包括在家长的陪同下购买或由家长代买）的比例远远大于借阅书籍的比例，从一定程度上反映了儿童文学作品的市场潜力，表明大多数家长舍得花钱为孩子购买书籍的意愿，也表现出与转瞬即逝，容易流于表面的电子媒介传播的信息相比，纸质媒体可以供孩子反复阅读的优势已经深入人心。对此，笔者对小学生获取儿童文学的途径进行了调查：1—2年级的低年级学生中，自己购买儿童文学书籍的人数占86%；3—4年级的中年级学生中，自己购买儿童文学书籍的人数占35%；5—6年级的高年级学生中，自己购买儿童文学书籍的人数仅为12%。见图1—23。

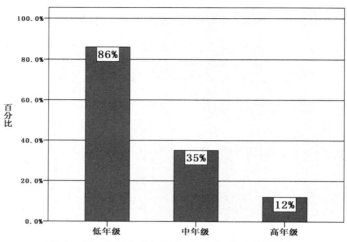

图1—23　小学生自己购买儿童文学书籍的比例

　　高年级学生自己购买儿童文学作品的比例非常低。笔者在对他们进行访谈后发现，高年级学生阅读儿童文学的途径主要是向同学或图书馆借阅。调查表明，在购买和借阅儿童文学的比例上，年级越大的学生借阅书籍的人数越多，这是由于高年级的学生升学压力和课业负担进一步加重，作为"意见领袖"的家长和老师进一步限制了他们阅读儿童文学作品的途径，缺乏消费能力的他们只能进行借阅来满足自己的阅读需求。

　　出现上述情况的原因是在购买和借阅图书方面，老师和家长起到决定性作用。访谈发现，接近一半的小学生明确表示他们所看的书是由父母选购的，当问到自己看什么书受谁影响最大时，一半多的学生提到父母。同时，有1/3的教师很肯定地表示他们推荐学生看儿童文学作品，有1/4的教师回答他们有时会推荐学生看儿童文学作品。访谈进一步发现老师和家长是儿童阅读儿童文学作品的"决策者"。因此，"家长和教师应借助儿童文学把学生引领上热爱读书的人生旅程，并和他们一起阅读，为他们指迷津、解奥妙"。①

────────────

① 　王泉根：《儿童文学教程》，北京师范大学出版社2009年版，第147页。

五 教育支持，引导不足

自2001年我国实行语文课程教学改革以来，中国的语文教学发生了翻天覆地的变化，新颁布的《语文课程标准》对旧版的《语文课程标准》进行了大刀阔斧的改革，逐渐成为中国语文教学的指导性文件。在新颁布的《语文课程标准》当中，对儿童的课外阅读活动非常重视，不仅规定了小学阶段课外阅读的总量不少于145万字，而且精心挑选了国内外的优秀儿童文学作品作为推荐书目，如《鲁滨逊漂流记》、《名人传》、《上下五千年》、《秘密花园》、《雾都孤儿》、《汤姆叔叔的小屋》、《爱的教育》、《繁星春水》、《水孩子》等。此外，新颁布的《语文课程标准》还提出了许多课外阅读所涉及的问题，并提出了合理化的意见和建议，如提出"培养学生广泛的阅读兴趣，扩大阅读面，增加阅读量，提倡少做题，多读书，好读书，读好书，读整本的书，鼓励学生自主选择阅读材料"的建议，对学生的课外阅读做出了十分积极的指导。同时，"新课标"还对老师进行了引导，鼓励他们积极开发课程资源，为学生的课外阅读进行积极有益的探索，帮助学生养成良好的阅读习惯，树立正确的阅读观念。

"新课标"针对不同的年级制定了不同的规范化阅读建议：第一学段(1年级、 2年级)，规定"阅读浅近的章话、寓言、故事"，"诵读儿歌、童谣和浅近的古诗"，这表明在低年级当中，儿童文学作品就成为学生阅读的主体。笔者对人教版低年级标准试验教材的儿童文学作品进行了统计，结果如图1—24。

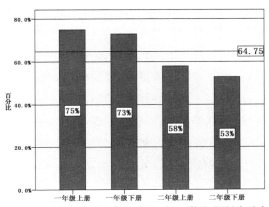

图1—24 低年级语文教材中儿童文学作品所占比例

在"新课标"中我们不难发现，儿童文学已经成为语文教材的重要内容。如上图所示，一年级上册有15篇儿童文学作品，占全部课文的75%；一年级下册有25篇儿童文学作品，占全部课文的73%；二年级上册有20篇儿童文学作品，占全部课文的58%；二年级下册有17篇儿童文学作品，占全部课文的53%。平均起来，在低年级小学语文教材中，儿童文学作品共占课文总数的64.75%。

通过统计数字我们可以得知，儿童文学作品已经成为语文教科书当中的"主角"，成为小学生课堂阅读的主要内容。在中高年级的语文教材中，儿童文学所占的比例更大，并且教材还为中高年级的学生推荐了许多国外优秀的儿童文学作品，帮助他们更多地了解儿童文学，提升文学素养。

小学教学接触的是儿童，儿童文学表现儿童的生活，反映儿童的心理，利用儿童文学开展小学各科的教学是小学教育艺术化的有效方式。在教师卷的问卷中有95.5%的教师已经意识到让学生阅读儿童文学对他们所授的课程有帮助。调查显示，86%的教师上课时会想到利用儿童故事等艺术形式开展教学，但在这86%的教师中绝大部分是小学语文教师，数学和英语教师利用儿童文学来辅助教学的很少。[①]

如果说国家教育政策的支持是少年儿童接受儿童文学阅读的坚强后盾，那么语文教师对于儿童文学的教育和引导则成为影响少儿进行阅读的另一个重要环节，在这个过程中，语文教师的儿童文学素养成为关键。对此，笔者通过问卷调查的形式对小学教师的儿童文学素养进行了调查。

调查主要围绕小学高、中、低年级的教师进行，在问卷调查的基础上，还通过观摩课堂教学与访谈的形式，与不同年级的教师进行了交流，调查结果见图1—25。

在"你是否系统地学习过儿童文学这门课程？"的调查中，仅有3%的教师表示曾经"系统学习过"，数量非常之少。另有32%的老师回答"学过一些但不系统"，其余65%的老师回答"基本没学过"。

而对仅有的这几名学习过儿童文学课程的老师，笔者又进行了深入的访谈，发现其中有几位是在读大学时学习过《儿童文学教程》这本书，且这门课当时被学校定为选修课，并不为大多数人所重视；还有几位老师是在上

---

①　黄俊、华党生：《泰州市小学生儿童文学阅读现状调查》，《湖南科技学院学报》2011年第7期，第16—17页。

幼师时上过类似儿童文学的课程，但是对课程的具体内容印象也并不是很深刻。他们拥有一个共同的特点，那就是在学生时代上完相关的儿童文学课程后，就再也没有进行过相关的学习和培训。教师们没有经历过系统的儿童文学课程训练，那么，他们的儿童文学理念便不会十分清晰和正确，这势必会影响他们对学生所进行的儿童文学教学活动。

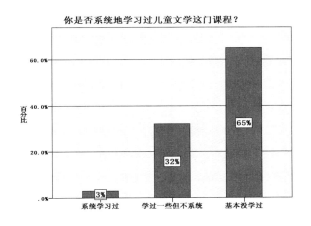

图1—25 教师是否系统学习过儿童文学

在"请讲一讲儿童文学与成人文学的区别在哪里？"这一开放式问题的访谈中，大多数教师只能回答出"生动有趣"这一普遍特点，对两者之间区别的理解较为浅显，而能够回答出儿童文学与成人文学最重要区别——"幻想性强"这一特点的教师不到总人数的10%，也就是说，大多数语文教师没有分清儿童文学与成人文学的本质区别，对他们之间的界限不甚明朗。也就是说，小学语文教师大多数具有"儿童文学理念欠缺"的弱点，他们自身对儿童文学的理解不够深入、阅读不够广泛，因此不能对儿童文学和成人文学的界限进行正确的划分，在一定程度上影响了儿童文学教学的有效性和积极性。

在"你认为儿童文学对儿童教育的价值大吗？"这一问题中，有16%的教师选择"很大"，有67%的教师认为"一般"，有17%的教师选择"不大"。从这一组数据来看，绝大多数教师没有充分认识到儿童文学对儿童成长的重要性，认为价值"一般"和"不大"的占到83%的高比例，见图1—26。

在笔者随后的访谈中，在问及认为儿童文学对儿童成长的价值很大的那部分教师时，大多数教师也只能说出"增长知识"、"提高写作能力"等原因，而对于儿童文学更深层次的教育价值却没有自己的理解，如："陶冶情操"、"增强想象力"、"提高审美能力"等，均没有教师能够提及。

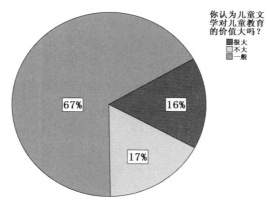

图1—26 教师关于"儿童文学对儿童成长的价值"的认识

在问及"你是否喜欢阅读儿童文学作品？"时，回答喜欢的教师占75%，回答"一般"的教师占25%，没有教师回答"不喜欢"。这充分地说明了教师对儿童文学作品具有一定的兴趣，并且愿意去阅读。调查结果见1—27。

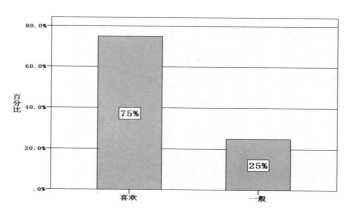

图1—27 教师"是否喜欢阅读儿童文学作品"的情况

在对教师的访谈中，笔者多次问到"请列举几位当代儿童文学作家的名字"这一开放式的问题。仅有不到10%的教师列举出2—3名较为出名的儿童文学作家，剩下的教师所列举的作家名称大多不是"当代"作家，这说明他们对儿童文学作家的认知较为模糊。在进一步的访谈当中，大多数教师表明自己在日常的教学工作中并不关注儿童文学作家作品，只是在教学过程中感觉必要时才进行一定的学习，以此来应对儿童文学的教学工作，这是他们没有广泛涉猎相关知识的重要原因。

在"你在为学生进行儿童文学推荐时，更看重有趣还是有用呢？"这一问题中，有85%的教师选择了"有用"，仅有15%的教师选择"有趣"，见图1—28。

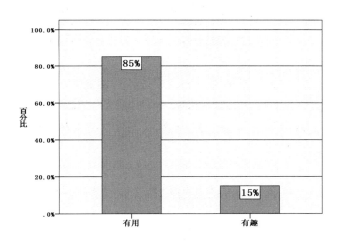

图1—28 教师为学生推荐儿童文学作品时更看重有趣还是有用

在访谈中，教师们对这一问题进行了更深层次的探讨，绝大多数教师认为，在应试教育的大背景下，能够让学生阅读更多"有用"的儿童文学作品更具有现实意义；而少部分教师则认为，素质教育应该以启发少年儿童的天性为重，"有趣"的儿童文学作品更加能激发学生的兴趣，促使让他们在"趣味阅读"中提升自身的综合素质。

在"你是否满意当前儿童的课外阅读现状？"这一问题中，90%的教师选择"不满意"，只有10%的教师选择"满意"，这充分说明了教师们对目前儿童的课外阅读情况并不满意。见图1—29。

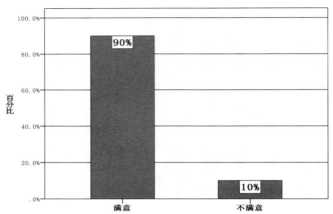

图1—29 教师对于当前儿童课外阅读的满意度

在"你认为目前儿童的课外阅读存在哪些问题?"这一问题当中,选择"阅读渠道少"的教师占25%,选择"引导不足"的教师占36%,选择"没有时间进行"的教师占22%,选择"阅读效率低"的教师占10%,另有7%的教师选择了"其他",见图1—30。

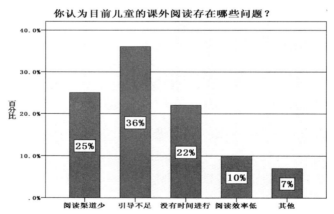

图1—30 教师对"目前儿童的课外阅读存在问题"的认识

从这项调查可以得知,教师们认为目前儿童课外阅读存在的最大问题是教师和家长的"引导不足",其次为"阅读时间少"、"没有时间进行"和"阅读效率低"等。

笔者在调查中设置了"如果你将为学生们讲解"坐井观天"这则寓言，你会将寓言的寓意作为最重要的教学目标吗？"的问题，90%的教师选择了"是"，仅有10%的教师选择了"不是"，见图1—31。

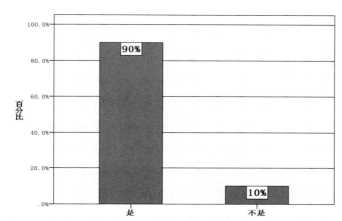

图1—31 讲解"坐井观天"时是否会将寓意作为最重要的教学目标

在后续的访谈中，笔者问及原因时，大部分教师回答："这则寓言寓意深刻，应该让学生知道。"只有一小部分老师认为："这则寓言生动有趣，应该让学生自己发挥想象去思考。"在传统的教学过程中，"坐井观天"这则寓言的寓意为：不要像井底之蛙那样目光短浅。而笔者在实际的教学活动中发现，老师在问及课后题目："如果青蛙跳出了井，它会怎样？"时，许多小学生踊跃回答："去找妈妈。""去它之前没去过的地方。""去池塘找其他的青蛙玩耍。""去享用一顿美食。"这样充满童趣的回答层出不穷。但是最终老师还是要将孩子天马行空的想象收回来，为他们灌输既定的思维——小青蛙觉得原来的自己目光非常短浅。实际上，这个回答符合教育的理念，却违反了孩子的童真。

在"你会区分儿童文学课文与非儿童文学课文的教学方法吗？"这一题目中，全部教师都回答了："会"。这说明教师们有区别对待儿童文学课文的意识。在问及他们会如何处理儿童文学课文时，大多数教师提出了"情景模拟"、"课堂表演"、"引导学生朗读"、"重视学生感受"、"突出审美情趣"等方式，但是却极少有人回答"突出儿童文学的趣味性"。笔者在进行课堂观摩时发现，教师们对儿童文学课文的讲解与普通课文的讲解并没有明显的差别，教师们仅仅有区别对待儿童作品和非儿童作品的意识，但是真正付诸行动的却不多。大多数教师仅仅关注儿童文学作品的文学性，而忽略了作品的趣味性，只有极少数的教师既充分发掘了作品的文学性，还很好地调动了儿童的审美情趣，课堂氛围十分和谐。

在问题"你如何评价当前语文教师的儿童文学素养？"的调查中，有82%的教师认为"非常欠缺"，有12%的教师认为"一般"，有6%的教师认为"还不错"。见图1—32。

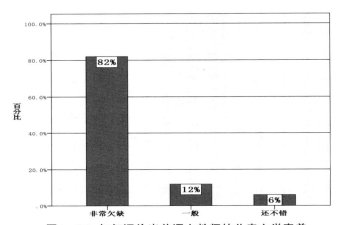

图1—32 如何评价当前语文教师的儿童文学素养

对于"进一步提升语文教师儿童文学素养的对策"的问题中，选择"学习培训"的教师占62%；选择"脱产进修"的教师占12%；选择"其他"的占26%，见图1—32。他们在补充回答中写出这样的对策："设立教师儿童文学读书角"、"进行教师儿童文学知识竞赛"、"定期举办读书交流会"、"举行儿童文学优秀课堂观摩"、"书写儿童文学读书笔记"等。这些都充分说明教师们对自身儿童文学素养不足的认识较为到位。见图1—33。

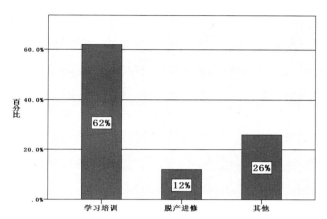

图1—33 进一步提升语文教师儿童文学素养的对策

　　综上所述，在儿童文学阅读过程中，国家的教育政策为少年儿童进行儿童文学阅读奠定了良好的基础，但是语文教师作为重要的"意见领袖"，普遍存在着儿童文学素养缺失的现象，语文教师们大多没有接受过系统的儿童文学课程的教育，没有形成正确的儿童文学理念，对儿童文学的认识和理解具有较强的功利性，他们大多受到应试教育的影响，过多地关注儿童文学作品的教育意义，而忽视了儿童文学作品的趣味性，在课堂上，他们没有从孩子的本真角度去讲解和指导，而是多用成人化的讲解去灌输，此外，语文教师的儿童文学阅读现状也不乐观，他们所读到的儿童文学作品也较为有限，所认识和了解的儿童文学作家也少之又少，因此，大多数语文教师为学生所提供的儿童文学指导也自然无法达到良好的状态，这从一定程度上影响了其对学生进行引导和启发。在这种情况下，尽管国家的教育政策对少年儿童的儿童文学阅读十分支持，但是语文教师的引导教育不足广泛存在的客观因素，势必会影响孩子们对儿童文学作品的认识和理解，从一定程度上阻碍了他们对优秀儿童文学的接触路径。

　　在儿童文学传播过程中，在传者与受者的互动之中，传播障碍看似由传者始发的传播活动所形成，却体现在受众身上：即受众是否能够接收到信息，已接收的信息是否被解读或误读，以及受众反馈途径是否畅通等一系列影响传播致效的现象。本章利用实证研究的方法以儿童文学的典型受众——小学阶段的儿童为研究对象，从儿童、家长和教师三个角度对于儿童文学阅读状况进行了初步调查，分析了儿童文学传播过程中障碍存在的部位及其主要表现。从调查和其后进行的访谈的情况来看，小学生的纸质儿童文学阅读明显受到了电子媒体的冲击，时间和阅读量严重不足，在阅读内容的选择上，也受到了视觉文化的影响，更倾向于漫画等内容。教师和家长对儿童文学阅读的重视程度和支持率有待提高，他们自身的阅读时间和阅读量不足，对儿童的阅读指导不到位，大部分学校和家庭的阅读环境不够理想，这些都影响了儿童文学的传播。后文将按照儿童文学传播的流程和特点，从传播者与传播内容、传播中介与"意见领袖"、受众的接受与反馈等几方面对障碍产生的原因进行逐层探讨。

第二章　障碍归因之一：传播者与传播内容

在儿童文学传播的链条中，起点是传播者与传播内容。对传播障碍进行归因研究，首先的一步就是到传播的起点去寻找原因。作为传播起点的作家及其文本创作，是决定着整个传播过程成败得失的第一个关键之点。其中，作家的儿童文学创作观是文本的灵魂，决定了传播内容的立意、选材和文本建构，决定了传播内容是否受到消费者的欢迎；而文学形象独特性、文本艺术形式，则是作家创作观的具体体现。因此，从儿童文学创作观、文学形象、结构艺术和文学话语等方面对当下儿童文学传播中存在的问题做深入细致的研究，是解决儿童文学传播障碍归因的重要一环。

第一节 儿童文学创作观的困境

文学观的确立是决定儿童文学创作的先决条件。一个作家有什么样的儿童观，就决定了其创作出作品的主体内涵和审美追求。自然，文本的传播是否受到限制间接受制于作家文学观的影响。波兰著名哲学家罗曼•英加登认为，文学作品是一个复合的、分层次的客体，它的存在取决于作者或接受者的意向行为但又不等同于这些行为。它产生于作者意识的创造行为，但它也在一种物理基础（就文学作品而言，即印在纸上的字母，作为一种可能的传达手段）中有其实体基础，这就使它在作者的意识行为结束之后仍然可以继续存在。[1]"儿童观是儿童文学的支点。作家持有什么样的儿童观，即对儿童采取什么样的态度，不但决定了儿童文学的发生和发展，而且直接制约着儿童文学的美学倾向和艺术风格。"[2] 因此，将文学观作为研究客体是对儿童文

---

[1]　[波]罗曼•英加登：《对文学的艺术作品的认识》，陈燕谷、晓未译，中国文联出版公司1988年版，第5—6页。

[2]　冯丽军：《儿童观：儿童文学的支点》，《韩山师范学院学报》2002年第12期，第45页。

学传播障碍进行探讨的一个十分重要的组成部分。

一　从"成人本位"到"儿童本位"的文学观

既然儿童文学的发展受制于儿童文学观，那么，研究新时期儿童文学的创作和传播首先要明确的问题应该是儿童文学观的历史和现状。其实，人类对"儿童"的认识，从"成人本位"到"儿童本位"转变，先后经历了一个极其漫长的发展演变进程。特别是对于中国现当代儿童文学观而言，更是有着时代和文化的独特性。

（一）从西方到中国：现代中国儿童文学观的确立及问题

论及儿童文学观，首先要解决的问题是何为儿童观？著名儿童文学评论家朱自强在《中国儿童文学与现代化进程》中认为："是成人对儿童生活和心灵世界进行观照而生成的对儿童生命形态、性质的看法和评介，是成人面对儿童所建立的人生哲学观。"①从这一界定不难看出，首先，儿童观是成年人为儿童建立的，而非客观存在的；其次，这是一种人生哲学观，而不是某时某刻的某一观点；最后，这一认识和看法是指向儿童心灵世界的。因此，儿童观在文学创作中是指导作家建立一个属于怎样的儿童世界的理论指导。如果一个作家没有属于自己的儿童观，那么他所创作的文学就会缺乏艺术的真实性和可信度。

人类社会对"儿童"的认识有一个漫长的历史发展的过程。英国教育学家大卫·帕金翰的《童年之死》、美国传播学者尼尔·波兹曼的《童年的消逝》都用相当长的篇幅阐释了人类对儿童观的认识过程："童年不同于婴儿期，是一种社会产物，不属于生物学的范畴。至于谁是或不是儿童，我们的基因里并不包含明确的指令。"②在古希腊人看来，儿童和青少年两个词汇的含义是含混不清的，甚至可以包括从婴儿到老年的任何人。而在亚里士多德时代里，人们对杀害婴儿的行为也没有任何法律和道德上的约束。由此可以看出，儿童观的出现是人类社会发展到某一阶段的产物。

人类社会儿童观的转折以文艺复兴为界分为两个阶段。此前，儿童在人类发展历程中是一个被忽视的存在，儿童的价值和权利不为人们所认可，完全是成年人的缩影。儿童的各种行为以成人为标准，还没有构成完全独立的

① 朱自强：《中国儿童文学与现代化进程》，浙江少年儿童出版社2000年版，第214页。
② [美]尼尔·波兹曼：《童年的消逝》，吴燕莛译，广西师范大学出版社2004年版，第121期。

个体化存在。在生活中，儿童被限制各种自由，包括游戏娱乐。文艺复兴之后，西方文化走出了封建主义和神秘主义的困境，人文主义思潮日渐成为社会的主潮。人的主体性、人的价值越来越受到尊重，儿童也开始受到新的关注。人们开始关注儿童身心的和谐发展，将儿童视为有着特定人格的主体性存在。此后，英国哲学家洛克的天性"白板"的儿童观、卢梭的"发现"儿童观、美国哲学家杜威的"儿童中心论"等将儿童视为与成人同样的人，开始儿童的个性和人格建构。

在儿童观的发展过程中，媒介传播起到了重要的作用。印刷术的发明，将人与人之间的知识差距拉大，有读写能力和没有读写能力的界线将人划分为成人和儿童。到了15世纪，学校的建立和儿童日益受到保护，让儿童成为"未发展成形的成人"。此后，随着电报、电视等传播媒介的迅速发展，各种信息的数量和质量开始在全社会迅猛发展起来，儿童与成人之间界线的历史根基发生了新的变动。

中国儿童观深受西方文学观的影响，在发展进程上与西方儿童观有着相似性，但又存在着自身的个性差异。王海英在其《20世纪中国儿童观研究的反思》一文中认为，中国的儿童观在20世纪经历了四个阶段，即传统儿童观、现代儿童观、国家儿童观和世界儿童观。如果我们对这四种儿童观从"儿童"视角考察，就会发现这一演变过程经历了一个"成人本位——儿童本位——成人本位——儿童本位"的历程。在中国传统儿童观中，儿童往往被视为成年人的附庸，是成人的财产，是"缩小的成人"。"往昔的欧人对于孩子的误解，是以为成人的预备；中国人的误解，是以为缩小的成人。"[①]在西方文化和儿童观的影响下，现代中国文化的"儿童本位"的儿童观开始在五四新文化运动中被引介和发展起来，并首先在儿童文学创作和研究中开了先河。新中国成立后由于受意识形态影响，人们对儿童的认识又回到了成人本位（国家本位）上来，儿童成为受教育的客体。直到改革开放后，儿童观才开始出现了新的转向。"从家本位的儿童观、国本位的儿童观到儿童本位的儿童观，世界本位的儿童观，20世纪人们对儿童的认识经历了一个跨越式的变迁过程。"[②]

尽管经过一个多世纪的努力，中国现代儿童观逐渐形成并发展起来，但

---

① 鲁迅：《坟》，人民文学出版社1980年7月版，第128页。

② 王海英：《20世纪中国儿童观研究的反思》，《华东师范大学学报（教育科学版）》2008年第6期，第19页。

是受到来自强大的传统封建文化和社会的影响，依然存在着种种理论和现实的问题。各种儿童观念的冲突影响着儿童教育和儿童文学的创作、传播和接受。因此，在当下文学中出现对同一儿童文学现象褒贬不一、争论不休的现象是非常合理也是十分必要的。

（二）现代儿童文学观的确立和反思

现代中国儿童文学观的确立，从严格意义上来讲，源自于近代中国学人对西方儿童文学观的引进。19世纪末20世纪初，在大量引进西方儿童文学和文化思潮的基础上，"儿童的发现"成为现代中国儿童文学的起点。受这一思潮的影响，当时的鲁迅、周作人、郑振铎、叶圣陶、冰心、茅盾等文学家纷纷致力于儿童文学的倡导、创作和出版，现代中国文学出现了一批有影响的儿童文学经典，如冰心的《寄小读者》、叶圣陶的《稻草人》、张天翼的《大林和小林》等。在这些文学经典中，儿童不再是成人进行教育的对象，而是被作为与成人平等的朋友、知心人来参与故事叙事的。"先进的儿童观与五四新文化运动对'人的发现'相整合，就萌生了具有现代意义的中国儿童文学。"①

但是随着后来民族危机的日益加重，当关注现实、关注时代、拯救中华民族成为时代的主题时，作家们开始将儿童文学写作转向对"现实批判"，因此革命儿童文学成为三四十年代文学创作的重镇。叶圣陶的《古代英雄的石像》、张乐平的《三毛流浪记》、黄谷柳的《虾球传》等成为这一时期儿童文学创作中的经典之作。特别是《三毛流浪记》对社会现实的鞭挞、对善良乐观的小三毛的塑造，赢得了一代又一代小读者的欢迎。新中国成立后，儿童文学成为宣传政治思想、教育儿童的工具，出现了《小桔灯》、《小兵张嘎》、《闪闪的红星》、《宝葫芦的秘密》、《猪八戒吃西瓜》等时代经典作品。这一时期的儿童文学被赋予了太多的政治意识形态因素，教化功能变得非常突出。

到了新时期，伴随着"文学的回归"和"人的回归"，儿童文学观开始回归"儿童本位"，各种不同的儿童文学开始出现在文坛。

（三）新时期作家儿童文学观的多元化和建构的困境

随着改革开放时代的到来，特别是全球化进程的不断深入，儿童文学的译介和创作方面出现了多元化的格局。创作领域出现了郑渊洁、梅子涵、

① 韩进：《百年中国儿童文学》，《江苏教育学院学报》2003年第9期，第71页。

黄蓓佳、杨红樱、孙幼军、沈石溪等重要作家，他们在创作中坚持"儿童本位"的文学观，从自己熟悉的生活和风格出发，创作出了大量为儿童喜爱的文学形象，并逐步形成了自己的创作观念。但是我们还不能说，他们已经形成了自己的文学观和创作观。纵观新时期30年儿童文学的发展历程，儿童文学观的建构性努力主要体现出以下几种趋势。

1．"为人性"的文学观

新时期以来文学完成了从"阶级性"到"为人性"、从"工具"到"审美"的转化，关注人、尊重人、探索人的心灵成为文学创作的时代主题。这一创作观的倡导者和坚守者是著名儿童文学家曹文轩，他在自己的文学创作中一直坚持书写儿童善良美好的心灵。在《文艺报》的一篇题为《文学应给孩子什么？》的文章中，曹文轩集中表达了自己的儿童文学观，认为："儿童文学的使命在于为人类提供良好的人性基础。"无论是道义感、情调还是悲悯情怀，都是作为文学打造人类精神世界的根本，因此也是儿童文学不可或缺的重要组成部分。"不讲道义的文学是不道德的。不讲道义的儿童文学更是不道德的。"

曹文轩的"人性"文学观强调的是一种美的存在，要用美好的人性去为儿童打造一个美好的"底子"。所以，他在不同场合不断强调儿童文学创作中的"人性"、"精神的底子"和"阳光写作"等关键词。在一次纪念丹麦作家安徒生的发言中，他对安徒生的童话创作做出了自己的解读："因为他为我们创造了美感，这恐怕是安徒生与其他作家有所不同的一个地方。他始终把美作为文学中一个重要的部分来营造。"①当然，这只是曹文轩依据自己的文学观念做出的文学解读，但这一观念确实在一定程度上触到儿童文学创作的根本。

2．"少儿本位"的文学观

所谓"少儿本位"的文学观就是在文学创作中，作家将少儿视为独立的个体，以少儿作为创作的本体，而不仅仅是被教育的对象。新时期儿童文学创作中，坚守这一文学观念的有秦文君、杨红樱等。秦文君在《小丫林晓梅》自序中说："但愿这本书也能传导我的文学观，以少儿为本位。"秦文君的"儿童本位"文学观就是怀着真诚的心灵去为少年儿童写作，就是要"更多考虑少儿的视角，少儿的情调，少儿的喜怒哀乐，少儿的审美，少儿接受文学的规律"，"所有艺术上的探索都要围绕这个根本，忘了本，所有的动力都变得微不足道。"秦文君的文学创作中，处在成长期的少儿有着鲜明的个性，有着自己的欢乐、苦恼和困惑，例如《男生贾里》、《女生贾梅》、《小丫林晓梅》等。

杨红樱的"儿童本位"文学观更多地关注儿童文学的趣味性和阅读性。"她的写作姿态放得很低，将自己放在与小孩子一样的平台上，用他们的眼光去观察，用他们的思维去思考，用他们的语言去表达。"[①]例如"淘气包马小跳系列"，通过一个个短小的故事塑造了一个有个性、有创意、充满各种奇思妙想的小学生形象。主人公马小跳是一个极为普通的孩子，身上有着普通儿童的优缺点，深受少儿读者的喜爱。至今，该书已经连续畅销8年之久，总销量超过2200万册。"我一直都保持着童心。孩子就是我的全部世界，孩子在我心中的地位是至高无上的，我对其他都无所谓。"[②]

3．"超越童心"书写

郑渊洁的童话创作始自20世纪80年代，一直以来，在中国儿童文学创作中占有十分重要的地位。与大多数新时期儿童文学作家不同的是，郑渊洁完全是自学成才。这就意味着他的写作更多地远离了来自社会的影响，便于从儿童角度来思考他的文学创作理念，而不是接受了某一现成的文学观点。在郑渊洁看来，他的童话就是让儿童在阅读过程中发现自己；通过塑造一个虚拟的童话世界，让孩子的天性获得最大的舒展。由于其特殊的人生经历所致，郑渊洁的童话中对传统教育观念充满了批判和挑战。他只上过小学四年级，后来的学习完全是靠父母的指导才完成的；当郑渊洁的儿子上到小学五年级时，他出于对现有学校教育的不满，就让儿子退学回家，自己亲自编写童话教材来给孩子上课。

这种儿童观反映在他的童话创作中，集中表现为作家对童话主人公那些奇思妙想所进行的极度张扬和对现实世界中种种僵化体制的无情批判。郑渊洁认为："一个人在童年时期最重要的事情是玩，儿童是通过玩来认识这个世界的。"所以，郑渊洁笔下的皮皮鲁、鲁西西、舒克和贝塔等形象，都

---

① 王羽：《朴素的写作观——谈杨红樱的儿童文学创作》，《长春教育学院学报》2006年第9期，第14页。

② 杨红樱：《创作的秘诀是想象力》，《天津日报》2011年6月27日第10版。

是天性爱玩好动，满脑子都是奇思妙想，例如骑着竹竿上天、操作地球控制机、在零食王国检阅零食大军等。

二 穿越现代儿童文学观的困境及反思

在今天这个日益多元化的时代里，人们对儿童文学的评价也有着各自不同的观点和思考。譬如批评界对杨红樱创作的争论，就是十分突出的一例。很多学者从纯文学、主题设置、故事情节、出版传播、商业化等角度对其创作展开褒奖或贬斥的评价，甚至产生了很大的分歧。其实，这恰恰是儿童文学走向多元化格局的一种表现。"我认为儿童文学应该有一个多元化的批评标准体系。因为现在的儿童文学创作和出版已经日益多元，只有对于不同类型的作品施以不同的评价体系，当代儿童文学创作才可能得到公允的评价，儿童文学批评和创作之间的互动才可能走上良性发展的轨道。"①当我们在为新时期儿童文学走向"儿童本位"而热情欢呼时，那么，究竟何为儿童本位？儿童本位的文学观在作家创作和文本中的又是如何体现的？如果我们对新时期儿童文学创作实绩做一个整体评判就不难发现，儿童文学创作只能说努力朝着多元化前行，还未完全形成真正的多元。所以，对"回归儿童本位"、人性美、现实世界和自我表现等文学观念需要展开深入反思和做出建构性的努力，这是今后儿童文学真正多元化发展必备的基础。

第一，"回归儿童本位"是否就是儿童文学的目标？新时期以来随着"回归儿童本位"的创作观念的确立，文学创作中已经将儿童平等地视为一个个体性的存在，而不再是被教育被灌输的对象。因此，我们的儿童文学出现了繁荣的景象。但是，"回归儿童本位"是否就是我国目前儿童文学创作的最终目标呢？对此，很难简单地做出回答。因为一方面，"回归儿童本位"是一个多世纪以来中国儿童文学在西方文学影响下的一种努力建构的趋势，但是，如何在现代文化建设中形成中国文化独创的儿童观和文学观，才是中国文化和文学努力的价值所在；另一方面，回归"儿童本位"这一大的文学观不同作家又有着自己的诸多创作取向，或者说，作家对如何建构自己的儿童文学世界有着自己的理解，因为无论是就作家对文学自身的理解还是就儿童的认知来讲，彼此之间都存在着诸多的差异。例如作家杨红樱从儿童心理出发，更多的是关注小学年龄段的儿童心理和各种喜好，如《男生日

① 陈振桂：《从"杨红樱现象"的论争谈儿童文学的发展》，《南方文坛》2010年第3期，第78页。

记》、《女生日记》等；作为学者的曹文轩更加关注对儿童人性美的建构，特别是对未来一代民族精神素养问题的呼吁，如《草房子》、《山羊不吃天堂草》等；作家梅子涵持"快乐"的文学观，认为"儿童文学需要彻底的真诚，需要乐趣和幽默。趣味性的追求应该成为儿童文学的第一要务。"①特别是后者，不同作家的文学创作实际上就是一个朝着各自努力的文学世界探索的过程。虽然他们有的创作观还处于探索阶段，或者说还没有从自动写作转向自觉写作，但是这种发展的可能性已经或正在影响着儿童文学创作的格局和传播的现状。

第二，书写人性美是不是儿童文学观的最终目标？一谈到儿童文学，很多人就会很自然地想起文学作品所展示的真善美主题和对各种丑恶的批判。例如格林童话中的白雪公主和七个小矮人的故事，公主的不幸遭遇和小矮人的帮助，落难后遇到了王子的爱情，那么清纯动人。这种创作观念本身没有问题，问题的关键是不应当将真善美的文学观与表现真善美'和假恶丑的题材混淆，也不应当仅仅将儿童观局限在人性美的层面上。

在儿童文学叙事的过程中，作家一般尽量回避丑恶、暴力叙事，而是倾情于美好事物的书写。但是我们应该认识到一个问题是，文学虽然是一个虚构的世界，虽然书写真善美是永恒的主题，但它同样也是个"真实"的世界，是一个多种要素构成的复杂的世界。其实在创作中，我们对假恶丑的回避更多的是一种题材上的选择。在文学世界里，表现真善美题材的选择应该说与表现假恶丑的题材有着同等的价值，甚至超过了真善美题材的价值。例如《一千零一夜》中那些残暴的国王、愚蠢的强盗，对于文学主题的表达和增添叙事艺术的表现力具有不可或缺的价值。在少年儿童的成长过程中，他们对社会价值的判定是建立在整个现实社会基础上的，因此，成人世界的价值观在不断影响着他们的认知。儿童文学作家不应当仅仅停滞在对丑做出简单的批判上，而是要对丑的东西同样做出深入的分析，才可能创造出新的价值观，才会在书写过程中建构起更为复杂的形象。

儿童观从成人本位转向儿童本位不是一蹴而就的，更不是停滞不前的。特别是以互联网为标志的电子传媒时代的到来，儿童的成长语境已经发生了巨大的变革。这就要求作家在创作时要不断思考自己的创作观和儿童观，让自己的创作更加适合现代儿童发展的需要。因为信息传播的速度和覆盖面已

---

① 孙悦：《梅子涵儿童文学创作艺术分析》，《渤海大学学报》2011年第3期，第78页。

经大大超越了以前任何一个时代，现实生活中各种新现象新问题更是层出不穷，如果依然采用过去的观念进行创作，就很难满足当下儿童心理和审美的需求。实际上，今天在儿童文学领域占据主导地位的作家已经开始关注这些问题。例如郑渊洁的童话写作，就对现代教育体制产生了深深的质疑；杨红樱的小说中，那些搞笑、有趣的故事得到当下儿童的欢迎；孙幼军的童话中，叙述了动物世界中那些愚弄、欺骗、抢劫等不良现象。

文学世界在弘扬人性美的同时，是无法躲避假恶丑的。一个健康的世界是不会躲避假恶丑的，所以既往的儿童文学禁忌在一定程度上束缚了儿童文学创作观的拓展和延伸。"写作客体的话语禁忌，已然对中国儿童文学的繁荣发展造成一定程度的困扰与阻碍，不仅仅影响着评论话语、编辑口味、作家思路，甚至在广大读者中也造成了许多刻板效应。儿童文学应该写什么？怎么写？要处理这个问题，开放的心态比什么都重要。"① 这种"开放"的心态就是要打破既有二元对立的思维观，对儿童世界有新的认知和思考。

第三，儿童文学是否就是到现实为止？文学是以现实生活为基础的，但文学作为一门艺术更加注重对现实做出作家个人的理解和思考。因为现实生活中人的很多梦想和愿望是无法实现的，要通过建立一个虚拟的文学世界来寄托自己的梦想。所以说，儿童文学不能满足于到现实为止，而要渗入作家自己的理想和思考，建立起一个完全虚构的世界。黄蓓佳在谈及自己的写作时曾说："我生活当中不能去够到的东西，或者想了不敢去做的，我可以用文学来完成。"② 儿童文学要致力于解决人的精神上的困惑。

很多少年儿童之所以爱读曹文轩、郑渊洁、杨红樱、梅子涵等作家的作品，就是因为这些文本中所塑造的文学世界是他们现实中无法获得的，是能够给他们提供各种快乐和梦想的乐园。而作家和主人公能够在文学世界里和他们进行平等的对话，让他们有了知心的朋友。但是由于受到中国传统写实观的影响，儿童文学在与现实世界的关系上依然离得太近，作家缺乏足够的想象力和创造力。

第四，"自我表达"的文学观是否存在局限？儿童文学不仅是成人写给儿童的文学，还有一部分是儿童写给自己的文学。近年来，在儿童文学领

---

① 常立：《吐掉那个苹果：中国儿童文学写作的禁忌》，《社会观察》2010年第8期，第71页。
② 陈香、黄蓓佳：《成人文学让我释放 儿童文学让我纯净》，《中华读书报》2008年8月20日第12版。

域出现了一种被命名为"低龄写作"的现象。例如六岁的窦蔻创作了《窦蔻流浪记》，十岁的蒋方舟出版了《正在成熟》，等等。假如我们抛开商业炒作的外衣就会发现，"低龄写作"是儿童出于"自我表达"的需求而进行的情感展示。在今天的生存空间里，儿童的心灵变得比以往更加复杂也更加隐秘，因此，儿童的孤独感和期待倾诉的愿望十分强烈。于是，他们就拿起笔来用那些毫无顾忌的文字来书写他们的种种想法和期待。正如文学评论家钱理群在评蒋方舟的作品时所言："应该说，小方舟写着这一切的时候，并不含有自觉的批判意识。这是她与成年人的，以及高年级的学生的反讽写作不同的地方：她只是以一种近乎游戏的心态写下了她和她的小伙伴的真实的观察与感受，或者如座谈会上的一位朋友所说：她向我们成年人的世界做了个'鬼脸'。"①

由于少年儿童缺乏社会经验和文化积累，必然会对社会生活中的很多问题无法做出相应的判断，出现种种认识上的偏颇。例如蒋方舟在一篇题为《正在发育》中："世界上最有自信的人恐怕都没有脸发这张照片。他站在一座大桥上，一看就是农村来的进口货。眼睛要是再小一点就不知道还有没有眼睛了。看他那样子，穿了个大减价时买的衬衫。有一颗扣子没一颗扣子的。我妈配'才子'那简直是鲜花插在了牛粪上。""再下面的是一批贺龙和朱德。贺龙好像当过屠夫，而且有一段时间特别凶狠。朱德晒得较黑，看上去，像非洲酋长。"对历史课本史实的课下调侃，对父母私生活的评价，颠覆父母、学校的各种教育观念，消解传统的友谊，调侃社会生活中那些看不惯的东西。虽然这种创作观念会引起儿童读者的共鸣，很容易产生轰动效应，但是由于缺乏对生活的深度理解，一味地去做出一些浅薄的否定，会导致自己的创作成为转瞬即逝的明日黄花。快意的调侃虽然反映了少儿时代的游戏心理和对现实的反叛倾向，但总是出于一种肤浅的情感快意的话语狂欢，缺乏进一步发展的潜力。

建构自己的文学观，打造属于自己的儿童文学世界，是当下中国儿童文学发展的重点。儿童文学有着自己的发展规律，有自己特有的读者群，特别是随着现代传播的迅猛发展，读者受众对文学质量的要求越来越高。一些家长宁可选择从西方引进的儿童文学，也不愿花钱购买中国作家的原创，不能

———————
① 解玺璋：《低龄化写作：文学之外的视野》，《当代文学研究资料与信息》2001年第5期，第8—10页。

不引起中国儿童文学创作的反思。一方面，中国现当代文学自发生以来，普遍存在着原创性匮乏的尴尬。中国作家一个多世纪以来始终处于西方文学或古代文学"现代性的焦虑"之中，对西方和中国古代文学的模仿、复制成为影响文学质量的关键。另一方面，作家在创作中是否努力创作出自己独有的文学观也是问题的关键所在，没有这种主体意识的创作终归是无法形成自己的创作观的。反映到文学创作和传播上，中国儿童文学创作处于一种十分尴尬的境地，以至于很多评论家认为中国目前还没有产生自己的畅销书作家。虽然畅销不等于经典，但是畅销书至少说明儿童文学创作在社会上所产生的影响。毕竟我们是一个有着三亿少年儿童的国家，有着庞大的读者接受客体。

三 文学观独特性的缺失与儿童文学传播的尴尬

大众传媒的迅猛发展一改过去单一的信息传播方式，除了纸质媒介之外，广播、电视、互联网、电子图书等各种媒介形式纷纷参与到儿童文化和文学的传播。传播语境的变革也极大改变着新时期儿童的阅读心理和阅读视野，当下的儿童比以往任何时候对自己的阅读有着更高的要求，对传统家庭和学校教育持有着更高的期待；他们追求个性自由，追求人格的独立；他们向往新颖独特的生活，厌倦了守旧闭塞。因此，作家文学观的独特性和文本世界的新颖性是促成儿童文学传播的重要因素。正是创作中这些问题长期存在而得不到真正的解决，新时期儿童文学在走向儿童、走向世界的传播方面一直没有形成自己的优势。

陈旧的文学创作理念影响了儿童文学创新的步伐。传统中国文化是一种现实性极强的文化形态，因此这也导致了整个传统中国文学十分注重道德教化功能。这种文学观念大大影响了儿童文学对儿童心灵世界的关注和塑造。"好的儿童文学作品，都是在对世界和人生的思考，在对人情和人性的艺术揭示上有所专长。"[①]在文学创作上，传统文学往往是教育大于启迪，说教大于娱乐。所以人们常说，说书唱戏是劝人法。在大众传媒时代里，爱玩儿的孩子们有着多种游戏的选择，对于那些灌输性的、说教的作品、没有任何新意的作品产生抵触情绪是非常自然的。

文本新颖性的缺乏也是导致传播不畅的重要原因。著名作家王蒙在回忆他的童年时说："我回想小时候读的作品，我记得最感动我的几个作品，

---

① 杨萌：《儿童文学为何难以跨出国门》，《出版参考》2009年6月上旬刊，第10页。

以至于大了还是在读仍然还在感动的，往往都是由于它们能够启发人的爱心。"①儿童喜欢通过自己的新奇发现来获取更多的知识，喜欢在阅读过程中受到文学叙事的启迪，因此作家创作观念的新颖性是解决儿童文学传播畅通的关键。秦文君的"男生贾里系列小说"印数超过了100万册，被誉为"新时期少年儿童的心灵之作"。在这部小说中，贾里不再是一个十分普通的少年，有时候甚至任性、鲁莽，做出一些傻事，说一些模仿大人的话，但是他又那么纯真、诚实，对人充满关怀和热爱。正是这一人物不再像过去那些高大的人物以孩子们榜样形象出现，而是与读者一样真实、容易沟通，所以受到广大读者的青睐。"秦文君始终怀着一种单纯、浪漫、宁静的特殊的创作儿童文学的心境，有一种灵性质朴、毫无造作的理念。"②

好的儿童文学也可以是畅销书和长销书。儿童文学写作和研究者应该做的事情是对这些受到广大读者欢迎的文本进行内在的分析，特别是对作家文学观的研究，而不是仅仅满足于表面的观察和轻易做出的结论；满足于以自己既有的文学观发出种种不切实际缺乏深度的评价，得出一些无法让人信服的结论。

因此，新时期儿童文学的发展和突破最为重要的一环还是要打破旧有文学观的禁锢，从塑造儿童心灵的角度不断探索儿童文学创作的新领域，为现代儿童心灵的建构做出新的探索。中国儿童文学的发展离不开其有效的传播，而作家的主体性问题则是影响文学创作和传播的决定性问题。

第二节　文学形象独特性的缺失

塑造独特的人物形象是文学艺术创作重要目标之一。一部文学作品成功与否，关键是要看其是否塑造出了独特的人物形象。在古今中外的儿童文学中，性格独特有趣、令人难忘的形象触动了一代又一代的读者心灵，让他们一生时时为童年阅读的美好记忆而感叹。如《格林童话》中的白雪公主与七个小矮人、《一千零一夜》中的阿里巴巴、《汤姆·索亚历险记》中的小

---

① 王蒙：《我看儿童文学》，《中国海洋大学学报》2005年第6期，第51页。
② 杨建生：《儿童文学是最美的事业——解读秦文君的儿童文学观》，《太原教育学院学报》2003年第6期，第16页。

汤姆、《卖火柴的小女孩》中的小姑娘、《窗边的小豆豆》中的小豆豆等形象，为世界各国儿童甚至是成人钟爱。对于这些形象或许有的人会提出异议，认为儿童文学形象多"扁平人物"，缺乏人格的复杂性和社会生活的概括性。持有这种观点未免是偏颇的，因为只有塑造出独特的艺术形象才是彰显文学艺术魅力的根本所在。对于儿童文学来讲，由于儿童心理特点及阅读能力的特点决定，对艺术形象的独特性有着更高的要求。

新时期儿童文学在三十多年间创造了一批个性鲜明、为儿童所喜爱的文学形象。但是，我们也不无遗憾地看到，这些文学形象由于缺乏独特性，常常表现为一种类型化和简单复制的现象，造成儿童文学整体创作质量不高，因而造成中国儿童文学传播中儿童读者的排斥。这种源自文学形象独特性的缺失多年以来没有引起创作者和批评界的重视，不能不说是儿童文学创作和传播研究的缺失。在下文中，我们不妨从新时期儿童文学中最常见的成长形象独特性的缺失、叛逆者形象的单一化、动物形象的类型化三个方面来作一番考察，分析它们在塑造过程中究竟存在哪些问题，又是如何影响儿童文学传播的。

一　少年成长形象与独特性的缺失

少年儿童正处于身心成长的重要阶段，对外部世界充满了好奇心和探索意愿。他们不满足于学校和家庭提供的各种现成的信息，更喜欢独自去探索那个迥异的外部世界，例如曹文轩《草房子》中的桑桑、郑渊洁"皮皮鲁和鲁西西系列"中的皮皮鲁和鲁西西、秦文君的《男生贾里》中的贾里等。"正是中外儿童文学史上无数个性鲜明、特点突出、使人过目不忘的类型化形象与故事，才让千百万孩子获得了童年的快乐，也让他们由此爱上了阅读。"[①] 但是好的艺术形象不能仅仅止于个性的塑造，更为重要的是应该塑造出其独特性的东西。因为个性人人皆有，而独特性却是每一个人独立于社会的根本性。独特性的缺失，恰恰是导致儿童文学传播障碍最根本的因素之一。我们不妨从身体成长和心理发展两方面，对新时期以来儿童文学中成长少年形象塑造中存在的问题做出分析。

---

① 王泉根：《儿童文学中的类型形象与典型形象》，《语文建设》2010年第4期，第52页。

（一）身心成长的困惑与独特性探究的乏力

我们经常说的一句话是，不在于写什么，而是怎么写。那么，对于少年儿童的成长书写同样如此。少年儿童正处于身体发育最快的时期，对身心的成长过程中出现的种种现象充满着好奇心。特别是当他们通过大众传媒获得了各种各样的信息后，儿童对自己身体的成长、性别意识更加好奇。因此书写这个年龄段的儿童文学被有的评论家称为"少年小说"，如当代作家梅子涵的《女儿的故事》、秦文君的《男生贾里》、《女生贾梅》等。但是，如果仅仅只限于对儿童成长进行现实性的展示，而不是着力于打造他们成长中那些独特的感知和思考，那么很自然，这种写作是不可能得到儿童的认可和欢迎的。独特性探究的乏力，是这一形象塑造中一个尚未得到很好解决的问题。

首先，这种探究的乏力体现为感性而非理性的认知。在传统文学塑造中，我们一般是关注情节的真实性和对细节的反映。其实，书写现实和书写感性的东西最终都应当是为塑造人物的独特性服务的。在丰富的少年儿童成长经历中，如何发掘那些最能体现儿童本真的东西才是儿童文学成长书写的核心所在。但是令人遗憾的是，我们很多文本中这种探索的力度出现了偏差。

在秦文君的小说中，贾里和贾梅兄妹俩进入初一年级，进入青春期的各种朦胧的意识让他们开始喜欢模仿和探索成人世界的东西：贾梅开始喜欢打扮，希望获得班里男生们的青睐，有自己崇拜的明星，想通过当演员出名；哥哥贾里在家常常以男子汉自居，在学校里不准别的孩子欺负自己的妹妹，还特别心仪班里品学兼优的"大才女"庄静，认为她是班里的唯一的"仙女"，当然也有时候出现一些小小的失落感。贾里与贾梅形象之所以受到很多少年儿童读者的欢迎，就是他们的生活经历和各种感受与现实生活中少年儿童的遭遇有着很大的相似性。

此外，小说文本中还有很多关于人物成长的书写，例如对简亚平的一段描写："简亚平过了寒假后有些疯长，高了许多，衣服显得紧巴巴的，与林晓梅穿新潮的只卡在腰那儿的夹克不同，她的衣服小得使人感到拮据，有点像茄子。她的为人也有些改变，很少说话，但益发过分了，开口就凶得像要吞掉整个地球。"身体和心理的变化在他们身上产生出的某些不和谐性，给他们的成长和学习带来了很多的困惑。

虽然秦文君的小说在很大程度上是新时期儿童文学中十分出色的作品，获得了儿童读者的热捧。但是，如果我们到此为止而不是进一步去探索他们作为当下儿童个性中属于个体所独有的东西，就很难抓住儿童读者的心灵。因为小说中的人物形象更多的还是停留在个性塑造的层面讲故事，形象独特性的程度不明显很大程度上影响了它的广泛传播。

（二）快乐和苦难的体验和超越

童年的成长有欢乐也有悲苦，正是在这苦与乐的变奏中儿童逐渐走向了成人。但是，不同的人在苦与乐中却获得了不同的体验，进而形成了各种不同的人生感悟。这些成长中的体验是文学创作的重要内容，也是儿童在阅读中最容易与之达成共鸣的原因。但是纵观中外儿童文学不难发现，对快乐和痛苦的书写是以超越这一表层化的感官体验而走向人性深层为指向。在安徒生的笔下，无论是丑小鸭还是海的女儿，都是以对人类的悲悯和大爱为旨归的。丑小鸭的成长苦难给读者带来的是对整个社会的爱的释放，而不仅仅是结局化作天鹅的喜悦。反观新时期儿童文学，文学创作更多的是停滞在快乐和痛苦的表层，更多的是表现出的廉价的取悦儿童的肤浅的快乐。

在曹文轩的《草房子》中，桑桑的成长历程伴随着很多有趣的经历，特别是童年淘气的一个个故事让人读后忍俊不禁。桑桑趁父母不在家，偷偷将碗柜加工成高级鸽笼，"桑桑算了一下，一层三户'人家'，四层共能安排十二户'人家'，觉得自己为鸽子们做了一件大好事，心里觉得很高尚，自己被自己感动了"；桑桑看到有人用渔网在河里捕鱼，就回到家里将父母床上的大蚊帐改成一张网到河里去捕捉鱼虾；夏天里，桑桑看到卖冰棍的将冰棍外面套上棉被，就裹上厚棉被、戴上大棉帽子跑到校园里太阳底下暴晒。儿童的好奇心和模仿欲让桑桑做出了一些荒诞的举动，因此自然招致了父母严厉的惩罚。但是，岁月的流逝总是让人在经历了太多的岁月之痛后走向成熟。纸月及其母亲的身世之谜，蒋一轮和白雀的爱情悲剧，杜小康及一家的落难，细马的人生遭际，让桑桑对人生产生了更多的思考。"桑桑陷入了困惑与茫然。人间的事情实在太多，又实在太奇妙。有些他能懂，而有些他不能懂。不懂的也许永远也搞不懂了。他觉得很遗憾。""他不知道，是不是所有的人，都是在这一串串轻松与沉重、欢乐与苦涩、希望与失落相伴的遭遇中长大的。"

以上对桑桑成长的叙事可以说活脱脱地刻画了一个心地善良、聪明敏锐的孩子从儿童到少年的成长经历。小说中的桑桑十分可爱，为此该小说面世以来颇为中国少年儿童喜爱，打破了儿童文学出版的新纪录。但是我们不能不指出的是，桑桑在有了自己思考的同时，对自己生活的世界有着怎样的认知？对未来有着怎样的期冀？所以说，曹文轩的书写人性的文学观中至今存在着一个如何看待人性的问题。同样写儿童的单纯、善良，如果仅仅局限于讲述的故事情节的不同，或者仅仅局限于人物的这种个性特征，那就无法解释为何有的文学形象世代流传，有的却成了昙花一现的短命鬼。所谓书写人性需要一个明确的方向，是对既有文学中存在的人性理解在自己的文本中做阐释性的形象书写，还是对自己内心所期待、所要建构的人性未知领域做出的探索和实验？

（三）成长的探寻和作家成长观的困惑

一个人从童年走向成人的过程，就是一个不断尝试不断探索世界的过程。生命中有着欢乐也不断出现痛苦，儿童文学不是只写欢乐而回避痛苦，而是要如何看待这些生活中的体验。当我们看到很多优秀的儿童文学作品在表达作家对成长的困惑和诗意时，却不能不说这些模糊的感受道出了作家个人内心的茫然和困惑。

在刘玉栋的《给马兰姑姑押车》中，红兵一心盼着能在马兰姑姑出嫁时跟着去押车。因为跟车可以获得糖、点心和20块钱，更重要的是可以在吃饭时坐上席，有脸面，很风光。他天天期盼，甚至押车前的晚上都没睡好，结果自己在押车的路上睡着了，而且丢了面子。他朦胧间领悟到了一个道理，那就是"这些令人向往的事情，结果并不是都那么令人高兴。"而迟子建的《北极村童话》，则通过自己在姥姥家的见闻和感受，完成了灯子对童年美好记忆的告别。在北极村这个独特的环境中，主人公发现了很多成人世界的隐秘，例如姥爷藏在心中的秘密、"老苏联"奶奶的身世。童话一样的生活在那个那个童话般的地方发生，注定了灯子这一生难以忘怀的记忆。成长对一个未经世事的孩童的心灵究竟意味着什么？成为成长小说不断探寻的终极问题。

文学创作不是为了解决现实问题的，而是用来给人以心灵的寄托，所以作家在创作中应该拿出自己的文学观来诞生出自己的世界。成长形象应该是一个多彩的人物画廊，寄托了作家对人生的个体化理解和思考。如果作家满足于对成长过程和各种快乐故事的书写，是很难塑造出让读者满意的独特文学形象的。

二　叛逆者形象与穿越类型化人物的阈限

以儿童为本位的儿童文学将儿童视为独立的个体，他们在文学世界里有着自己的个性和思考，有着自己独特的见解和认知。由于没有受到来自社会的不良影响，儿童往往会随着自己的意愿做出一些不太符合成人观念的举止言行，特别是那些处于青春期的儿童更是如此。在西方儿童文学史上，曾经诞生过很多具有叛逆性的儿童形象，受到了不同时代儿童的欢迎。如美国作家马克•吐温的《汤姆•索亚历险记》中那个充满奇思妙想的汤姆、瑞典文学家林格伦的《长袜子皮皮》中那个特立独行的小姑娘皮皮、日本作家黑柳彻子的《窗边的小豆豆》中那个淘气可爱的小姑娘等。新时期以来，中国儿童作家在这方面也作出了自己的努力，但是由于受到传统文学观念和文化思维定式的影响，叛逆者儿童形象塑造大多被放置在二元对立的层面上，人物形象性格单一而且缺乏发展。

（一）叛逆者性格的单一化与创作的潜在性困境

在很多人看来，儿童文学是写给儿童看的，自然人物形象要简单而有特点。所以在既往的儿童文学中，人物形象多性格单一，缺乏发展。实际情况却非如此，英国作家格尔姆认为："想开采这个矿脉的诸君，必须留心的是，绝对不可以认为是小孩的东西嘛，随便写写就可以了，或者以为有诚意写作，就会获得儿童的感激，这种自我陶醉或随便的想法是很严重的错误。"[①] 随着社会生活的发展，特别是互联网信息传播和各种游戏的普及，这种单一性格的人物已经很难受到当下儿童的欢迎。即便是在一些当下非常流行的儿童文学作品中，人物的单一化问题依然没有得到很好的解决。

杨红樱的《淘气包马小跳》中的马小跳是近年来颇受少年儿童欢迎的形象，而且其续集仍然在源源不断地推出。在传统学校教育的视野中，特别是在秦老师看来，马小跳就是个淘气鬼。他聪明活泼，爱出鬼主意捉弄人，乐于助人有正义感。秦老师为了加强与家长的联系，要求马小跳将"家庭联系本"天天带回家，让马小跳的爸爸在上面签署意见。淘气的马小跳路遇写字老头儿，让老人模仿爸爸的字迹签署意见。结果，秦老师将爸爸叫到学校训斥了一顿。为了调查孩子们的心情是否快乐，秦老师让同学们依据当天的心

---

① [英]保尔•亚哲尔：《书•儿童•成人》，傅林统译，台湾，富春文化事业股份有限公司1999年版，第140页。

情别上不同颜色的心情卡。很多同学因为怕老师留下谈话，都别上表示快乐的心情卡，唯有马小跳敢于将真实的感受表达出来，心情不好时就别上绿色心情卡。马小跳在教师节精心选择了珍珠兔作为礼物送给林老师，但是两只小兔子给他闯了大祸，最后被秦老师没收了。

整部小说就是由这样一个个的故事展开，故事情节一个接一个，但是马小跳从头至尾性格上几乎没有变化。英国小说评论家福斯特的《小说面面观》中认为，这就是所谓的"扁平人物"，也称为类型人物或者漫画人物，"他们最单纯的形式，就是按照一个简单的意念或特性而被创造出来的"。① 可以用一个句子加以描述概括的。这种人物有两大长处：一是容易辨认，他一出场就被读者那富有情感的眼睛看出来。二是容易为读者所记忆。由于它们不受环境影响，所以始终留在读者心中。② 所以说，马小跳这个形象非常适合儿童的辨别，人物性格把握起来也不是十分复杂。但是，这种与生活"同步"的写作会随着时间的流逝而成为历史。目前我们只能说这是某一阶段的畅销书，但很难说随着时代的发展畅销下去。因为长销书需要具备经典的特性，需要成为人类永恒的精神依托。

（二）作为叛逆者对立面形象的简单化

同样，这部作品作为新时期文学的典范，存在着二元对立的创作模式。有叛逆者，自然就有其对立面。但是在这部作品中，马小跳的对立面不是其父亲马笑天，而是秦老师和同学陆曼曼、丁文涛等人物形象。深入分析就不难发现，这些人物形象同样是一些性格单一的带有类型化特点的形象。

在小说中，马小跳父子性格十分相似，马天笑就像一个长不大的孩子。应该说作家在处理马小跳的个性时是有着深入思考的，因为马小跳的成长是与其父母有着不可分割的关系的。马天笑从小爱玩，现在是玩具厂的厂长；在马小跳跟前没有做父亲的严厉，而是儿子的朋友。在家里马天笑喜欢看动画片《蜡笔小新》，喜欢与马小跳用玩飞镖的方法来决定谁去洗碗。在这样一个民主、现代的家庭里长大的马小跳，很容易与一向保守传统的秦老师不断产生冲突。

而作为马小跳对立面的秦老师和陆曼曼，作者在塑造他们时，采用了同样的方式来塑造的。秦老师是一位非常传统的小学老师，严格按照好孩子的

---

① [英]爱·摩·福斯特：《小说面面观》，花城出版社1984年版，第59页。
② [英]爱·摩·福斯特：《小说面面观》，花城出版社1984年版，第60页。

培养标准来要求学生。在她看来，听话、好学、勤奋的孩子就是好孩子。因此，陆曼曼和丁文涛是她的好学生、好助手。首先，她对学生的要求非常严厉。每天马小跳放学回家后有着做不完的作业，学生如果写错一个字就罚抄写一百遍。对于犯了错误的孩子，不是严厉批评要学生写检查，就是将家长叫到学校加以训斥。其次，秦老师相对于孩子缺乏真实感。上示范课之前要多次演练，安排好每个同学的角色。整部小说中，秦老师一直不断变换着一个传统布道者的形象。

作为同位和班干部的陆曼曼，受命于秦老师的安排，专门负责管理马小跳的言行举止，一旦发现马小跳在课上课下有违反纪律的现象就做好记录，然后将马小跳的所作所为告诉秦老师。而且面对差生，陆曼曼常常加以嘲讽，甚至故意做错了题目导致马小跳抄袭后被老师惩罚。陆曼曼和丁文涛还学习很好，积极追求进步。即便是自己在班级工作中出现了错误，秦老师也对他们网开一面，甚至将错误归结到马小跳身上。

作为马小跳形象的对立面，人物性格的简单化类型化虽然让整部文学作品阅读和把握起来非常得心应手，但是人物的单一化就会导致这类文学作品行之不远的后果。这也就是很多评论者所指出的，杨红樱及其他作家笔下的单一化人物形象很难拓展到其他的年龄段，只能被限制在小学生这样一个阶段。其实，这种叛逆者形象简单化、漫画化的问题在梅子涵、秦文君、张幼军等作家笔下人物身上同样不同程度地存在。因而这就导致了传播的局限性。

三　动物形象与类型化书写

新时期儿童文学随着创作题材和主题的不断拓展，近年来出现了一种动物小说，塑造了一大批个性鲜明、趣味性极强的动物形象，如狼、老虎、小熊、大象等。其实，在文学史上很早就有专门塑造动物形象的文学文本。西方文学中的《伊索寓言》、《荒野的呼唤》、《雪狼》、《瓦尔登湖》等，中国文学中的《世说新语》、《西游记》、《聊斋志异》等，都是以某一个或一些动物形象作为书写对象，用以表达人类对智慧、个性和尊严的赞美。但由于生产力发展水准所限，动物形象的塑造带有更多人类文化的定式，很多时候是以人类评价的好坏加以划分。20世纪中期之后，随着科学技术的发展，动物非但不再对人类生存构成威胁，反而数量和种类在急剧下降，人类自身也面临着重重危机。文学，特别是儿童文学开始关注这一题材领域，

并开始将动物视为人类的朋友，认为人类与动物有着千丝万缕的关联。例如
姜戎的《狼图腾》、杨志军的《藏獒》、郭雪波的《沙狼》等小说，对野狼
的精神、藏獒的道义等问题作出了深入细致的精神解读。"作者注目动物世
界，描述动物世界，表达的不仅是对动物世界的关注和理解，也表达着人类
所处环境的关注和理解，因为动物的灭绝将意味着人类依托的消失，同时最
终导致人类的毁灭。"①在儿童文学的动物小说创作中，出现了以沈石溪、
金曾豪、罗来勇等为代表的动物小说作家，其创作的《狼王梦》、《红奶
羊》、《第七条猎狗》、《斑羚飞渡》、《狼的故事》、《人·狼·坟》等小说
赢得了儿童文学界和广大少年儿童的关注。作家在写作过程中将对人类社会
和生命的思考融入动物形象中去，让读者从动物身上看到人类社会中的种种
问题。

　　但是作为一种文学样式，如果我们将当下的动物小说中所创作的形象和
国外同类形象对比就不难发现，其艺术创新程度和精神内涵上存在着较大差
异。这不能不说是当下我国儿童文学中的动物小说亟待解决的问题。具体而
言，这种不足主要体现为艺术形象的类型化、审美意蕴的情感化。

　　首先，动物形象的类型化。动物小说以其神秘、有趣、原生态受到读
者的喜爱，特别是小说中塑造的那些令人难以忘怀的动物形象。因此动物小
说成为当下出版界和儿童文学领域最受欢迎的文体，但是从近年来动物形象
的塑造来看，太多的类型化动物已经大大影响了这一文体的进一步发展。
动物形象的类型化主要表现在：首先是动物形象的趋同化。新时期儿童文学
的动物书写大多集中于狮子、老虎、熊、狐狸、鹿、狼等，这种形象扎堆儿
几乎到了"泛滥成灾"的地步。例如写狮王的有《秃尾狮王》、《狮王退位
后》，写大象的有《宝牙母象》、《白象》、《吃黑夜的大象》等，写狼的
有《狼王梦》、《白狼》、《狼妻》、《狼魂》、《狼道》、《一只孤独狼
的遭遇》、《狼"狈"》、《独狼》、《原狼》、《苍狼》等，如同很多评
论家所讲的，真是一时间图书市场上"狼号犬吠"。这些动物形象由于类型
化、雷同化很难感动读者，因此看似繁荣的动物小说真是到了泥沙俱下、鱼
龙混杂的程度。

　　此外，作者在塑造这些形象时由于过于追逐风尚，在匆忙完成写作的过
程中甚至缺乏对动物的真正了解。因而在叙事中就很容易出现一些常识性的

　　①　徐萍：《略论沈石溪的动物小说》，《学术探索》2003年第12期，第92页。

错误。例如对狼形象的塑造，很多小说涉及对狼的残酷性、竞争性的张扬，大肆倡导狼性。其实，这种讲述本身就是一种对狼的生活习性不了解的表现，因为狼自身是存在对待群体内外上是有着很大差别的。之所以存在围绕一种动物形象盲目展开叙事，是因为商业化、浮躁的图书市场和文学界盲目追风所致。

其次，这些动物形象所体现的内涵缺乏独特性，更多的小说是在演绎一些常见的文学主题。例如作家对动物间的母爱、仇恨、野性的书写，让小说中的动物不再是一个个活生生的野生物种，而更多的成为作家观念的阐释者。作家出版社王宝生认为："中国的大多数动物小说作者从来没有在客观的基础上真实地讲述、描写某种动物的生存状态、性格特征，从而让人类切实感受到其身上可贵的品质，相反，作者只是想把自己的主观想法强加在某种动物身上，而这种动物可由作者的好恶去任意挑选。最有意思的是，作者把自己的主观思想强加给动物之后，很多动物小说就变成一本励志书，借着动物满页满纸地讲着大道理，甚至有时候作者忘了自己是在写小说，而是跳出来开始讲，人要怎么才能成功。"①以书写母爱的动物形象为例，很多小说集中于对动物界母爱形象的集中刻画，缺乏探索的深度和独特性。

形象内涵的探索在不同作家身上都有所显示，就是作为"动物小说之王"。的作家沈石溪也同样有待提升自己在动物形象方面的探索力度。例如在《羊妈妈和豹孤儿》中，失去孩子的母羊灰额头用奶水将小豹子养大，母爱让本来是天敌的豹和羊竟然能够和睦相处，而且母子产生了深厚的感情。当小豹子的兽性一天天显露出来、不断对整个羊群构成威胁时，豹孤儿越来越遭到羊群的排斥和愤怒。于是乎，母羊灰额头陷入了母爱和对同类安全双向选择的困境。最终，母羊在山上将乳大的豹孤儿撞下悬崖，自己也跳了下去。同样是写母爱，在《狼王梦》中作家演绎了一场狼崽前赴后继争夺狼王的故事。母狼紫岚为了实现公狼生前争夺狼王的梦想，苦心哺育自己生下的四个狼崽。为了让孩子有奶吃，它冒着生命危险去养鹿场偷小鹿仔，险些被狼狗咬死；为了培养出一个狼王，它先是将全部力气用在黑仔身上，但黑仔没有长大就死在了大金雕的手里；继而是蓝魂儿，眼看要成为一只狼王却不幸踩上了猎人的铁夹子；双毛作为培养对象极不合适，懦弱胆怯，但为了培养它的野性，紫岚断了一条腿，"它，提前衰老了，它作出了作为母亲的最

① 　马莹莹：《动物小说只有故事会水平》，《华夏时报》2006年3月9日B5版。

大牺牲"，但终于因为双毛内心的自卑而惨死在群狼的围攻下；孤注一掷的紫岚最后将希望寄托在女儿媚媚身上，为了不让自己的外孙们被大金雕伤害，自己心甘情愿地同金雕同归于尽。"不，狼是草原的精英，是野性的化身，它不甘心就这样死去，它要用最后一口气和老雕拼搏，为自己，也为狼孙。"在这两部小说中，无论是羊妈妈还是母狼紫岚，那种对儿女的爱是深沉而满怀期待的。

当我们在为作品中所展示的母亲形象而惊叹之余，是否应当思考一下，这种对动物形象的塑造除了母爱这种情感之外，是否还写出了动物形象身上的独特之处？如果缺乏这种深入的探究，那么小说叙事本身就缺乏艺术的震撼力。所以，我们在羊妈妈、紫岚身上期待作家有更加深远的发掘。这一点在牧铃的《艰难的旅程》中有着新的探索。杂种是乐园宠物良种场的一只土狗，没有纯正的血统，没有显赫的身世背景，自然受到人们的歧视，人们将其视为一盆肉汤而已。后来它成了斗狗场上的英雄，但它最向往的是做一只牧羊犬，可以在草场上自由自在地生活，它认为只有在辽阔的草原上生活过的狗才是真正的猎狗。

综上所述，新时期儿童文学创作了大量的为儿童喜爱的文学形象，而且在创作、出版和阅读领域获得了很大的成功。但是我们应该看到，正是这些文学形象自身存在的不足，特别是没有体现出审美上的独特性，才大大影响了儿童文学传播的进一步发展和繁荣。安徒生之所以创作出那么多让人难以忘怀的文学形象，不仅仅是因为其形象可爱其主题富有哲理，也不仅仅是作者充满夸张的故事情节和风趣幽默的语言，更多的是作家对人类发展进程中那些深层的问题嵌入了自己对生活的独特发现，是以自己对人类和历史的独特思考来塑造出美人鱼、丑小鸭、拇指姑娘等形象的。从这种意义上看，"中国的动物小说创作，任重而道远。"[1]

第三节　叙事创新不足的制约

"讲故事"是最为儿童喜欢的一种了解世界的方式，因此很多儿童都是在"听妈妈讲那过去的事情"中长大的。对故事情节的偏爱是人类自小形成

---

[1]　马亮静：《谈中国当代动物小说创作的新动向》，《龙岩学院学报》2009年第12期，第55页。

的心理定式，也是文学叙事发展的基础。但儿童文学与成人文学相比，在叙事学建构上更偏重于故事叙事。讲好故事是儿童文学的重要特色。新时期儿童文学叙事虽然取得了很多发展，但由于叙事艺术的创新不足，影响了儿童文学创作质量和传播的通畅。

一 叙事视角与儿童文学创新性的不足

叙事视角在文学叙事中起着十分重要的作用，因为叙事视角蕴涵了作家叙事时的价值立场和审美眼光。"视角上的变化自然地带来意蕴和价值取向上的变化。"[①] 叙事学认为，从不同的叙事视角出发，同一事件会得出不同的结论。叙事视角不但决定着叙事作品的构成方式，而且决定了接受者的不同感受。文学作品中的叙事视角对于文学传播有着重要的影响。新时期儿童文学叙事主要采用了儿童视角、成人视角和代际对话等三种方式，一改十七年儿童文学成人叙事视角的单一格局。但是如果我们对比成人文学叙事的创新就会发现，儿童文学叙事视角创新程度依然没有更多的发展，因而影响了儿童文学创作质量的提升和传播进程。

（一）儿童视角及存在问题反思

儿童文学叙事视角与成人视角有着显著不同，这种差异主要表现为：儿童叙事视角要符合儿童心理，从儿童自身出发去建构一个儿童眼中的文学世界。在中外的儿童文学中，从《格林童话》、《安徒生童话》到张天翼、陈伯吹、秦文君、孙幼军等中国作家的创作，都在很大程度上体现了这一叙事美学追求。新时期以来，这种叙事视角更是在众多儿童文学中获得了广泛应用。那么儿童视角叙事在当下文学中究竟存在哪些需要我们认真反思的问题呢？

首先，儿童视角不等于儿童文学就是一个纯洁无瑕的世界。上文中在涉及儿童文学观时已经论述过，儿童本位不等于儿童文学叙事只关注真善美的主题。同样，文学观确立后在展开叙事时，叙事视角也不能只关注那些纯洁无瑕的东西，而应当从叙事主题出发，对现实生活中那些丑陋的东西以审慎的态度引入儿童文学。作家叙事过程中应当站在与儿童平等的关系上，创作出一个健康而真实的文学世界。如孙幼军在他的童话《小猪唏哩呼噜》中，小猪唏哩呼噜所生活的世界就是处处充满了危机，但能靠着自己的聪明智慧不断战胜敌人。被大灰狼叼走后，它机智地逃离狼口，后又打破了月牙熊意

---

① 吴其南：《守望明天：当代少儿文学作家作品研究》，宁夏人民出版社2006年版，第3页。

图偷食小狼崽的阴谋；它帮助鸭太太送鸭蛋去城里，在路上巧妙地吓跑强盗大老虎。这些危险、暴力在现实中是真实存在的，只不过作家将这些故事转化为儿童最为喜爱的小动物世界。因此，整部作品更加真实更加厚重。

此外，儿童视角不能一味地停滞在宁静的童话时代，应当体现出一定的时代色彩和现代气息。尽管我们很多作家在文学世界的打造上写得很有诗意，也富有童趣，但缺乏时代色彩也是造成儿童读者不愿阅读的重要原因。这一点在张幼军的小说中同样有所拓展。唏哩呼噜到街山打零工去挣钱给父母买生日礼物，结果遭到了狐狸的欺骗。狐狸本来答应小猪，只要小猪将院子里的垃圾运走就送一个带有"生日快乐"的蛋糕给它，但工作结束后只给了一个鸡蛋。此外，小猪在生活中还遇到了很多不良现象，例如合同欺骗、学校收赞助费、送礼等。这些不良现象通过小猪的视角转化为儿童易于理解的故事。

其次，儿童视角的简单化。儿童文学叙事是否是越简单越受到儿童的欢迎呢？其实不然，儿童世界一样是丰富多彩的，不过这种丰富多彩与成人世界有着很大的不同而已。儿童的心灵没有受到来自成人世界的干扰，因此在儿童心目中的世界是单纯幼稚而又可爱的。但是单纯可爱的眼睛并不等于文学作品中的世界一定是简单的。所以我们看到那么多作家辛辛苦苦写出了大量的儿童文学读物，但真正得到儿童读者回应的却是寥寥无几。作家在抱怨儿童忙着玩游戏的同时，是否考虑到自己对当下儿童心理缺乏了解，是否思考一下叙事视角的过于单一而导致作品缺少丰富多彩的生活。

如果作家在书写儿童作品时将叙事视角做出超越性的努力，就不难发掘出更多更有趣的故事。例如在《淘气包马小跳》中，秦老师要求同学们学着写日记。秦老师首先讲什么是日记："日记就是记你一天所看的、所做的、所说的、所想的。日记必须是很真实的，写作文还允许虚构，写日记是绝对不允许虚构的，所以，日记又是一个人的隐私，别人是不可以看的。"马小跳就将陆曼曼撒谎、秦老师偏心眼等看法写入日记。结果秦老师要检查作业，马小跳所记述的事情暴露，而且牵连了唐飞、毛超和张达等好朋友。这就是一个非常典型的儿童心灵世界与成人现实世界碰撞的案例。成年人认为做事情并不一定同规则要求的一致，而儿童出于单纯的思考却按照既有规则去处理问题，两者相遇就会发生一些十分有趣的故事。

最后，儿童视角不能只局限于游戏。儿童天性喜爱游戏，喜欢有趣味的东西，喜欢给自己带来快乐的事情。因此儿童文学叙事应该带有更多的游戏色彩，让儿童读者感到有趣可笑，难以忘怀。当然将叙事视角转向游戏绝不是简单书写游戏，更不是戏谑化，而是有着文学本体色彩的一种审美理解。如吴其南所讲，是一种高层次的精神表现。"这是人格建构的最高层次，是生命的最高境界。此时，游戏已不只是文学的一种手段，也不只是其美学上的一种特色，而是文学自身，人的生命自身，游戏就是文学的本体，生命的本体。"①

（二）成人视角与对传统价值的过度颠覆

成人视角在儿童文学创作中占有很大比重，并一度成为我国儿童文学创作叙事视角的主体构成。自五四新文学运动以来，中国作家长期关注儿童教育，将新的儿童观和新文化作为儿童文学创作的主要内容。反映在儿童文学创作中，叙事者常常以成人视角，将某一道理或知识通过叙事来告诉读者，让读者在阅读中获得教育或启迪。这一叙事视角主要采用回忆童年趣事和讲授某种经历的方法展开。例如《小英雄雨来》、《小猴子下山》等新中国成立后的儿童文学作品，在儿童文学传播中曾经产生过广泛的影响。它们叙事的重点在于向儿童传播某一社会主导理念，以期收到教育儿童的功用。但是，这种视角如果使用不当，就会造成成人观念对儿童世界的强加，甚至影响儿童文学叙事的艺术价值。

首先，这种渗透体现为对传统权威的颠覆。很多成人理念在成人文学中可以毫无顾忌地直接表述，但是对于尚未形成必要文化素养和价值观念的儿童，就是值得商榷的。在《格兰特船长和他的儿女们》、《海底两万里》等小说中，那些新鲜离奇的故事读起来让人处处感到文学的魅力。但是，这种虚构也是要有一定限度的，就是在一些童话叙事中也需要作家做到有限度的叙事。

例如在20世纪80年代的"皮皮鲁和鲁西西系列"中，作家在叙事过程中往往不自觉地就会表达一些自己的观念，影响了文本叙事艺术的完整性和读者受众的价值理念。当皮皮鲁一家发现地球运转出现了问题：地球原来是一颗人造星球后，全家人都感到十分震惊。于是乎，全家人开始展开拯救地球的行动。"鲁西西站在天文台门口望着天文台大楼叹了口气，她觉得悲哀，

① 吴其南：《守望明天：当代少儿文学作家作品研究》，银川，宁夏人民出版社2006年版，第5页。

这座大楼里的人终日忙碌，却与真正的科学毫不沾边，他们死抱住祖先留给他们的观念不放，任何有悖于祖先的看法都被认为是胡说八道。其实，他们大脑里的那些观念才是正宗的胡说八道。""皮皮鲁全家笑干了眼泪，他们终于知道了什么叫'学问'，终于懂得了'权威'的内涵，还明白了同样的话没身份的人说是胡说，有身份的人说就是学说。""人类是地球上最喜欢被学说愚弄的动物。"这种视角渗入整个叙事文本，不但对叙事过程的完整性、和谐性造成不良影响，而且会让儿童产生一些不良思考。其实我们都知道，人类创造的科学文化知识是经历了漫长的岁月和不断被事实验证了的。儿童文学是要启迪和鼓励儿童去学习和探索这些知识，而不是作出太过于绝对的否定。

其次，这种渗透是传统儿童观在现代书写中的呈现。中国传统文化重视人伦孝道，注重对儿童品性的教育和指导，例如古代孔融让梨、二十四孝的故事等。在强大的成人伦理语境中，儿童要想成长为谦谦君子，成为社会的栋梁之才，就必须从小严格按照成人世界的价值观念去做。即要为了他人和社会要勇于牺牲自己，欢乐和个人自身并不是最重要的，最重要的是你的言行是否符合了传统道德伦理。作为对传统文化的继承，这些价值观念对现代中国儿童教育起到重要的作用，但是其中很多却不符合现代儿童观，甚至是违背人的心灵健康自由发展的。

例如，《小木偶奇遇记》是一部儿童十分喜爱的童话故事，但在传达成人视角下的成人观念方面依然有着很多的不足之处。小布娃娃是小老师在发现了送给儿童的礼物中缺少一个的情况下，用制作别的玩具的边角料做成的。当然，这也不妨碍该作品的价值。豆豆分到小布娃娃时，看到它只有自己的小手那么大，就表现出十分不高兴的样子。苹苹看到小豆豆不高兴，心里想："豆豆一定是喜欢我的大洋娃娃。老师告诉过我们，要帮助小朋友。爸爸也说过，好孩子要先想到别人。"显然，这个情节看起来与"孔融让梨"非常相似。让一个尚处于幼儿园阶段的儿童具有这么高的觉悟，是难以置信的。所以说，成人视角在儿童文学中运用的过程中，一定要掌握一个适当的度，过犹不及。

（三）代际冲突与心理书写的简单化

儿童的成长过程就是一个与成人世界产生冲突和对话的过程。这种冲突与对话在叙事情节中必然形成各自独特的心理碰撞和沟通，最终通过儿童与成人的对话走向矛盾的和解。这是单一的成人视角和儿童视角所不能达到的效果：如果作家仅仅以成人视角与读者进行交流，叙事中的成人观往往占据文本的主导地位，儿童被视为接受教育的客体；如果儿童在交流中被尊重和认可，那么小说文本就是以儿童作为叙事主体看待的。因此，正确处理好代际叙事中两者的关系，特别是将两者的心理碰撞和对话处理好，就会给儿童读者在阅读接受过程中留出充足的体验空间。但是，在这方面当下儿童文学恰恰忽略的比较多。

例如在杨红樱小说中，马小跳由于其淘气好动经常与班主任秦老师产生冲突。这种教育者与被教育者的冲突几乎成了整部作品的重要看点，马小跳动不动就被叫到办公室进行批评教育。秦老师为了了解班里孩子们快乐与否，设计了三种颜色的卡片，让孩子们每天根据心情不同别在身上。但孩子们因怕惹老师不高兴，每天都别上代表高兴的红色心情卡。唯有马小跳每天按着自己心情别卡，因而成了老师关注的对象。没有想到的是，这个本来想给孩子带来快乐的举措竟然给马小跳带来无尽的烦恼。在另一则故事中，安琪儿天天希望自己长高。她发现小树苗长高是因为经常浇水，就在植树活动中让马小跳给她浇水。结果引起了秦老师和安琪儿父母的愤怒，他们认为马小跳是在欺负安琪儿。当成人拿着惯用的思维方式去对待儿童时，往往就会产生意想不到的错位。这种情况下最有效的办法就是要写出两者的心理感想和对话交流。代际对话扩展了儿童叙事的视野，运用巧妙就会给文学叙事带来意想不到的效果。

二　叙事艺术创新性的不足

叙事艺术的探索是讲好故事的前提和基础。但儿童文学与成人文学不同，儿童文学叙事无论是从修辞方式还是叙事结构的布局上都有着自身的特色，因为儿童的阅读心理和阅读经验尚处于建构阶段，需要从文学艺术中那些最为根本的方面做起。比如童话叙事、富有想象力的夸张修辞等，能够最大限度地激发他们对文学艺术的兴趣和爱好。《格林童话》中那些夸张可爱的主人公，《安徒生童话》中那些让人爱不释手的故事，科幻作家凡尔纳的那些神奇的探险经历，无不让儿童读者甚至是成人浮想联翩。因此，我们对新时期儿童文学传播研究中最不能忽略的就是文本创作中的叙事艺术问题的探索。

（一）叙事想象力的不足

儿童的心灵世界是富有形象性的，因而儿童对那些极富想象力的叙事充满了好奇心和阅读的欲望。最近几年在儿童文学界流行的魔幻题材、科幻题材等，就是最具说服力的证明。"想象力就是我们的第三只眼睛，能让我们看到别人看不到的东西。所以真正能够推动人类历史的伟人都是非常具有想象力的。有想象力才有创造性劳动，不然就是重复别人的工作。"① 当然，想象力不是一个宽泛无边的表述。在儿童文学叙事中，特别是那些童话、寓言叙事，是充满了想象和神奇的构思。具体而言，叙事修辞意义上的想象力就是通过夸张、漫画等方法创作出一个不同于现实世界的有着作家思考的艺术世界。在这个世界里，主人公可以做出许多在现实生活中无法做出的事情，实现自己的梦想和传奇经历。《格兰特船长和他的儿女们》中，几个孩子为了寻找自己的父亲，进行了全球漫游；《木偶遇险记》中的小木偶一旦说谎，鼻子就会不断长大。相比较而言，新时期儿童文学的叙事修辞缺乏创新的力度，因而影响了儿童文学的艺术创新力和感染力。

首先，这体现为儿童文学书写中夸张叙事的不足。儿童文学叙事的想象力很多情况下是采用超现实的、夸张的方式来构筑情节和塑造形象的。夸张能够将一些普通而平常的事情进行艺术化的处理，取得意想不到的叙事效果。例如郑渊洁在童话叙事中，将现实生活中的很多常见事物夸张想象成为耳朵王国、作业调整公司、脏话收购站、诚实岛等形象性十分突出的事物。他笔下的皮皮鲁和鲁西西兄妹俩偶然发现家里衣橱上有一个洞，下面是一个大的暗室，里面有四扇门：金门、银门、铜门和铁门。于是，他们开始进入金猪帝国、名人大脑实验室、地球操纵台等进行探险。这里面有满是黄金、白银打造的金猪国家，有将小猪大傻变成第一流人才的智慧头盔，还有能够控制地球的地球操纵台等。在探索309室的过程中，金鞋子、大傻、觅工、科学家等也纷纷登场，演出了一个个令人捧腹的神奇故事。在这些奇思妙想当中，作家对成人社会的一些痼疾做了深入的批判。无疑，郑渊洁在这里做出了极富新颖性的努力，让他的童话插上了夸张的翅膀。

童话叙事中，很多故事发生在动物世界，作家让那些有着独特个性的

---

① 薛韬、郭晓娟：《郑渊洁：想象力比文凭更重要——访著名儿童文学作家郑渊洁》，《中学生读写（初中）》2006年第7期，第9—12页。

动物形象成为小说叙事的推动力。显然，叙事的关键还是源于作家的丰富的
想象力和夸张力。例如孙幼军的《小猪唏哩呼噜》、郑渊洁的《舒克和贝塔
历险记》等作品，就是塑造了一个个活泼可爱的动物王国，为儿童讲述了一
个个有趣的故事。这种丰富的想象就是靠夸张修辞来实现的。小猪是猪妈妈
生的十八个孩子中的唯一的男孩，喜欢吃，喜欢帮助别人，看似唏哩呼噜实
则颇有智慧；小老鼠竟然能够开着玩具飞机到处飞来飞去，而且做了很多好
事，赢得了整个社会的好评。因此，这些奇特的夸张引起了儿童读者的阅读
热情十分自然。

其次，如果我们认真反思新时期儿童文学叙事艺术上的夸张写作就会发
现，很多作家的夸张叙事更多的不是一种源自叙事学的努力，而仅仅是为了
搞笑或有趣而进行了一种修辞学上的手法变换。正是这种理念的影响，中国
儿童文学的叙事缺乏一个整体性的宏大的想象空间，就像凡尔纳那种具有系
统性、完整性的想象空间。我们不妨以凡尔纳的几部小说为例，分析一下作
家的想象力和夸张手法的运用。在《地心游记》中，作家认为通过火山口就
能够进入地球内部，德国科学家里登布洛克教授就带着侄子和向导，从冰岛
的斯奈菲尔火山进入，在地心经历了三个月的艰辛跋涉，最后从西西里岛火
山口返回地面；《气球上的五星期》中，英国探险家弗格森博士与朋友一起
从桑格巴尔出发，乘坐他们自己设计的热气球，一路向北旅行，其间与大自
然与非洲土著斗智斗勇，历尽艰险，最终到达法国驻内加尔河属地。作品中
那个神奇的世界充满了丰富的科学知识，又有着启发人们征服自然的精神魅
力。如果说这是19世纪作家的作品，是人类处于工业文明时代的产物，那么
今天西方儿童文学创作中的想象力依然值得我们反思。比如《哈利·波特》
中对巫术和魔法的书写，作家在书中发挥了丰富而周密的想象力，建构了一
个充满童趣而又严密的魔法大厦。书中的故事充满了奇趣和想象：有魔力的
镜子，会飞的钥匙，相互搏斗的棋子，起死回生的药水，等等。整个作品系
列围绕着这个神奇的世界展开，让儿童一旦阅读就能步入作家创作的艺术世
界。而反观我们自己创作的儿童文学作品，也许通过比较能够留给我们更多
的是深刻的反思而不仅仅是找出种种为自己辩护的理由。

（二）叙事结构的简约化反思

叙事结构的创新是文学创作的重要组成，对于儿童文学来讲同样十分重
要。但是儿童文学叙事需要一种"减法"而不是成人文学的"加法"。在成

人文学中，各种叙事结构和叙事线索的创新因为作家主题表达的需要不断被创新，叙事结构越来越趋于复杂化。但是儿童文学却恰恰相反，力求叙事结构简单化和富有新意。因为儿童对外部事物的把握远远没有达到成人的审美能力，更喜欢线性叙事结构，在阅读故事的过程中体验想象的魅力。例如日本作家黑柳彻子的《窗边的小豆豆》、中国作家杨红樱的"马小跳系列"，就是依据一个个的故事串联起来的故事链，各故事之间既可以独立成篇，又可以相互串联成一个完整的故事。但是儿童文学叙事的简单化绝对不等于单一化，否则儿童叙事就会停滞在偶尔相传的讲故事阶段而毫无发展。因此，儿童文学叙事结构要在简约化基础上做出更多的创新。

首先，儿童文学简约化要有更多的传奇色彩。一部具有传奇色彩的故事是指故事叙事情节曲折离奇，能够引起读者的阅读兴趣，让人读后久久难以忘怀。这种故事结构通常采用偶然、巧合、夸张等方法，但是却表现的是人或事情发展的必然。读者在沉入故事情节后感到真实可信，而不会产生一种虚假编造的体验。例如在郑渊洁的"皮皮鲁和鲁西西系列"中，两个孩子在"名人大脑实验室"中得到了一只致聪头盔，然后将其戴在了从市场上买回的小猪大傻头上。大傻竟然说出了哲学家的话，准确无误地做出了数学答卷，而且写出了奥运会会歌，在国际象棋比赛中获得冠军，在短短几个小时内竟然成了世界瞩目的焦点。这些富有传奇色彩的故事虽然没有复杂的情节，但超人的想象力和偶然的相遇让读者不能不为故事叫好称奇。

但是在新时期一些儿童文学文本叙事中，我们经常遇到的是叙事拖沓，鲜见有奇思妙想的故事情节。更不要说这些情节的精练性和内涵的丰富性。因此。如何在传奇性上提升叙事艺术的技巧，让故事可读、耐读是儿童文学创作的关键。唯有如此，儿童文学作品在传播中才会受到读者群的认可和欢迎。

其次，儿童文学叙事简约化要善于设置悬念。所谓悬念就是作家在叙事情节发展进程中所铺设的悬而未决的关节。对于儿童文学叙事而言，设置悬念可以增加叙事情节的生动性，从而满足读者的期待心理。比如上文中所述皮皮鲁和鲁西西在名人大脑实验室中遇到觅工，得到了他的致聪头盔，然后大傻做出了那么多奇怪的事情，实际上就预示着将要发生更大的问题。但是究竟是什么问题，随着叙事情节的不断发展，大傻越来越做出令人惊讶的事情。最后，大傻竟然要将地球开出太阳系，而且果然地球开始变得忽冷忽热、忽明忽暗。但是故事发展到这里并没有结束，因为故事的缘起是那个致聪头盔。因此，皮皮鲁只能继续去求助觅工来制作一个新的头盔，让大傻重新回到原来的状态。接着，他们又开始了一场弥补大傻做出的重大失误的拯救地球行动。因此，头盔在这里就是一个设置非常好的悬念，让故事一步步发展，也带动读者一步步将故事阅读下去。

悬念设置的强弱，不但影响读者的阅读兴趣，而且关系到叙事节奏的快慢。因此，就目前的儿童文学创作来看，很多作家在悬念设置上还是处于一种自然状态，而不是自觉利用叙事技巧来形成好的叙事文本。

再次，地域色彩不突出，也是影响儿童文学叙事和传播的问题。"作品内容具有了浓厚的地域特色（或者是上海，或者是成都，或者是农村乡间），增强了儿童文学涵盖的空间艺术感和厚重感，出于一种文化意识，走进'生活的真相'。"①地域色彩能够让故事情节增添浓厚的艺术感和文化氛围。因为故事情节的发展，人物活动的场景，都是在特定氛围中完成的。在曹文轩的《草房子》、《山羊不吃天堂草》中，苏南地域风情让作家表现得淋漓尽致。例如文中对当地特有的草房子的书写：

这种草房子实际上是很贵重的。它不是用一般稻草或麦秸盖成的，而是从三百里外的海滩上打来的茅草盖成的。那茅草旺盛地长在海滩上，受着海风的吹拂与毫无遮挡的阳光的曝晒，一根一根地皆长得很有韧性，阳光一照，闪闪发亮如铜丝，海风一吹，竟然能发出金属般的声响。用这种草盖成的房子，是经久不朽的。这里的富庶人家，都攒下钱来去盖这种房子。油麻地小学的草房子，那上面的草又用得很考究，很铺张，比这里的任何一个人家的选草都严格，房顶都厚，因此，油麻地小学的草房子里，冬天是温暖的，夏天却又是凉爽的。

这段景色描写在整个故事叙事中凸显了故事发生地的乡村校园的地域风情，当地人与大自然和谐相处，人与人之间有着深厚的乡情和朴素的关爱。整个故事就像发生在童话王国中一般。

因此，儿童文学叙事在追求简约的同时，还需要注意体现地域色彩。在中国如此广大的领域里，不同的地域文化千姿百态，理应成为儿童文学叙事的重要组成部分。无论是不同的乡村文化，还是各大城市、乡镇文化，各种

① 梁颖：《秦文君儿童文学创作论》，《石家庄铁道大学学报》2011年第6期，第67页。

各样的民间传说，风俗民情，完全可以成为儿童文学的有机内涵。但是，这一特色至今还未引起更多作家的关注。

第四节 文学传播语言的障碍

文学是语言的艺术，儿童文学尤为如此。处于身心成长阶段的儿童对外部世界充满了好奇心，希望通过各种自己已经掌握的手段来获得所期待的信息，例如听故事、看电视、读书画报纸等。文学语言是儿童进入文学世界的钥匙，与成人文学相比，儿童文学语言的特点在很大程度上影响着儿童文学的传播。如果文本中充斥了太多成人化的模糊语言和话语结构，儿童会在接触文学作品时产生抵触情绪，影响文本阅读的质量；相反，口语化、形象生动、幽默传神的语言则会吸引大量读者去阅读和进一步传播该作品。在大众传媒语境下，儿童文学语言成人化、缺乏创新、缺乏艺术性已经成为影响儿童文学传播的障碍。

一 话语成人化是导致传播障碍的主要原因之一

文学语言是儿童文学艺术的外在显现，儿童阅读文学作品首先要接触的就是文学语言。所以，一个在语言方面缺乏个性和创造性的作家很难说他（或她）在文学创新方面形成了大的突破。儿童文学与成人文学在语言上存在着显著差异，这是作为一名儿童文学作家所必须知道的。"一是由于儿童心理发育尚不成熟，第二信号系统尚不完整，尤其是思维、想象等心理过程相对处于较低水平，其语言的词汇量比之于成人相对不够丰富，因此儿童语言比之于成人语言显出某种程度的幼稚、单纯和浅白；二是由于儿童的语言句式较短、词汇简单、修饰成分较少而形成语言节奏上比较明快，显示出单纯明朗和活泼生气，这又恰恰反映出儿童成长发育迅速、新陈代谢旺盛等异于成人的生命活动规律。"①然而在儿童文学创作中，一些作家没有考虑儿童阅读的特性，将成人意识和成人语言强加于儿童文学世界。为了达到说教儿童的目的，将一些成人的思考化作文学叙事语言，对现实中的一些概念化的说教做出阐释。这主要表现在两个方面，一是叙述语言的成人化，一是描写语言的成人化。

---

① 陈振桂：《新儿童文学教程》，桂林，广西人民出版社2007年版，第93页。

（一）叙述语言的成人化

叙述语言的成人化是造成新时期儿童文学传播和接受障碍的重要因素之一。众所周知，儿童思维习惯于形象化的语言，对于逻辑严密、抽象话语有着阅读上的隔膜。这与儿童心理特征有着密不可分的关系，因为从传播学角度看，人类对语言符号的解读是建立在共同的生活经验基础上的，即便是对同一符号，不同经历和体验的人对符号会有着理解上的差异，何况对于尚处于成长阶段的儿童，更是如此。叙述语言的成人化归根结底是"成人本位"儿童观在叙述语言上的体现，什么样的儿童观必然表现为采用何种语言来对待读者受众。

例如在"童话大王"郑渊洁的一些作品中，作家将一些属于成人的思考拿到童话叙事中："皮皮鲁全家笑干了眼泪，他们终于知道了什么叫'学问'，终于懂得了'权威'的内涵，还明白了同样的话没身份的人说是胡说，有身份的人说就是学说。""铁饭碗的真正含义不是在一个地方吃一辈子饭，而是一辈子到哪都有饭吃。"这些话语充满哲理和幽默色彩，但是对于儿童看来却感到十分茫然。"学问"、"权威"对于很多尚未成年的儿童来讲，或者是不理解这些词的含义，或者对这些词保持着一种崇敬，但作家却对其进行了毫无保留的讽刺和批评。郑渊洁作品中的这些不乏哲理的语言另许多成人读者会心一笑，却向儿童的接受能力提出了挑战，令他们感到费解。

更为重要的是，这种发展趋势会让儿童心理和审美特性受到来自成人世界的挑战。上文已经谈及，语言背后隐藏的主要还是文化的支撑。世界上任何一种语言归根结底都是文化的产物，从语词内涵到书写形式都受制于其所在的文化。好的儿童文学语言对于滋润儿童的心灵健康成长有着十分重要的意义，可以为儿童世界建造起一座纯洁可爱的童话城堡。成人化的语言则会阻挠儿童进入这一世界，甚至让这个童话世界在岁月的流逝中日渐萎缩。儿童用自己能理解的语词去打开这个城堡，去探索这个城堡里的秘密。

（二）描写语言的成人化

成人文学注重对事物作精细的刻画，儿童则更注重那些话语简洁、幽默的故事对话。即便是需要对事物进行描绘，也是文本对故事叙述的简单需求，因为"儿童文学历来重叙事而不言道"。但是在一些作家的笔下，为了将事物书写到极致不惜采用大量语词对建筑、风景进行细致入微的刻画，如同西方批判现实主义文学中那种对真实的渴求。显然这种语言书写是违背儿童文学阅读规律的，遭到读者的抵制就成为必然。

　　特别是近年来大众消费文化、商业化对儿童文学的侵蚀，文学书写中出现了凶杀、背叛、暴力、腐败、性、搞笑等成人世界的情节描述。它们如同打开的"潘多拉的盒子"，开始在儿童文学创作中肆意泛滥。这种趋势不单单是对儿童文学阅读产生了不良影响，而且对儿童群体的健康成长和儿童文化的建构形成了威胁。在蒋方舟的《正在发育》中有这样的描写："我看到丢了一床的衣服，比电视上那些乱丢的衣服镜头还要乱。我猜想到妈妈昨天肯定是用兰花指叼着衣服，模仿白鹿展翅欲飞的样子，把衣服不屑一顾地一件一件地丢。""我想到我家电扇的护栏'疏可跑马'，我对电扇始终有个神圣的心愿，就是把我的手指头伸进去，被它绞。我早就想到了指头被绞的感觉。鲜血飞溅，很壮观，很英雄。一下子把不干净的血全部流光。体内只留下干净的东西，整个人是透明的，很纯洁。没有血没有肉，也没有骨头，只是一个美丽的均匀的形体。我脑子里一瞬间想到了血肉模糊，但我克制住自己不去想它，因为那很恶心，污染了我整个干净的画面。"以上两段分别蒋方舟对成长期一些镜头和体验的书写。文中还有诸如婚外恋、泡妞、小咪咪、更年期、帅妹帅哥等语汇，让整部作品洋溢着青春期的张扬。作者在对生长发育期的儿童的书写是细腻而大胆的，也展示了成长期儿童的真实感受和思考。但是，作为一部书写儿童的书，里面充斥了太多的成人语汇和成人观念。这不能不引起儿童文学研究者的思考。

　　总之，儿童文学有着自己的话语世界，这个世界充满着诗意的阳光雨露。它是清新自然的，散发着自由快乐的芬芳。一旦这个世界失去了自己的独特性，成为成人文学的附庸，确如当下很多出版发行行业所进行的商业化炒作，让浮躁的揠苗助长的风气蔓延开来，最终遭到伤害的依然是中国儿童文学自身和儿童文学传播的健康发展。但是我们在处理这个问题的同时还要注意到，儿童文学作者毕竟是成人，因此在创作中必然是站在角度来思考如何建构自己的艺术世界。"儿童文学审美情感的生成过程自始至终都有成人（成人情感）的参与，这种参与有深刻的价值，只要能把握'度'而避免从儿童本位走向成人本位。"[①]

二　语言陈旧、缺乏创新同样会影响儿童文学的有效传播

　　文学艺术之所以保持旺盛的生命力，其原因之一就是文学承载体——

---

① 金莉莉：《儿童文学审美情感中的成人参与》，《当代文坛》2000年第5期，第36页。

文学话语是不断处于创新发展中的。儿童文学也有着自身不断创新的生命力，因而得到广大儿童读者的喜爱。儿童出于天性，对周围事物充满了探索的欲望，喜欢接触各种各样的新鲜事物，喜欢做追根究底的追问。所以，在人类历史上那些充满幻想的探险故事、神话传说颇得儿童的喜爱，像凡尔纳的《海底两万里》、《地心历险记》等。基于新颖独特的构思是文本中那些充满着鲜活气息的语言，是那些作家在创作中思想情感的承载体——话语符号。新时期以来的儿童文学作品话语陈旧，缺乏新意，与作家创作思想僵化有着内在的关联。话语创新能力的匮乏实际上就是作家文学观陈旧和自我创新能力不足的体现。

例如，书写抗战英雄题材的作品在十七年儿童文学创作中一直处于主流地位，诞生了一大批为儿童所喜欢所崇敬的小英雄雨来、王二小等形象。这些文本是在当时主流政治意识形态背景下诞生的，虽然这些小英雄的故事至今读来还令人动容，令人崇敬，但毕竟深深打上了那个时代的烙印。这种时代特色主要体现就是文本中存在着那个时代的革命话语和说教书写。如果今天儿童文学叙事依然采用过去的话语，可能就不为当下的儿童所接纳。所以，身处当下的儿童文学作家就采用了新的话语方式来书写新的英雄故事。作家薛涛的《满山打鬼子》采用儿童视角和儿童思维，从儿童自己对战争的理解出发，来展示战争中儿童的成长经历和捍卫国家捍卫个人尊严的画卷。因此，我们看作家在处理儿童对日本鬼子仇恨的细节时，是从一个儿童视角来表达的：

> 打那以后，车站除了火车的噪声，票房里还时不时传出滴滴的蝈蝈叫。日本兵们都说，那是蝈蝈在唱歌。满山在站台对面听见了，听出那只蝈蝈在找伙伴，根本不是唱歌。它待在那里，太寂寞了。
> 滴，滴，滴。蝈蝈饿了。
> 滴滴，滴滴。蝈蝈想念它的伙伴了。

火车站站长河野抢了满山漂亮的蝈蝈笼子和蝈蝈，所以满山对日本人的仇恨就是从对侵略者这种抢掠的认识开始的。虽然这里没有什么大的道理，但就是从这些细小的事情上，就能传达出一个善良的孩子最为真挚的情感。

形象性是汉语言的最大特点。与欧美语言相比，无论是字形的象形性还是表述的简短、含蓄、有韵味，还有音乐的节奏美，都是汉语言自身所具有的浓厚的艺术性的集中体现。在儿童文学作品中，作家能否带着一颗童心去创造出带有个性的语言，创造出一个全新的世界，是是否赢得读者的重要因素。曹文轩的《草房子》之所以成为当下儿童文学中的畅销书、长销书，与其用鲜活的语言来展示桑桑这样纯真美好的童心不无关系。在写蒋一轮老师与白雀姑娘谈恋爱受挫一节中，作者写道："蒋一轮的课讲得无精打采，蒋一轮的篮球打得无精打采……蒋一轮的整个日子都无精打采。""蒋一轮变得特别能睡觉，一睡就要永远睡过去似的。蒋一轮天一黑就上床睡觉。蒋一轮上课总是迟到。蒋一轮的眼泡因过度睡眠而虚肿，嗓子因过度睡眠而嘶哑。"语词简单明了，句法采用重复修辞，以儿童的眼光和心理将班主任老师失恋后的情态巧妙地展示出来。这是符合桑桑的孩子心理的，成人世界中很多事情桑桑感到很神秘，感到不可思议。

三 话语艺术性的缺乏是造成传播障碍的诱因

儿童接触文学要通过文本话语，话语艺术色彩的强弱成为决定该文本是否得以有效传播的重要因素。由于儿童掌握的语汇和知识有限，像成人文学那样靠提升辞藻的丰富性和语句的难度显然是不合适的。如果作家没有较高的艺术语言技巧，就很容易将通俗易懂的儿童文学写得平淡乏味。具体分析近年来的儿童文学作品，我们不难发现，这种语言艺术性的贫乏主要体现为话语趣味性匮乏、缺乏修辞色彩。

首先，文学语言缺乏趣味性。文学语言是一种艺术语言，趣味性是儿童文学语言的一大特色。"儿童文学应满足儿童之本能的兴趣与趣味。"[①] 在简单淳朴的话语中，作家可以让自己的叙述语言变得形象、生动、自然、亲切、幽默，让叙事变得富有感染力。事实证明，好的儿童文学必须要练就好的叙述语言，让话语富有趣味性。不妨以美国作家科洛迪的《木偶奇遇记》和叶永烈的童话故事《方方和圆圆》为例，看一下他们是如何把握语言的趣味性的。在《木偶奇遇记》开头，作者采用了十分简约但富有趣味的语言：

> 从前有……
>
> "有一个国王！"我的小读者马上要说。
>
> 不对，小朋友，你们错了，从前有一段木头。

---

① 李丽华：《儿童文学的言说方式及对儿童教育的启示》，《宁夏社会科学》2011年版，第166页。

　　这段木头并不是什么贵重木头，就是柴堆里那种普通木头，扔进炉子和壁炉生火和取暖用的。

　　我也不知道是怎么回事，总之有一天，这段木头碰巧到了一位老木匠的铺子里，这位老木匠名叫安东尼奥，大伙儿却管他叫樱桃师傅。叫他樱桃师傅，因为他的鼻尖红得发紫，再加上亮光光的，活像一个熟透了的樱桃。

故事叙述开始借用童话常用语言，然后作者突然打破读者这种阅读的惯性，让读者忽然发现作家在讲述一段木头的故事。然后作家告诉读者，这块木头既不贵重也不珍贵，吸引读者往下阅读。再看叶永烈的《方方和圆圆》：

　　有一天夜里，象棋正好和陆军棋放在一起，圆圆跟方方没事儿就开始聊天了。

　　圆圆觉得自己的本领大，它对方方说："你瞧瞧，世界上到处都是我圆圆的兄弟——汤团是圆的，乒乓球是圆的，脸盆、饭碗、茶杯是圆的，就连地球、太阳、月亮也都是圆的！"

　　方方听了一点也不服气，它觉得自己的本领比圆圆强，说道："你瞧瞧，世界上到处是我方方的兄弟——书是方的，报纸是方的，床是方的，毛巾是方的，铅笔盒、信封、汉字是方的，就连天安门广场、人民大会堂也是方的！"

　　它俩都觉得自己本领大，你一言，我一语，吵到半夜，还是谁也说服不了谁。

在该文中，作家巧妙地将两种棋子的形象作为叙事视角，用儿童话语方式展开叙事。文段既能展示出事物的特性，又能让读者感到趣味性。但是在当下很多儿童文学中，很多作家对语言的趣味性缺乏关注。很多文本不是其故事不精彩、思想不深刻，而恰恰是语言不过关，读起来味同嚼蜡。

　　其次，修辞手法的缺乏也是导致儿童文学语言艺术性不足的重要原因。古人讲，言之无文，行而不远。精彩的话语使文章具有号召力和感染力，促进人物的塑造和叙事的影响力。如果说普通语言仅仅是为了传达思想情感的工具，那么文学语言更多的是用于建构起一个艺术世界。要想让艺术的殿堂变得生动形象，就必须运用比喻、拟人、夸张、排比、对偶、反复等修辞手法。一个简单的拟人句，往往让看似平淡的句子复活。

例如在秦文君的小说《男生贾里》中，作家为了提升文学语言的表达效果，在很多句子中使用了夸张修辞格。通过对人物或事件特性的把握，在夸大其词地表述中将故事叙述得十分精彩。数学补习老师被写成"玻璃瓶里弯曲的人参"，体育老师则是"一尊英姿飒爽的雕塑"，英语老师写字难看得"像灯泡里的钨丝"，等等。这些修辞格的使用让整部作品阅读起来情感色彩浓厚，充溢着诙谐幽默的快乐气氛。此外，这部小说中还采用了仿用、比喻等修辞格。

但是令人遗憾的是，很多作家在创作过程中没有做好这一点。小说叙事语言平淡无奇，丝毫无法引起读者的阅读兴趣。这就大大违背了儿童文学的创作规律，也因此无法获得儿童文学市场的青睐。

通过以上分析不难发现，新时期儿童文学的语言创新确实发生了较大变革。这种变革体现了儿童本位文学观在新时期儿童文学发展中的推动作用。但是，新时期儿童文学的话语更新却也存在着很多不尽如人意的地方，缺乏自己的文学观和话语创新的自我意识直接导致了儿童文学话语陈旧而缺乏生命力。

第三章　障碍归因之二：传播中介与
"意见领袖"

大众传媒在改变现代人生活方式的同时，也在改写着这个时代的文化形态。儿童文学作为文化的组成部分，其传播中介的行为方式不可避免地受到了大众传媒传播方式的影响，而与此前的儿童文学传播相比，发生了根本性的变化。在当下的儿童文学传播中，出版组织是主要的传播中介；以儿童文学作品为主要选材对象的语文教材是义务教育阶段的儿童接受儿童文学传播的重要中介物；语文教师和家长是传播过程中不可忽视甚至起主导作用的"意见领袖"。传播过程中，出版组织、语文教材、教师和家长的传播中介与"意见领袖"作用的发挥，影响着儿童文学传播效果的实现。其行为主体在儿童文学传播过程中的偏差，也导致了传播障碍的产生。本章将通过梳理儿童文学传播过程中障碍的具体表现和形成根源，寻找障碍存在的深层原因。

第一节　儿童文学出版的"把关人"位移

毫无疑义，进入新时期尤其进入新世纪之后，中国已成为世界儿童文学版图中的大国。我国18岁以下的未成年人有3.67亿，这一群体构成了世界首屈一指的儿童读物消费市场。面对如此庞大的受众群，儿童文学出版出现了"井喷"现象。按照中国作家协会儿童文学委员会副主任、作家张之路的说法"绝后不一定，空前我是看到了"[1]。据统计，我国现有30多家专业少儿出版社，3000多位常年从事儿童文学创作的作家，3000多位专职少儿读物编辑，年产1万余种少儿读物，年总印数达2.5亿册。其中，儿童文学一直在少儿图书市场中占最大比重。

---

[1]　陈香：《儿童文学创作与出版：最好时代，最"坏"时代?》，《中华读书报》2010年5月26日16版。

　　面对儿童文学出版的"井喷"，研究者们也表达了他们的忧虑。浙江师范大学教授、儿童文化研究院副院长方卫平认为，虽然"我们进入了一个历史上前所未有的幸福的文学生活的时光"①，但是"今天的这种文学生活是十分可疑的"②。在他们看来，真正符合儿童文学应有的价值取向的状态应该是，作家和出版者发自内心地建设一种更符合这个时代的读者期待也更符合儿童文学长远的精神培育的一种文学生活。在前大众传媒时代，儿童文学出版主要是依据作家的创作能力和作品的质量来安排出版工作，那个时代的儿童文学作品，在挖掘现实生活和展现心灵世界方面不乏精品之作。进入大众传媒时代之后，由于大众传媒具有"超级影响力"，其传播方式也成为儿童文学出版机构竞相模仿甚至超越的对象。前大众传媒时代的文学图书是小众产品甚至是精英消费品，而大众传媒时代的文学图书包括儿童文学图书也逐渐大众传媒化了。儿童文学在市场火爆的同时，随之而来的却是文学的失落。图书繁多但精品稀少，出版繁荣但同质化现象严重，销售火爆但文学样式单一。在大众传媒的包围之中，为了突出重围占领市场并取得经济效益，儿童文学出版机构可以说无所不用其极。在传播中应当承担"把关人"职责的出版组织，其功能出现了位移。"把关"的不当，势必会使传播效果受到影响。

一　传媒时代的儿童文学"把关人"

　　以往文学传播（包括儿童文学传播）有着鲜明的文学活动范式，即"作家——作品——读者"。这一理论范式强调读者的阅读消费是文学作品的最终目的，参与文学活动并起到关键作用的环节只是停留在文学内容和传播主体本身。在文学传播过程中，传播媒介仅起到传播载体的作用，对传播主体和内容并无直接和显著的影响。因此，传统的文学研究中，传播中介不值得探讨，因为前大众传媒时代的出版组织更多扮演的是将文本实现为作品的信息载体或辅助物。

　　早期的文学传播中，作家与出版组织是一种相互独立的关系，这种关系

　　① 王泉根：《从儿童文学大国走向儿童文学强国》，《文艺报》2005年6月28日第2版。
　　② 陈香：《儿童文学创作与出版:最好时代，最"坏"时代?》，《中华读书报》2010年5月26日第16版。

可以用图3—1来表示。①

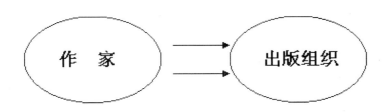

图3—1　作家与出版机构相互独立的关系

A和B分别代表作家和媒体(下同)，他们呈现独立自存的状态，分别存在于各自的参照系中，有自己相对独立的价值观和意识形态，各自扮演着独立的社会角色，互不干扰。在这种状态下，二者之间的信息流向是单向的，作家独立进行文学创作，完成之后交给出版组织，由后者进行出版，信息仅是从作家流向出版社一方，并无出版方的反馈与作用。这一时期的出版组织不需要考虑市场压力，也就不必依据市场法则左右作家的创作，图书的发行与销售在文学传播流程中无足轻重，巨额码洋图书的库存与滞销并不影响出版机构的生存与发展，图书的选题、编辑、出版并不受制于图书市场甚至与图书市场完全脱节。作家在这种状态下不需要太多考虑市场的需要，基本处于一种完全自主、自由地创作的状态。出版组织仅是作家开展文学传播的辅助工具，是一种被动的传播中介，对于作家的创作基本不产生影响。

随着大众传媒的发展，情况发生了变化，二者之间由最早的独立自存状态逐渐变化为拥有一部分共同的价值取向，彼此之间有了交集。见图3—2。

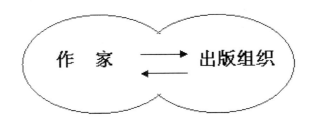

图3—2　作家与出版机构交集的关系

---

① 此处关于"作家与出版组织的关系"图示参见鲍丰彩《现代传媒时代文学传播主体新解》，《大众文艺》2010年19期，第159-160页。

在这种模式下，出版组织以"把关人"的角色横亘在作家和读者之间，成为作家和读者取得沟通的中间环节。"把关人"的把关行为可以分为疏导与抑制。前者是指"把关人"准予某些信息流通，后者则是指禁止一些信息流通或将其暂时搁置。这种"把关"作用对文学作品提出的要求是，"只有符合群体规范或把关人价值标准的信息内容才能进入传播的渠道"。挡在文学作品与读者间的这道"门"就是传播媒介，文学作品沿着包含着"门"的某些渠道传播，传播能否顺利进行总以"把关人"的意见作为依据。"把关人"在传播过程中起着决定继续或中止信息传递的作用。

就这一阶段的儿童文学传播流程而言，儿童文学作品的出版机构无疑是信息流通的把关人。作家与出版组织都不再是独立自存的状态，信息流向也不再是单向的，出版方在文学传播过程中的"把关"作用和权力日益凸显，作家必须接受来自出版方的"把关"。

这种作家与出版组织部分同化的关系模式中，作家有两种选择。第一种是基于多种考虑积极主动地追求与传播媒介的部分同化。由于出版社在现代传播中展现了强大的权力，他们既可以帮助一位名不见经传的作家取得辉煌的文学作品发行成就，亦能够把一部优秀的作品拒之门外。出版组织这道"门"就成了文学作品实现传播必须通过的一道关卡而不仅是服务中介，能否过关，对于文学传播能否实现起着决定作用。因此，在如此强大的出版压力下，顺利过关成为不少作家文本创作的目的之一，要想通过"把关人"把守的这道"门"与读者达成传播效果，必须遵守传播媒介的规则。在经过反复尝试后，现代传媒的群体规范与"把关人"的价值标准就会有一定的套路可循，也就是出版机构或编辑的口味爱好与方向。为了顺利通过出版组织这道"门"，一部分作家在文学创作中就会积极追求与传播媒介的同化，其文本创作会有意向市场既定的套路妥协，成为传播机构的附庸。能说明这种同化的最典型的例子就是"拜伦主义"。"'拜伦主义'是一种因发表了《恰尔德•哈罗德游记》的前两首诗歌而产生的风尚，这两首诗歌的特点是根据出版者约翰•默里的要求悉心迎合浪漫主义读者的需求。后来拜伦就再也无法摆脱这种风尚。默里推动他按同一路子写作，并千方百计设法不发表有可能冒犯'哈罗德'读者习惯的拜伦作品。"[①]

---

① [法]罗贝尔•艾斯卡皮尔：《文学社会学》，符锦勇译，上海，上海译文出版社1988年版，第79页。

在作家与出版组织部分同化的关系模式中，作家的另一种选择就是被动地接受传播媒介对自身的同化。在整个文学传播的链条中，作家只负责文学创作，其余的后续过程无权也无需参与，后期的修改编辑、书籍的设计装帧等权力均属于出版社。作家在文学传播中处于消极状态，被动地接受着出版社出于自身某种需求考量而进行的同化。这部分的同化甚至有可能已经改变了作者原来的表达初衷，掺杂了来自于出版组织的意见与隐性内涵。

在这样的传播过程中，存在两个传播主体。其一是作为文学创作者的作家，是初级传播主体，其二是出版组织。出版组织既是传播中介也是传播主体，可称之为次级传播主体。次级传播主体需要运用自身商业运作规律，将文本创作转化为文学作品，再传达给读者，这种作用与初级传播主体的作用同等重要，缺一不可。在大众传媒时代，一个完整的文学传播过程必须经历作家的初级传播与出版组织的次级传播，在二者的共同作用下，才能完成对信息的生产与传播。

作家与出版组织的关系并未至此停止其发展。随着各种新兴媒体的迅猛发展和媒介融合时代到来，二者之间出现了同化现象。见图3—3。

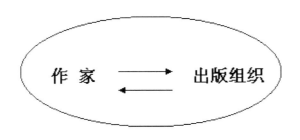

图3—3 作家与出版组织同化关系

如果将儿童文学的传播放在当下的大众传媒语境中进行历史主义的辩证考量，我们就会发现，作家与出版组织的同化是大众传媒时代的一种趋势。在大众传媒时代，读者阅读并非接受美学所认为的那样是作品成其为作品的第一前提，第一前提应是媒体的选择。就是说作家完成的只是书稿，是作家写完但尚未出版的"可能作品"。在当代社会基本不存在流传手抄本的情况。没有出版组织的选择，书稿就不可能成为作品，就谈不上读者对之进行阅读和消费。并且，在读者参与创作之前，很多作品就已经是"出版组织参与创作"之后的作品了，也就是说早在读者参与之前，出版组织的参与早已捷足先登，甚至这种参与对作家而言已经反客为主了。"读者参与创作"与"出版组织参与创作"的不同在于，前者是"第一文本"转化为"第二文本"；后者则是如何最终完成"第一文本"。传统的文学传播中"作家"与"作品"之间的紧密联系被打破了，出版组织和作家共同完成"第一文本"之后，读者才能参与其中。"20世纪下半叶以来特别是在当下的21世纪，作家创作活动已不仅仅是作家个体在书斋里完成的行为，一种集体生产的作品制作活动越来越成为了一种令人瞩目的社会现象。"①在开阔的大众传媒语境中，忽视传播中介在文学传播中所起到的作用，就会显得这一范式不完善与不合理。

随着大众传媒的发展与扩张，传播中介这一环节早已超越了原本信息载体或物质手段地位，甚至在文学场中越来越成为了主角。出版组织的传播"把关人"职责不仅体现在文学内容的把关上，还渗透到文学作品的整个环节中，参与作品的前期策划、中期把关以及后期编辑，甚至最初的创意完全来自于出版组织，作家成为遵循这一创意的执行者。在这种状态中，传播媒介发挥着前所未有的强势作用。媒介自主地参与到作家的创作中，甚至成为创作的主导，到达读者手中的文学作品已经是出版社的编辑策划和作家的文本创作的集合体，甚至是编辑主导下由作者创作出的文学产品。此种状态下，是作家完全按照出版组织的价值体系参与传播，还是出版组织完全按照作家的价值体系参与传播？显然，两者中的一方将对方吸纳进自己的体系之内，被吸纳的一方失去了自身独立的社会角色和价值体系，几乎完全遵从对方的社会角色要求，按照对方的价值体系进行文学传播活动。加拿大著名传播学者麦克卢汉提出过一个有力的论断"媒介即讯息"，他指出："所谓媒介即讯息只不过是说：任何媒介（即人的任何延伸）对个人和社会的任何影响，都是新的尺度产生的；我们的任何一种延伸（或曰任何一种新的技术）都要在我们的事务中引进一种新的尺度。……对人的组合与行动的尺度和形态，媒介正是发挥着塑造和控制的作用。"②在大众传媒时代，出版组织发挥着对于作家的主导和对于文学传播的引领作用，于是，作家被出版组织吸纳，二者成为共同的利益主体也就是必然的结果。"现代传媒场中的行动者

① 单小曦：《现代传媒语境中文学的存在方式》，中国社会科学出版2008年版，第76页。
② [美]麦克卢汉：《理解媒介——论人的延伸》，河道宽译，商务印书馆2000年版，第33—34页。

在各个层面和全过程参与大众文学生产时媒介参与创作向纵深发展突出的表现。大众文学生产的目的十分明确，就是为了满足大众读者的需求。只有做到这一点，作家和媒体才能到达双赢的目的。"①就这样，一个由编辑做主体的传播中介组织便成为文学场的中心。有些出版组织甚至会雇佣一批专业写手，"他们就像工厂里车间里的工人一样为了一个生产目标辛勤劳动，进行大规模的文学产品生产"。②

纵观我国出版产业的发展史，出版组织的地位从无足轻重的附庸服务部门演变为与作家创作同等地位的共同传播，乃至成为超越作家创作，占据主导地位的 "把关人"。传播媒介在文学产业发展史中的地位不断提升，作用无限放大，这是传媒时代我们必须面对的事实。在计划经济时代，发行与销售在出版流程中只属于辅助部门，图书的选题、编辑、出版周期与图书市场完全脱节。而1992年以后，体制内的出版机制进一步改革，图书的发行销售、市场反应就成为了选题、编辑工作的指挥棒，商业包装成为出版机构抢占市场份额的重要手段。而这种趋势在近年的儿童文学出版中愈发明显。

二 市场导向下的出版位移

艺术生产类型可以分为 "长期的生产循环" 和 "短期的生产循环" 两种。③这一观点的提出者布迪厄认为 "短期的生产循环" 是以经济资本为追求目标的生产，其特点在于它是直接针对市场中已经存在的 "现在需要" 而进行的生产，这些需求是既定的，基于一些已被验证为可靠的标准(比如图书评奖中的获奖作品、图书市场上的畅销书、经典作品等)。遵循这些既定法则是为了把投资风险降至最低。而 "长期的生产循环" 则是建立在艺术投资所固有的风险原则上，把 "象征资本" 作为追求目标。这种生产看重的是长远，如果单纯从短期来看往往没有市场，它更注重为未来的艺术市场创立一种新的法则。因此，它是一种风险投资，以造成大量库存乃至永久性库存为代价。如果按照布迪厄对 "长期的生产循环" 和 "短期的生产循环" 的划分标准来衡量，当前的中国出版机制在完成市场化转型后更多地倾向于 "短期的

---

① 单小曦：《现代传媒语境中文学的存在方式》，中国社会科学出版2008年版，第78页。

② 鲍丰采：《基于媒介视角的文学传播模式研究》，杭州师范大学学位论文，2011年。

③ [法]皮埃尔·布迪厄：《艺术的法则——文学场的生成和结构》，刘晖译，中央编译出版社1997年版，第115页。

生产循环"。①当文学创作不再只是单纯的文字表达与心灵书写，要考虑诸多商业因素甚至更多从商业因素出发，并遭受低俗文化的侵蚀时，我们的文学早已不再纯粹。一些附庸低俗文化，一味满足市场需求的文学作品成为"畅销书"，被标榜为成功，而一些深刻的严肃文学受到冷落。传媒时代的出版环境中，"把关人"的把关出现了位移，许多文学作品丧失了文学的价值，市场成为整个传播流程的制导力量，伴随着传播的"量"的提升，传播的"质"却在下降。

毫无疑义，进入新时期尤其进入新世纪之后，中国已成为世界儿童文学版图中的大国。在少儿读物中，儿童文学与其他门类如少儿科普、少儿卡通、游戏益智、少儿艺术等相比，一直占据少儿图书销售榜之首。我国的大众传媒业包括出版业正在整体改制，或完全转变为企业，或处于事业单位企业化管理的模式之下，这两种模式均具有极其强烈的逐利冲动。因此，出版机构往往最大限度地致力于扩大受众面，提高销量，从而最大限度地获取利润。其迎合受众的意愿日趋强烈，甚至会出现为"吸引眼球"不顾道德底线的倾向和做法。这种传播方式，也使得包括儿童文学在内的文化产品的创作和出版不同程度地受到影响。在大众传媒环境下，出版业对于儿童文学图书出版的市场需求有了更明确的目标，不少行业出版社开始涉足儿童文学出版，如海洋出版社、轻工社、化工社、外研社等；不少民营书商看到这个市场的广阔前景，也纷纷跃跃欲试。但是，在种类繁多，令人眼花缭乱的儿童文学图书卖场的陈列中，真正能让人主动购买、主动阅读的作品不多；给人印象深刻、感动人心的好作品可能更少；能够被广为流传，奉为儿童文学经典之作的就少之又少。这种重数量不重质量的出版现状表明儿童文学出版还没有进入良性循环和良好发展阶段。这种积极的繁荣状态并不意味着儿童文学出版市场进入一个高质量的蓬勃发展时期，相反这种表面的热闹下暗藏着儿童文学出版市场的浮躁与动荡。

在2009年由中国出版工作者协会少儿读物工作委员会主办的儿童文学出版研讨会上，来自国内儿童文学界、出版界的专家们就"市场化进程中的中国儿童文学出版"为题热烈讨论。与会者不约而同地认为，在儿童文学出版繁荣之时，更应该保持一份清醒与警觉。面对当前儿童文学出版现状，他们

---

① 张文哲：《"文学场"中出版机制的转型与文学走向市场》，《山东教育学院学报》2009年第24期，第51页。

不无忧虑地称之为"大跃进"。这种"大跃进"正是布迪厄所提出的"短期的生产循环"。许多少儿图书出版社的儿童文学出版都是如此，他们注重的是眼前市场利益，很少考虑长远利益，即很少考虑读者的长期需求。正如参加研讨会的专家所说，在这种一切以短暂经济利益为导向的出版背景下，能够保持镇静、从容、淡定的作家、出版社和书店，少之又少，整个儿童文学生态，包括写作、出版、发行、阅读等在内的各个环节，都出现了不容乐观的乱象。然而许多出版商与作家并没有警醒过来，出版社以高额的版税、起印数以及高曝光率的包装对此类图书推波助澜，而作家也以短浅的眼前效益跟风助长，甚至放弃原本的创作初衷，只以市场为写作导向，如此循环往复，中国的少儿图书出版业陷入矛盾。

综观当下儿童文学出版的动因，最常见的有两种，用许多出版人的话来说，就是要么"评优评奖"，要么"黄金万两"。前者看中的是社会效益，目标锁定为四大奖项：中宣部主评的"五个一工程"一本好书奖、新闻出版总署主评的中国出版政府奖、中国出版工作者协会主评的中华优秀出版物奖、中国作家协会儿童文学委员会主评的全国优秀儿童文学奖。这"四大奖"，尤其是前"三大奖"，是出版社评优评级、编辑评优和晋升职称职务的重要条件。高额的奖金也会给单位和个人带来经济效益。获奖不仅仅是荣誉，还有随之而来的实惠。对于这种名利双收的事情，出版社一般不会放过。后者看中的是经济效益，走市场，扩大受众面，打造畅销品牌。这类作品不以追求原创和精品为目标，多运用商业炒作，制造市场热点，追求市场效应，或迎合当下成人对于儿童的教育期待，或迎合儿童阅读的兴趣和阅读方式。比如，有的作品整篇由玩笑逗乐的情节组成，并无多少审美价值，游戏、时尚、新奇成为这类儿童文学作品的基本特征。除了以上两种动因，也有的追求两种动因的结合，即既要社会效益，又要经济效益，既能"评优评奖"，又能畅销市场，带来"黄金万两"。这当然是出版组织的最高追求，但这种两全其美的境界很难达到。

随着大众传媒时代的到来，儿童文学图书也被逐渐大众传媒化了。当代儿童文学的创作和出版在大众传媒语境中逐渐集体陷入一种焦虑状态。市场导向下的儿童文学图书出版到底需要什么样的健康导向？福建少儿社文学室主任杨佃青认为，在出版社组织的宣传与评论中较常见的是盲目追捧，把畅销置换成"孩子喜欢"，把"孩子喜欢"等同于儿童文学作品的优秀。不少作品为了迎合当下儿童的阅读习惯，将文字表达应用为流行的网络用语，把一堆新鲜的网络符号与手机短信聊天中的搞笑段子拼凑成跟风作品。这样的作品纵使吸引儿童读者也不能将其称为优秀的儿童文学创作。一个有趣的现象是，在众多儿童图书畅销排行中，平时阅读印象中那些有价值、有分量的优秀儿童文学作家作品，往往不在排行之列；那些非典型的儿童文学，诸如影视联动的动漫作品和引进版玄幻作品则大行其道。以市场为导向的出版行业在进行儿童文学图书出版把关过程中，就会自然地将所出版的图书作品以此类风格为导向。英国女作家J.K.罗琳的《哈利•波特》成功后，中国儿童文学市场也搭上了这股魔幻小说旋风，数百种和《哈利•波特》装帧相似、内容疑似，甚至连图书包装都雷同的跟风之作纷纷罗列在儿童图书市场。在这类跟风之作称霸图书畅销榜的时候，显然不可以将其等同于优秀的儿童文学作品。

随着出版社对文学出版的影响越来越大，编辑的"把关人"的素质成为影响出版的最基本的因素，因为编辑是具体执行人、操作者，是出版这个动态因素里最主体最活力的部分。少儿文学的出版社不仅在图书的内容策划中需要选择紧跟少年儿童生活成长的选题，对内容所体现出的价值观进行把关，还应培养优秀的原创少儿图书作家，为他们提供良好的成长环境。在出版社对少儿图书作家的培养包装之下，确实有一批儿童文学作家作品走进了读者视野。这方面最突出的例子就是杨红樱。尽管她早已发表作品，但在出版社对她进行包装之前，并不为广大读者注意，而经过出版社的包装之后，其作品的传播价值才逐渐凸显出来。可惜的是，当前我国大多数的少儿图书的新人作者在出版组织所营造的环境下呈现揠苗助长似的成长，因此是在市场的利益驱赶下进行快餐化的创作，他们的作品拥有足够的市场包装、策划销售，却难以使作品本身更加精品化。出版社不愿意在培养年轻作者上下工夫，于是都把眼光盯住名家名作。这种环境下培养出的儿童文学作者缺少发展空间和后劲，也很难写出优秀的作品。

在儿童文学市场中，不少图书出版商都会达成一个共识"卖得好就是好书"。在大众传播环境下，当前的少儿文学图书出版功能已经发生了移位，以商业利益市场为导向的出版行业已经从文化、教育媒介转变为完全的商业机构。由于缺少一个有公信力的、与出版社毫无商业利益关系的机构或专门人员来把握儿童文学市场对于图书的需求，因此由出版社承担出版把关人功能就会造成儿童图书出版内容和方向产生偏差的结果。

三 儿童文学出版乱象

出版是联系创作与市场的桥梁，编辑是沟通作者与读者的纽带。在儿童文学图书出版市场上，如何定位好市场的导向作用，更好地为创作服务，为读者服务，是传播效果达成的重要一环。儿童文学的出版不能仅将眼光置于经济效益中，应更多地承担起少年儿童精神文化生活的娱乐与教育职责，从而完成与企业化市场出版的商业价值的平衡，这应当是少儿文学出版业追求的方向。

当下的出版组织，作为企业有生存与发展两大主题。首先要生存，生存问题解决之后还应求得发展。现今的儿童文学出版往往在两个方面都能给出版社带来现实的实惠，即经济收益与品牌效益。《哈利•波特》的引进给人民文学出版社带来了效益，《冒险小虎队》的引进使浙江少儿出版社获得了效益，这种效益都是经济效益与品牌效益的结合。曹文轩、黄蓓佳等的原创作品由江苏少年儿童出版社出版后，在历届国家级图书奖评奖中屡屡获奖，给出版社带来明显的品牌效益和巨大的经济收益。这些作品的成功，增强了出版社的核心竞争力，使其在未来的出版市场上占据优势。

在市场导向下的少儿文学出版产业中，实现与作者、读者合力打造一个有利于儿童文学创作与出版的产业链，营造一种有利于儿童文学又好又快发展的和谐环境，应该成为出版产业的最终追求。儿童文学这座大厦应该由创作者、出版者、发行者与阅读者共同支撑起来，这个系统中的每一个环节都能有序进行，才能实现儿童文学的繁荣发展。作为中间环节的出版产业，应为儿童文学作家有价值的作品提供良好的创作环境与传播平台，保障儿童文学的传播过程得以顺利进行。在我国，出版业实行审批制，出版组织对于作品的出版有生杀予夺之大权。很多时候，出版社不仅为作家的作品提供传播介质，还要进行策划选题，邀请作家创作，包销作家作品，制造市场热点，引导读者消费。因而，某种程度上看，图书市场的繁荣发展很大程度上是来自于出版产业的繁荣发展。当前我国儿童文学整体仍然处于出版社改企转型与市场主体重塑的起步阶段，只有完善出版产业的成熟，才能促进整个图书市场的成熟。要使得儿童文学图书出版突破现有瓶颈，完善产业运作中的漏洞和缺陷，就需要关注儿童文学传播过程中的以下问题：

一是对于外国儿童读物的"引进"。引进是今年来儿童文学图书市场中常见的现象，不少出版社都将引进作为获取利润的重要环节，一些出版社甚至建立了专门的引进外文图书的版权机构。引进国外畅销书见效快、成本低，能够迅速获得效益，如"哈利·波特"系列、"冒险小虎队"系列、《窗边的小豆豆》、《猜猜我有多爱你》、《逃家小兔》、《活了100万次的猫》等，都为引进方带来了巨大的商业利润。但有些少儿出版机构被引进外文图书的商业性迷住了眼睛，推进外版图书的引进不够谨慎，盲目热衷于引进外版畅销书，甚至引进某些属于文化垃圾的外版图书。由于文化差异和审查制度的不同，国外的少儿畅销书并不能保证其内容的积极与健康，尤其是近年来国外的恐怖、冒险、漫画类图书在中国少儿图书市场大行其道，一些出版社为获取利润，大打擦边球，将具有涉黄涉暴内容的图书也带进了中国少儿图书市场。儿童图书出版机构成了文化垃圾制造者，对儿童的健康成长造成不良影响。另外，过度的引进外版对我国的少儿图书原创产业也造成了很大冲击，国内一些新作家的作品由于没有经历过市场检验，出版社大多不会进行大力推广宣传，这样的循环造成的后果就是大量引进国外图书对本土图书不断形成打压，国内少儿图书原创产业难成品牌。

二是出版跟风重复的现象严重，缺乏精心打造的国内原创品牌。这不仅浪费了读者阅读的时间和精力，同时造成了少儿图书出版的资源浪费。在少儿图书出版中，经常可以见到不同的出版社对于同一本书以不同形式的包装模式将其翻新推出，有些明显只是为了获取更多利润所做。比如，几乎所有的少儿出版社都做过《安徒生童话》、《格林童话》，做过中国文学名著的"改写"以及"看图说话"和"看图识字"。又如，安徒生诞生200周年，各少儿出版社都在想方设法做"安徒生"，甚至有几个出版社都宣称是丹麦"政府授权出版"，更奇怪的是一个上海的老翻译家的译本同时在两个出版社面世。①实际上，原创才是真正符合读者精神需求的作品，中国的儿童文学图书经营应该立足于发展的社会环境，根据当代少儿的喜好为他们打造专属于中国儿童的文学作品。当前国内少儿图书市场中，除了杨红樱的"淘气包马小跳"系列、曹文轩的"纯美小说系列"、黄蓓佳的"倾情小说系列"等原创品牌图书外，基本上是引进版的天下。中国本土的原创少儿文学品牌不能得到大力扶植和发展，中国儿童文学出版也就缺乏"走出去"的立足点。

三是尚未建立少儿图书出版与阅读推广一体化机制。儿童文学图书出版

---

① 参见谭旭东《少儿图书编辑问诊》，《出版广角》2005年第12期，第58—59页。

与少儿文学图书的阅读推广应当一起做，作为次级传播主体的出版组织不仅要负责图书的出版，还要着手参与图书的推广活动，包装和宣传图书。这在市场经济环境下是不可缺少的，当今的图书销售无法只依靠内容吸引读者，产品通过包装推广能够为图书吸引更多读者。很多出版组织还没能转变观念，没有走进社区，走进学校，走进图书馆，走进书店，与社区、学校、图书馆和书店联手合作，推广全民阅读运动。如果不能通过各种方式真正获得读者的关注，从而引起读者的阅读兴趣并形成习惯性阅读，少儿图书出版就无法形成良好的生态系统。

随着市场经济不断完善，儿童文学出版将更加商业化，对出版资源的竞争将更加激烈，未来的儿童出版产业应该在市场的导向下完善自身产业成熟。"培养名家大家、创作名品精品、打造畅销常销、呼唤经典永恒，仍然是当下儿童文学出版最本位的追求"①；抓住作者，抓牢原创，抓出精品，抓活市场，抓好推广，抓紧规划，应成为儿童文学出版者的当务之急。

第二节 语文教材的儿童文学选文缺失

儿童文学进入教育现场，必须通过教材。比起一般的儿童文学出版物，语文教材是一个尤为重要的传播中介。从本研究所做的对于儿童文学传播的问卷调查和访谈来看，在许多由于各种原因导致的儿童文学阅读较为缺乏的儿童那里，课本编选的作品几乎就是他们能够读到的儿童文学作品的全部。即便对于一些儿童文学阅读相对充分的儿童来说，义务教育阶段的语文教材也是他们接触儿童文学的重要渠道之一。语文教材是儿童文学教育的基础，是儿童文学传播中不可忽视的重要平台。传播学认为，传播媒介往往不能决定人们对某一事件或意见的具体看法，但可以通过提供信息和安排相关的议题来有效左右人们关注哪些事实和意见及他们谈论的先后顺序。传播媒介可能无法影响人们怎么想，却可以影响人们去想什么。对当下的中国儿童而言，选入语文教材的是每一个儿童都要"精读"的作品，其中的儿童文学作品以及教师教学中的阐释，影响着儿童受众对于儿童文学的理解和阅读偏

① 韩进：《儿童文学出版的市场表现及价值追求诉求》，《出版科学》2009年第2期，第21—26页。

好。语文教材的选文就是儿童文学传播中的一种重要"议程设置",设置恰当与否,影响着儿童文学传播效果的达成。综观当下的小学语文教材,可以发现,对于儿童文学作品的选文中存在以下缺失:

一 教材选文中苦难意识的缺失

(一)文学作品的苦难意识

文学作品是作家通过一定的题材宣泄情感,表达对社会生活的认识,从而达到慰藉心灵或教育感化等目的的工具。文学就是人学。广义上说,人类的情感体验分为两种——幸福与苦难,所以文学作品就是通过幸福欢乐或困苦磨难的题材来达到其功用的。无数文学作品也正是通过对这两类思想情感的表达或再现引起读者共鸣从而被奉为经典的。实际上,人类自诞生之日起,就面临着各种各样的难题——身体的疾病,生理的缺陷,物质的匮乏,生存的压力,心理的孤独、恐惧、痛苦、绝望等等,所以人对苦难的感受常常多于幸福,因此古今中外,不管是以苦难为审美对象即为题材的作品,还是关注苦难、追寻苦难根源、思索苦难意义、寻求摆脱苦难的出路的作品称得上浩如烟海,并且流派纷呈,风格各异。屈原、陶渊明、杜甫、鲁迅、托尔斯泰、巴尔扎克……几乎所有文学大师都是苦难的感知者和摹写者。这种"对人生存困境的认知,对人生存状态的洞察,对人历史命运的内省和体察"就是"苦难意识。"①经典文学作品中,任何苦难意识的传达,目的都是为了让读者通过对苦难的深刻体会来增强对幸福的感知能力,从而更深刻地认识幸福,更用心地寻求幸福,感受到喜乐,这一点毫无疑问。

(二)儿童文学苦难意识缺失现状

儿童的心灵是纯净脆弱的,需要我们成人格外的呵护和慰藉,从而让其成长出一颗善良、阳光,怀有道义的心。但呵护和慰藉不等于将其紧紧护在身后,不让其感受现实生活的坎坷和磨难,不让其看到生活中的邪恶与黑暗,否则他们只能是温室里的小花,经不得任何风吹雨打,从而成为"垮掉的一代"。只有让儿童看清楚生活的多元性,才能帮助他们健康成长。

儿童文学的使命在于为人类提供良好的人性基础,使儿童从中获得善良、感恩、正直、仁爱、同情弱小、向往自由、追求平等、抵制霸道等人类美好品质。但追求美好幸福的品质,是否只能通过对美丽的花、善良的小

---

① 王庆:《90年代农村小说的苦难意识》,《江汉论坛》2001年第4期,第89—92页。

羊、温暖的太阳和春天等的品读来培养呢？当然不!基于上文表述，苦难的表达同样可以传达对幸福善良的认知。苦难是人生中最好的老师。在儿童文学中，苦难意识主要指向儿童在面对他人苦难遭遇时的悲悯情怀和被遭遇苦难的人物的坚韧人格所激励感动的情愫。所以，部分儿童文学家如郁秀、秦文君、曹文轩等人已经意识到，儿童文学中需要传达苦难意识，通过对痛苦、磨难、邪恶等的表现，来提升儿童对社会、对人性的认知能力，培养人类各种优良品性。

但是令人忧虑的是，回顾20世纪八九十年代以来的中国儿童文学创作，不仅其中鲜有对苦难的描写，反而充斥着对现代化物质的迷恋，对幸福美好生活的虚假想象。现代化的写作方式和文化消费方式，使得一部分作家没有闲暇时间坐下来，真正为儿童的心理成长负责，其本身对于享乐主义的追求，驱逐着他们一味为物质利益而写作，为迎合部分作为成人的家长的利益观念而创作。于是一大批表现中产者的物质富裕的生活，夸大儿童的幸福的成长经历，回避漠视儿童成长中可能会遭遇的坎坷的"贵族化的儿童文学作品"应运而生。从而使得作为读者的儿童沉溺于幸福生活的美好想象中，对于生活中的安宁幸福不再懂得珍惜，不再懂得努力进取；对于可能会遇到的生活上难题或心理上的挫折、沮丧等不再懂得去忍耐、去坚持；对于遇到的弱者不再有同情、悲悯等的人文情怀……而实际上，中国有三亿多的儿童是生活在经济相对落后的农村或者小镇上的，在城市生活的儿童中也有一部分是处在经济拮据的家庭中，他们面对的生活远没有该类贵族化的儿童文学作品中描述的那么华丽美好，所以虽然该类儿童文学在很小的程度上能够刺激他们对美好生活的想象，但更大程度上对其美好品质的培养起不到任何作用。所以，一段时间以来，对苦难的遮蔽和漠视导致了儿童文学作品人文精神的衰落。

苦难意识在儿童文学中绝对不可或缺。当然，基于儿童的心理特征和接受特征，弘扬人类生活中的美好事物的儿童文学作品不可或缺，但具有苦难意识的儿童文学作品也万不可被漠视。儿童文学作家创作时理应如此，小学语文教材中儿童文学作品选编时亦应如此。

（三）小学语文教材中的儿童文学作品苦难意识缺失现状

长期以来，小学语文教材中儿童文学作品大多是对幸福生活的赞美，对美好事物的弘扬，这具有一定的合理性。正如钱理群先生所谈："要给学生美好、光明的东西，让他们感受语言文字的美，进而感受、体验人的精神的美，追求美好的理想，追求人与人的和谐，人和自然、宇宙生命的和谐，在人生的起始阶段，赋予他们的生命以基本的亮色。在他们长大以后，真正面对社会与人生时，就能以从小奠定的内在生命中强大的光明面，来抗拒外在与内在的黑暗。"①但当这一类作品过多，而以苦难为题材的作品过少时，就应当引起人们重视了。

以北师大版五年级上册语文教材中文学作品为例，对比一下两类作品的分布情况。全册书共有文学作品15篇：《巩乃斯的马》、《雅鲁藏布大峡谷》、《红树林》、《这儿，原来是一座村庄》、《枫叶如丹》、《我喜欢》、《草帽计》、《包公审驴》《一个苹果》、《诺曼底号遇难记》、《生死攸关的烛光》、《寓言两则》（《刻舟求剑》《郑人买履》）、《迟到》、《成吉思汗和鹰》、《我们的错误》。其中涉及苦难的只有一篇——《一个苹果》；涉及灾难、战争的，有两篇——《诺曼底号遇难记》和《生死攸关的烛光》。

再如人教版第八册语文教材中，共有文学作品17篇：《长城》、《燕子》、《再见了，亲人》、《少年闰土》、《丰碑》、《草原》、《蛇与庄稼》、《月光曲》、《白杨》《桃花心木》、《跳水》、《寓言两则》、《飞夺泸定桥》、《赤壁之战》、《田忌赛马》、《鱼游到了纸上》、《两个铁球同时着地》。苦难题材作品仅两篇——《再见了，亲人》和《丰碑》。

人教版第九册语文教材中，共有文学作品11篇：《桂林山水》、《林海》、《开国大典》、《荔枝》、《长征》、《一夜的工作》、《"精彩极了"和"糟糕透了"》、《鸟的天堂》、《第一场雪》、《凡卡》、《小抄写员》。其中苦难题材作品也仅有两篇——《凡卡》和《小抄写员》。

由此可见，选文虽然关注到了苦难题材的作品，但不仅数量上是非常少的，而且内容方面也都是反映革命战争时代或者外国资本主义社会的苦难生活，而对于当今社会儿童的生活和心理根本没有涉及。实际上，随着社会生活的进步，儿童很难去了解和理解几十年前人们的生活状态和心理状态，也不可能完全明白其他国家儿童的心理。社会发展到今天，人们的生活和心理发生了翻天覆地的变化，在当下的生活场景下，苦难境遇中的主人公尤其是儿童是如何生活的，是如何面对坎坷、困难、灰心、沮丧的，是如何自强、坚持的，这一切更能引起学生的共鸣，也更能帮助他们培养面对他人苦难遭

---

① 钱理群：《语文教育门外淡》，广西师范大学出版社2003年版，第30页。

遇的悲悯情怀，及从他人经历中获得激励感动的情愫，造就他们对苦难的风度，磨炼其承受苦难的能力，丰富其生命色调和审美趣味从而实现儿童文学的使命。

苦难意识的觉醒为小学语文教材中儿童文学作品的选编提供了一个重要的维度。儿童文学，尤其是小学语文教材中的儿童文学作品中苦难意识觉醒的程度是有待于进一步深化的，这一点尚没有引起人们的足够重视。

二 教材选文中儿童本位的偏移

儿童文学一直是作为文学体系中的特殊样式而存在的，它的特殊性就在于其生产者是成人，而消费者（或欣赏者）却是儿童。这就决定了儿童文学的价值尺度、文学趣味、表现方式等往往取决于成人对儿童的态度，也就是通常所说的"儿童观"。在小学语文教育中，儿童理所当然应该成为教育的主体。儿童的语言发展、情感、想象、自我意识等，既是出发点，也是目标。但实际的情形是，因为应试教育的愈演愈烈，我们的语文教育缺乏对儿童心理、情感的了解和尊重，表现在教材选文上就是选文中儿童本位的偏移。具体说来，体现在以下三个方面：

（一）将成年人的视角强加于孩子

儿童文学研究认为，儿童具有纯粹的审美能力，具有审美的慧眼。儿童与成年人有不同的审美趣味和鉴赏能力，但是就审美能力而言却是毫不逊色的。儿童具有发达的感性思维，具有丰富的情感和想象力，儿童在天性上与艺术更为接近。理所当然，教材中的儿童文学作品选文就应该适应于儿童所具备的纯粹的审美能力。但现实情况却并非如此。

让我们先来关注一下教材中的诗歌选文。儿童诗歌以其节奏、声韵的美感，流利自然的语言，生动活泼、饶有情趣的内容，让儿童在念唱或朗诵时，直觉地感受到其中蕴涵的趣味，从而领会到喜悦、动人的情感，并能充分挖掘出儿童身上特有的敏锐的感知能力和丰富而奇特的想象能力，因此诗歌往往成为孩子们较为喜欢的一种文学样式。那么我们在选文时是否注意到了诗歌的情感与儿童心理的契合度了呢？

以人教版一年级《我是蒲公英的种子》为例：

我是蒲公英的种子

　　有一朵毛茸茸的小花

　　微风轻轻一吹

　　我离开了亲爱的妈妈

　　飞呀，飞呀

　　飞到哪儿

　　哪儿就是我的家

　　《我是蒲公英的种子》是用孩子和妈妈的关系，以蒲公英的口吻写它们看遍精彩的世界之后在遥远的地方为自己找个家这样的生活状态和自然属性。"飞呀，飞呀"这种语气是表达蒲公英对这种生活是很满意的，心情是很快乐的。但是六七岁的孩子不会理解高高兴兴地离开妈妈到遥远的地方安家这样的选择。儿童文学作品一定要契合儿童的心理需求和愿望，否则儿童会因为不理解作品而产生排斥心理。这样的作品就是失败的，作为选文更是不合适的。

　　"儿童期是文学期。"①儿童就是当下的存在，并不是成年的预备；儿童是独立的生命，并不是微缩的成人。儿童阅读具有自身先在的"季节性"特点。儿童时代，心灵与身体在一同成长，心灵的田野需要润泽、温暖。阅读，尤其文学阅读，尤其是适宜的文学阅读，正是给予心灵润泽与温暖的水分和阳光。

　　（二）低估儿童的审美能力

　　在语文教材选文中还存在由于低估儿童审美能力而导致的选文置放错位的情形。

　　如《天上的街市》是一首充满丰富的联想和想象的美丽而迷人的诗篇。诗人郭沫若为我们描绘了一幅星光闪烁的夜空图景，整首诗是一个平和洁净的童话，也是一首清朗隽美的夜歌，因而具有重要的语文价值，所以一直以来都被选入语文教材。

　　"但为什么这首诗被选入中学语文教材而不是小学语文教材，编选者是不是认为小学儿童没有能力欣赏这样优美的诗歌；其实，最能感受这首诗的魅力的，应该是小学的儿童而不是初中的少年。"②朱自强先生的这一质问是

---

① 朱自强：《朱自强小学语文教育与儿童教育讲演录》，长春出版社2009年版，第4页。

② 朱自强：《朱自强小学语文教育与儿童教育讲演录》，长春出版社2009年版，第25页。

令人思考的。

"文学的阅读与欣赏也和人们对事物的认识规律一样，如果阅读者的审美心理的结构不能与作品的艺术结构形成同质同构的状态，读者对文学作品的审美就不能取得最佳效果。"①《天上的街市》这首诗充满着奇特的想象力，去憧憬和向往这个令人神往的"天上的街市"，是小学四五年级的孩子的艺术审美能力可以达到的，因为这一阶段的孩子的想象力还鲜明地保持着童话的色调；而相比之下，由于生活的经验以及自然科学知识的增多，初中少年的童话思维能力已是不及小学儿童了。但这首诗一开始就被排除到小学语文教材编选视野之外，大概主要是因为编写者认为以儿童目前的审美能力还无法欣赏艺术性很高的诗歌。

（三）对优秀儿童文学作品的粗暴删改

人教版二年级下册中的童话《丑小鸭》由安徒生的名作《丑小鸭》删减而成。原作七千字的《丑小鸭》变成课文时，被删减得只剩下四五百字。教材课文采取了简单砍削的方式，舍弃了原作中的许多生动内容，原作中所包含的思想、情感也遭到了无端而粗暴的削减。从改写的方法和最终效果来看，一方面是编者对于儿童的审美能力存在偏见，另外一方面也是对于儿童情感体验的忽视。

《小蝌蚪找妈妈》也是同样的例子。原作一千五六百字，有非常细腻的心理描写，文学性很高；同时小蝌蚪经过反复多次找到了妈妈，过程是曲折的，也正是在这样的反复中，小蝌蚪获得了认知，孩子们读过全文的话，也一定会获得全面的认知。但是删削之后的五百字的文章，就简单多了，既不符合认知规律，也流失掉了很多富于意味的东西。

从读者接受这个角度看，包括安徒生的《丑小鸭》在内的作品之所以成为儿童文学名著，就是因为它们得到了一代又一代的儿童读者的支持，正是由于儿童身上的这种纯粹的审美能力，并且契合了儿童的心理和情感的需求。其实《丑小鸭》作品中蕴涵的思想、情感及审美趣味对于小学二年级的孩子来讲是可以接受的，即使真的认为篇幅太长不适于放在这个年龄段的孩子的阅读视野中，那么完全可以选取篇幅更合适的作品来取代之。

小学语文教材要选经典的优秀的儿童文学作品，在这样的作品中，作家倾注了自己的思想、灵魂和艺术才情，因此写出来的作品才有着独到的艺术

---

① 王泉根：《周作人与儿童文学》，浙江少年儿童出版社1985年版，第202页。

构思，独到的艺术表现方式，而这些不是在改写时所能够复现出来的。

有人说，儿童是本能的缪斯。儿童处于文学性思维的阶段，想象思维发达，想象、理想丰富，有敏锐的感悟力；同时，儿童的逻辑思维、抽象思维能力尚待发展。语文教材在文章的选取上，应适应儿童思维的这一特点。朱自强疾呼"儿童文学要解读时代，为儿童'言说'，在儿童文学中'儿童'应该是思想的资源，儿童文学应该是感性的'儿童心理学'。"的确，21世纪的中国儿童文学担负着太多的责任，只有把"儿童"当做思想的源泉时，我们才可以真正理解"儿童本位"的真谛，才真正逼近儿童文学的本质。这个观点适用于儿童文学创作，也适用于小学语文教材的选文工作。

三　游戏精神的缺失

关于游戏精神理论的具体内涵，周作人和班马曾经做过精辟的论述，游戏精神有三方面原则性内涵：快乐原则、幻想原则和自由原则。这三个原则彼此相互联系，其中快乐原则是核心，自由原则是基础，幻想原则是手段。人只有在真正自由的时候，才可能用幻想的手段进行游戏，从而实现真正的快乐。

以儿童为对象的教材文本选择和教学，要充分体现游戏精神的三个原则才能使儿童在学习中体会到真正的快乐。但在现实的文本选择中，我们发现语文教材选文过分看重教育意义，很多人以教育主义为导向，按照成年人的意志和理想去决定教材的选文。

（一）许多小学教材的选文坚持"知识本位"

如人教版一年级下册一直选用的童话《要下雨了》，在配套教学参考书中明确提出教学的目的为："理解课文内容，了解一些能预示要下雨的自然现象，激发学生观察大自然的兴趣，培养观察能力；教学重点：理解小燕子、小鱼和蚂蚁回答小白兔的话，使学生认识下雨前出现这些现象的原因。"从中可以看出，放在首位的是自然知识的学习，而不是文本自身的学习和儿童游戏心情的关注。再如其他一些《小狐狸卖空气》、《小猫种鱼》、《小壁虎借尾巴》、《二只白鹤》、《小蝌蚪找妈妈》等课文，这些小动物在孩子们面前，个个像小博士，个个在做着精彩的科普讲座，但他们并没有关注孩子们的情感，也不会变成孩子们的朋友。

人教版一年级下册《一次比一次进步》，讲的是小燕子在妈妈的要求下一次一次地飞到菜园里去观察，每次的观察结果都更为细致，逐渐获得了对冬瓜和茄子的认知。在小燕子面前，妈妈是全知全能的，享有无上权柄。但是妈妈的思维太过呆板，在妈妈的指示和训诫下，小燕子被教成了呆头鹅，只知道按妈妈的指示去做，直来直去，有一说一。其实孩子的实际认知情况并非如课文所述。面对"冬瓜躺在地上，茄子挂在枝上"这样生机盎然的菜园风光，孩子更有可能主动地要求去菜园看看，而不是做妈妈的应声虫。因为，孩子对自然界的好奇和兴趣，远比成人丰富浓厚得多。实际情况更有可能是这样的：孩子本打算去菜园玩儿，在那里他看到了冬瓜、茄子，闻到了瓜果的自然馨香，听到鸟儿昆虫的鸣唱，享受到神奇的大自然带给她的惊喜；但是悲哀的是，在妈妈威严的教育下，孩子只是获得了对冬瓜和茄子的认知。其实，燕子妈妈可以和孩子一起去菜园，俯下身来，引导孩子去观察去发现。那么在这个过程中，小燕子的获得肯定比课文里仅仅观察到了冬瓜的细毛和茄子的小刺要大得多。

(二)很多小学教材的选文充斥道德训诫

以北师大版教材中选取的童话为例，以动物为主人公的有15篇，其中8个小动物被赋予了深沉的道德品格，《小母鸡种稻子》强调要养成吃苦耐劳的品质，《珍贵的纪念》道出"乱写乱画是不对的"的思想，《小闹钟》告诉孩子"不能睡懒觉"，《一片树叶》让孩子们爱护花草树木，《小狮子》教育孩子们要刻苦练就养活自己的本领。其他的如《快乐的小公鸡》、《特殊的考试》等中的小动物也被赋予了很多教育意义。在我们的调查中发现，带有教育色彩的动物童话占教材所选动物童话的一半以上。

在这种以德育教育为主要目的作品中，还有一些将道德教育简单化，充其量只是说教，而不能称之为真正意义上的教育。如人教版三年级下册的《可贵的沉默》，讲的是一位教师的一次成功的道德训教案例。教师先是问学生知不知道自己的生日，有没有收到来自父母的礼物，孩子们兴奋地回应；接下来，当学生被问到知不知道父母生日的时候，教室里一下安静下来，没有几个孩子能答得上来。经过教师的这次特别的道德教育，在开家长会时，家长们纷纷表示孩子懂事了。在这篇文章中，孩子们沿着老师的言语思路，进行了一次习以为常的话语经历。作者一步一营地，准确地指导着孩子们的思考，准确地抵达自己预设的目的地。我们似乎感觉到，其实孩子们是否真正懂事并不重要，重要的是符合了道德教育的效果呈现，被拿来当做这个案例的成功尾巴。我们可以看到，这中间孩子们对父母生日的"有意遗忘"成了这个案例的重要推动力，最后形成了师生家长情感的自我陶醉。简单地说，这只是说教，从文中我们看不到孩子们的真实感受。

其实，进行道德教育是文学应有的功能之一，但是这种教育首先是一种契合儿童心灵的审美和情感教育，而不是急功近利的道德宣教。根据所谓的教育目的去阉割文学，使其失却活泼泼的感染力和表现力，最终会与教育者的目的背道而驰。

(三)具有丰富想象力的幻想类童话缺失

想象、幻想是儿童认识世界的特殊方式。尤其是幻想，使儿童超越时空的限制，摆脱理性的束缚，在"亦真亦幻"中显露儿童的天性。

在成功的儿童文学作品中，幻想之美无不支撑了整个作品的重量。以风靡世界的儿童文学名著为例，比如《绿野仙踪》，小主人公多萝西被一阵龙卷风卷到了一个陌生的国度——奥兹国，在渴求回家的旅程中，她遇到了想要得到能思索的大脑的稻草人、想要一颗活蹦乱跳的心的铁皮伐木工、拼命想要获得勇气的胆小的狮子。在经历了种种磨难之后，作品以神话的寓言性的结局暗示了普遍被人们忽略的真理：爱、勇气、智慧本来就存在于人的本身，所谓的强大其实只不过是一种真实的弱小的掩饰。风靡世界的《哈利•波特》，也是赋予了主人公以种种神奇的能量，让他以常人不能拥有的方式跟这个世界对话，因而更深刻地揭示了一些道理。而《哈利•波特》在中国少年儿童中间的风靡也充分表明，自由的幻想、丰富无边的想象是人类的天性，它对于全世界的孩子都具有强大的吸引力。

国际安徒生奖评委会主席佐拉•甘尼女士曾如此评价幻想小说《哈利•波特》的风靡对儿童读者的意义：她让很多不再读书的孩子重新走回书店。而一个中国小读者则如是说："《哈利•波特》陪伴了我们成长，教会我们勇敢、自信、懂得爱。"这两者恰恰道出了优秀的幻想小说的魅力所在。

而在我们的语文教材中，这一类作品是几乎缺席的，像《七色花》、《渔夫和金鱼的故事》、《神笔马良》等这类具有神奇想象力的童话是凤毛麟角。

幻想色彩的薄弱，一直以来是中国原创儿童文学存在的问题。据目前国内研究者的成果，当代中国儿童文学的发展经历了以教育为主旨的儿童文学、以艺术为主旨的儿童文学，而直到最近十年才开始转向以儿童为本位的儿童文学。在这一过程中，现实主义的作品，要告诉孩子一些道理的作品总是占据了主要的位置。作品中最常见的人物，是一些好孩子的样板，他们的一举一动都符合大人的价值观；他们的思想，也总是像大人一样严肃认真，是典型的"小大人"形象。即使是动物童话这些作品进入语文教材中，也难以引起孩子们的共鸣。

同时，动物文学在教材中是缺失的。人与动物的关系、人与大自然的关系，需要动物文学给我们启发。而教材中的动物童话基本上都是拟人童话，是披着动物外衣的说教者。如前文提到的《小母鸡种稻子》、《两只小狮子》等。

孩子有鲜活的感受力和想象力，教育应以孩子的天性作为基础，离开了这个基础，教育无从展开。不能把儿童的心灵看成一张任由人描摹的白纸。儿童的心灵是有饱满生命力的种子，灌输什么，得到什么。教育是激活，给他适宜的阳光、足够的水分、肥沃的土壤，就可以结出饱满的果实。面对种子，我们需要考虑其内部结构，将其蕴藏的价值和生命力发掘出来作为动力。

针对儿童特点，儿童文学应该趣味横生，作品中都应该有趣味的故事，足以调动儿童的积极性。以教育主义为导向，使得选文过分强调知识或者道德，这些动物脱离了儿童文学——"人类幻想精神的家园"的本质，失去了对孩子们的吸引力，游戏精神也就不再具备。

综上所述，语文教材选文中苦难意识的缺失、儿童本位的偏移、游戏精神的缺失等问题使得语文教育所设置的"议程"不能满足儿童的精神需求，按照"使用与满足"理论，传播者应当把受众看做是有着特定"需求"的个人，把他们的媒介接触活动看做是基于特定的需求动机来"使用"媒介，从而使这些需求得到满足的过程。语文教材虽然是儿童不得不接触的传播中介，但是传播者在选取内容时也必须考虑儿童受众的需求，否则，理想的传播效果就无从获得。而语文教材传播效果的不理想就会影响儿童对于儿童文学的认知，并进而影响他们对于其他儿童文学的接受，为儿童的文学接受设置障碍。因此，教材编写者和编写机构应尽可能满足儿童受众的合理需求，并对之进行引导以利于儿童文学的顺畅传播和儿童的健康发展。

第三节 教师与家长的"意见领袖"偏差

在信息传播中，具有一定权威性与代表性的人物首先接触大众传播媒介，再将从媒介上获得的信息加上自己的见解，传播给他们周围的人，从而对周围的人施加影响。这样一来，大众传播的影响并不是直接"流"向一般受众，而是要经过意见领袖这个中间环节，即"大众传播→意见领袖→一般受众"。这就是"两级传播理论"模式，它强调人际传播的重要作用。这一模式尤其适用于以文字为主体的印刷媒介，因为印刷媒介对于接受者的文化水平有一定要求，文化水平较高和较早接触媒介所传播的信息的人容易成为意见领袖，从而对其他人的信息接收产生影响。在儿童文学传播中，教师和家长无疑具备成为"意见领袖"的条件，而且，越是低幼群体的教师和家长，这种"意见领袖"的作用就愈发明显。因此，在儿童文学传播的研究中，对"意见领袖"的作用应当比一般文学传播中"意见领袖"的作用更加重视。意见领袖的儿童文学素养如何，对于传播内容的选择与理解是否合理，这些都是儿童文学传播研究中不可忽视的因素。

据了解，儿童文学阅读的启蒙和普及在国外主要通过亲子共读和师生共读两个渠道来完成，而我国现今在两个方面做得都有欠缺，这被认为是导致儿童阅读缺失的主要原因。我们的现实情况是，语文教师和儿童家长的儿童文学素养缺失严重，儿童文学传播障碍的产生也与此有关。

一 语文教师的"意见领袖"偏差

儿童所能阅读到的儿童文学作品中包括被语文教材选中的那部分，这部分在儿童的文学阅读中是作为范本出现的，其意义往往大于课外读物。新课改后的语文教材中儿童文学所占比重比以前增加了许多，由于教学的要求，每一篇被选进教材的儿童文学作品都会被以"精读"的方式处理，教师通常会参照教学参考书上的理解为学生进行课文的分析讲解，这样，"意见领袖"的作用就通过语文教学的方式得到进一步放大。此外，语文教师对于学生课外阅读的态度和要求也是一种强有力的"把关"。而现实的情况是，语文教师的儿童文学素养缺失严重，儿童文学课堂教学受工具理性影响而枯燥无味，儿童文学的课外阅读普遍放任自流。

（一）语文教师儿童文学素养的普遍缺失

北师大教授王泉根认为，不是没有优秀的儿童文学作品，而是由于种种原因这些儿童文学作品到达不了儿童的手中。作为"意见领袖"的教师在儿童文学的推广中有着不可推卸的责任。小学语文教师是儿童课外阅读的引领者与指导者，然而大多数小学语文教师自身的儿童文学素养以及对儿童文学的阅读情况并不理想，也就谈不到引领儿童开展阅读。

本研究在调查和访谈中发现，大多数义务教育阶段的语文教师有阅读儿童文学作品的愿望，但他们的了解仅局限于一些传统经典，对中国当代优秀儿童文学作家及其作品了解得太少，也就无法向学生推荐。另外，他们阅读的儿童文学作品体裁较为单一，主要偏向于童话，对于儿童故事、寓言、童诗等热情不高，关注度不够。儿童文学的文体有很多，每一种体裁的特征不尽相同。教师不能掌握儿童文学的各种文体特征，也就无法在教学中准确引导学生，帮助他们把握不同文体的审美特征。语文教师对于儿童文学的发展史的了解更为欠缺，约有一半的老师仅对儿童文学发展史有一个大致的了解，有的老师甚至对此一无所知。儿童文学发展史知识的欠缺使得教师们没有能力将儿童文学作品放在史的角度去深入分析和把握，对于儿童文学作品的解读就容易出现偏差，同时，不利于对学生开展课外阅读进行指导。

在对于儿童文学功能的认识上，许多语文教师也存在严重偏差。有接近一半的教师认为儿童文学的功能就是提高写作水平，却没有意识到通过引导儿童阅读儿童文学作品获得快乐，丰富他们的审美体验的重要性。从教学实践来看，仅有一半的教师意识到了讲解儿童文学作品与成人文学作品存在一定的差别，但也有接近一半的教师认为两者之间是相同的。这些教师对于儿童文学的独特之处缺乏把握，没有树立起正确的儿童文学观念。

根据以上情况，我们可以得出这样一种认识：小学语文教师在校学习期间对于儿童文学理论知识掌握的情况、工作后参加儿童文学培训的情况、对儿童文学作品阅读的情况、对儿童文学的认知情况等均很不理想（具体数据见第一章）。造成这一状况的原因有多种，第一个原因是先天条件不足，大部分人没有在早期的家庭教育中或者后来的学校教育中获得充足的儿童文学阅读经验和理论知识；第二个原因是师范院校的专业教育存在缺陷，不仅在课程设置中常常忽略儿童文学，高校专业师资力量的薄弱也影响了中小学语文教师对儿童文学理论知识的掌握；第三个原因是工作之后的继续教育过程中也存在多种漏洞，如教育主管部门缺乏足够重视，学校领导对于儿童文学知识对语文教学的重要性缺乏意识，很少为教师提供进修机会，各级教育部门虽然经常组织教学培训，但更多的是针对现代教育技术，新的教育教学理念，并没有意识到儿童文学理论的学习和儿童文学作品的解读对于语文教师素养提高和语文教学水平提高的重要性，没有设置相关教育机构和安排专业教育人员以及这方面的培训项目；第四个原因是语文教师自身对于儿童文学的理论学习和阅读重视程度不够，许多老师认为儿童文学理论对于提高儿童文学素养没有实际作用，所以不关注儿童文学史、儿童文学体裁等相关理论，还有一些老师认为儿童文学是"小儿科"，未将其纳入阅读范围，更倾向于阅读成人文学中的经典作品，因而对教材之外的儿童文学很少接触。以上种种，造成了今天小学语文教师儿童文学素养不足的现实状况。

（二）工具理性影响下的儿童文学课堂教学

儿童文学是一种专门为儿童量身定做的特殊文学产品，它既指向文学，也指向儿童。理想的儿童文学教学既应具备文学性，也应彰显其儿童性，文学性指向美、诗意和感性，儿童性指向快乐、有趣和游戏精神。唯其如此，儿童文学的独特育人功能才能得以发挥。而儿童文学素养的缺失，使得很多小学语文教师不了解儿童文学的特征，缺少儿童文学的文体知识，在课堂教学中常常断章取义，把一篇极富情趣的儿童文学作品解析得支离破碎。

当下的儿童文学教学中，一篇儿童文学作品的课堂教学与一篇非儿童文学作品的课堂教学往往没有什么差别，儿童文学的课堂教学受科学主义影响，呈现出工具理性的倾向。在工具理性观的背景之下，教学目标在中小学语文教学中受到前所未有的重视，成为教学的灵魂与主导，语文教学大纲中对于每一篇课文的教学目标均有明确的指向，语文教科书目标设置的细化也已经到了无以复加的地步。一篇篇活泼泼的儿童文学作品被当做德育教育的载体，被挖掘主题以突出教化之功。语文教学的复杂性和特殊性被忽略，语文课堂应有的跳跃与灵动被程序化的步骤替代，一篇篇极富审美性、想象性的作品被肢解得四分五裂。在教学内容上，语文教学更是深受工具理性影响，忽略其自身的学科特点，将单元教学简单套用在实际教科书的编写中，在内容选择上单纯从语言的工具性和技术性入手，把文学作品看做知识的载体，进行字、词、句、篇的分析训练，过分注重读写知识而导致教学内容的偏失。在儿童文学作品的教学中，学生的主观情感、意志以及兴趣被忽视或排斥，非智力因素的养成被视做可有可无。在教学方法上，因一味追求课堂效率的提高而出现训练内容的机械化、教学进程的控制化以及语文教学的模式化等弊病。语文教学的评价手段也深受工具理性影响，集中表现为语文考试的标准化，试题取向的形式化与静态化，试题答案的标准化以及作文评价标准的量化。

当下的儿童文学课堂教学，充斥着机械的分析与灌输，感性的体验却无从寻觅。许多儿童文学作品被肢解得面目全非，分析得乏味至极。童话课上缺少了天马行空的想象，诗歌课堂上缺少了洋溢的诗情。儿童在课堂上只是获得了一堆僵死的语文知识。这样的教学，堪称枯燥无味，教学效果如何可以想见。这种教育充其量只是以儿童文学为手段，却绝不是儿童文学的教育。因为"它既没有看到儿童文学作品的特殊性，也没有看到儿童文学阅读的特殊性——偏重直观感受，易于感情投入，善于模糊理解，拙于鉴别评价。"[1]这样的语文教学显然是很不生态的，也与新课标的要求背道而驰。朱自清先生曾经指出任何一篇文章都是一个综合的统一体。其意义主要有四层：一是文义，即字面的意思。二是情感，就是梁启超先生说的"笔锋常带情感"的情感。三是口气，好比公文里上行、平行、下行的口气。四是用意；指桑骂槐，言在此而意在彼，又是一层用意。这几层意义当然是水乳交融，以意为主。[2]被选入语文教材的儿童文学作品，在教学中常常被机械的分析、枯燥的讲解替代了对作品意蕴的感受，对人物悲喜命运的体验和对鲜明生动的人物形象的欣赏。我们的语文教师已经习惯了用知性分析的方法将一篇篇情真意切的课文切割开来，久而久之，这种机械、单调的教学方法只能使学生渐渐失去对优秀儿童文学作品丰富生动的感受。学生惯于在面对一篇作品时忽略其中丰沛的情感和独特的体验而专门从中心思想或写作特点的角度思考，再用某些固定的格式将思考的内容加以规范化。这种脱离对作品体验的基础而单纯强调对课文的程序化分析的方法，无疑使学生在枯燥乏味的教学中逐渐失去对作品的兴趣。

---

① 孙建国：《儿童文学视野下小学语文教学研究》，光明日报出版社2010年5月版，第251页。

② 朱自清：《朱自清古典文学论文集（上册）》，上海古籍出版社1981年版，第32—33页。

（三）放任自流的儿童文学课外阅读

儿童时期养成喜爱阅读、善于阅读的品格和能力对于人一生的学习成长至关重要，但这一点往往被人们忽视。没有足够量的阅读，儿童的语言感悟能力无以形成，而语感恰恰是学习语文的关键。在儿童文学的课堂教学总体状况很难令人满意的现实情况下，儿童文学的课外阅读就显得更为重要。语文新课标中提出，九年义务教育阶段，学生应完成450万字的课外阅读量。而调查与访谈中发现，大部分孩子恐怕难以实现这一目标（具体数据和分析见第二章和第五章）。在他们少得可怜的课外阅读时间里，孩子们的阅读呈现一种放任自流的状态。虽说课外阅读是一种自觉的阅读，儿童有更多的主动性，但受年龄所限，他们的阅读经验毕竟不足，需要来自成人的积极有效的指导。但现实中的儿童很少得到这种引导。

虽然现在大力提倡素质教育，但在许多学校，孩子们的负担有增无减，他们的课余时间也被指挥着围绕各级各类考试转。不仅中学如此，小学为了升学质量也不例外，不仅课堂上过分强调传授知识和技能，强调知识的熟练程度，课余时间也大多采取过度学习、强化训练的手段，把学习牢牢限定在课本范围之内，致使学生无暇参与课堂之外的、各种对发展智力十分有益的活动，包括阅读儿童文学作品。许多语文教师专注于如何在考试的指挥棒下充分利用课内课外的时间对于学生进行知识灌输和技能强化训练，这导致他们对于儿童文学的研究和探索缺乏动力，即便对问题有一定认识，在现实压力面前也难以付诸行动。

不少语文老师对儿童文学的理解仅停留在《安徒生童话》、《格林童话》、冰心、张天翼作品这些传统经典作家作品的了解上，对其他儿童文学作家和作品缺乏了解，更谈不上运用相应的美学知识进行分析，也就无从向孩子们推荐。儿童文学素养的缺乏，应试教育的压力，使教师们难以对儿童的课外阅读进行有效指导。大部分家长也对此疏于管理和引导，社会上的图书馆、学校的阅览室里的儿童文学作品少得可怜，当代优秀的儿童文学作品很难到达孩子们手中。由谁向少年儿童推荐介绍合适的儿童文学作品，怎样引导孩子们看书，这些问题在现实中找不到答案。孩子们对于书籍的选择较为盲目，除了依据个人喜好进行选择，售书广告和伙伴之间的相互推荐也成为他们选择书籍的主要方式。

二 家长的"意见领袖"偏差

由于儿童所特有的阶段性特点，比如生活经验少、感情体验单纯，想象处于由具体形象向抽象发展的阶段中，阅读能力也处于从无到有的积累过程中，语言能力由弱逐渐变强等，决定了儿童的文学阅读需要有"意见领袖"。"意见领袖"的引领对于学龄前期和学龄期的儿童尤其重要，担负这一职责的无疑应该是儿童的家长。家庭是儿童接触书籍、报刊、电视、互联网等各类媒体的重要场所，因而也是儿童受媒介影响的主要场所。在接受家庭教育的过程中，儿童不断习得家庭所认同或提倡的基本规则和价值观念，在现代传媒社会，儿童对于媒介的兴趣偏好、使用习惯等也主要是在家庭中形成的。因此，家庭媒介环境、父母对子女媒介行为的引导，甚至父母的受教育水平、媒介使用习惯、观点言行等诸多因素对儿童起着不可估量的影响。

访谈中发现，大部分阅读能力强，儿童文学作品读得多的孩子在早期的家庭教育阶段就已养成了良好的阅读习惯。也就是说，这部分孩子在进入学校之前就已经在家长的引导下开展了大量的儿童文学阅读，在这一过程中积累了比其他孩子明显要丰富许多的阅读经验，这使得他们的儿童文学阅读能够保持一种惯性，即使在进入紧张的学习阶段后也能够见缝插针地开展儿童文学阅读。家中有比较丰富的藏书，父母喜爱阅读并能对子女进行积极、正确地引导的家庭里成长起来的孩子对于儿童文学的阅读兴趣和阅读能力明显高于同龄人。与此相对的是，在另一部分家庭中，父母对于儿童文学阅读认识存在偏差或在引导子女进行儿童文学阅读方面做法失当以及家庭阅读环境不甚理想，这些成为儿童文学在传播过程中出现障碍的重要原因。

（一）对于子女的儿童文学阅读认识的偏差

这种偏差存在于多个方面。一是对于早期儿童文学阅读存在片面理解。访谈中，一谈到早期阅读，很多家长便将它等同于早期识字，甚至把早期识字当成了早期阅读的重要目标，因此很看重幼儿是否识字以及识字的多少，而并不注重培养孩子对儿童文学书籍的喜爱与兴趣，更不用说把阅读儿童文学变成孩子日常生活的一部分。相关调查显示：83%的家长不能理解儿童阅读活动的正确含义，对儿童早期阅读活动缺乏科学的认识，简单地将阅读作为教会儿童识字的工具。社会上种种填鸭式的识字教学法(目前全国共有二十多种)机械地教会儿童认字，但是整体阅读能力，阅读兴趣以及相伴随的写作能力却受到了压抑。① 二是对儿童阅读发展阶段的认识不足。许多家长对于早期儿童文学阅读的重要性认识不足，片面地把读书和识字看成是在不同阶段培养的能力，认为学前阶段主要是识字，上学后再开展阅读。在这种看法的指引下，错过了最好的阅读启蒙时期。三是对于功利性阅读的片面追求。许多家长受功利教育观的影响，过于强调将阅读作为儿童获取知识的手段而忽略了对于阅读兴趣的培养。功利性极强的潜能开发、天才教育在很多专家和家长那里备受推崇，而儿童的一些基本素质的培养，如阅读能力和兴趣，往往处于被忽视的地位。形成一种恶性循环。许多孩子的家长在自身的儿童阶段中就没有经过有效的阅读培训，本身就没有建立阅读习惯，有些父母甚至认为阅读教辅以外的书籍是浪费时间；而学校中对儿童阅读培养则普遍偏重于知识灌输和技巧训练，并不利于孩子对文学作品的理解和阅读审美水准的提升。

（二）对于子女的儿童文学阅读指导失当

调查发现，许多家长热衷于给孩子购买名著，让幼儿时期的孩子大量背诵唐诗宋词、《三字经》、《论语》等古典文学作品，即便让孩子阅读儿童文学作品，也多局限于《安徒生童话》、《格林童话》等，具有时代气息的作品往往被忽略。大部分家长在指导儿童进行文学阅读时，对各年龄段的阅读能力发展特点认识不够，开展方式的针对性差，缺乏有效的过程控制。对处于阅读能力发展关键期的低幼儿童来说，阅读能力的培养必须基于年龄特征，如儿童个体差异大、接受信息方式不同等，必须确保阅读能力的培养过程是快乐的、轻松的、游戏化的，单纯强调阅读能力的发展而缺乏对方法的选择会陷入给孩子增加学习负担的困境，从而剥夺孩子的快乐童年。复旦大学教授钱文忠曾在2011上海书展上呼吁"能不能在书展的童书馆贴上'父母免进'，让孩子们自由自在地享受阅读？"②我们经常能在书店里看到这样一种现象：孩子挑选自己喜欢的书时，一旁的父母横加干涉，"这种不要看，那本书有什么好看的？"缺乏阅读常识和品位的父母只能损害孩子对阅读的兴趣。

中国当下的家庭早期阅读普遍存在着愿意多花钱（资金投入），但是时间投入（人力投入）少的特点，缺少共读时间。父母对孩子的教育(包括购买

---

① 《当前中国儿童阅读能力的反思》，育儿网，2010年11月22日。

② 《父母该如何教孩子读书 —— 来自上海书展的调查》，新华网，2011年8月23日。

书籍)投资很多，在很多家庭甚至能达到家庭收入的40%，但普遍的问题是，缺乏在时间上足够的投入，如跟孩子一起开展亲子阅读。有调查显示，能够经常和孩子一起读书的家庭，即使是在北京这样文化教育最发达的城市，比例也不足20%。[①] 许多家长自身的榜样作用也未能得到发挥，甚至起着反作用。本研究通过多重回归分析的方法发现，父母接触媒介的种类、内容和时间和方式等均对儿童的行为有影响；父母喜欢看电视、玩游戏的，孩子也会上行下效，对这类媒介和媒介的这类功能更感兴趣。父母对子女的儿童文学阅读予以适当指导的儿童，其阅读水平明显高于"放任型"和"专制型"家庭的儿童。相当部分的儿童并非不喜欢阅读儿童文学作品，只是缺乏外界的培养和引导，没有亲尝到文学阅读的独有滋味，而是被声画俱传、门槛较低的电子媒介所吸引，文字阅读量便自然而然地减少甚至丧失了。

（三）家庭阅读环境不甚理想

天津市教育科学研究院的一项调查发现，40％的家庭藏书不到20本。许多中国家庭环境的布置不利于早期阅读的开展，有意识地为孩子准备书房、书橱和书桌的家庭比例不到3%。[②] 今日的中国家庭中，这橱那橱不少，唯独缺少一架书橱。大量实例表明，家庭读书氛围的匮乏是孩子没有养成良好阅读习惯的重要原因。在快节奏工作的今天，父母忙于事业和生计的奔波，却无暇沏一杯茶，捧一本书或者依偎在孩子身边进行亲子阅读，有的只是尽可能给孩子的房间添置一本又一本书的热情。由此可见，父母忽视了对孩子在阅读方面潜移默化的影响，没有较好地营造家庭阅读的氛围，也没有树立好榜样，更缺失如何培养幼儿阅读的方法或如何进行亲子阅读的方法。传播媒体的多元化，尤其是电视卡通的滥觞，吸引了儿童相当多的注意力，不利于阅读能力的培养。随着时代的飞速发展，电视、电脑、互联网等电子技术改写了孩子们的童年生活。如今的孩子在家的时间，很多时候，都被这些能带给孩子视觉、听觉和心灵冲击的现代产品深深吸引。文学阅读与电视等电子媒介相比，在争夺儿童关注方面处于劣势。电子媒介本身很容易打动人，于是很多父母便把电视做为孩子的保姆。一旦孩子对新媒介产生深深的依赖后，他对阅读这种有难度的活动就产生了一定的排斥。因为文学提供的符号意义是具有理性的，它所提供的精神、美感等各种内涵，在接受上有一些难度，

---

① 《当前中国儿童阅读能力的反思》，育儿网，2010年11月22日。

② 让家庭藏书也"富"起来，《人民日报》2007年10月11日地4版。

对它产生兴趣通常要经过一定的培养和引导。许多孩子即使拿起课外书进行阅读，也多是首选动漫。在相当多的孩子的阅读中，动漫作品能占到60%，但历史、科普等可以开阔视野、激发创造性思维的书却没有进入孩子们的视野。今天的孩子做这样的选择是可以理解的。学习压力大，生活节奏快，在应试教育下普遍感到焦虑，与父母、老师的关系有时比较紧张。通过读图，放松自己，宣泄情感，对孩子调节心理、情绪是有好处的。但这种选择需要限制和引导。此外，社区的图书馆普遍缺乏，未能在阅读的方便获得上发挥作用。以上这些原因导致中国儿童与西方发达国家儿童相比，在阅读能力上存在不小的差距。西方发达国家的儿童在6—9个月时就开始阅读，而中国儿童则普遍要到2—3岁左右才开始阅读活动。美国儿童在4岁后进入独立的、自主性的大量阅读阶段，而中国儿童平均到8岁（小学二年级）才能达到这个水平。虽然汉语阅读在阅读障碍发生率上比英语国家低，但是根据专家对城市儿童的测量，汉语儿童阅读障碍的发生率也在6%—8%。[1]中国儿童阅读能力落差极大，有的4岁儿童能读名著，而有的10多岁的儿童却不能完整地阅读一本儿童文学作品，这种现象具有相当的普遍性。

有一位小学生写的《爱看电视不都是我的错》曾引起许多孩子的共鸣。[2]从中，父母们应当有所感悟：

> 在星期天或假期里，我大部分时间都是在电视前度过的。
>
> 其实，爱看电视不都是我们的错。从前，每当我要妈妈陪我看书、画画、给我讲故事的时候，她总是没耐心，很少能好好陪我。有时，她要忙自己的事情，就跟我说："看电视去吧，好孩子……"这句话，她不知道跟我说了多少次！为什么到头来，她又反对我看电视？
>
> 妈妈为了让我吃好穿好，做什么都行，可她不知道我最想要什么。我多希望她像伙伴一样和我一起玩，这才是最令我开心的。碰到没好节目看的时候，我也挺烦的。但爸爸、妈妈又不让我自己出去玩。我还能干点儿什么呢？

可见，父母们并不完全是因为工作忙、没有时间才不愿意陪孩子玩，而

---

① 《中国儿童早期阅读现状与对策研究报告》，搜狐教育，2003年4月14日。

② 张娟：《童言传真：爱看电视不都是我的错》，人民网，2004年4月29日。

是父母们并没有心理准备成为孩子的好伙伴，更没有养成陪孩子玩的习惯。本研究的访谈中，曾听到许多家长反映由于生活节奏紧张、工作压力大而常常无暇顾及孩子的儿童文学阅读。电视、网络的包围之中，奔波一天的家长在选择媒体时会不由自主地倾向于这些顺手拈来、无须思考而且丰富多彩、信息海量、声画俱传的媒体。"如果孩子们亲近文学阅读，他们就能够通过阅读这种独特的方式，获得精神上和心智上的沉淀。否则，他们的人生将出现很大的缺失。"儿童文学领域的一些作家和学者在接受记者采访时，对当今儿童文学阅读萎缩的现状深表忧虑。他们认为，电视、网络的出现使得许多儿童不再喜欢文学阅读，而且这些新媒介所导引的流行文化和娱乐文化正在消解他们的理性思维，使他们变成了懒于思索的平面人。文学阅读量的减少亦已使当代儿童普遍存在一定程度的语言缺失，尤其口语表述的词汇量在减少，语言的驾驭能力在不知不觉中退化，进而影响儿童表述内心、认识世界、沟通交流。同时，阅读的缺席也容易引起接受方式的单一，造成他们人文精神与情感的缺失。

孩子能否"开卷有益"，无疑是挑战父母的难题。上海市新闻出版局发布的"上海市民在新媒体环境下的阅读报告"显示，六成以上的成年人抱怨没有时间阅读传统的纸质书籍，与此同时，大多数人每天要花费1个小时至3个小时泡在网上。自己读书时间越来越少，父母还能否帮助孩子享受阅读?儿童早期的媒介倾向将会影响他的一生。阅读要求儿童将文字转化为形象的画面和抽象的道理，这种转化过程，可以培养儿童的想象力和思维力。儿童在阅读过程中还可锻炼勤奋、刻苦、持久、认真、细致、主动、探索等良好素质。要引导孩子建立科学的媒介倾向，减少电视和网络传媒诱惑的影响，最好的办法是在孩子迷上电视之前就培养他的阅读兴趣。阅读相对于看电视来说是一件需要付出努力的艰苦的事，但是，孩子一旦培养起对书籍的热爱，一旦感受到思考的乐趣和思想的深度，他就不会一味沉浸于电子传媒的感官刺激之中。此时再把电视和电脑放给他，他也能正确对待了。

因此，家长应充分认识到信息时代媒介对于小学生健康发展可能起到的积极作用和消极影响，意识到父母在信息时代肩负的新教育任务和家庭阅读氛围的形成、父母的带动对于培养子女的儿童文学阅读兴趣和提高鉴赏能力所起到的重要作用。在信息时代的当下，家长积极对子女使用媒介的行为进行指导，培养良好的使用习惯、帮助其科学运用大众传媒的重要性不言而喻。

　　此外，由于社会发展不平衡，在地区差距、城乡差距、贫富差距背景下，也确有许多家长无力支持孩子的儿童文学阅读。除去那些能够接受正常学前教育的儿童，中国有将近 2000万的流动儿童，6000万的残障儿童，以及数量更为庞大的农村儿童，在以上群体中，有相当大一部分家庭由于经济条件的限制，书本对他们而言仍属于奢侈品。"知沟"不仅存在，而且在加大，"我要读书" 而不能读书的高玉宝在现代中国仍然为数不少。儿童阅读"一个也不能少"仍是一个遥远的梦。

第四章　障碍归因之三：接受者及其反馈

文学的阅读是最接近儿童性灵的，正像美国普利策奖获得者罗伯特·潘·沃伦为人们描述人们为什么喜欢虚构文学作品的六个原因，一是人们喜欢它；二是作品包含着冲突——冲突正是人类生命的核心；三是作品的冲突把人们从日常生活中唤醒；四是作品牵动人们的情感，让读者能够宣泄自己的感情；五是人们希望通过作品为自己提供生活参照；六是缓解生活压力，读者可以躲到作品中人物的生活里。[①] 儿童文学作品的阅读都是以儿童读者根据作品进行的想象为前提的，可以极大地激发儿童的思维能力、语言能力和创造性的想象能力，这是接触电视电影等图像传媒无法达到的，因而儿童文学的接受较之成人有着更为独特的意义和价值。但同时由于年龄的限制，或受这一时期儿童心理接受能力、知识储备水平等条件所制约，儿童文学具有不同于成人的传播和反馈特点。对于儿童文学传播而言，儿童作为受众是传播的接受终端，也是儿童文学创作的终极目标，在儿童文学的传播过程中，受众是最终一环，也是核心的一环。因而，研究中国当代儿童文学受众的接受和反馈能不能顺畅进行，在这一环节和过程中是否存在障碍，并对其进行严密的归因分析尤为重要。厘清这一问题，是解决儿童文学能否实现有效传播的关键问题，对这一问题的判断分析应以实证研究获得的数据和结论为依据，按照由外因到内因，由接受到反馈的层次来分析。

第一节　儿童文学接受障碍的外因分析

儿童文学接受障碍的外因，也就是儿童文学接受的环境和时代。任何个人都不可能脱离他生活的环境和时代。当前儿童文学处在全新的大众传媒环

---

①　［美］克林斯·布鲁克斯、［美］罗伯特·潘·沃伦：《理解小说》，主万译，外语教学与研究出版社2004年版，第102页。

境下，同时儿童文学接受者也处在当前社会环境、家庭成长环境之下，这几个环境相互交叉和融合，共同构成了儿童生活的环境。对于儿童文学传播的大环境而言，既能够给儿童文学阅读提供非常优越的条件，也可能给儿童的文学阅读制造很多障碍，这种障碍从社会大环境中产生，是儿童文学接受障碍的外在原因，但同时每个儿童生活所处于的特定环境，同样也会对儿童的自我选择和价值取向产生影响。作为"意见领袖"的家长和老师同样受到其所处的环境，其所处的时代的影响和制约，由此而反映出来的是对儿童文学接触的不同态度与做法。少年儿童的阅读处于一个时而宽松，时而受阻的复杂的社会环境当中。环境不仅直接形成儿童阅读障碍，同时也在通过社会环境对家长和老师的选择形成二次障碍。这两次障碍的存在恰好实现了儿童文学从一级传播到二级传播的过渡。而无论是一级传播还是二级传播，社会环境的影响都具有两面性，一方面经济条件的改善、对于儿童教育的重视等社会因素会使得家长在购买书籍上加大投入，从而为儿童接受儿童文学作品带来积极影响，与此同时，社会环境中的许多因素也成为制约儿童文学接受不可回避的障碍因素。

社会环境和人际环境对信息的有效传播会形成障碍，与其他信息传播一样，文学传播同样受到环境的影响。在儿童文学传播的环境中，假设每一位家长、每一位老师都能够拥有"独立之精神，自由之思想"，对儿童文学阅读的引领便会有更多个性化的选择。由此会造成两方面的结果，一方面，从整个社会发展的宏观因素来讲，这会为儿童的儿童文学接受增加更多具有多样化、个性化特征的选择机会，对于每个孩子的差异化成长以及思维差异化的形成无疑是件好事，能够给社会的未来带来更多选择的可能。另一方面，这也必然受到家长、教师自身水平的局限，对于文学作品的选择带有自身强烈的倾向性，从而使儿童对文学的接触缺乏科学的评价标准。"意见领袖"受到何种影响，迎合世俗还是独立选择，这对于儿童文学障碍的研究至关重要。老师和家长是为儿童文学阅读进行把关和引领的最重要的力量。除此之外，社会环境和人际环境对信息的有效传播也会形成障碍。与其他信息传播一样，文学传播作为信息传播之一同样会受到环境的影响。在整个文学传播环节中，国家政策法规、传媒的发展、文化特性等因素都在以不同的方式推动或阻碍文学信息的生产、传播和接受。在新媒介时代里，这些因素之间此消彼长的情状更加突出，彼此之间形成的关系更是错综复杂。但从整体上看，新媒介的传播特点、"意见领袖"的导向、文化发展的趋势的作用最为明显，直接影响着儿童文学的传播。

一　媒介价值观与功利教育导致阅读结构失衡

图书市场上随处可见《影响孩子一生的……》、《决定孩子命运的……》这样的图书，以充满绝对的语气和功利性的答题吸引（家长）购买。一些人认为只有读经典才有营养，特别是安徒生童话、格林童话、"四大名著"更是首推之书，原本适合成人阅读的四大名著之类也成了推荐给儿童的首选读物。事实上，过于专业性的书目的推荐、功利性答题性的阅读和过早涉猎成人名著的拔高式的阅读都会阻碍儿童的阅读视野，长此以往将造成儿童思维的单一和思想的贫乏。

大众传媒主导时期，人们更加注重依靠对外部世界的感觉来做出判断。这种感觉的形成即拟态环境。大众传播媒介发展的多元化会对纸质儿童文学的传播形成障碍。在以印刷媒介为主导的传播时代里，以文字为载体的纸媒一直是儿童文学传播的主要载体。纸媒阅读是少年儿童获取文学知识、培养真善美品性和情感愉悦的主要途径，《儿童文学》、《少年文艺》、《中国少年报》等报纸杂志滋养了几代人的成长，成为家喻户晓的文学读物。纸媒文学的最大特点是要借助文字信息，通过受众个体的想象来完成对信息的处理，最终才能在头脑中形成自己所体悟的形象。宁静的阅读、芳香的油墨为受众提供了广阔的想象空间，为其思想插上了自由飞翔的翅膀。随着电视、互联网、手机、MP4等电子媒介迅速崛起，儿童文学传播在不断尝试借助新形式、走向多元化传播的同时，也面临着如何转型的传播困境。其中，最为突出的一点就是如何面对图像对文字阅读的挤压。如果说纸媒时代的图像还仅仅是一种静止的图片，那么新媒介时代的图像则彻底变成了流动的画面。互联网、影视剧、录像视频等媒介上的图像信息泛滥将儿童文学特别是以文字为载体的纸质儿童文学传播逼进了"死胡同"。因为儿童天性偏于形象思维，对图像、动感信息更感兴趣。新媒介在不断蚕食儿童的文学阅读时间，悄然改变着儿童的日常生活习性和个体心理。影视、网络等媒介凭借其显在的感官诱导，使昔日的文学信徒变成了现在电子影像符号的"Fans"，文学遭到了现代传媒的日渐消解而越来越失去它的受众。2008年济南市市中区教育局针对学生阅读问题在各小学做了一次抽样调查，结果显示：在孩子们最喜欢和经常阅读的书籍中，68%的人选择动漫类图书，在一、二年级这一比例高达83%，只有20%—30%的人选择文学作品。这与本研究所做的调查结论相似。这样的结论，不禁令儿童文学的创作者和研究者感慨"无可奈何花落去"。我们不得不承认，文学在儿童阅读中的地位正在日益边缘化。"电视向人们提供了一个相当原始而又不可抗拒的选择，因为它可以取代印刷文字的线性和序列逻辑的特征，所以往往使文字教育的严谨显得没有意义。看图片不需要任何启蒙教育。"①儿童文学所要面对的一个不容回避的现实是：在图像资源日益丰富的今天，纸质儿童文学如果无法在自己的优势上加以突破，将很难像以往那样轻易地进入儿童阅读视野。

改革开放三十多年来，中国的社会、经济、文化经历了前所未有的巨大变革，与此同时，个人生活也发生了翻天覆地的变化。伴随着这种变化，个人生活的呈现、现代文化的形成、群体情感的认同等方面越来越依赖于大众传播，大众传播从未发挥过如此巨大的作用。与此相适应的是，在计划生育和义务教育的基本国策大环境下，国人越来越重视家庭伦理、子女成长。"当代生活经由组织、目的、信息和传播逻辑之间的互动而发生。当放置在我们的历史情境中时，这四个因素就构成了一张生态之网，它界定、选择、组织、展示并影响越来越多的社会行为的结果"。②因此，在当前的社会环境中，媒介文化并不仅仅是媒介产品的制造与传播，更与社会生活各个方面紧密相连，大众传媒在塑造和传播当代社会生活和个人认同。其中，对于教育理念的塑造与传播就是很明显的一例。

由于大众传媒是向社会开放的，人们必然会受到媒体所宣扬的价值观的影响，并慢慢渗透到思想深处，成为方向仪，影响着人们日常的思想、决策、行为和其他诸种表现。由于某种声音经大众传媒传播后会放大，更具影响力，这种影响甚至带有一种胁迫的力量，暗示人们要"识时务"，要紧跟社会形势以避免被淘汰，因此，大多数个人会力图避免由于单独持有某些态度和信念而产生的孤立。因为害怕孤立，他便不太愿意把自己的观点说出来。其实，这种认识几乎是东西方"人人心中所有"的情况，尤其是亲身经历过"文革"造势的中国人对此体会尤深。于是，人们在表达自己想法和观点的时候，如果看到自己赞同的观点，并且受到广泛欢迎，就会积极参与进

---

① [美]尼尔·波兹曼：《童年的消逝》，吴燕莛译，广西师范大学出版社2004年版，第113页。

② [美]大卫·阿什德：《传播生态学：文化的控制范式》，邵志择译，华夏出版社2003年版，第201页。

来，这类观点越发大胆地发表和扩散；而发觉某一观点无人或很少有人理会（有时会有群起而攻之的遭遇），即使自己赞同它，也会保持沉默。意见一方的沉默造成另一方意见的增势，如此循环往复，便形成一方的声音越来越强大，另一方越来越沉默下去的螺旋发展过程。这个过程由于有大众传媒的参与，螺旋往往形成得更快，也更明显。这在大众传播研究中被称为"沉默的螺旋"，这一理论建立在人的社会从众心理和趋同行为的分析基础之上，观念的力量来源于社会的本质，来源于社会对被禁止的观点和行为的严厉反对，来源于个人对孤立的恐惧。在媒体价值观的传播中，就有"沉默的螺旋"现象的存在。媒体价值观隐藏在各种媒介文化话题背后，潜移默化地操纵着大众的行为，影响着人们的认识和选择。时下所盛行的功利教育观就是媒体传播的价值观之一种，大众传媒对于功利教育观的盛行起了推波助澜的作用。

媒体对高考的报道就是非常典型的一例。高考前后不仅媒体的教育新闻版和教育新闻节目被高考信息占领，甚至时政新闻也让位于高考新闻、高考服务信息。翻开报纸、打开电视、点击门户网站，满眼皆是高考。高校情况介绍、名师复习讲座、成功经验介绍、专家心理辅导，一应俱全。不少报纸会以连载或专刊的形式围绕考前冲刺复习、心理调适、营养须知、考场周边钟点房分布、考试注意事项等大做文章。高考期间，城市交通、公安、城管、教育等各部门各就各位，全力以赴地保证高考顺利进行。媒体上时常可见《身份证未带，警车临时当"的士"》、《单独考场内，三名考生齐战"痘"》之类的新闻，对于为高考而闯红灯者，不顾身体安危坚持高考者均是褒扬姿态。报道的潜台词便是：高考如此特殊，特殊得可以让人们理直气壮地违规，媒体热衷于报道"违规"事件以引起人们的关注是极其正常的。地方政府也将升学情况作为发展教育的政绩之一，不少地方政府重金奖励当地考上名校的学生。大众传媒积极地以浓墨重彩报道高考的方方面面，强化了社会本应淡化的文化及身份差别意识，将功利教育观无限放大和推广。这些信息在经过大众传媒放大之后，又会多次传播，最终会让人们在思想上形成印象，久而久之便会形成成见。

当出版社重磅推出《哈佛女孩刘亦婷》，并牵连出《剑桥男孩……》、《耶鲁男孩……》等一系列图书而且一再受到追捧时，当媒体不断提醒家长"不要让孩子输在起跑线上"，甚至不惜宣扬各种过度进行早期智力开发的做法时，当各种网上学校、网上论坛在为家长、老师和学生不断输送题海战术的资源时，媒介价值观就在不知不觉地发挥其无处不在的影响。无论媒体热炒高考还是策划各种早教选题和活动，其根源均在于利益驱动。虽然国家提倡素质教育，但在高考面前，媒体看到了功利教育观的市场需求，于是，为了提高发行量、收视率、点击率进而带动广告收入，各类媒介不顾传达的观念是否科学、理性，舆论导向是否正确，是否真正有助于学生的身心健康，为功利教育大唱赞歌。儿童文学作品因为与高考和应试教育没有直接关系，所以没有受到应有的重视，时常被淹没在市场的洪流当中。这与本研究关于儿童阅读愿望与阅读时间的矛盾的发现是一致的。因而，儿童文学在需要为功利教育服务的时候，就会被媒体、社会乃至家庭毫不犹豫地渲染放大，列入"推荐书目"的儿童文学作品便被认为相当重要，除此之外的儿童文学阅读活动一旦与当前的教育环境和升学机制发生冲突，又往往会被不由分说地排斥在外，儿童文学阅读成为招之即来、挥之即去的工具。

二　儿童阅读时间被严重挤占

调查发现，儿童文学传播中存在的一个突出问题是孩子没有时间读书。目前，全国有30个专业少儿出版社，有100多个出版社设有儿童读物编辑室，每年出版1万多种儿童图书。表面上现在孩子们的读物极大丰富了，而实际上儿童文学有效阅读机会反而少了。①这其中主要有两方面原因。

一方面，由于在当前教育体制下，应试教育没有得到根本的扭转，在一些地区甚至有愈演愈烈之势。虽然关于素质教育的呼吁不断，教育部也三令五申要给学生减负，但调查发现，多数学生的课业负担仍然过重，课外阅读时间很少。针对儿童、家长和老师的问卷中的问题"你觉得儿童文学阅读有价值吗？"。回答很有价值的儿童、家长和老师的比例分别为75%、89%和83%，但儿童文学阅读的实际情况却与此大相径庭。中小学生平均每天阅读纸质课外书籍的时间不足20分钟，其中用于儿童文学阅读的时间就更少，平均不足10分钟。文学阅读时间随年级增长课业压力递增而呈递减趋势。家长和老师要求孩子读儿童文学作品的分别是23.8%和29.4%。当教师以分数对学生进行衡量的时候，应试教育的指挥棒不可避免地要把主要时间划给与考试

---

① 黄峰：《读图时代与儿童文学的阅读危机》，《湖南教育(语文教师)》2008年第8期，第17—18页。

相关的学习上，由此，在儿童文学大繁荣的背景下文学阅读反而成了可望而不可即的奢侈品。

另一方面，以网络和电视为代表的新的消费文化吸引了儿童的眼球。关于"课余时间你主要用来做什么"，31%的小学生课余时间最常做的是"做作业、学习"，在整体中所占比例最大；紧随其后的是"看电视"，有19%的小学生选择；"上网"、"参加各类辅导班（如绘画、钢琴、奥数、作文等）"分别有13%和12%的小学生选择，位列第三、第四；"读课外书"和"在家里玩或者户外运动、游戏"，"平分秋色"，所占比例均为11%；选择"其他"的占3%。而喜欢看书的儿童中，最爱看"儿童文学"的仅占8%。除与学习有关的活动之外，儿童文学的阅读时间还被大量数字化的大众传媒和漫画类图书所取代。

访谈中针对"你的书包除了课本之外还会放什么书"，小学生回答概率最高的是适合儿童阅读的知识类和文学类书籍，如《米老鼠》、《儿童文学》，而初中生的书包里除了课本，最多的就是教辅书，有不少学生尤其男生书包里会带着漫画书，有的漫画书有暴力倾向，而这些书往往是儿童自己主动从零用钱中出钱购买，足以说明这类书的吸引力之大。其中的主要原因是处于这个年龄阶段的孩子需要户外活动和朋友交往，需要对压抑的情绪和心理进行宣泄与释放。但由于学业压力大、体育活动不足、朋友交往不足等原因这种宣泄和释放不能实现，于是看暴力倾向有刺激性的漫画书成了减压和宣泄的渠道。还有不少孩子沉迷于网络游戏，如打斗游戏、飞车游戏甚至是专门碰撞的游戏等，也是出于相同的原因，以及对家长控制的逆反。家长在功利教育观的影响下，认为孩子只有上大学、上好大学才会有出息，于是只给孩子买教辅书，却忽视孩子精神、人格的培养，忽视处于青春期孩子的心理需要，忽视了学习压力的消减和情绪的疏导，于是，暴力漫画和打斗游戏取代优秀的儿童文学作品吸引了孩子的目光。

另外，现行的教育体制下，阅读越来越趋于功利化。关于"你最希望孩子课余时间干什么"，大部分家长最希望孩子在课余时间做的是"看书"。"最希望孩子看的书是哪一类"，"学习辅导书"占36%，高居榜首，"作文选"占26%，"知识类读物"占18%，"世界名著"占11%，而"儿童文学"仅占9%。最希望孩子业余时间看"学习辅导书"和"作文选"的家长合计占调查总人数的62%，也就是说，家长最希望孩子通过课外阅读提高学习成绩，其次是增长知识，而对文学阅读普遍不够重视。在升学压力面前和老师家长的安排下，学生随年级提高越来越趋向于功利化阅读。访谈得知，为了提高写作能力他们会搜集大量所谓"好词好句"，阅读大量模版型文章或段落。

三 图像信息对文字形成挤压

相对于纯粹的文字性文学读物，人们从第一印象上更愿意选择接触直观、形象的视觉信息。无论是以传播影像图片等视觉符号为首要内容的影视媒体、以时尚锐利著称的图片杂志，还是动辄以大幅图片吸引眼球的报纸头版，人们的阅读显然已经习惯了读图。丹尼尔·贝尔认为："我坚信，当代文化逐渐成为视觉文化，而不是印刷文化，这是千真万确的事实。""目前居统治地位的是视觉观念。声音和景象，尤其是后者，组织了美学，统率了观众。"[①]文字变短、图片变大、色彩变亮，标志着人们对信息的索取进入了快速读取快速传播的阶段。图片和图像之所以受到人们更大的热情，并非人们的理性消失了，而是感性的欲求战胜了理性的需要。[②] 简单化接受心理对于信息的吸纳显然倾向于直观的图像和声音符号因为它们在接受的容易度上要胜于抽象的文字符号，因而，视觉感官的享受越来越被放在了更为重要的位置。电视、网络、游戏、动画使得许多少年儿童不再喜欢传统的儿童文学阅读，由此，以新的大众传媒工具引导的流行文化和娱乐文化正消解着少年儿童的理性思维，使他们变成了懒于思索的"平面人"。电子媒介发动了一场以图像为标志的媒介革命使人的感官和欲望得到了满足，然而，削弱了人的想象力和思考力，不可避免地对以文字为主导的儿童文学形成障碍。

在面对今天人们的心理和阅读的多重兴趣和取向的时候，我们必须承认社会已经形成了多元的价值体系。随着时代变革，大众传媒技术日新月异的更新，新的传播技术带来了更多传播手段。这其中，电子传播技术的进步，使信息的呈现更加趋于立体化和多媒体化。数字电视技术带来了全新的视觉体验；互联网让每个家庭有了看世界的"windows"；MP3、MP4与智能3G手机的不断更新换代，让我们接触信息的眼睛应接不暇；3D电影、电视给人们带来了新的视觉体验，而这些变革所实现的无一不是基于视觉传播的图像

① [美]丹尼尔·贝尔：《资本主义文化矛盾》，赵一凡译，三联书店1989年版，第154—156页。
② 刘波：《读图时代的受众心理和阅读取向》，《编辑学刊》2005年第1期，第34—36页。

信息。在这种背景下，孩子的选择更丰富、更多元，由此而带来的一个后果就是，儿童对文字信息接触的时间被大大挤压。关于"课余时间你最喜欢做什么"，35.3%的儿童最喜欢"看电视或电影"，20.2%的儿童最喜欢"玩电子游戏"，18.4%的儿童最喜欢"上网"，17.6%的儿童最喜欢"户外活动"，只有7%的儿童最喜欢"看书"。而喜欢看书的儿童中，最爱看"儿童文学"的仅占9%。

被许多学者认为影响智力发育，降低智力水平似乎儿童最不应该做的"看电视或看电影"何以恰恰成为儿童最喜欢的事情呢？是不是多姿多彩的画面和扣人心弦的故事，激发了"观众的情感能量"[①]？正由于电视和电影能激发观众"极端的情感能量"，美国著名剧作家阿瑟•米勒才会批评说，"我们已经成了我们那些形象的奴隶"[②] 一些研究才会有"电视的影响等同于父母或是宗教的影响"[③] 这样的结论。英国著名哲学家波普尔在谈到"电视"时才宣称"如果我们不能约束它的影响力，它会带我们冲下文明的斜坡，让老师无能为力，坐视悲剧发生"。[④] 当代文化正处于从以语言为主因向图像占据主因的转变。"阅读行为由对语言文字的关注转为对图像符号的青睐，古老的印刷文本逐渐被新兴的视觉文本所取代。随着大众传媒的渗透和影响的不断加深，人类阅读对象、阅读习惯、阅读主体结构、阅读方式、阅读性质、阅读动机、功能价值等也发生了重大嬗变。"[⑤] 美国学者梅罗维茨认为，电子媒介对社会的影响是巨大的，它改变了人们的思维方式和行为方式，也模糊了儿童和成人的界限，使儿童"成人化"、成人"儿童化"。

因而，有学者把影视作品放大延伸为文学作品的层次，即影视文学。因而收看影视作品也被看做是一种全新的阅读体验。费尔巴哈曾说："可以肯定，对于符号胜过实物、摹本胜过原本、现象胜过本质的现在这个时代，只有幻想才是神圣的，而真理，却反而被认为是非神圣的。是的，神圣性正随

---

① [美]詹姆斯•罗尔：《媒介、传播、文化——一个全球性的途径》，董洪川译，商务印书馆2005年版，第198页。

② [英]安德鲁•比伦，阿瑟•米勒：《以戏剧还原真实人生》，《参考消息》2002年11月4日，第10版。

③ 徐琳：《电视越来越"开放"——美国家长伤透脑筋》，《世界报》2005年11月30日至2005年12月6日，第7版。

④ [英]卡尔•波普尔：《电视腐化人心，一如战争》，王凌霄译，见《二十世纪的教训——卡尔•波普尔访谈演讲录》，广西师范大学出版社2004年版，第88页。

⑤ 赵维森：《视觉文化时代人类阅读行为之嬗变》，《学术论坛》2003年第3期，第127—131页。

着真理之减少和幻想之增加而上升，所以，最高级的幻想也就是最高级的神圣。"① 阅读是一种主动的带有思维行为的运动状态，阅读的过程应同时伴随着思考，而面对着电视画面语言，儿童读起来轻松、平浅，不需要思考，这种阅读对孩子的精神成长帮助甚少，也提高不了他们的写作能力，不利于儿童语感的形成，因而在天然上对于文学接受就是一种障碍，也被人称做"伪阅读"。电子媒介对儿童文学接受最大的负面影响恐怕还是对阅读方式的影响，随之而来的是一个小小的电子屏幕在儿童心目中要远远比去图书馆好玩。在以图像传播为主导的大众传媒格局下，纯文字的课外读物，相对有一些图画的书籍成为高年级学生阅读的首选。面对着网络、电视、时尚杂志的冲击，相比于曾经的红火，这几年纯文学杂志的现状多少有点尴尬。宗仁发说："纯文学杂志的状况是个老问题了，尤其是现代社会，读者选择的空间非常大，读者的分流也是个正常现象。纯文学杂志生存和依赖的读者群其实有一二万就不错，能有5万就非常好了。可是一个泱泱大国，文学的受众却那么可怜，就是一个非常值得深思的问题了。"②

四　"知沟"存在导致信息不平等

文学传播是一个流动的过程，其间会因各种各样的因素而出现传播障碍。因为每个人都有自己的文化背景、教育经历和个人的喜好，这些因素决定了一个人的知识结构，进而形成人与人之间在知识储备上的差异。这种差异随着大众传媒时代的到来非但没有缩小，反而有加大的趋势。1970年，美国明尼苏达小组蒂奇诺、多诺霍和奥里恩经过反复研究发表了论文《大众传播流动和知识差距增长》，首次正式提出了"知识沟假说"，认为"随着大众传媒向社会传播的信息日益增多，社会经济状况较好的人将比社会经济状况较差的人以更快的速度获取这类信息。因此，这两类人家之间的知识沟将呈扩大而非缩小之势。"③在现实生活中，经济条件越好、知识越丰富的人往往会不断获取到更多的信息，而相反，经济上贫困、知识越贫乏的人会因为获取信息的渠道匮乏而致使自己的信息愈加贫乏。这一现象同样适用于儿

---

① 居伊·德波：《景象社会》，《文化研究第3辑》，陶东风等主编，天津社会科学院出版社2002年版，第59页。

② 张静：《业内人士：中华泱泱大国，文学的受众却少得可怜》，中国新闻网，2004年12月。

③ [美]沃纳·塞弗林，小詹姆斯·坦塔德：《传播理论：起源、应用与方法》，郭镇之、孟颖等译，华夏出版社1999年版，第274页。

童文学传播，具体表现为对儿童文学的认知、地理空间差异、地域文化的不同、媒介传播工具的掌握等方面存在的差异所导致的儿童文学传播障碍。

第一，对儿童文学知识的认知程度是导致儿童文学传播障碍的重要原因。儿童文学阅读行为通常是在家长、教师的引导下进行的，他们对儿童文学阅读的认知程度决定了儿童文学阅读的基本状况。我们经常看到，在现实生活中很多教师、家长受急功近利心理的驱使，认为阅读儿童文学纯粹是浪费时间，所以他们给儿童买的读物大多为教辅资料，让孩子整天奔忙于没完没了的课外作业和各种辅导班之间。显然这种认知方式的存在，对儿童文学积极传播形成了极大阻碍。据新华网《我国儿童阅读现状调查》中采访中国少年儿童新闻出版总社社长、中国儿童读物促进会主席海飞的资料显示，中国儿童在2007年人均拥有图书1.3册，未成年人儿童读物拥有量在全世界排名第68位，是以色列的1/50、日本的1/40。①这些数据足以说明，中国的儿童阅读，特别是儿童文学阅读已经大大滞后于世界平均水准。当然，我们不能将这一状况简单地归结于文学传播的不到位，但不能不承认这样一个事实：我们对儿童文学阅读认知的偏见才是最为根本的原因。正是由于文学传播障碍所致，中国虽然拥有三亿多儿童、数百家少年儿童类报刊这样庞大的阅读群体和传播规模，却尚未出现真正意义上的儿童畅销书。

实践证明，优秀儿童文学作品的传播会极大满足儿童对文学阅读的诉求，并因其所具有穿越时空的生命力而影响一代代儿童的成长。《卖火柴的小女孩》、《尼尔斯骑鹅旅行记》、《窗边的小豆豆》等世界著名儿童文学读物跨越时空，成为世界各国儿童喜爱的文学作品。但是由于功利主义思想、应试教育制度的长期存在，我国家长、教师对儿童文学阅读认知普遍存在偏见，这就导致了今天的儿童文学阅读推广工作依然是一个长期难以解决的问题。

如果说对儿童文学认知的欠缺是导致传播障碍的主观诱因，那么教师、家长自身儿童文学知识的不足则是构成文学传播障碍的客观原因。在教师方面，由于目前国内各高校对儿童文学研究的忽视，很多教师在校读书期间就没有接受过系统的儿童文学教育，最多也就是依靠个人的兴趣喜好去阅读儿童文学。因为高校所设文学课程主要任务还是集中于对文学经典的阐释和评价，而儿童文学由于其受众的特殊性往往不为业内人士所看重。因此，

① 孙建国：《儿童文学视野下小学语文教学研究》，光明日报出版社2010年版，第251页。

教育从业者在儿童文学素养方面存在着很大的差异。根据一项针对幼儿园、小学、中学语文教师所作的调查显示，"教师中喜欢阅读儿童文学的不到30%，能说出一到两个现当代儿童文学作家及其作品的不到20%，能了解并指导儿童文学与非儿童文学阅读的不到30%，能自觉意识到儿童文学与成人文学、儿童文学与非儿童文学课文有不同之处并能采用儿童喜欢的方式来上课的不到25%"。[①]在家长方面，因为受教育程度差异，家长之间对儿童文学的认知程度更是有着天壤之别。即便是受过良好教育的家长，对以往儿童文学知识的了解也存在着诸多缺陷，对当下的儿童文学也是知之甚少，甚至很多家长看到自己的孩子沉迷于儿童文学感到不可思议。他们倾向于选择作文书、教辅书作为孩子的"合法读物"，或单纯从成人角度出发，为孩子提供、推荐自己认为有价值的成人文学名著，形成"超前阅读"的现象。这些差异造成当下的儿童文学传播没有形成一定的规模，更没有统一的制度和做法。"当下中国孩子的阅读，差不多都是没有引导的自在阅读。"[②]家长对儿童文学阅读的过多干涉或放任自流，儿童由于缺乏引导而导致的盲目阅读，影响了儿童文学传播的质量，成为儿童发展以及儿童文学发展过程中不容忽视的问题。

第二，地理空间差异影响着儿童文学传播的质量。地域空间差异在中国当下文学传播中主要表现为地域经济、地域文化和城乡文化格局所造成的"知识沟"。中国地域辽阔，东西部经济存在很大的差距，教育和家庭的贫富差距影响着儿童文学传播和阅读。因为在市场经济环境下文学已经成为一种商品，读者受众如果缺乏必要的经济基础就很难获得充足而必要的文学信息。经济实力的差距已经将人们在获取信息方面断裂成一道道鸿沟，而且这种差距会因为经济的原因越来越大。所以，我们经常看到中国中西部地区的少年儿童除了课本之外几乎无文学书可读，更无获取最新信息的有效途径。而经济条件较好的地区或家庭的儿童就可能拥有足够的儿童文学书籍，甚至通过电脑、电子书等媒介形式进行儿童文学阅读。新媒介作为一种信息传播手段，其快速发展不但没有缩小人们在知识上的不平等，反而扩大他们之间的鸿沟。可以预见，如果我们不采取有效措施加以防范，随着新媒介的进一

---

① 王海鹰：《我国儿童阅读现状调查——拿什么样的书送给孩子》，新华网教育新闻，2007年5月28日。

② 曹文轩：《中国的作家总是在地上爬行》，《东莞日报》2009年9月28日 C08版。

步发展，这种差异会有扩大的趋势。

第三，地域文化差异同样是造成文学传播障碍的基本要素。不同的地域文化、开放程度等文化性存在将生活在不同地域的儿童对文学的期待进行了自然的划分切割。很多在乡村、少数民族地区受到广泛赞誉的儿童文学作品在沿海大都市的儿童那里无法引起相应的关注，反之亦然。这是因为那些从小接受儿童文学熏陶的受众会很容易接纳新知识、新事物和新体验，而长期处于封闭环境的儿童可能更喜欢那些古老的童话故事和传说，对于科幻、探险之类的作品缺乏兴趣。但现实却是，书写都市生活的儿童文学资源十分丰富，涉及乡村、西部生活的文学文本较为稀缺。这就不能不影响儿童文学传播的正常进行。"我国是一个农业大国，在3亿少年儿童中，有2亿在农村。没有农村儿童文学读物的发展与繁荣，就没有我国儿童文学的发展与繁荣。"① 这一论述当然不是说儿童文学本身存在乡村和城市、东部和西部的差异，因为儿童文学就其本质而言是属于所有儿童的，属于全人类的。但是儿童文学确实有着自身的独特性，传播儿童文学过程中就必须要考虑到儿童所受教育程度和知识储备的差异性。

第四，媒介掌握程度的差异同样影响着儿童文学的传播。在印刷媒介时代，传媒工具的掌握程度对儿童文学传播的影响不大。但进入新媒介时代，人们掌握媒介知识的多寡却会直接影响其对传播信息的获取程度。据调查统计数据显示，当下儿童媒介素养状况主要体现为：城市儿童媒介环境优越，媒介接触呈现多元化态势；娱乐成为当下小学生接触和使用媒介的首要动因；小学生对媒介的接触仍处于自发状态。媒介知识掌握的差异决定了儿童掌握文学知识的多寡，并影响文学阅读水准的提升速度，进而拉大了彼此之间文学素养的距离。这一媒介现状造成了媒介知识的城乡差别、媒介不当使用等问题，必须引起当前儿童文学传播领域的关注。因为处于新媒介语境下的儿童文学很大程度上更依赖于各种新媒介所促成的信息交流和推广。例如，美国作家罗琳的《哈利·波特》系列第一部《哈利·波特与魔法石》出版时起印数只有5000册，为一般读物销售量。而经过五部"哈利·波特"系列电影及相关媒体的大肆宣传后，该书迅速成为畅销书。2007年《哈利·波特与死亡圣器》上市时，当天仅美国就售出了830万册。这一美国出版史上的奇迹告诉我们，儿童文学作品的传播奇迹是与多种媒介的综合运用分不开的。今

① 韩进：《建设原创儿童文学的和谐生态》，《文艺报》2005年5月31日第3版。

天，"影视文学同期书"越来越成为很多文学（包括儿童文学）大获全胜的手段。很难想象，一个没有欣赏过这部影视剧、没有认真研读过该作品宣传的儿童读者，会如此热衷于在第一时间去作品首发式抢购该作品。

掌握了媒介就是掌握了信息。闭塞、单一的媒介环境是对儿童文学传播最为直接的障碍。从这一视角出发，儿童文学传播应当积极借助各种大众传媒来传播自己的信息，从而获得传播效果的最大化。基于以上分析不难发现，儿童文学应当加强与新媒介的接触，通过各种渠道来引起整个社会的关注；大众传媒要深入分析不同受众的心理期待，策划相应的传播方案。这种对"知识沟"的突破应该采用多种方式进行，从而推动我国儿童文学传播水准的提升。例如媒介可以组织作家深入学校与儿童进行面对面交流，让更多的儿童接触到儿童文学、了解更多的文学知识，提高自己的文学鉴赏能力；儿童文学工作者不妨开展多种形式的讲座、辅导等，积极帮助儿童获取文学信息，指导儿童展开深入阅读和写作尝试。

第二节 儿童文学接受障碍的内因分析

儿童和其他文学受众群体不同，年龄的特殊性使得儿童文学的传播接受增添了许多非同一般的障碍。年龄的差异和心理的成熟程度决定了儿童对文学作品的自我选择通常是带有风险的。因而，儿童的很多选择都要由成人来帮助完成，显然这种经过多层筛选之后到达儿童手中的文学作品，我们可以认为其具备帮助未成年人"排除毒素"的功效，但同时也因为"把关人"知识水平或个人倾向等因素对于这些精神食粮的选取并不见得是非常靠谱或严谨的。一方面，儿童成长在不同的家庭环境和社会环境中，个人的成长经历千差万别，对精神营养的需求不尽相同；另一方面，儿童个人的兴趣爱好和阅读习惯养成不尽一致，因而对于儿童文学的消化和吸收存在鲜明差异，这种差异表现在儿童对儿童文学的传播接触障碍。较之其他场合，家庭和学校是儿童阅读儿童文学最有效度的场所，也是最重要的场所。而不管是家庭还是学校，儿童文学读物的选取都是经过了家长或老师的遴选之后，才得以提供给孩子。也就是说，儿童阅读的文学读物，是经过了成人层层"把关"后筛选出来的。那么儿童文学的传播接触必须经过多重的选择和把关才能到达受众，而在儿童文学到达儿童的接受过程中，可以从内部条件和外部条件两个方面分析儿童文学传播障碍。

　　儿童文学接触的内部条件，也就是儿童自己本身的能力，包括能力、智力、心理等因素。这里的分析我们排除了儿童之外的其他因素，纯粹从儿童自身的角度去探索。

一　儿童作为儿童文学受众的接受能力与接受效度

（一）儿童受众的接受能力

　　个人难以穷尽阅读。文学作品是人类文明发展历史进程中构筑的精神大厦，对于每一个受此大厦福荫的个人而言，其宏大程度远超于个人一生的阅读能力的几何倍数。一个人无论他的寿命有多长，其一生的阅读量再大，也只不过能够窥其一斑而不能见全豹。而这一斑又如何能够是这座人类精神文明大厦中最为闪光和亮丽的一块砖石，如何能够是个人所能接触到的最有利于自身成长的那份早餐，这显然是个问题。没有一个人能够穷尽阅读所有文学作品，因而对图书的选择阅读尤为重要。每个人的先天条件和后天环境决定了个体成长必然是不同的，这种差异化必然带来阅读的选择性差异。而对于未成年人来讲，人的智力是影响儿童有效阅读的重要条件。少儿在阅读中的能力主要表现在观察力、记忆力和想象力。同时又由于年龄的原因，儿童所缺乏的是思维力和理解力。"要想使少儿具有良好的阅读兴趣，取得最佳的阅读效果，就必须通过各种办法，使他们的各种智力因素都处于积极活跃的状态。在阅读过程中，达到具备敏锐的感知、丰富的想象、牢固的记忆、灵活的思维、饱满的情绪。"[1]而所有的这些都必须建立在儿童能够阅读文字和理解文本的基础之上。

　　首先，语言储备是影响儿童阅读的基础性障碍。儿童文学之所以存在的原因除了鉴于儿童心理接受的内容的差异外，还有一个重要原因就是针对儿童阅读所呈现的文本，表现在文字上是是否能够识别文字，表现在语言上就是能否理解文学文本。目前的状况是，儿童之间因各种主观和客观的原因而造成的识字能力差异巨大。20世纪80年代以来，随着九年义务教育在全国的普及，迄今适龄儿童基本能够入学接受教育，然而由于地区之间、城乡之间经济发展程度的不同，儿童的识字水平也并不一样。对于西部边远地区和广

---

[1] 潘雷：《少年儿童阅读心理初探》，《图书馆建设》1987年第S1期，第125—128页。

大欠发达的农村地区，农村儿童的识字水平基本上处在小学语文课本的基础上。而城市或较发达地区的孩子的识字能力则要远远高出很多，因而在阅读的能力上也更高。

其次，知识储备同样也是儿童文学接触的很大障碍。如果只是认识书中的字，但是不能理解讲的是什么意思，没有看懂书中的内容，这就是儿童理解力对于文学接触的障碍。这其中城乡差别、区域差别等引起的经济因素是儿童视野差别的因素，而儿童所处的社会环境则更容易造成儿童视野开放程度的重要原因。地域差异和城乡差异对于儿童的知识储备是很大的，很多城市孩子所接触到的一些现象，农村孩子可能都没有听说过，而在文学作品中却经常提及，这对于农村孩子来讲显然存在很大阅读障碍。很多农村地区孩子阅读的文学读物是由城市孩子几年前看过之后淘汰下来的。由于儿童知识储备的原因，对于理解文学作品自然有着很大的差异，这种差异很鲜明的造成了文学阅读的障碍。

（二）儿童文学阅读的效度

儿童文学作品的阅读可分为精读和泛读。泛读具体表现在阅读的接受效度上，指的仅仅是表面的肤浅的浏览文本大意，获知一个基本的故事梗概，而完全没有达到与作者精神共鸣的程度。儿童文学阅读的通常体现为浅阅读，除了跟儿童特定年龄段相关外，也受环境的制约和影响。

儿童文学的读物正面临由深阅读到浅阅读的转换。快餐文化冲淡阅读效度。改革开放以来，中国的大门向世界打开，各国贸易得以自由交往，加之科技带来的现代化技术实现了信息快速传播，速度和效率成为当前社会飞速向前发展的动因。中国加入世界贸易组织，逐步削减贸易关税，同各国的贸易往来具备了更为便捷的条件。麦当劳、可口可乐等快餐进入中国，由此，以西方先进生产力为代表的工业化国家生产的产品走上中国市场和家庭，这一过程也带来了西方的消费文化。伴随着这种文化潮流的逐渐深入，追赶经济发展的快节奏成为中国人生活方式的主流，在这种倡导"快"的背景下，一种"急切"的心态慢慢深入中国人心中。同样成长在这个环境下的儿童，对于快餐文化并不陌生，甚至影响到他们生活的思维里面，对于文学阅读也表现出快餐化的阅读倾向。其次，大众传媒环境变迁削弱阅读效度。大众传媒环境和社会环境、自然环境一样，成为我们生存环境的重要组成部分，并深刻地改变和影响着人类生活的各个领域，对人们思维模式、生活方式等产生了颠覆性的破坏与消解，特别是对于精神文化生活的阅读行为、阅读观念产生重要影响。每个人每天都会面临大众传媒发布的海量信息，面对这庞杂的信息，人们往往显得无所适从，正如老虎啃天无从下口。尽管我们会接触到很多的信息，而很少会深入了解某条信息。对于孩子来讲，同样也是如此。如今，包括电视、网络、手机和游戏机等在内的大众传媒占据少年儿童课余生活的主要时间，它无论在受众的覆盖面上，还是在受众的选择量上都超过文学。而传统的文学本身也不得不与时俱进，借助新的信息技术的发展来开拓新的市场，通过新媒体来占领新的媒介领地。在传统的文学依靠新的大众传媒来传播的时候，文字传递信息功能逐渐被图片、影像等视觉符号排斥到边缘化位置。图书市场渐次式微，传统文学日益衰减，纯粹的语言文字在读者视野中走向没落。"儿童只有经过这样的文学阅读和语言积累，才能为进一步培养和升华敏锐的语感能力打下扎实基础。"[1]然而，视觉文化的广泛传播使得文字阅读被迫让位。儿童对视觉信息过多关注自然会忽视文字传播的信息。"缺少文学阅读使得感受、想象、审美和创造弱化，儿童的语言感受能力势必退化，文学消化和咀嚼能力也必然随之弱化。从这个意义上说，视觉文化的传播不利于培养儿童的文学语感。"[2]

由于宽带、互联网、手机等新媒体的市场渗透率高，电子阅读越来越深入人心，人们闲暇时娱乐方式丰富多彩，而不像传统中阅读是人们休闲的主要方式。当下大部分年轻人已经改变了阅读的习惯，他们对于报纸、书籍的兴趣日趋衰减，也就是对报纸、书籍的阅读需求总量正在发生迁徙变化。儿童在这种环境下，也面临着同样的问题，越来越多的媒介形态在争夺内容市场。而伴随着新的媒介形态的出现，必然出现与之相适应的内容。广播所用的语言更加口语化，网络所承载的信息更加多样化、立体化，手机显示的信息则更加短小精悍；视觉媒体更加注重版面色彩，文字媒体更加注意与时代接轨。因此，从传播受众学的角度看，大众传媒对文学阅读的主要影响就是改变了读者的阅读习惯和阅读方式，并逐渐夺去了原本是文学读者的大部分受众，由此引起了人们对信息的接触。与此同时，随着生活节奏加快，人们的阅读方式也在悄然变化。此外，视听媒体的发达，使人们夜间的休闲选择

---

① 黄峰：《读图时代与儿童文学的阅读危机》，《湖南教育(语文教师)》2008年第8期，第17—18页。

② 黄峰：《读图时代与儿童文学的阅读危机》，《湖南教育(语文教师)》2008年第8期，第17—18页。

趋于多元化,灯下阅读人群在收缩。由于今天大众媒介的变革,儿童文学接受效度、认知深度都在打折扣。儿童在进行选择性阅读的时候,必然会喜欢一些作品,而排斥与抵触另外一些作品,对内容的选取,儿童有着自己的一套判断标准。"除非经过阅读,否则文本在文化上并没有重大的意义。在阅读之前,任何文本的地位与进口的白纸没有两样:这样的文化,在物质及经济上是具有意义的,但它却没有直接的'文化'意义。"①阅读是个人的思维能动地作用于文学文本内容的过程,这一过程包含选择性接触、选择性理解、选择性记忆三个阶段。

二　儿童受众的阅读心理

当面对多种可能的时候,人类就会面临选择。选择很多时候比作出判断要困难,因为选择必然是一个权衡各方面优劣从而进行取舍的过程。儿童成长特殊时期同样面临着许多选择。这一时期,儿童告别了婴儿时期的懵懂思维,开始逐步具备接受信息的能力,这种能力刚刚具备或者正在形成,是一种不完善、不成熟的思维,因而在信息接受过程中,更多地表现为一种潜意识、下意识,跟着感觉走通常是儿童信息接触的行为动机,表现为对事物的选择不具备独立的判断和理性思维。对于儿童而言,这一特殊时期具有特殊的心理状态,他们对社会现实以及信息思维有着独特的判断方式和行为法则,因而在接受文学作品的时候,不可避免地会根据自己的心理需求来选择文学作品。

"阅读动机是引发儿童进行文学阅读的原始动力。作为维持人的活动的心理动因,动机需求是个人的心理活动和行为的基本动力。"儿童天然有着对故事的向往,这种向往造成了儿童最为基本的阅读动机。由于儿童受年龄、阅历、思维以及辨别是非能力的限制,呈现出不成熟的幼稚性、不稳定的可变性和各种动机的交替性等特征,而且往往集这些特征于一身。②儿童作为一个特殊的文学接受群体,其在文学接受过程中拥有着不同于成人的特点。由此而来的是,儿童所独有的对文学读物所形成的独特的阅读动机,对文学读物的选择也通常因之而出现出人意料的选择。这种动机对于儿童来讲,缺乏明确的目的,犹如"在浩瀚的书海中,如同一只失去航帆的小船,

---

①　[英]约翰·汤林森:《文化帝国主义》,冯建三译,上海人民出版社1999年版,第83页。

②　潘雷:《少年儿童阅读心理初探》,《图书馆建设》1987年第S1期,第125—128页。

摇摆不定，方向不准，往往产生博览的习惯，其表现就是什么书都看，得到什么书就看什么书，漫无边际。"①特定年龄形成特定的心理，特定的心理形成特定的动机，特定的动机形成特定的行为。也正是由于儿童不同于成人的这些阅读动机，让儿童能够徜徉在文学的世界，从而得到精神的愉悦和满足，实现儿童独有的阅读体验。儿童较之成人有着更为强烈的好奇心，美国人本主义心理学创始人马斯洛在对人的需求研究时认为，"了解和理解的需要在幼年晚期和童年期就表现出来，并且可能比成年期更强烈"。②因而，较之成人阅读，儿童的文学阅读呈现出更多的兴趣性、非理性、潮流性、间接性。例如，当一个孩子在面对很多选择的时候，他会根据自己的兴趣爱好去阅读；当一个孩子在看到很多小朋友都在看同样的书时，在很多情况下他也会选择去购买阅读，而当一个孩子在无所适从的情况下，更多的会根据其他人的大多数选择而选择。本质上讲，儿童文学的受众接触是社会化的个人精神满足的基本表现，"是实现文学接受活动最基本的心理前提，它能促使儿童以积极的心理态势进入文学的阅读活动之中。"③在儿童各个方面正处于启蒙时期，自身很难形成一套正确的、完整的直接兴趣时，很多时候表现出一种自我选择的本能，这种本能实际上受儿童心理支配。

（一）从众心理影响使阅读更为狭窄

从众心理（conformist mentality）俗称"随大流"，即指个人受到外界人群行为的影响，而在自己的知觉、判断、认识上表现出符合于公众舆论或多数人的行为方式。从众心理渗透在社会生活的方方面面，不仅成人有这种心理，儿童同样也有这种心理。同样，这种心理也表现在儿童对文学读物的选择性接触上，因而从众心理的存在也是儿童文学传播出现障碍的重要原因。例如，当一种"阅读热"出现时，"有许多读者都会竞相借阅或购买某种图书或某一类图书，加入到阅读的新潮流中。"④尤其在大众传媒充斥我们生活的现代社会中，大众的阅读行为更加容易受到从众心理的影响。高科技的信息传播手段使得信息传播的更加快速、便捷、广泛。无论是点对点的手机

---

① 潘雷：《少年儿童阅读心理初探》，《图书馆建设》1987年第S1期，第125—128页。

② 马斯洛：《动机与人格》，许金声译，华夏出版社1987年版，第57页。

③ 王昆建：《儿童：特殊的文学接受群体》，《昆明师范高等专科学校学报》2007年第29期，第6—9页。

④ 李艳红，董明钢：《对阅读倾向的社会心理学分析和社会控制》，《现代情报》2004年第7期，第224—225页。

短信，还是具有影响力的报纸、电视、互联网等大众传媒，大众传媒在制造每一个热点的同时，也在形成对某一话题的炒作，这种背景下，读书和买衣服的款式一样都具有潮流。而潮流的存在，本身就是影响人们从众心理的基础，这恰恰也是热点性事件发展的基础。

儿童个体的阅读需求会受到同龄人阅读诱发而产生阅读动机，"它以一种阅读冲动而引领儿童走进文学的殿堂。[1]"而其冲动的强化、延续或者消减、消失又取决于作品内容与小读者阅读兴趣的吻合。这一过程往往造成三种结果：其一，个体儿童阅读兴趣恰恰与大众心理一致，从而获得比较好的阅读体验，强化阅读效果；其二，个体儿童阅读兴趣与大众阅读心理不一致，此时会导致个体儿童失效的阅读体验，甚至形成强烈的阅读排斥；其三，个体儿童阅读兴趣与大众阅读不一致，但由于作品本身或者从众心理需求迫使儿童阅读该作品，由此个体儿童能够转变自己的思维意识，对新的作品样式产生较好的阅读体验，从而扩大自己的阅读兴趣。这三种结果，通常我们会看到第一种和第三种，共同的年龄、成长环境会有共同的心理共鸣。同时我们也会看到，儿童个体阅读较之成人更易受到社会潮流的影响，因而在文学阅读的选择上受从众心理的影响而带有一定的盲目性。

潮流，正如时尚一样，每个不同的历史时期，都会留有特定年代的烙印，尤其对于承载社会现实的文学作品而言，现代性永远是最新鲜、最时髦、最时尚、最前沿的话题。儿童文学作品当然也不能例外，除了反映当下人们的思维意识之外，也往往具备一个时代所具有的文化标志与流行话题。然而，与潮流相排斥的一个词是过时，在当下"过时"，又通常叫做"OUT"。简而言之，就是文学作品的生命周期很短，转瞬即逝，尤其表现在很多畅销书上。可能出版后只有前两个周大家都在捧着一本书阅读，而一个月之后，如果再有人看这本书，就会显得不合时宜，不够与时俱进。大众传媒时代，以市场为导向的各类儿童图书的出版也以赢利为根本目标，由此各种畅销书此消彼长，你方唱罢我登场，儿童文学的接触在以快餐文化为导向的消费阅读中很难产生经久不衰的经典。抛开图书营销的各种具体手段和操纵手法，生活中时常见到以炒作、吸引眼球而制造的各种热点事件，而这各类热点事件的结果往往和信息接触密切相关。儿童在接触文学作品的时

---

① 王昆建：《儿童：特殊的文学接受群体》，《昆明师范高等专科学校学报》2007年第29期，第6—9页。

候，为出版而制造的热点效应同样也会引起儿童的关注，当大家都在关注某一件事情时，个体的儿童很难游离于外，这其中的一个重要原因就是从众心理。例如，人民文学出版社的《哈利·波特》就是一个典型的例子。该书采用了现代营销策略，在图书引进之前，网上即传出消息称中文版《哈利·波特》已经授权给一家出版社，但具体是哪家出版社仍然保密。随之而来的是一些媒体对于版权大战的报道，从而给未来的营销奠定了良好的基础。图书发行之初，人民文学出版社通过立体造势、制作热销场面、适当饥饿销售等方式，不断炒作网络热点，在这种全方位的媒体攻势下，《哈利·波特》取得了良好的市场效应。在这种情况下，媒体与受众进行了良好的互动，《哈利·波特》不仅是一部优秀的文学作品，同时也是一部商业化运作极为成功的作品。然而，并不是所有的文学图书都能如此，在高度商业化的图书运作模式下，一部畅销书很容易诞生，但是一部长销书的出现就十分困难了。今天，畅销书的产生更快，甚至一两个月就能出一本书，但畅销书往往不是长销书，自身的生命很短。在此时，大众阅读的从众行为是屡见不鲜的。例如《虹猫蓝兔七侠传》在强烈的市场攻势下，由一本书发展为一种流行文化，很多小朋友都在看这本书，而哪位小朋友若不知道里面的事情，自然就是不合群的表现，由此可能造成的一个结果是，儿童的阅读取向过多的受到媒体的影响，对于一些无力进行商业化运作，但有可能是真正好的作品而言，媒体对流行读物进行热炒的同时显然就会形成对此类作品的阅读障碍。

另外，生活在学校和家庭中的少年儿童，在老师和家长的双重影响下，由于很多模式化社会观念的诱导而激发的阅读需求往往是被动的。一方面，老师配合学校教育教学对学生课外阅读给予一种指令性任务，而通常这种阅读并非儿童自愿进行的阅读体验，这种阅读带有一定的指令性和功利性，当然孩子也会受同学的影响而阅读一些流行校园读物。另一方面，作为家长也因为担心孩子"输在起跑线上"而给孩子提供一些类型化的营养读物，这些跟风式的人云亦云的阅读推荐，包括经由"意见领袖"到达"把关人"把关之后的阅读书目，这些读物甚至很多时候也是出自于出版发行的商业炒作。这种阅读往往受一定的时代局限，带有强烈的社会倾向性，"一个社会提倡什么，反对什么，盛行什么样的社会风气，它是影响阅读兴趣最基本的因素。"①因为社会风气必将在人们头脑里留下深刻的烙印，而真正有价值的文

---

① 潘雷：《少年儿童阅读心理初探》，《图书馆建设》1987年第S1期，第125—128页。

学接受应是一种在主动积极精神状态下的快乐阅读，因此"要将这种指令式动机激发转变为鼓动式、激励式动机激发，则不仅需要教师对儿童的阅读兴趣有充分的了解，还需要他们熟悉把握儿童文学作品，全面了解适合于儿童阅读且具有世界意义的儿童文学精品。"①

　　尽管个体的成长会有不同的差异，但共同的成长体验往往形成相似的时代文化，这也是从众心理带给同龄人的共同的时代印记。一本文学读物的好坏，很难有一个通用的标准，而一个基本法则是经过历史考验历久弥新，才会成为经典的影响几代人的作品，甚至上升为一个国家和民族的灵魂。从众心理对于经典文学作品阅读，塑造共同的文学阅读体验，培养普世价值观有着重要意义。而与经典文学作品相并列的是一个时代涌现出的很多畅销书，这些畅销书或者经过市场化的推广或者由于自身的文学魅力而影响广泛，从众心理无疑会帮助任何一种图书的广泛阅读。然而，当经典与流行并存，是选择经典还是选择流行，流行的东西是否都是好的还是都是坏的，受众慢慢也会形成自己的判断标准。对于这样一些经典的文学读物或者是畅销书，应该只是一种基础性阅读，更多的阅读应该根据儿童自己的喜好、需要来制定选择和阅读标准，对这种奠定在一定基础上并延伸的文学阅读，从众心理抹杀了儿童个性化的东西，回避了儿童更为多元的兴趣爱好和阅读取向。一个人的接受能力有限，全民共读一本书，显然对于多元的需求会造成挤压。

　　（二）娱乐心理弱化深度文学体验

　　儿童接触文学的一个重要原因是出于休闲娱乐的目的，这与儿童文学本身所具有的休闲娱乐功能一致。儿童的天性使得阅读体验中对休闲娱乐的获得更强烈，在休闲心理的支配下，儿童也会通过对文学阅读获得"使用与满足"，根据个人的兴趣爱好来选择阅读，从而在阅读中获得满足。

　　在儿童文学的接受过程中，无论是阅读动机还是阅读行为都有着很强的目的性。要么获得新鲜感、满足猎奇心理，要么实现审美享受、体验阅读愉悦。新鲜性是人类对事物求知和探索的首要心理诉求，人们往往会对没见过的、不了解的、未知世界领域的事物，才会引起个人的兴趣关注。对未知世界的探索和发现能够极大满足人的心理诉求。无论是一部有趣的电影、一个好玩儿的玩具、一幅从没见过的图画，都会引起人们的关注。例如，类

① 王昆建：《儿童：特殊的文学接受群体》，《昆明师范高等专科学校学报》2007年第29期，第6—9页。

型化的文学作品，第一部的影响和受众关注度要远远大于后来出版的同类作品，这就是求新心理对于个人的满足。而当个人获得了这种满足之后，同类的文学作品即便其水准超越了之前的，也更难以在受众认知上取得之前的成就。求新是人类共有的心理状态，对于儿童更是如此。由此，也导致了儿童对于文学作品的猎奇心理，使得阅读越来越趋向于寻找新鲜感、新奇性。最终带来的结果是文学阅读体验更多的是停留在寻求表面的新鲜性，当对于一个故事有了基本的了解之后，便会降低阅读力度，从而转向其他类型的产品中寻求新鲜感，从而弱化文学作品体验的初衷。当然，一部优秀的文学作品故事新意必不可少，只有具有新意的作品才符合优秀作品的标准。但如若作者一味地迎合儿童的求新心理，势必造成整个文学创作的恶性循环，最终会逐渐由猎奇而寻求刺激，从根本上弱化对文本阅读的体验。真、善、美是人类社会发展迄今永恒的价值标准，特别是对于精神产品的审视更是如此。儿童成长中，对于文学作品的审视同样也具有对美的追求和向往。在"读图时代"，较之接触直观文本，人们更愿意去阅读图文并茂的画册。不排除图画书同样有着很深的意义和内涵，但图画阅读减少了文字阅读抽象的思维训练，由此而带来深层次的阅读体验的缺失不可忽视。而过分追求娱乐心理、追求新鲜刺激，以复杂的暴力、犯罪、怪力乱神等为噱头的儿童文学作品层出不穷，这势必影响儿童对文学作品的接受效度。

　　儿童文学接触选择也是从选择性注意、选择性理解和选择性记忆三个阶段展开的，具备新鲜性的作品往往会引起人们的关注，从而造成选择性接触。2011年12月5日，一条微博引起众多网友的"围观"。微博写道，"'这是一本书，专为6—12岁天天被家长骂的小孩编的'，独家放出《斗妈大全》。老妈们，你们准备好了没，开始接招吧！"《斗妈大全》迅速在网络上火了，成为一时的网络热点。排除成人对于这条微博的关注，有同样经历的孩子自然会对这本书一见钟情，甚至也会按照里面的做法跃跃欲试。当儿童从作品中取得这种满足的时候，这无疑给儿童的选择带来了新鲜感，获得了精神的满足，从而完成对作品的选择性理解，选择性阅读心理，"主要以休闲娱乐为主休闲娱乐，是人的天性使然"。其目的是追求在阅读中得到快乐。[①]对于孩子来说更是这样。我们且不讨论这本书对孩子可能产生的实际影响，单是从纯粹娱乐的心理来解读儿童接受的过程，我们不难看到这部作品

---

① 刘波：《读图时代的受众心理和阅读取向》，《编辑学刊》2005年第1期，第34—36页。

比较"水"的一面，其精神愉悦的层面大于实际功用，而对这类作品的选择性记忆，特别是面对与现代教育理念的主流价值相悖的观点时，其阅读往往产生负面功效。

（三）功利心理导致功利阅读

为提高知识水平、学习成绩而进行的儿童文学阅读带有明确的目的性，儿童往往会通过广泛的阅读来提高自己，其本身的兴趣和积极性往往较高。功利心理对于儿童文学阅读通常是起到有力的推动作用，对于儿童的阅读量、知识面都会形成良性循环。儿童本身也会在其中体验阅读的快乐。中国古代读书人中"书中自有黄金屋，书中自有颜如玉"的观点在今天虽然没有以往那样直接，但仍然指导着广大学子带有很强功利性的阅读，期望在未来的学习和工作中能够发挥作用。这其中包含教育教辅类图书、各类知识类图书等。教育、教辅类图书，作为课堂教学的课下补充，有力地促进了课堂教学，对于更好地掌握课本中的内容具有很好的促进作用，主要表现在对于语文、思想品德等儿童"文科"类教辅图书上。知识类图书往往给儿童带来与课堂教学完全不同的阅读感受，这些阅读可以给学生提供更为多元和开放的阅读空间，让儿童在更自由的环境下徜徉，能够体会到更深层次的阅读享受。然而，不管是教育教辅类图书还是知识类图书，儿童阅读因在强烈的功利性指导下，在读物的选择上总会带有投机的倾向，这反而会在崇高的学习精神的光环下掩盖一些消极的东西。当然，学习不可否认是一件好事，不论是对于个人的成长进步还是一个民族的前进，都有积极的意义。然而如果把读书的目标仅仅放置在为提高学习成绩而进行的这种功利性的阅读上，不可避免地会影响阅读的选择，很有可能造成的局面是重视眼前、不顾长远的鼠目寸光，或者是缺乏根基、直达目标的空中楼阁。最终，反而失去阅读的本来面目，从而造成个人成长的知识偏差或缺失，以至于逐渐形成错误的阅读偏好心理。

（四）偏好心理造成精神营养结构失衡

每个人都有自己独特的兴趣爱好，少年儿童根据自身成长也会形成个人喜好。兴趣爱好是一个人具备的优良素质，只有有着对某一事物的强烈兴趣爱好，才会在实际学习和生活中对该领域投入更多的精力，也才会在以后的人生道路上取得较高的成就。以个人的兴趣爱好为准则，对相关事物按照自己的心理需求做出的单方面选择，就是偏好心理的表现。偏好心理存在于每一个社会个体中，它是社会人对某一事物、某一行为的特别偏好，表现为喜欢、热衷于某一事物、某一行为。"偏好心理表现在大众阅读活动中，就是每个人都有其独特的阅读内容喜好和阅读方式选择。"①由此而造成的一个极端就是特定领域的"发烧友"，以至于形成对该领域绝对选择的偏执。然而，如果少年儿童在成长初期，对于精神食粮的选择，过于注重自己的兴趣爱好，则往往会造成对其他有价值的信息的排斥，就会如同孩子偏食一般导致精神营养摄取的失衡，一叶障目而不见泰山，这与当前我们所倡导的素质教育全面发展背道而驰，这其实是对于儿童文学接触的一种间接性障碍。青少年的健康发展离不开德智体美劳等全方位的健康成长，如果在打基础的阶段就过分偏执于自己的兴趣爱好，无益于长远的发展，木桶理论的短板效应将会在日后出现。对于不喜欢阅读的儿童，在各种压力下阅读会造成排斥、抵触情绪。

总之，现代化大众传媒环境下，儿童成长在高科技迅猛发展的时代，市场经济和产业经济造就了经济的突飞猛进，在快餐文化时代成长起来的80后，为人父母后其自身也影响子女对于信息接触的各种价值取向。在这种时代背景和家庭背景下成长起来的儿童，心理上既有"童年的消逝"带来的快速成熟，也有更趋多元倾向的选择，这种选择既受到从众心理的影响而盲目跟风，也有因阅读喜好和学习需求而带来的自我选择。在海量的儿童文学面前，儿童接触文学作品的失衡是造成儿童文学接受的最主要屏障。

第三节 儿童文学受众的反馈

反馈是指受众在完成信息接受的过程之后，对信息传播所作出的反应。这种反应反过来通过各种渠道和方式传播给信息的发布者、传播者，作用于信息传播的各个流程，实现受众与传者的交流和互动。反馈一方面表达了受众对于信息的一种理解和看法，另一方面则会对信息的传递起到指挥和引领的作用。作家创作、出版社发行，又经过媒体传播，整个信息传播链条的最后一环就是受众，受众的反馈直接代表信息传播的效度，直接反映了传者的内容的受欢迎程度，同时也反映了传播者的力度。传播不是封闭的，而是开

---

① 张正：《资讯时代大众阅读心理研究》，《图书馆学理论研究》2009年第13期，第66—69页。

放的、循环的，因而受众的反馈对于传播的整个过程至关重要，其本身已经是传播过程必须存在的一环。而且，这一环越来越受到传者的重视。受众受新媒介和大众文化影响出现的阅读心理、购买的偏好等反过来对于作家、出版社都有影响，快餐文化、过于偏重娱乐等写作和出版倾向都与传播者对于受众的迎合有关。

好的儿童文学作品应该是那些看似简单，实则充满了儿童稚美性情、富有艺术审美张力的作品，能让儿童透过语言文字的表面，去体悟到深层的意蕴，从而完成自己心灵的建构。对于儿童文学接触来讲，儿童作为读者，同样是根据文学作品的传达内容和思想进行心灵的构建，其信息的接受和反馈同样也是作用于整个传播的各个环节，以期通过信息的双向疏导来完成整个儿童文学系统的"心灵构建"。反馈，对于儿童和儿童文学而言意义重大。儿童文学反过来影响作家创作、出版发行、教育教学、家庭培养、大众传媒等各个环节。然而，儿童对于儿童文学传播各个流程环节的反馈也并非一路畅通的，而是同样充斥着各种障碍与阻隔，也同样存在着反馈中的"噪声"，诸多因素对于儿童文学的反馈产生影响。随着新的大众传媒技术的不断革新，图书作为文学第一载体的地位越来越受到削弱。互联网、手机媒体等新的媒介传播工具不断进行着技术的升级换代，博客、微博等新的文学呈现形式借助于云技术，不断拓展着儿童文学的容量、增强着儿童文学的交互性。新的传媒技术手段的应用，对于儿童文学的反馈有了较之以往完全不同的概念和功用。

一　儿童对于儿童文学传播流程各环节的反馈

（一）儿童对于作家创作的反馈

作家创作是儿童文学传播的第一道工序，只有作家创作完毕，文学作品才能走向传播流程中。对于儿童阅读反馈来讲，作家创作是反馈最希望到达的一个环节。儿童特别想让作家根据自己的想法去创作，这是反馈的重要思路。同时，作家又特别希望儿童在阅读文学作品时能够提出意见并反馈给自己，以便在后面的创作中或者在后续版的修订中获得更多的认可。这一过程，包括主动接受反馈和被动接受反馈两方面构成，主动接受反馈包括作家自己采风、调查获得的反馈感知；而被动接受反馈则是通过读者来信、来电或者其他方式，让作家获知儿童对作品阅读后的反馈意见。更多的时候是这两种方式交叉进行。而无论何种方式，反馈对于作家的功用最终还是表现在作家的后续写作上，也只有把对之前写作的反馈潜移默化到后续的创作中，反馈才真正发挥了其本应该有的功能。对于作家创作，受众反馈有着两方面的作用。一方面，作家在创作上，会更加了解儿童心理、感知儿童阅读需求，能够根据儿童的想法来写作；另一方面，作家极有可能在市场的压力下，一味地迎合儿童的心理需求，根据儿童的口味去写作，而把图书的营养价值抛在脑后。显然，这两种情况都会因为反馈而获得，然而后者则往往片面地扩大儿童的某些需求，如娱乐性、刺激性，很容易把一些吸引眼球而超出儿童正常接受能力的内容引入创作。大众传媒环境下"童年的消逝"并非儿童不再拥有童年，而是儿童的童年更为短暂，过早地被带入成人的世界。很多内容超越了儿童的接受能力，超越了儿童年龄段的心理适应程度。过早地涉入相对成熟的信息显然对于儿童的成长不利。其实，这其中的一个重要原因，就是信息传播分级制度的不健全。当前世界各国分级传播的除了电影、广播电视之外，很多、图书、报纸、都没有明确的级别限制，由于是面向整个社会发行，所以其中的很多成人信息没有被排斥在儿童接受信息的范围之外。大众传媒环境如此，儿童接受的信息同样也是如此，而在这种传媒环境下，儿童文学的创作自然而然地会受到影响。功利主义和市场经济的运作也使得儿童的受众反馈更明显地表现在追求经济利益上，而这种利益的追求对于作家创作的指引，显而易见会形成一种更为不负责任的儿童文学创作模式，这种模式引入不适于儿童接受层次的内容，必然对于儿童文学环境不利。从而导致的最终结果是儿童文学接受的更多的是这类"媚俗"的儿童文学读物。当儿童在文学选择时，在面对这类作品而很难找寻自己心仪的文学读物时，儿童文学阅读流程的第一个障碍形成了。作家创作参照儿童的反馈由此也造成了两个极端。一个是能够根据儿童的心理需求和年龄特色，并融入与时俱进的价值观和作家本身具有的才华创作而成的文学作品，这些文学作品对于儿童的文学接触具有积极的意义。而另外一个极端是作家创作片面地依赖儿童的反馈，由此而不负责任地"考虑"儿童的各种需求，满足儿童的各种愿望，而违背儿童年龄接受能力，这显然对于儿童的健康成长不利。因而，作家创作要正视儿童对于文学的信息反馈，在参照儿童恰当心理需求的前提下，怀有社会责任感，对少年儿童本着负责任的态度，为少年儿童创作更多更好的文学作品。只有这样，才会从根本上实现作家与读者的良性互动，也才能从源头上保证儿童文学作品的质量。

（二）对于出版发行的反馈

20世纪90年代，中国的儿童文学与市场之间便呈现出一种若即若离的关系，此时，一些具有敏锐市场嗅觉的儿童文学作家们开始有意识地改变之前置身于市场之外的创作态度，转而将市场的需求以及读者的反馈作为写作的重要指标。进入21世纪，随着互联网、手机媒体的兴起，传统的出版业遭到严重冲击。而在20世纪80年代初，电视的发展使得儿童过早地接触到可视"图像"，读图时代的过早来临培育了无数少年儿童的图像识别感知能力，而同时也弱化了孩子的文字理解能力。另外，随着中国出版行业商业化程度的不断加深，这种"若即若离"的关系逐渐加深并扩展，儿童文学与市场的关系显得更加密不可分。这其中有两个重要原因，其一是市场经济客观推动了图书出版的繁荣与发展；其二是，在多媒体媒介环境下，图书市场不得不迈出前进的步伐。而这种变化的根源是少年儿童阅读水平的倒退。在现代市场经济的运行机制下，出版作为一种经济行为必定要遵循一定的市场经济运行规则，这是由其本身的性质以及所处的社会环境所决定的。而作家写作儿童文学作品则是一种单纯的精神劳动，单从这个层面上来说，儿童文学作品是置身于经济运行规则之外的。但是，在现代市场化运作的条件下，出版与创作又是一对并蒂而生的"双生儿"，特别是在儿童文学出版市场高度商业化的今天，作家创作考虑市场因素已经成为一种常态。创作以出版为目的，创作必须经由出版并推向市场之后才能真正具有意义；出版以市场为主体，要顺应市场的需求和趋势才能实现作家与出版社的"双赢"局面。同时，二者这种"后天性"的复杂关系，也成为制约儿童文学出版与儿童文学创作和谐发展的难点。

以秦文君的儿童文学作品《男生贾里》为例，这部主打"幽默校园小说"的儿童文学作品诞生于1993年，经由上海少儿出版社出版。彼时，正处于儿童文学作品市场的萧条时期，初次印刷仅仅10000册，并未在社会上引起任何的反响。几年后，儿童文学作品破冰而出，迎来了百花齐放的繁荣时期，《男生贾里》再版印刷，市场的需求异常强烈，作品迅速风靡校园，成为当时最为炙手可热的儿童文学作品，作者秦文君也由此奠定了她在中国儿童文学领域中的"名家"地位。特别是近年来，出版市场对儿童文学作品的影响更加突出。庞大的市场需求加之商品经济愈加繁荣的客观条件，使得儿童文学作品成为中国整个图书板块中杀出的一匹"黑马"，原创的儿童文学作品取代引进儿童文学作品的"领导"地位，销售超过1000万册的超级畅销书频频出现，直接拉动了全国图书零售市场向纵深发展。在这种情况下，少儿出版社纷纷全力抢占儿童文学资源，一些成人读物出版社、教育出版社也争相加入到儿童文学领域当中，想要从中分得一杯羹。儿童文学出版迎来了一个飞速发展的春天。但是与这种繁荣相伴而生的却是儿童文学作品的作者良莠不齐、出版市场竞争混乱等消极现象，这在一定程度上也制约了儿童文学向良性和积极的方向发展。

（三）对于"意见领袖"的反馈

作为与儿童文学接受者最为接近的"意见领袖"和二级传播者，教师和家长也理所当然成为儿童文学传播环节信息反馈最为直接的接受者。教师和家长其实涵盖了学校和家庭两个环境概念，这两个概念恰巧是儿童学习和生活的第一环境，也是儿童文学接触的两个首要环境。在这两个环境中，因为学校和家庭对于儿童成长的分工不同，因而承载的儿童文学传播功能也不同。作为学校，大多更重视教学任务的完成，因此对于儿童文学的把关和二级传播主要以有利于学习为出发点，带有较为浓厚的应试教育功用，主要表现在语文教育上；而对于家庭而言，除了补充学校的教育功能之外，还承担着儿童文学修养、文化素养培育的功能。这里用到了"功能"二字，对于儿童文学的接受具有一定的功利色彩，即都希望儿童通过对文学的接触，收获对未来成长所需的精神食粮、对当下语文教学的有益补充。然而这些功能仅仅是学校和家庭两个环境所希望达到的目的，是较为理想状态下的效果，作为儿童文学的终极传播者，儿童，是否会认同学校和家庭的选择？是否会接受老师和家长的选择？实际情况是，儿童并非总是按照大人的习惯来处理。

不管是在学校里作为学生，还是在家庭里作为孩子，儿童文学接受者对老师和家长的反馈通常告诉我们，儿童的阅读需求和"推荐书目"并非一致。老师和家长作为传播中介、儿童文学的二级传播者对学生传播的儿童文学作品并非总能受到学生的欢迎。老师因为承担的教学任务，给学生推荐的书目通常是教学大纲规定的书目，对于学生的教育教学具有很强的帮助意义，而对于一个家庭而言，家长则通常是这一功能的延伸和补充。对于这种情况，2011年由中国新闻出版研究院国民阅读研究与促进中心和中国教育学会小学教育专业委员会联合主办的首份"全国小学生阅读状况在线调查"显

示，有近八成(78.0%)的学生是"为了提高学习水平"而进行课外阅读。儿童
接受文学通常是被动地接受、被动地阅读，由老师推荐家长购买后，学生只
有选择读或者不读的权利，在这种情况下孩子很少能够自己去选择文学文本
进行阅读。因为老师和家长基本上把儿童阅读的书目给圈起来了。不管这些
书目的数量有多少，不管这些书目的涵盖面是否全面，在小学生中自我阅读
时是否会按照这些书目进行选择？答案并非肯定。

中华人民共和国教育部制定的《义务教育语文课程标准》为九年义务教
育阶段学生的课外阅读制定了一个较为明确的规范：

> 《义务教育语文课程标准》要求学生9年课外阅读总量达到400万字
> 以上，阅读材料包括适合学生阅读的各类图书和报刊。对此，提出如下
> 建议：
>
> 童话，如安徒生童话、格林童话、叶圣陶《稻草人》、张天翼《宝
> 葫芦的秘密》等。
>
> 寓言，如中国古今寓言、《伊索寓言》等。
>
> 故事，如成语故事、神话故事、中外历史故事、各民族民间故事等。
>
> 诗歌散文作品，如鲁迅《朝花夕拾》、冰心《繁星·春水》、《艾青
> 诗选》、《革命烈士诗抄》、中外童谣、儿童诗歌等。
>
> 长篇文学名著，如吴承恩《西游记》、施耐庵《水浒》、老舍《骆
> 驼祥子》、罗广斌、杨益言《红岩》、笛福《鲁滨逊漂流记》、斯威夫
> 特《格列佛游记》、夏洛蒂·勃朗特《简·爱》、高尔基《童年》、奥斯
> 特洛夫斯基《钢铁是怎样炼成的》等。
>
> 教师可根据需要，从中外各类优秀文学作品中选择合适的读物，向
> 学生推荐。
>
> 科普科幻作品，如儒勒·凡尔纳的系列科幻小说，各类历史、文化读
> 物及传记，已经介绍自然科学与社会科学的普及性读物等，可由语文教
> 师和各有关学科教师商议推荐。①

这份图书推荐举例应该是当前儿童文学阅读推荐书目的一个典型代表。
从这份图书推荐目录看，推荐的书籍大多以品德培养、启迪新知为主。也有

---

① 《义务教育语文课程标准》，北京师范大学出版社2011年版，第41页。

很多民间机构在为孩子推荐图书，而不管哪一类图书，基本上站在成人的立场去分析孩子应该阅读怎样的图书，皆是以教育为目的，如《爱的教育》、《我要做好孩子》等，没有哪项图书推荐是完全站在孩子的立场来进行的。其实，我们不能回避的是，儿童与大人在阅读选择上的差异是客观存在的。调查是最有效和最直接的反馈，也是最能反映当前儿童文学接触现状的最科学的形式。一些科研机构通过调查问卷、网络调查等形式，利用专业的数据统计软件分析数据，能够恰当地反馈儿童文学阅读信息。而摆在小学生面前的更为显著的一个障碍是阅读时间和学习压力，据调查，近四成(36.6%)1—6年级小学生认为"学习压力大，没时间"是他们课外阅读时遇到的主要困难，有近六成(56.7%)的小学教师也认为这一困难是影响小学生课外阅读的主要因素之一[①]。

二　新媒体对于传统儿童文学阅读反馈障碍

在传统的大众传播中，儿童总是受到大众传媒对于信息环境的构建的影响来接触、选择、理解文学作品，受到大众传媒设置的议程来作出判断与选择，无法和媒介站在同一水平高度和媒体面对面对等地交流，更不用说通过大众传媒去对这类文学作品产生自己的个人见解。科技的变革，催生了新的传媒技术，这其中不单是媒介传播形态和文学传播载体的变革，同时也是儿童文学阅读习惯和信息交流方式的变革。变革必然要损失一些东西，也会获得一些新的东西，对于儿童文学的传播同样也是如此。在新的大众传播语境下，儿童文学阅读，由传统的单一纸质文学阅读形式，发展到后来的以电影、电视、动画为代表的影像文学，又到今天的网络文学、短信文学等，变革的既有媒介形态，也有儿童文学接触的方式方法，以及儿童对于儿童文学传播的反馈过程。

"在人类传播史上，没有哪种传播媒介的受众像网络受众那样可以完全摆脱对媒介的依赖而成为自由主动的从媒介中获取信息的自由者。这种变被动为主动的传授关系不仅表现在传受形式的变化，而且是传播权利、地位、传播观念的深刻变革，有着划时代的意义。"[②]网络时代，受众原来的地位

①　中国新闻出版研究院国民阅读研究与促进中心：《全国小学生阅读状况在线调查》，襄州教育信息网，2011年9月28日。

②　刘光磊：《受众的嬗变——从网络传播者看受众的角色变化》，《宁波大学学报（人文科学版）》2004年第17期，第87—90页。

和角色发生了根本性的变化，儿童可以和任何一个网友一样，坐在电脑前通过互联网获得信息，并进行对等的反馈，发表意见。儿童同样可以拥有BBS论坛账号、博客、微博自媒体，发表自己的见解。对于传统的儿童文学承载物图书和报刊，儿童阅读的方式会是看或者不看，看哪一部分还是不看哪一部分，总之，是对已有的文学文本的选择性阅读，没有挑选其他文学文本的余地。而网络传播则不同，儿童对于文学的选择有了完全不同的空间，可以通过海量的存储空间来获取自己喜欢的文学文本去阅读，这种变化从根本上而言是儿童文学在网络平台上的传播，这并非是儿童文学简单地换了承载介质，从纸质转化为数字化的呈现方式，也不再是儿童文学单一地由媒介流到受众，而是实现了交互性的双向传播，这种交互性大大增进了儿童之于儿童文学的反馈，也即是儿童对儿童文学的反向传播。传统的文学作品只能在"有限的范围内选择看或不看，而网络受众不仅在较大的甚至近乎无限的范围内选择信息，还可以通过计算机操作改版传输内容和传输形式。[1]"根据一项调查显示：在4—6年级小学生网民中，有47%的人表示"看书、看报、看杂志"是自己的主要网络活动之一，但更多的人（57%）把"玩网络游戏"作为自己的主要网络活动之一。其次，有45%的人把"网上聊天、交友"作为自己的主要网络活动之一，有42%的人把"收听、收看、下载歌曲或电影"作为自己的主要网络活动之一，[2]如图4—1。

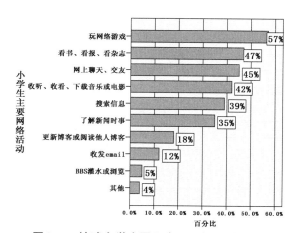

图4—1 被试小学生网民主要网络活动分布

---

[1] 刘光磊：《受众的嬗变——从网络传播者看受众的角色变化》，《宁波大学学报（人文科学版）》2004年第17期，第87—90页。

[2] 《"全国小学生阅读状况在线调查"数据分析结果》，学友网，2011年9月28日。

　　这一调查结果意味着文学传播正在渐渐地由传统的纸质载体到以电子显示的电子书籍之间过渡，同时也在说明文学作品有了更为宽泛的意义，文学作品不再以书籍为单一的承载介质。当代儿童对于纸质阅读的兴趣在普遍下降，对于电子环境的适应力和喜好则不断加强。方卫平认为，"既然如此，我们应该更加关注新媒介环境影响下儿童文化的创造，通过把儿童文学作品转换成诸如电子书等电子形态提供给儿童，重新唤起孩子们对文学的兴趣。"① 在新的媒介形态下，儿童对于文学作品的选择，更能体现儿童的个人意志，更能说明儿童的阅读需求。尽管目前很难用数据来说明网络文学的阅读书目排行榜，但以网络文学为代表的、碎片式、快餐化的阅读方式也日渐明显。对于传统文学作品而言，儿童的反馈一般是通过书信、电话等方式进行信息的反馈，把信息传播给儿童文学接受终端之前的任一个环节。这一过程中如果不是文学作品对儿童特别有吸引力，特别有影响力的话，反馈的过程通常并非是及时的有效的，在数量和规模上也并不足以代表所有受众的观点和意见。而互联网恰恰为儿童文学的传受各方提供了一个交流的平台，在这个平台上同样也存在着一个"场"的概念。儿童作为一个文学接受的受众群体，通过QQ群、BBS聊天室、微博等各种各样的媒介形式，根据关键词设置话题由单纯的文学接受者转变为文学的参与者，网络时代让儿童从信息的接受者变成信息的参与者，形成了一个关于某个话题的"场"。对于儿童文学传播而言，儿童同时也可以看做是儿童文学创作的主体，网络时代传者和受者地位的转变大大改变了以往传受对立的格局，这样的话，处在"场"内的儿童对于该话题的反馈是及时有效的。

　　在当前环境下，儿童一方面面临日渐加重的学习压力，一方面正处于人生成长的重要时期，如何能够给儿童补给充足的精神营养而不至于输在起跑线上，不仅是家长的企盼，很多孩子也都拥有这样的梦想。显然，当前的儿童文学阅读存在着儿童有限的阅读时间与大量的儿童文学作品之间的矛盾，存在着阅读指定书目，能够提高语文学习成绩的文学作品，还是更多地能够提高个人文学素养的作品之间的矛盾，存在着选择传统的以图书为载体的文学作品与阅读网络文学、电子图书之间的矛盾。相对而言新媒介对传统阅读的负面影响——比如导致"放弃深度，追求速度、广度、利益度"的"快餐式"阅读、影响读者想象力的释放等——日益得到人们的重视，但事实上

――――――――
① 邢宇皓、方卫平：《重视新媒介对儿童文学的影响》，《光明日报》2009年4月22日第10版。

"新媒介对儿童文学的发展也有着正面影响①"。譬如，新媒介提高了孩子们自主选择儿童文学作品的能力，他们可以通过网络发表自己的评论或与作者进行对话交流，这使他们更直接、更迅速、更有效地介入儿童文学的创作过程，这在很大程度上促进了儿童阅读兴趣的发展，也削弱了传统文学的在儿童中的影响力。

传统儿童文学受到新媒体的冲击，一些儿童转向阅读电子书，造成了对儿童文学的阅读障碍。同时，新媒体给儿童带来了全新的文学阅读体验。然而，新的传播机制和反馈体制并没有健全，基本上是传统的文学作品在网络上的延伸。网络文学的概念意义大于其实质意义，新媒介的功用至今并没有完全释放和发挥出来。当前网络文学的传播格局主要呈现在两个方面。一方面是传统的儿童文学媒体的网络延伸版，例如《中国少年报》、《中国儿童报》、《儿童文学》、《幼儿画报》等。这一类网站通过BBS网络论坛、在线留言板以及开设微博、博客等形式与受众进行互动，但在效果和影响力上仍然显得不足。儿童文学受众在信息反馈的同时，没有系统化的信息收集处理系统，大部分都是零散的对某一个具体问题的看法。另一方面，是专业的儿童文学网站，例如《小书房》、《快乐在线》、《小作家走天下》、《看不见的森林》、《矮番薯》等一系列专业儿童网站，除了把一些经典的儿童文学作品搬到网上以外，也作为儿童文学活动的网络平台来运行，这一类网站通常可以看做是线下儿童文学活动的线上运行平台，更主要的目的是为线下的活动来服务，也并没有完全实现儿童对于传播过程的交流与互动。

总之，大众传媒背景下，儿童文学网络呈现形式复杂多样，信息技术更新换代频繁，并没有出现有影响力的儿童文学门户网站能够使儿童实施有效的信息反馈，因而也难以使相关科研机构进行信息的收集与整理。对于儿童文学信息反馈，网络给我们提供了一个很好的平台，然而，如何实现资源的最大化整合，能够为儿童文学的健康传播带来新的气象，除了信息技术的跟进外，依靠市场化的运作手段建立和健全庞大的儿童文学服务系统，实现手机、电脑的终端互联，实现学校、家庭、社会图书馆的实体互联，通过运用全新的虚拟技术、3D模拟手段，游戏化操作概念，让儿童文学好玩儿有趣、能够吸引儿童的关注意义重大而深远。同时，相关机构也有责任和义务共同推进这一系统的完善和健全。

① 邢宇皓、方卫平：《重视新媒介对儿童文学的影响》，《光明日报》2009年4月22日第10版。

第五章　儿童文学传播效果提升路径

随着大众传媒时代的到来，儿童文学传播发生了巨大的变革。据前文所述，目前在儿童文学传播的各个环节当中，都存在着传播障碍，而这些障碍的存在，势必在一定程度上影响着儿童文学的传播效果，使得儿童文学的接受者——少年儿童无法阅读到真正适合自己的优秀儿童文学作品，这不得不说是一种遗憾。实际上，在儿童文学传播的创作生产、一级传播、二级传播以及接受反馈的整个过程当中，尽管存在着重重障碍，所面临的现状并不乐观，但是，如果能够针对传播障碍指明相应的发展路径，提出可行性的发展策略，那么，不仅儿童文学的传播效果会上升到一个崭新的高度，而且对我国儿童文学的发展也会起到积极的促进作用。针对当下儿童文学传播中存在的问题和上文所作出的调查分析，本文认为需要从文学生产、媒介组织、意见领袖和儿童接受四个环节出发，减少当下儿童文学传播过程中存在的障碍，促进当下乃至将来中国儿童文学走向繁荣。

第一节　儿童文学生产的创新策略

在儿童文学传播障碍归因研究中，文学生产处于传播过程的起始阶段，决定了文学传播发生的可能及顺畅与否。"文学的生产方式在很大程度上决定着文学的本质，这是以往人们在抽象地谈论所谓文学性的时候被忽视的。"[①]因此保障儿童文学传播进程的顺畅，关键在于生产者要不断拿出内涵丰富、艺术价值独特的文学产品。目前，理论界对文学生产有着不同的理解，但儿童文学生产的主体是作家，其生产出的产品就是诗歌、散文、小说、影视剧、童话、民间故事、网络文学等儿童文学样式。尽管很多研究者

---

① 朱敏：《互联网：文学的麦加——透视文学生产方式的革命》，《互联网周刊》2000年第2期，第53页。

在对儿童文学传播研究中忽略了艺术原创性，而过分去强调市场营销和各种技术的运用，但是一个不容回避的事实是，没有优秀的原创性文学作品，再好的营销手段都于事无补。儿童文学生产在整个文学传播过程中最为复杂，理应成为我们对当下乃至今后儿童文学传播研究的重中之重。本节主要从儿童文学题材、主题、艺术形式等角度来探讨儿童文学生产过程中所要面对的问题。

一 创作题材多样化与儿童文学传播

改革开放以来，特别是随着全球化、多元化文化格局的不断深入，中国儿童文学市场也迫切呼唤儿童文学题材的多元化。新时期儿童文学经过三十多年的努力，已经走出单一化的格局，在题材上日益多样化。乡村生活题材、都市校园生活、民间故事、科幻小说、动物小说等，异彩纷呈，在儿童文学创作园地中形成了一个多姿多彩的文学世界。唯有题材多样化，才能够满足当下处于不同地域、不同年龄段不同个性的儿童的阅读需求。

中国地域十分广阔，不同生活社区有着各自的生活环境和生活方式，例如沿海与内地、城市与乡村。生长在不同地域的少年儿童，对文学题材有着不同的需求。因为儿童与成人在认知能力上存在着较大差异，通常在选择阅读文学时对所熟悉的题材更乐于亲近，而对陌生题材存有一种本能的排斥。对于作家的创作来讲，题材的选择同样如此。每个作家都有自己特有的生活环境，在创作过程中自然选择所熟悉的题材进行创作。因为题材问题对作家本人而言，不仅仅是他们传达自己儿童体验的外在形式问题，而且能够使他们更加完美更加新颖地去创造一个诗意浓厚的艺术世界。

乡村童年记忆本身就是一笔充满诗意的精神财富，旷野的呼唤、苦涩的童年、丰收的喜悦、民俗的恩泽等素材成为作家创作取之不尽用之不竭的矿藏。在乡村长大的作家，最难以忘怀的是那个让他魂牵梦绕的童年乡村。例如儿童文学家曹文轩的《细米》、《草房子》、《山羊不吃天堂草》等，字里行间闪烁着人性美人情美的色彩。在《草房子》中，校园里的草房子，教室后面的小河，乡村儿童的质朴善良，那些让人发笑的故事，在读者心目中建造起一个令人温暖的童年世界。是的，童年就是这样在不经意间走过，而让每一个经历者和旁观者感受到一种心灵的熏陶和启迪。人们在评价《草房子》时认为，这部作品在处理上带点浪漫、带点伤感、带点温情，就如同江南的春雨，对儿童的教育起到了润物细无声的效果。同样书写童年故事，生活在都市的儿童有着不一样的精彩和趣味。作家杨红樱做过多年语文老师，对城市里长大的儿童有着深入的了解和体察。故而，她满怀爱心地将自己的笔触伸向都市儿童生活领域，创作出了很多令儿童读者炙手可热的佳作。在"淘气包马小跳系列"中，作家刻画了小学生淘气包马小跳形象。活泼好动、机灵好奇的马小跳在与秦老师的矛盾冲突中，上演了一个个令人捧腹的故事。这部作品让儿童读者在体验阅读的快乐同时，也以审美的方式引导他们思考自己的生活，感受学习生活的乐趣。

其次，作家要不断拓展儿童文学题材领域，让更多新颖的题材加入到儿童文学世界中来。随着社会生活的发展，人类对世界的认识和自我反思的意识越来越突出。19世纪工业化和现代科学技术的快速发展，让科幻小说开始走向繁荣，出现了凡尔纳的《海底两万里》、《地心游记》等小说。在今天我们这个全球化时代里，人类社会同样面临着诸多难以克服的危机，例如信仰危机、生态问题等。特别是20世纪动物解放理论和生态危机的日益加重，人类开始重新反思自己与动物之间的关系。例如，以沈石溪为代表的作家致力于动物小说创作，书写动物的情感、命运和遭遇，让少年儿童读者在阅读中感悟大自然的奥秘和人生智慧，如《象群出没的山谷》、《象冢》、《狼王梦》、《第七条猎狗》、《最后一头战象》等。在这些小说中，作家通过展示动物与自然的关系，来表达自己所认知的"人与自然"的关系。"动物小说今天所走出的一条创新之路，打破了我国儿童文学创作的局限性，拓展了创作题材空间，挖掘了思想内涵的深刻，更多的关注自然，更多的表现作家个性，更多注重艺术性，为我国儿童文学带来了多元结构思维，也为儿童文学的繁荣注入了生命与或活力。"①

其实，人类与大自然的关系所涵盖的题材是十分广阔的。因为自然是人类永恒的家园，这一点对儿童文学来讲有着同样重要的价值。在广阔的大自然中，儿童感到一种亲和一种天性的舒展，儿童在贴近大自然的过程中发现了自我。"与土地有着先天的亲近感；后天以接近大地为快乐之源；与自然万物有亲如手足的同宗感，能平等地与万物相处，有共生意识；有热爱自然的激情，甚至愿意为了他者的生命而牺牲自己的生命；自觉不自觉地师法

---

① 唐英：《从动物小说的兴起看我国儿童文学的发展》，《西南民族大学学报（人文社科版）》2003年第8期，第140页。

大地之道。"①因而，近年来有些作家将大自然作为书写对象，安徽作家刘先平创作了《云海探奇》、《大熊猫传奇》等开创了儿童文学书写大自然探索的先河。此外，还有东北作家陈玉谦的《蛙鸣》、北京作家保冬妮的《屎壳郎先生波比拉》等。他们用独特的题材在儿童文学大家园中极力倡导绿色生活、绿色文明，为广大儿童读者所喜爱。

最后，在处理儿童文学题材方面，作家还要注意区别不同年龄段儿童身心发展和审美鉴赏能力的差异。新时期以来，中国儿童文学创作和研究在着眼儿童文学整体特征的同时，开始按照不同年龄段的儿童认知能力、心理差异和接受心理将儿童文学划分为"幼儿文学"、"儿童文学"和"少年文学"。这种划分为作家创作时针对不同阶段的儿童读者客体选择不同题材提供了创作规律方面的依据，因为不同年龄段的儿童在阅读时有着非常明确的定位。著名儿童文学批评家王泉根认为："儿童文学必须适应各个年龄阶段的少年儿童主体结构的同化机能，必须在各个方面切合'阶段性'读者对象的接受心理与领悟力。"②儿童作家杨红樱就是最为成功的一例。众所周知，她将自己作品的读者对象定位在小学中高年级学生。所以，她的小说主人公大多是这一年龄段的儿童，她的作品表现他们对成长中的各种情感的体验和对成长的认知。年龄段的定位对于作家而言，更能够熟练地书写自己所熟悉的题材，缩短作家与儿童读者的距离，将儿童文学引向更加深入的层面。

文学题材的多样化是一个有待拓展的巨大空间，创作空间的开放性对于儿童文学发展有着十分重要的意义。儿童文学肩负着少年儿童认识世界、形成美好情感世界的重任，这一点在很大程度上与成人文学有所不同。多样化的儿童文学以丰富多彩的知识和独特的艺术魅力向儿童读者敞开了一个个神奇而美丽的世界。所以，儿童文学作家应当明确，儿童文学题材的丰富，是新时期文学走向繁荣的重要标志，是文学生态健全、繁荣的基础。当然，不是说儿童文学题材丰富了，就意味着儿童文学传播不再存在任何障碍了。因为题材的多样性对文学艺术创作而言，只不过是在创作资料和素材上为文学的发展和传播做出了基础性的工作。

---

① 马力：《大地：儿童与儿童文学栖息的场》，《社会科学辑刊》2011年第4期，第211页。
② 王泉根：《儿童文学的审美指令》，湖北少年儿童出版1991年版，第168页。

二 文学观念的创新与文学传播

如果说题材的拓展为儿童文学传播走向繁荣提供了可能性，那么，这种可能性的实现还需要作家在创作主题上发挥创新意识，不断超越儿童文学史上既有的文学观，建构起属于自己独有的儿童文学观。文学需要不断创新，创新是文学的生命。无论是题材的拓展还是艺术形式的革新，最终都要归结到作家文学观念的变革上。因为题材和艺术形式从根本上讲的是服务于作家的创作观念。因此，作家儿童观的转变是新时期儿童文学能否走向成功的关键。在儿童文学创作中，作家文学观念的创新主要表现在儿童文学观念的特性、对传统文学观的变革、个人文学观的建构方面。

儿童文学观念创新要符合期待读者的个性心理和审美需求。儿童文学既拥有所有文学类型兼备的文学性，又有着自己的特殊性——儿童性。这是由特定的阅读群所决定的。儿童文学不同于其他文学类型的地方在于：儿童文学在关注自身创新的同时，还要考虑创作内容与儿童心理的契合程度。当然，这一追求不是说满足少年儿童所有需求，而是希求作家对他们的内心需求有一个深入了解，依据现代儿童身心发展的客观规律，创作出一个个新颖独特的艺术世界。例如在中国的传统教育中，人们通常采用成人的一些标准来要求儿童，而不是去关注儿童身心发展的个性取向。所以在传统文化中缺乏儿童观念，用成年人的伦理道德来规定和限制少年儿童的成长和发展。自近代西方儿童观确立以来，人类在对儿童的认知上不断提升和拓展自己的视域，反映在文学领域就出现了很多展示现代儿童精神的文学力作。它们颇受儿童读者的欢迎，自然也成为父母教育孩子的最佳启蒙读物。

以日本儿童畅销书《窗边的小豆豆》为例，其全新的儿童理念赢得了全世界儿童和家长的欢迎。作家黑柳切子根据自己的生活经历，创作了"小豆豆"这样一个活泼可爱、天真纯洁的儿童形象。在普通学校里，小豆豆经常不遵守课堂纪律，被视为有问题的孩子，遭到学校的开除。后来妈妈将她带到一个与众不同的学校——巴学园。在这里，小豆豆的个性获得了尊重，并在不自觉间改掉了一些不好的习惯。这部作品最关键的是儿童观的革新，因为小说中的巴学园与众不同的根源是校长那独特的办学理念和育人观。小林宗作认为："无论哪个孩子，在他出世的时候，都具有着优良的品质。在他成长的过程中，会受到很多影响，有来自周围的环境的，也有来自成年人的。"正是基于这一崭新的儿童观，黑柳切子及其小说受到了世界各民族儿童读者的欢迎。现代社会对人的尊重，对自由发展个性的倡导，越来越受到人们的重视。

根据以上分析，儿童文学作家文学观的建构需要从以下几方面做出自己的努力。首先，作家应当写出"真实"的儿童文学世界。也就是说，要写出儿童的真性情真需求。"自从儿童文学作为一个独立的门类出现以来，所有经典的、传世的儿童文学作品无不包含着作家对儿童独特精神状态的认识和把握，我们常说的儿童文学作家的'童心'即为此意。"[①] 新时期文学一个重要的特征就是"人的回归"，对人的个性和本真的尊重。具体到创作中，作家要塑造出有血有肉的形象，而不再是过去那种概念化符号化的人物。在儿童文学创作领域，人们极力呼吁创作观从"成人本位"向"儿童本位"转型，认为儿童文学作家应当从当下儿童的精神需求出发，创作出让少年儿童喜爱的文学作品。这样，就一改过去从国家意识形态出发，或者从成人世界的理念出发的创作模式。改革开放三十多年儿童文学创作实绩说明，只有那些真正切入儿童心灵世界，写出他们最为本真的一面的作家才是最受儿童欢迎的。

其次，作家对"儿童本位"的理解不能仅仅停留在现实儿童观上，更要做出属于自己的理解和创建。儿童文学作为一门艺术，在创作时同样要遵循艺术创作的规律，将对现实世界的独特理解转化为文本形式。例如欧美经典《格林童话》、《安徒生童话》等，它们之所以能够吸引一代代儿童沉浸其中，爱不释手，不仅仅是这些文本富有奇特的想象力，更重要的是在这些文本中有着作家对儿童世界的独特思考作为支撑。作为一个有丰富情感和思想的成人，作家应当对当下儿童的成长有着自己的期待和设想。正是这种思考和设想，才能不断促使作家在自己的文学创作中发掘出崭新的认知和情感，让儿童在审美鉴赏过程中获得美的熏陶和人生的启迪。

例如瑞典作家林格伦的《长袜子皮皮》，主人公有一个奇怪的名字，长相也很有特点，做出很多奇怪而有趣的事情。在这些怪异行为和做法的背后，隐藏着的是皮皮那善良热情的品格，是对传统规范的颠覆。以往，人们对好孩子的标准一般是要听话，要按照成人世界的规范去做事。就这样，儿童天性中那些自由快乐的东西在成长中被抹杀了。而在这部书中，皮皮却能

---

① 王泉根：《谈谈儿童文学的叙事视角》，《语文建设》2010年第5期，第48页。

按照自己的想法快乐的生活。特别是她那些奇思妙想，给同伴们带来了很多快乐。小说既满足了儿童对外部世界探求的好奇心，又能不断丰富儿童自身的想象空间。所以，这部作品获得了全世界儿童的欢迎。正如瑞典文学院院士阿尔•隆德克维斯特在授予作家金质奖章的授奖仪式上所言："你在这个世界上选择了自己的世界，这个世界是属于儿童的，他们是我们当中的天外来客，而您似乎有着特殊的能力和令人惊异的方法认识他们和了解他们。"①

最后，文学观念的真正创新需要作家建构自己的儿童文学观。针对当下的儿童文学创作现状，中国儿童文学作家目前最需要的是在文学观上要有着自己的理解，要建构起自己的文学观。就中国儿童文学发展而言，原创力匮乏是一个亟待解决的问题。毋庸讳言，一个不容回避的事实是，在我们的很多儿童文学中都有着西方文学的影子。例如在当下众多儿童文学中，凡是男孩形象一般都被塑造成淘气包，具有叛逆心态，喜欢恶作剧；女孩则多为娇气的小辣妹；或者是某种成人观念的代言人，成为家长老师的乖孩子。这种儿童观已经大大脱离了现实生活，成为某种思想和观念的文学演绎，其创作出的文学作品在艺术价值上自然是大打折扣。因为我们知道，文学艺术的价值集中体现为其创造性的程度。任何对他者的复制和模仿都会影响其艺术价值。所以在今天的儿童文学市场上，很多家长和儿童宁愿选择西方儿童文学名著也不购买中国当代儿童文学书籍。中国作家要立足于社会现实，以个人的独特体验来建构起自己的文学观念。这不但对每个作家提出了更高的要求，而且是解决中国儿童文学生产和传播繁荣的动力所在。

三 艺术形式创新与文学传播

艺术形式是作家根据主题表达的需要而采用的艺术手段，整体上而言，艺术形式革新要服务于主题表达。由于艺术形式能够让文本表达的思想内涵更加富有美感，作家必须在充分了解儿童审美特性的基础上，创作出有着独特意味的艺术形式，充分激发儿童在阅读兴趣。具体而言，儿童文学作家可以通过文本形式创新、表达方式创新和叙述语言创新等创作出独特的艺术形式。

首先，儿童文学文本形式的变革与创新。自20世纪末以来，随着大众传媒时代的到来，很多学者认为人类文化进入了图像时代。同时，我们知道图像对儿童认知有着十分重要的功能，这是由儿童形象思维方式决定的。"读

① 李之义：《长袜子皮皮和她的白发母亲》，《中华读书报》2002年第2期，第16页。

图时代的教育则更借重图画形象性的特点，用图画直观地传递信息、表达思想，并成为人们认识世界的一个快捷方式。而这正与现代快节奏生活相适应。图画长于形象化思维，它能够直接而真实地再现人类社会和自然，从而突破抽象逻辑的局限，以补理性思维之不足。通过图画'静默的语言'（艾尔雅维茨语），可能唤起一种分享的情感，获得一种思想上的交流和审美上的愉悦，让人得到一种共同的体验，从而使主体间性的存在成为可能。"① 在这样一个文化语境中，电视、互联网、MP5等媒介形式为儿童文学图像阅读提供了各种可能性，同时也为作家创作中艺术形式的创新提出了新的挑战。影视同期书、绘画文学、网络文学等逐渐跃入参与到儿童文学艺术形式中来，让儿童文学市场变得更加丰富多彩。

图画书文学在国际儿童文学市场上早已经成为流行的文学种类，但就目前我国图书出版而言，尚处于发展阶段。著名儿童文学评论家方卫平认为："与图画书创作和出版的先进国家和地区相比较，我们在业内人士的专业修炼和社会公众的阅读素养等方面，从总体上看尚处于入门、学习的阶段。"② 文学类儿童图画书往往以精美的文字和图片设计来赢得少年儿童的喜爱，并且在传达思想情感方面，更加符合儿童阅读心理的诉求，将一些难以理解的思想和体验以更加直观的方式提供给儿童。图画书在市场上颇得消费者的欢迎，很多家长在选择儿童文学读物时大多选择那些图像精美的作品。有鉴于此，我国儿童文学作家在创作中可以结合自己的文本构思，让图像叙事参与到文字叙事中来，丰富自己的文学创作，促进儿童文学的传播。

此外，网络文学、影视剧同期书等在今天也越来越成为儿童文学生产多样化的体现。儿童文学网站、作家博客、微博、手机阅读、MP5阅读器等以其迅捷、直观等特点正在悄然纳入儿童读者的视野，电子阅读成为儿童文学的一种新潮流。与以往通过出版社进行文字编辑的纸质书不同，网络文学、作家博客缩短了生产者与消费者的距离，作家可以不经过编辑之手，以最快最便捷的方式将自己的文学文本或创作观点直接传递给读者，与读者进行互动交流。在这种文化语境中，作家更应当不断适应阅读市场需求，借助这些新的媒介形式，在文学创作中不断推陈出新。当然，一个作家不能仅仅是为

① 肖绍聪、刘铁芳：《从文学书到图画书：读图时代的教育思考》，《河北师范大学学报（教育科学版）》2005年第3期，第11页。

② 方卫平：《细节·巧思·主题及其他——关于原创图画书创作的几点初步思考》，《昆明学院学报》2009年第1期，第21页。

了取悦读者而创造出五花八门的艺术形式,而必须是在自己思想情感表达的基础上去展开艺术革新。

其次,儿童文学表达方式的创新。在儿童文学世界里,小说、诗歌、散文、儿童剧、童话、民间故事等在表达方式的运用上各自有所侧重,但不同文体因题材和表达需要不同而各有所侧重。小说、童话、民间故事等文体侧重于叙事,而诗歌更侧重抒情,特别是抒情诗歌。因此作家要依据不同文体特点,在创作中加强文学表达方式的研究和创新。在此,我们不妨以儿童叙事文体为例,考察儿童文学表达方式的创新问题,探讨采用何种方式才能将故事讲得好,讲得生动。

作家的儿童文学叙事要符合儿童接受心理规律。在叙事过程中,一方面,文学叙事探索切忌模仿成人叙事实验,因为儿童对故事的理解主要是源自于一种对因果链的探索,而成人叙事实验往往会将阅读过程中的儿童引入不知所云的境地而导致阅读被迫中断;另一方面,儿童文学叙事不能仅仅满足于对传统叙事结构的继承和模仿,特别是在今天各种媒介信息充斥日常生活的时代里,儿童的思维方式已经发生了很大变化。他们接纳了丰富多彩的文化知识,逐渐形成了不同于传统社会儿童的心理结构。所以,叙事创新就成了当今儿童文学创新问题的关键因素之一。例如在秦文君的《贾梅日记》中,采用日记体形式书写了女孩贾梅追求自我、完善自我的成长经历,涉及很多细节和人物感想,揭示了女孩成长阶段的诸多梦想;而在日记后面,作家又插入了很多故事,展示了贾梅对个体生活的感悟。这种复合式结构对于人物性格塑造和增加小说叙事的新颖性是十分重要。"日记幽微缜密,故事活跃生动,这两样都是作家的强项,是创造力的两极。它们穿插互补,构成了文本的张力。"[1]作家唯有基于儿童心理结构中的审美特点,利用独特的叙事结构表达自己的创作理念,才会真正赢得少年儿童的喜爱。

最后,话语形式的创新。人们研究发现,儿童对于自己无法阅读的语句是拒绝接纳的。因此,作为一名深受儿童喜爱的作家,就要尽量在叙述过程中使用浅显的语汇、口语化的句子和富有节奏的语言。著名作家张之路在谈及儿童文学语言时认为:首先,在意思表达清楚的前提下,语言要讲究文采;其次,语言要有变化;再次,语言还要深刻,有穿透力,有精湛的东

---

① 南妮:《独特的你,世界向你微笑——读秦文君新作<贾梅日记>》,《文汇读书周报》2011年第25期,第10页。

西；最后，语言力求简练、朴实。① 这三条要求看似简单，但真正做到却需要作家们付出艰辛的努力。

文学是作家通过自己的思考而创造出的崭新世界，而非仅仅是一种简单的情感宣泄。一个作家要形成自己独特的话语风格，最终起决定作用的是其独特的构思和认知。一旦作家在内心中建立起这种主题意象，作家就会反复思考采用何种话语方式来准确充分地做出自己的表达，进而形成富有个性的话语方式。例如曹文轩的小说，塑造了一个个具有浓郁乡土气息的诗意世界。作家在小说中往往通过儿童那纯真的眼光来表达对人性之美的判断和体验。《草房子》对桑桑的塑造是通过一些富有变化且简单淳朴的话语进行的。如"那声音很脆，很刺激人。他接着开始撕第二本的、第三本的……不一会儿，草上就有了十二张纸。十二枚大小不一但一律很红的章子，像十二只瞪得圆圆的眼睛在看着他。他忽然有点害怕了。他四下里看了看人，连忙将这十二张纸搓揉成一团。他想将这一团纸扔到河里，但怕它们散开后被人发现，就索性将它们扔进了黑暗的厕所里。"在短短几句话中，作家将桑桑偷了父亲珍藏的笔记本之后偷偷改装时那种幼稚可爱又复杂矛盾的心理毕现无疑，让读者忍俊不禁。这种例子很多，朴实纯真的话语背后隐藏的是作家那颗关爱儿童的心灵。

非但如此，近年来很多儿童文学作品人物在命名方式上也展开创新。他们精心构思，创作了很多个性鲜明的人物形象。在名字设计上，很多小说突出了人物的个性，活泼可爱跃然纸上。如杨红樱的"马小跳"、"马天笑"、"宝贝儿妈妈"、"轰隆隆老师"，秦文君的"香咕"、"不好意思老师"、"对对"、"小闯猛"，郁雨君的"米戈"、"琼耳"、"古古贝"，等等，这些人物形象以富有个性的名字体现了自己的个性，成为少年儿童读者喜爱的人物。马小跳的淘气、聪慧，"轰隆隆老师"、"不好意思"先生对儿童的关爱和教育智慧，让读者爱不释手、回味无穷。

综上所述，作为文学传播的起点，作家在进行文学生产时应当关注大众传媒时代的儿童成长和内心需求，努力构建自己的儿童文学观，在叙事方式和话语方式上做出大胆探索，同时还要注重文体和艺术形式的创新，才能真正为新时期儿童文学走向儿童走向世界作出自己的贡献，让儿童文学在传播过程中实现自己的价值。

---

① 马力：《感悟儿童文学——中国著名儿童文学作家张之路访谈录》，《辽宁教育学院学报》2002年第1期，第76—77页。

第二节 儿童文学传播的媒介组织发展策略

"近年来，随着社会对儿童教育的重视和儿童成长观念的转变，儿童图书市场也越来越大。特别是2000年新的中小学语文教学大纲的出台和新课程标准的实施，小学语文教材儿童文学化成为现实，儿童图书特别是适合小学生的儿童文学类图书的需求量增大，而且儿童图书的出版出现了更加多样化的趋势，"[①] 中国的儿童文学进入了一个色彩斑斓的多媒体时代，多种媒体特别是网络媒体的异军突起不仅更加有利于丰富和壮大儿童文学创作群体，增强作者的创作原动力，而且从根本上强化了儿童文学的游戏精神、娱乐精神，使得儿童文学的价值观更加接近少年儿童的本真世界，儿童文学作为一种跨媒体文化产业的繁荣更加成为一种可能。多媒体时代对儿童文学出版的积极影响毋庸置疑，在这种环境中，儿童文学传播的媒介组织必须能够及时适应市场形势，调整发展策略，建立起适合儿童文学发展趋势的有益模式，才能达到促进儿童文学可持续发展的目的和要求。作为儿童文学的一级传播组织，出版社担任着十分重要的角色，在以追求利益为基础的市场经济条件下，出版社作为联系创作主体与市场的桥梁，其作用显得尤为突出，如何在新的历史条件下为儿童文学的发展注入源源活力成为解决儿童文学传播障碍的又一重要课题。

一 改变传统出版观念

在传统的儿童文学出版过程中，出版社以纸质出版物为载体，由于形式较为单一，而"网络儿童文学出版的自由性、民间性、群众性、自发性、直接性，最能体现出版自由的本质，最能发挥作家的聪明才智，最能满足变化丰富的大众需求，最能落实'百花齐放、百家争鸣'的文艺方针，代表了儿童文学出版的方向，是推进儿童文学大发展大繁荣的基本动力。"[②] 据国内外的调查数据显示，当代儿童对纸质的阅读兴趣普遍下降，而对于电子环境的喜爱与认同则不断增强。浙江师范大学儿童文化研究院院长、儿童文学研究

---

① 谭旭东：《新世纪北京儿童图书出版考察》，《石家庄学院学报》2007年第4期，第119—124页。

② 韩进：《儿童文学出版的市场表现及价值诉求》，《出版科学》2009年第2期，第21—26页。

所所长方卫平说：“既然如此，我们应该更加关注新媒介环境影响下儿童文化的创造，通过把儿童文学作品转换成诸如电子书等电子形态提供给儿童，重新唤起孩子们对文学的兴趣。”在这种条件下，出版社应及时转变思想，树立起“大出版”的发展理念，将儿童文学出版置于一个多媒体的大环境之下，重视网络传播的重要作用。有些人认为，网络传播是传统纸质儿童文学传播的终结者，笔者对这一观点持怀疑态度。在现代社会，网络传播为儿童文学的出版提供了更为广阔的平台与空间，也从一定程度上促进了儿童文学阅读方式的多元化发展。网络将图书、杂志、报纸、广播、电视等媒体的优势集于一身，并将文字、声音、动态图画融于一体，令读者可以进行反复的阅读和视听，增强了可读性与趣味性，网络传播已经成为儿童文学出版一种不可或缺的重要形式，发挥着越来越重要的作用。出版社应该积极地利用网络平台，努力拓宽儿童文学出版的边界和范围，充分发挥其优势作用，使其能够最大限度地服务好儿童文学作品传播。

据笔者调查，网络上的儿童文学作品主要包括网络原创作品以及传统纸质儿童文学的网络形态，随意打开一个儿童文学网站，便可以看到古今中外的各种儿童文学作品，令人眼花缭乱、目不暇接。“在网络这个特殊的传播平台上，儿童文学作品的艺术功能、社会价值以及存在、传播、接受、批评的方式都发生了重大变化，极大地扩展了它们的传播广度，提高了传播速度，拓展了儿童文学接受者的数量和年龄层次。”与此同时，“少儿文学的游戏精神、娱乐精神都会随之强化起来，文学价值观的表达也更接近少年儿童的本体世界，儿童文学由此拥有了前所未有的、可延展的开放性生存空间。”[1]许多出版社逐渐认识到网络的积极作用，努力形成纸质媒体和网络媒体双向互动的全新出版体制，建立起与儿童文学出版市场相得益彰的儿童文学网站，出现了“纯真年代”、“我爱猫窝”、“蓝色面包树”、“榕树下—故事大王”等论坛类儿童文学网站，“中国寓言网”、“中国少年在线”、“中华少年文学网”、“阳光未来城——我们的网上家园”等教育类儿童文学网站，“太阳鸟儿童文学沙龙”、“胖国王儿童文学之家”、“谢鑫童话站”、“外星男孩”等个人主页类儿童文学网站，此外，网络上还出现了集儿童文学书籍销售与阅读推荐为一体的儿童文学网络书店，如“红

---

① 王治浩：《多元媒体背景下的当代儿童文学》，《河南社会科学》2005年第5期，第109—111页。

泥巴村读书俱乐部"便是较早涉足网络儿童文学书店的典型，"红泥巴"将
网站定位为"献给孩子们的网络童话"，它不仅对优秀的儿童文学作品进
行了翔实的展示和推介，而且具有直接面向读者销售的功能，读者可以足不
出户便浏览众多儿童文学作品，这是在书店进行现场挑选所无法比拟的，
这就从一定程度上减少了市场经济体制下的儿童文学出版的一系列不可控的
中间环节，得以直接跟"小读者"见面，作品的自由度和亲切感都得以大大
增强。曾书写过《男生贾里》、《女生贾梅》等儿童文学作品的著名作家秦
文君曾经说："我觉得书内容的好坏与商业的成功是两回事，到目前为止，
中国没有一本自己的真正意义上的儿童文学畅销书。这里面出版界要负一定
的责任。比如说，一本书出版时轰轰烈烈，但不久就销声匿迹，也不再重印
了，因为出版社规定，必须征订数达到多少册才能够开机重印。但书不是一
般的商品，有保质期，应该用一种文化积累的心态去对待原创作品，特别是
儿童文学类的书，常常要出版后10年或15年才是最佳的销售期，但书不在
市场上走，读者早就忘了。"秦文君的话精辟地分析了传统儿童文学作品出
版的弊端，字字珠玑，令人反思。而网络儿童文学作品因为不受征订数目、
出版时长等出版规定和规则的限制，又可以无数次、无条件地进行阅读，所
以并不存在秦文君所提到的传统儿童文学作品出版的"弊端"。目前，"红
泥巴"成为许多儿童文学爱好者的购书阵地，就从一个侧面反映了儿童文学
作品网络出版的受欢迎程度以及巨大的发展潜力。网络对于传统儿童文学出
版的冲击是巨大的，但是，在这个过程中所萌生的众多新思想、新事物却让
人倍感欣喜和振奋，儿童文学出版行业已经开始朝着多元化的方向发展，在
网络世界中呈现出百花齐放的可喜局面。《少男少女》杂志社总编辑、儿
童文学作家李国伟说："我觉得要制造本土的'哈利•波特'，就不能把电
影、电视当做儿童文学的敌人，而应该利用所有的市场手段，五指成拳，整
合中国的文化力量来发展儿童文学。"未来，儿童文学出版应该更加勇敢地
突出重围，在多媒体的大环境当中运用多种媒介交互的方式加以推进，最终
形成相辅相成、和谐统一的儿童文学出版发展局面。在做好传统儿童文学出
版的基础上，大力推进网络儿童文学出版，建立起与传统儿童文学出版相适
应的网络出版方案，并分步执行才是明智之举。首先，建立起儿童文学网站
的权威性。纵观目前国内的儿童文学网站，大多数网站在内容与形式上都较
为平庸，很难带给读者以强烈的阅读欲望，读者的认同感不够强烈，这便与

建立儿童文学网站的初衷相悖。究其原因，是由于这些网站并没有在读者中建立起权威，与读者始终站在相对的界面进行生硬的碰撞，自然不会有好的成绩。其次，重点突出儿童文学网站的新颖性。在众多儿童文学网站中，没有特色的网站往往会落入无人问津的尴尬境地，相反，能够给读者带来新意的网站显然更加有优势。此外，"火星文"等网络语言、网络游戏、亲子博客、QQ群等都是引导读者进入文化现场、增强网络儿童文学作品阅读新鲜感的有效方法。

然而，"传统经典阅读对学生的理解、鉴赏、写作等综合能力的提高至关重要，是网络阅读无法替代的。书面阅读是网络阅读的基础，而网络阅读又是书面阅读必要的补充。网络阅读作为一种新事物，正在蓬勃发展。中小学生阅读既少不了精读，也少不了浏览，传统阅读和网络阅读相互配合，各取所长，不失为一种明智的选择。"①

二 建立立体化运作模式

实际上，在多媒体交互发展的今天，中国的儿童文学在拥有广阔的文化市场，步入产业化发展快车道的同时，也终结了传统儿童文学"单一品种、单一渠道"的发展模式，带来了一股影响儿童文学出版模式的变革风潮。及早地认识到儿童文学的"产业化"优势，建立起适应儿童文学市场发展的"立体化"商业运作模式对整个儿童文学出版行业大有裨益。"现在的儿童文学不再是单一文本品种、单一渠道的流行，其传播是一种立体的全方位覆盖和跨媒体、跨文本品种的复合文化现象，纸媒体、影视媒体、网络媒体甚至玩具、文具齐头并进，文字文本、图画(像)文本甚至声音文本相映生辉。"②不论是生动形象的卡通人物，还是充满视觉冲击力的网络画面，或者是带给读者全方位感受的影视作品，都能够带来比传统文学作品更为"惊艳"的阅读体验。因此，综合利用多种媒体进行传播，建立起一种全新的"立体化"运作模式，成为儿童文学作品获得更多受众喜爱和认可的重要途径。以图像为载体的儿童文学作品会对纯文字作品造成一定的排挤与压力，但是如果运用得当，也可以起到积极的推动作用。比如，迪士尼改编了中国的传统儿童

---

① 张彩秋、董丽娟、张洪菊：《网络环境下中小学生阅读习惯变化的调查》，《春理工大学学报(高教版)》2009年第4期，第134—135页。

② 王治浩：《多元媒体背景下的当代儿童文学》，《河南社会科学》2005年第5期，第109—111页。

文学故事"花木兰",用动画电影的形式推向全世界,票房一路飘红,"花木兰"也由此成为一个可以代表中国的经典卡通形象,其号召力和影响力与之前绝不可同日而语;英国女作家罗琳所书写的7部《哈里·波特》均被搬上了大荧屏,这种与世界观众进行视觉上直接互动的方式十分成功,不仅获得了可观的票房收益,而且大大强化了书中角色的可认知程度,让哈里·波特成为家喻户晓的儿童文学经典形象;近期,郑渊洁所创作的《哪吒传奇》是将图像作品转换为文字作品的成功之作,哪吒的经典影视形象已经深入人心,郑渊洁在这个基础上进行文字的创作与加工,正是践行儿童文学作品"立体化"运作模式的典型。除此之外,有些出版社已经开始尝试开发更多新的周边产品,如将文字作品改编为卡通漫画书籍,进行热门品牌商标的注册,以知名的文学作品角色为品牌进军玩具、文具、游戏等领域。

三 探求更高审美选择

儿童文学作品的创作和出版的初衷应该是关注儿童的心灵世界,满足儿童的心理需求,提升儿童的心灵境界。在儿童文学的世界当中,儿童的心灵应永远置于一个核心位置,出版社应该能够让儿童文学作品与儿童的心灵产生共鸣,出版一些适应少年儿童精神生活需求的作品,充分利用多媒体的优势,持一种兼容开放的态度,勇敢地挣脱儿童文学作品传统现实题材的束缚,将出版的审美选择提升到一个崭新的高度当中。

目前,科幻作品逐渐成为少年儿童最喜爱的儿童文学体裁之一,科幻作品作为一种经典的儿童文学,其本身就具有一定的神秘感,这对于少年儿童读者来说无疑具有很强的吸引力。但是,由于国内儿童文学科幻创作起步较晚,且多借鉴西方科幻作品,缺乏本土化的吸引,因此在儿童文学市场上始终处于不温不火的状态。但是,随着中国科技的不断进步和发展,少年儿童对科学技术的探求欲望也逐步加深,科幻作品越来越受到读者们的喜爱和欢迎。《小灵通漫游未来》的作者,著名儿童文学作家叶永烈指出,"最近一项关于我国城市儿童想象和幻想研究的课题显示:中小学生最喜欢看的书是科学幻想读物,但在接受调查的孩子中,有43.6%的中小学生认为目前的科幻读物不能满足需要。长期以来,我国儿童类图书大多以知识性、教育性为主,不重视儿童的纯真天性,儿童读物市场中'非智力'读物一片空白。"此时,出版社应紧紧把握市场脉搏,将出版科幻作品纳入整体出版规划当中。首先，发挥好总编辑整合版权资源的优势。全面理清既有的科幻作品版权，通过重新包装、多媒体出版等方式实现科幻儿童文学作品的综合利用，促使老版科幻作品焕发出新的生机，填补目前科幻儿童文学作品的市场空缺。其次，注重与民营书业的合作。目前，民营书业正处于一个高速发展的历史时期，出版社"通过优势互补、相互促进，把民营品牌提升、转化为出版社的自有品牌，形成互惠双赢的格局，为出版社在新一轮的产业竞争中加重砝码，增强动力"①，与民营企业一道填补科幻作品市场空缺。最后，大力扶植适应目前市场需求的科幻文学作品，走一条具有中国特色的科幻作品发展之路，为少年儿童呈现出更多本土化的优秀作品。国内著名科幻小说家杨鹏便是这其中的先驱者。他将国际瞩目的科技话题引入到自己的作品创作中，特色鲜明，时代感强，同时，他丝毫没有忽视对作品进行童话色彩的浸润，使得自己的科幻儿童文学作品更加贴近少年儿童的内心世界，深受读者的喜爱。

近年来，网络在少年儿童当中的普及速度之快，影响之大令人咋舌，这其中也透露出一个信息，那就是网络已经成为少年儿童生活当中必不可少的一个成员。由于网络兼具沟通交流、休闲娱乐等功能，因此十分自然地融入了少年儿童的生活当中，少年儿童与网络的故事也越来越丰富有趣，目前，市面上有许多诸如《少年网事丛书》（花衣裳工作室著）、《QQ宝贝》（周晴、周桥著）、《e班e女孩》（张弘著）等网络题材书籍，这些在青少年群体中畅销的作品便是适应市场需求所出版的应时之作。这些作品都是以网络为主要发散点，对网络世界中的各种趣闻轶事、情感交流、奇事乐事等进行创作和改编，符合当下少年儿童的精神需求。此外，有些出版社还出版了融科幻、网络等社会热点于一体的图书，如星河所著的《网络游戏联军》、《决斗在网络》等，都成为卖点较多的畅销书籍，取得了良好的市场效益。

青春与时尚是少年儿童梦想追逐的目标，象征着青春与时尚的作品也因其清新独特的风格、优美流畅的文笔以及幽默有趣的故事格外受到广大少年儿童的青睐。此类作品的成功无不向出版行业传递着一个信号：要勇于冲破现有儿童文学作品纯文学、严肃性的审美限制，去市场中迎接读者的洗礼。上文所提到的"花衣裳工作室"就是在创作出版青春时尚作品中脱颖而出的

① 何军民：《影响的焦虑:大众传媒时代的儿童文学创作和出版》，《出版广角》2010年第2期，第58—59页。

佼佼者，她们的作品符合流行审美观点，顺应少年儿童读者的情感诉求，曾创下了三年时间出版十套丛书，在两三个月内重版最高五次的佳绩，并荣膺全国少儿类畅销书排行榜，其网站的访问量也高达350多万人次，社会影响力不容小觑。

　　大自然是世界对人类最美丽的馈赠，少年儿童本身具有的对大自然的好奇心决定了以大自然为题材的儿童文学作品本身就具有一种天然的吸引力。但是，在儿童文学的世界中，以大自然为题材的作品并不多，一是由于以大自然为蓝本的文学作品很难写出新意，容易流于平庸；二是由于出版社没有充分认识到这一领域的发展潜力，将这一题材划归为"冷门"。但是，越来越多的"自然主义"作家以及开始竖起了"自然美学的大旗"，如刘先平所著的《天鹅的故乡》、《圆梦大树杜鹃王》、《黑麂的呼唤》等作品，均是以野生动物世界为素材，为读者呈现出一部部原汁原味的自然文学读物大餐。在描写野生动物世界的过程中，动物原始而凶猛的本性为作品注入了许多冒险精神，这与传统儿童文学崇尚"童趣"的模式大相径庭，"作品将读者的视线引入更为广阔的自然空间，让他们在感受大自然丰富多彩的同时，实现对人类根性的寻找和对人类诗意生存空间的追寻，无疑实现了儿童文学与成人文学的沟通，在儿童与成人之间建起了一个公共的审美空间。"[①]

四　树立图书"品牌效应"

　　纵观整个出版行业，我们不难发现，获得读者认可的"品牌"出版社和作家所获得的经济效益最高，因此，在竞争激烈的儿童文学市场中，树立图书和出版的品牌，形成一定规模的品牌效应，对繁荣儿童文学市场，催生出更多优秀的儿童文学作品大有裨益。其中，通过塑造"品牌作者"打响出版社的品牌，促使出版社出版更多品牌书的做法尤为普遍，较为著名的有上海文艺出版社与易中天，中华书局与于丹，接力社与杨红樱，21世纪出版社与郑渊洁等，这些作家在为出版社树立形象的同时，也得到出版社的帮助与支持，两者是一种相辅相成、相得益彰的关系，树立品牌已经成为现代儿童文学市场的迫切要求和现实愿望。

　　出版社对于儿童文学作家具有一定的指向性，要善于提炼与突出儿童文学作家的不同特色，也就是品牌特点。秦文君、黄蓓佳、李凤杰分别打出了

---

　　① 方卫平：《儿童文学的当代思考》，明天出版社1995年版，第214页。

"感动孩子"、"传递中国传统文化"、"还原农村少年生活"的品牌，他们所创作出版的《男生贾里》、《女生贾梅》、《中国童话》、《针眼里逃出的生命》、《草房子》、《根鸟》、《青铜葵花》、《第三军团》、《非法智慧》、《霹雳贝贝》等一系列耳熟能详的儿童文学作品，都是出版社与作家通力合作所形成的特色品牌，树立起了一个又一个角色品牌，成为不同时代儿童文学作品的经典代表。有的出版社看到了品牌效应的优势，在打造作品和作家品牌上下工夫，走出了一条充满惊喜的阳光发展之路。如人民文学社的"哈利·波特"系列，接力出版社的"淘气包马小跳"系列、浙江少儿社的"冒险小虎队"系列、上海少儿社的"迪迦奥特曼"系列等都是十分成功的范例。此外，湖北少年儿童出版社所推出的"百年百部中国儿童文学经典书系"，把叶圣陶、冰心、张天翼、管桦、邱勋、徐光耀、高士其等作家的100部经典作品集合起来，形成了一部能够影响和历练几代人的品牌图书，一经推出市场就取得了轰动效应。中国少年儿童出版社陆续推出了《儿童文学》杂志社主编的"盛世繁花"系列，将当代经典的儿童文学作家作品奉献给儿童读者，还有该社2005年推出的《（前面有空）冰心儿童文学全集》系列和"纯真年华"儿童文学获奖作品系列，江苏少儿社推出的"曹文轩纯美文学"系列和"金波的纯美文学"系列，21世纪出版社推出的"红色经典"系列，春风文艺出版社推出的"小布头丛书"，黑龙江科技出版社推出的"成长的书香：儿童文学名家精品选"，河北少儿出版社推出的"世界经典动物故事"等优秀图书，少儿出版界的这一系列经典文学童书出版行为，便是出版社进行商业性品牌打造的策略。[①]

五 探求图书营销策略

据统计，中国拥有3亿少年儿童，可以说占据了世界上最大的儿童阅读市场，然而我国的儿童文学市场却长期被外国儿童文学作品所占据，最典型的例子便是《哈利·波特》的巨大成功，这部系列丛书在中国创下骄人销售业绩的同时，也为中国的儿童文学市场上了一场生动的营销课。中国的儿童文学图书亟须一种有效的营销策略打破僵局，全面开启一个崭新的图书营销时代。

首先，深入了解市场诉求。作为儿童文学作品的受众群体，儿童文学作品的创作与出版应该以少年儿童的需求为基础，作家和出版社应该找准儿

[①] 谭旭东：《文学童书出版的价值追求》，《中国出版》2007年第6期，第8—10页。

童的兴趣点，并善于将这些兴趣点转换为文学话题、大众话题、社会话题，增强儿童文学作品适应市场的能力，满足绝大多数少年儿童的内心需求和欣赏需要。与成人阅读文学作品的态度不同，少年儿童更加关注儿童文学作品本身对自己的理解，而且他们更加在意与成人世界的沟通，渴望从书中探求成人的世界。这是一种十分普遍的儿童心理。在对几个较为成功的儿童文学作品进行比较研究后发现，那些能够较好地发现少年儿童的兴趣点，并有效融入成人元素进行全程宣传的作品所取得的成功更明显，影响力更大。如李芳芳所著的《十七岁不哭》，便是选取了少儿与成人的对接点，对成长过程中的情感、困惑进行了生动有趣的描写，既贴近少儿的生活，又满足了他们的精神需求，这部作品后来被翻拍成电视连续剧，也取得了很好的收视率，图书作品与影视作品相映成趣，《十七岁不哭》成为当时炙手可热的儿童文学作品，剧中扮演杨宇凌的郝蕾、扮演简宁的李晨等，目前仍然活跃在影视娱乐圈当中，跟随着这部剧长大的少年儿童也已经真正成长，成为社会的中流砥柱，但是他们依然对这部作品有着深深的情结，提起郝蕾、李晨等演员也总是首先想到他们在《十七岁不哭》中的出色表现。再如，2000年少年作家韩寒的横空出世，他以略带叛逆的形象推出了自己的首部长篇小说《三重门》，出版社在图书的推荐语中这样写道："眼下的韩寒已经成为一个话题——一个高材留级生引出的话题。"出版社有意无意地塑造出韩寒叛逆的才子形象，实际上是顺承当时的教学改革所作出的营销策略，当时正值"新概念作文大赛"的鼎盛时期，许多名牌院校想要通过比赛"以文选人"，引发了一场声势浩大的少年作者创作高潮，在这种情况下，以一篇《杯中窥人》问鼎大赛的韩寒几乎成了叛逆少年成功的代名词，他的一举一动都牵动着许多学生和家长的心，许多少年儿童急切地想要了解这位"偶像"的生活方式和理想追求，出版社及时收集了这一信息，并付诸韩寒作品营销的始终，将韩寒"叛逆才子"的形象塑造得十分成功。此后，韩寒的作品依然层出不穷，出版社依然根据不同的市场需求进行营销策略的调整，均十分成功。直到现在，韩寒仍然活跃在青年作家当中，因其个人事业和作品的受欢迎程度，成为中国文坛中新一代的青年才俊。

其次，直面终端进行推广。与成人的图书销售不同，少儿由于不能轻易接受引导并没有消费能力，因此销售策略要复杂得多，这不仅要考虑到孩子的认知，而且要照顾到家长的情感，只有将两者兼顾周全，才能取得良好的市场回报。比如由海南出版社出版，日本儿童文学作家黑柳彻子所著的日本经典儿童文学《窗边的小豆豆》就是主打家长营销牌，将"你也曾经是孩子"渗透到营销宣传的各个环节，图书所倡导的这种理念让家长产生了共鸣，家长作为少儿的"意见领袖"带动孩子读书，形成了共读一本书的良好互动，效果良好，销售业绩不俗。作为出版社来说，与家长和少儿保持良好的积极互动十分重要，如与各类少儿报纸、杂志保持良好关系，合作进行图书促销活动；与学校或书店合作，进行图书的相关活动；邀请图书作者到学校进行宣讲等，这些都是直面终端进行推广的好办法。

最后，实行区域市场战略。目前，随着儿童文学市场的不断扩大，着眼于全国市场的儿童文学作品不一定能够获得成功，而针对某一区域市场的作品却越来越受到青睐，儿童文学作品的区域化经营形成气候，并在此基础上逐步向全国推进，这种循序渐进，重点突破的营销策略成为儿童文学作品销售的崭新路径。如郑渊洁就曾将自己的童话全集选在江苏签售，秦文君也将自己《花香文集》的推广选在了江苏，因为江苏素有"童话大王摇篮"之称，拥有十分丰富的读者群体，作者们选择将这里作为自己作品的根据地，在这个重点地带做成功，转而带动全国的影响力，的确是一个很好的营销策略。"但是，在中小城市包围大城市的过程中，不要忘记发挥中心媒体的重要作用，毕竟小城市媒体资源的覆盖力有限。"①

六　探求儿童文学自身的市场潜力

作为媒介传播的主体，儿童文学本身的文学性和艺术性决定了作品本身的价值，但是将一部儿童文学作品放到市场竞争当中，出版社和作者却需要综合考虑多方面的因素。首先，出版社应充分发挥好引领市场导向的作用，在将优秀的儿童文学作品推出市场的同时，注重将儿童文学作品本身深层次的意蕴和优势发掘出来进行宣传，让广大少年儿童能够更加充分地认识到其中的文学内涵和艺术内涵，强化读者对儿童文学作品的热爱程度，让儿童文学作品的生命力更强；其次，出版社和作家要善于跟随现实世界的步伐，广泛关注少年儿童的实际需要，创作和出版一些适宜少年儿童进行阅读，能够充分调动少年儿童阅读积极性并对他们有积极影响力的儿童文学作品，而不是仅限于凭借作家和出版社自己的揣度与想象去创作和出版一些与现实需要

---

① 陈苗苗：《对少儿图书营销的思考》，《中国出版》2007年第2期，第27—29页。

和实际生活相脱节的儿童文学作品；再次，"大众传媒为了最有效地影响受众，极力重复少数几种报道模式来影响受众。"① 在这种规律的影响下，作家和出版社更应当在创新作品内涵上下工夫，只有这样，儿童文学作品才能凸显出自己的优势和特点，让读者最大限度地感受到来源于作品本身的魅力，从而吸引更多的读者进行阅读，让儿童文学作品在市场中获得更加欣欣向荣的生命力。

第三节 发挥儿童文学传播的"意见领袖"作用

在儿童文学的传播过程中，由于其传播的主要受众群体——儿童具有思想意识不成熟、消费意识未觉醒的特殊性，这些未满12岁的少年儿童没有经济来源，图书消费只能依靠家长支付，因此他们不能轻易接受儿童文学市场的引导，去进行最本真的原始购买和阅读，二是要通过老师和家长的指引和支持去实现对儿童文学的需求，在这个过程中，老师和家长成为儿童文学的二级传播者，发挥着"意见领袖"的重要作用。在前文中的调查研究中提到，教师的儿童文学素养缺失、语文教材选文缺失、家长的非科学引导等因素都是影响少年儿童更好地接收（接受）优秀儿童文学作品的原因。现从以下几个方面进行相关对策解析。

一 提高语文教师儿童文学素养

随着新课改的不断推进与深入，儿童文学作品的重要性越来越凸显出来，语文教师的儿童文学教学工作也越来越受到重视。据前文调查显示，中小学语文教师儿童文学素养的现状不容乐观，具体表现在：中小学语文教师对儿童文学理论知识学习、对儿童文学作品阅读、对儿童文学的认识均十分欠缺。在这种情况下，只有不断提升语文教师的儿童文学素养，才能够正确地指导儿童进行自觉阅读，让阅读儿童文学作品成为儿童的一种兴趣和习惯，从而最大限度地发挥儿童文学对儿童的积极作用。提升语文教师儿童文学素养的途径是多方面的，其中，不断丰富对儿童文学作品的认知以及提升

---

① 何军民：《影响的焦虑:大众传媒时代的儿童文学创作和出版》，《出版广角》2010年第2期，第58—59页。

指导学生开展儿童文学阅读的能力和技巧尤为关键。下面从以下几个方面来
阐释提升语文教师儿童文学素养的路径。

　　语文教师自身儿童文学作品的储备是其对学生进行儿童文学阅读指导的
基础，因此，不断充实语文教师儿童文学作品的阅读量是提升其指导水平的
第一步。新课改的施行让课本中的儿童文学作品更加凸显出其文学性和趣味
性，这些儿童文学作品的新特点能够在一定程度上促使儿童产生自觉阅读的
兴趣，自然而然地产生一些想要阅读与之相关的儿童文学作品的欲望。作为
儿童进行阅读的重要"意见领袖"，语文教师们要指导儿童进行深度阅读，
拓展其阅读广度，帮助儿童收获最佳的阅读成果。《语文课程标准》要求：
"在九年义务教育中，学生的课外阅读总量应达到400万字以上，并提出如
下选择意见：《安徒生童话》、《格林童话》、中外现当代童话等；《伊索
寓言》、《克雷洛夫寓言》、中国古今寓言等；《西游记》、《鲁滨逊漂流
记》、《格列佛游记》、《童年》等。"这样的教学要求无疑对老师的阅读
量提出了新的要求，语文教师必须拥有广博的儿童文学知识，广泛涉猎古今
中外的儿童文学作品，只有拥有这样的基础作为铺垫，语文教师才能在指导
儿童进行阅读方面做到得心应手，游刃有余。

　　在语文教学活动中，语文教师普遍存在缺乏儿童文学教育理念的状况，
错误地将教材中的儿童文学作品与成人作品"一视同仁"，用成人的视角去
分析作品，使得儿童文学教育偏向成人化，与儿童的偏离程度越来越严重。
虽然成人文学作品和儿童文学作品都属于文学的范畴，但是成人文学作品更
加偏向理性化，而儿童文学作品则更富于感性色彩，因此在教学过程中，
语文教师应该努力提升自己的儿童文学教育理念，充分认识到儿童文学的特
点，运用自己的教学能力和技巧，最大限度地将儿童文学作品的积极作用发
挥出来，让学生们充分领略儿童文学的独特魅力，引导他们去理解和发现儿
童文学作品中的生动之处，指导他们在其中陶冶情操，提高文学素养，从而
达到为少年儿童提供正确有效的儿童文学作品指导的目的。"语文教师在指
导学生学习儿童文学作品时，应以儿童为本位，转换审美视角，真正地认识
和挖掘作品中的儿童情趣，激发学生的学习兴趣、好奇心、求知欲引导学生
进行自我学习、探究学习。这就需要语文教师认真研究现代儿童文学理念，
进行系统的理性思考和理论的提升，提高儿童的审美意识，发挥儿童文学作

品教学时的主导作用。"①

对于少年儿童而言，他们对儿童文学的涉猎，除了课本上选登的之外，最重要的来源就是语文教师的推荐了。在这个过程中，语文教师要做到将优秀的、适合学生年龄的儿童文学作品推荐给学生阅读，并且帮助他们解决在阅读过程中出现的困惑，让他们畅通无阻地进行阅读，汲取最多的营养成分。首先，注重课内阅读与课外阅读的有机结合。语文教师在进行课内儿童文学阅读的同时应积极拓展与之相关的课外儿童文学作品，对相关作品进行生动有趣的介绍，引导学生在课外去阅读这些作品。其次，积极凸显儿童文学作品的趣味性。儿童文学作品的受众由于年龄小、思想意识不成熟等特点，决定了儿童文学作品必须具有一定的趣味性。语文教师在推荐儿童文学作品时，一定要善于将趣味性与教育性结合起来，营造生动有趣的阅读氛围，引导学生在趣味中走进儿童文学的世界，自然而然地领会作品的精髓，并从中达到受教育的目的。

少年儿童由于年龄尚小，没有形成相对固定的阅读习惯，独立阅读的能力较差，他们对儿童文学作品的理解往往只停留在有趣的故事表面，而无法发掘深层次的内涵，这就要求语文教师要进行正确的引导，并告诉学生正确的阅读方法，明确阅读过程中的各种注意事项。现代心理学研究表明："兴趣是影响学习活动的最直接、最活跃、最现实的因素。"对于儿童而言，这项研究同样适用。因此，语文教师在进行儿童文学阅读的引导过程中，要注意充分地调动儿童的积极性，让他们产生浓厚的阅读兴趣。可以通过比赛的形式，举办以儿童文学作品为主题的朗诵、征文等主题活动，让学生们在竞争中激发兴趣；还可以通过举办故事交流会，让同学们自己讲故事，在娱乐的过程中共同学习一些经典的儿童文学作品，达到寓教于乐的教学目的。

二 完善语文教材选文思路

目前，儿童文学作品已经成为小学语文教材中的重要组成部分，特别是新课改实施以后，儿童文学在整个教材中所占的比重大大增加，但是，虽然数量有所增加，重视程度有所增强，但是入选到语文教材中的儿童文学作品在内容上却有些差强人意，存在着苦难意识缺失、隐含对儿童审美能力偏

---

① 许湘云：《如何对小学生开展儿童文学的课外阅读指导》，《文教资料》2011年第7期，第69—71页。

见、缺乏游戏精神等普遍缺点，现从以下几个方面进行对策分析。

据前文分析，入选语文教材的儿童文学作品大多以颂扬美好生活，给儿童带来幸福体验为目的，文章的基调是明亮的，这在无形当中给孩子塑造了一个完美无瑕的世界，让他们在阅读的过程中潜移默化地形成了较为片面的世界观，认为世界上只有光明没有黑暗，只有善良没有邪恶，这势必会导致他们日后走进纷繁复杂的社会时产生不适应的感觉，甚至无法适应社会的现实。因此，适当地选择带有苦难色彩的儿童文学作品进入课本，能够较好地平衡这一关系，以苦难为基调的儿童文学作品通过对困境和苦恼的描写，向少年儿童传递这样一个信息："人生并不是一帆风顺的，只有经历了风雨才能见到彩虹。"少年儿童在这样的作品中汲取人生的宝贵经验，能够更加理解在顺境中珍惜，在逆境中拼搏的人生道理，为今后的学习和生活奠定一个良好的思想基础。

在传统的对儿童审美能力的认识中，成人对儿童审美能力具有较深的偏见。从入选中小学语文教材的选文中，笔者发现由于编者对儿童审美能力的偏见，导致许多文章进行了错位入选，许多小学生可以阅读并理解的文章被选入了初中教材；还有一些作品被删节或修改，认为这样能够让中小学生更好地理解，殊不知却破坏了其本有的艺术性。这些现象的存在势必会影响儿童文学作品发挥其积极的影响，因此，要想从根本上解决这一问题，应该首先破除对儿童审美能力的偏见，充分理解儿童的内心世界和精神需求，并以此为基础选择适合他们的儿童文学作品。少年儿童拥有超乎成人想象之外的理解力和想象力，因此在选文时一定要保持儿童文学作品的原汁原味，一定不要进行不必要删减和修改，让儿童文学作品用最真实的面貌去深入读者内心，产生思想和情感上的共鸣。

中国应试教育的现状决定了中小学语文教学带有强烈的教育色彩，儿童文学教学作为语文教学的一部分同样不例外。入选中小学语文教材的儿童文学作品也正是遵循了这条"教育性"原则，语文教材编者将灌输知识作为选文的首要条件，而忽视了儿童文学的"游戏精神"，这在一定程度上降低了儿童文学作品对少年儿童的吸引力，无法达到最佳的教育效果。实际上，儿童文学作品本身所具有的生动性决定了其必须以"游戏精神"来进行学习和阅读，语文教材的编者应该善于运用这种"游戏精神"，以适合不同年龄阶段的作品的"文学性"作为选文前提，选择具有想象力的、新颖的儿童文学作品进入教材，让学生能够抛开"教育性"理念的束缚，接受到更加轻松随意的儿童文学作品，在其中畅游翱翔，领略儿童文学作品的真正魅力。

三 落实和改进新课改要求

新课改的实行为学校的课程教学带来了新的生机与活力，学校在课程设置上更加灵活，这为儿童文学阅读活动提供了良好的平台。分析新课改带来的变化，我们不难发现，儿童文学作品的入选比例显著增大，教学要求也有所提升，新课改对儿童文学作品的重视不仅让教学的主题更加清晰，而且为学生进行儿童文学的系统学习奠定了良好的基础。学校可从以下几个方面进行努力：

目前，许多学校都安排了专门的儿童文学阅读课，学生携带自己感兴趣或者老师推荐的书籍到课堂上进行阅读，课程一般由语文老师进行执教，学生在阅读的过程中如果遇到问题可以向老师进行询问，老师负责对这些问题进行答疑解惑。然而，单纯的儿童文学阅读课已经不能最大限度地调动学生的积极性，因此，不断丰富儿童文学阅读课程体系，将儿童文学阅读的表现课程纳入课程体系，成为解决这一问题的首选路径。所谓儿童文学阅读表现课程是通过丰富有趣的授课模式，让学生通过自己的实际行动去体验儿童文学作品的内涵，产生强烈的思想共鸣，从而达到儿童文学的教学目的。如：在表现课程中，可以将学生进行分组，用表演的方式演绎儿童文学作品的片段，并最终写出每个小组成员的表演心得，拿到课堂上进行交流，这种表现课程能够提升学生的参与感，充分调动学生的积极性，从根本上增强他们对儿童文学阅读的兴趣。

由于儿童所处的年龄阶段自制力和自觉性都较差，因此学习团队中的相互激励显得尤为重要。当一个学生单独进行阅读时，很容易出现注意力不集中的现象，影响阅读效果，但是如果一群学生在一起阅读，并且设有一定的目标任务时，这个团队中的所有人员便能够受到激励而积极阅读，收到较好的阅读效果。因此，语文教师应在阅读课中拿出一定的时间用于学生的交流与分享，鼓励每位学生发言，在这个过程中，不仅能更加牢固阅读收获，而且能够带动其他同学进行阅读，形成良好的阅读互动。

学校图书馆是提升学生儿童文学阅读能力的"好帮手"，图书馆中藏书众多，学生们的选择余地很大，他们能够自由地选择自己喜欢的书籍，按照自己的兴趣进行阅读，所取得的阅读效果最佳。因此，学校应该尽量保证学生每周都有进入图书馆进行自由阅读的时间，并制定相应的阅读规则进行约束。在学生的阅读过程中，老师应进行及时的指导和帮助，纠正错误的阅读方式，鼓励积极的阅读态度。阅读进行完后，教师可以组织后续的活动进行巩固，如开展征文比赛、知识竞赛、儿童剧展示等活动，并将其纳入学校的课程当中，形成正规系统的体系，让儿童文学作品阅读活动成为学校教学的一项不可或缺的重要内容。

四 发挥家长的积极引导作用

在儿童文学传播的过程中，家长作为二级传播的"意见领袖"，不仅担任着儿童监护人的角色，而且是儿童文学作品的最终消费者，因此，家长对儿童如何选择儿童文学作品的作用十分巨大。据有关调查显示："家庭中具有一定数量的书籍，与儿童的阅读能力之间有一定的关系。阅读材料对儿童的影响，是通过父母卷入阅读这些材料的活动而实现的。"发挥好家长的积极引导作用，形成家长与孩子同读一本书的良好阅读氛围，将对提升儿童的文学素养，建立起正确的阅读体系起到积极的促进作用。

家庭教育对于孩子的影响是非常巨大的，在家庭中培养儿童的阅读兴趣非常重要。总的来说，如果一个家庭中拥有良好的文化氛围，家长有阅读的良好习惯，那么在这种潜移默化的影响下，孩子也会形成较好的阅读习惯。因此，家长应该充分发挥好孩子的"第一位老师"的积极作用，多购买一些有益的儿童文学书籍、报刊等，在家里营造一种浓郁的书香氛围，并且自己也加入到阅读当中，以身作则认真阅读，并与孩子共同探讨儿童文学作品中的故事，增加互动，充分调动孩子的阅读积极性。

在现实生活中，许多家长受到"开卷有益"的引导，认为只要是书就都对孩子有益，其实，对于认知力有限的孩子来说，在有限的时间里阅读到最适合自己的书籍才是最好的方法。但是，孩子并不具备挑选适合自己书籍的甄别力，因此，家长自然要承担起挑选书籍的任务，选择适合孩子的书籍进行购买。首先，家长应充分地认识到，所谓合适的儿童文学作品，首先应该是儿童喜爱的儿童文学作品，一般认为，"儿童喜爱的儿童文学是层次划分清晰、年龄特征鲜明、有较强的阶段性和针对性的文学作品。其语言生动形象，符合规范，富于儿童情趣，特别能激发儿童的阅读兴趣，满足不同年龄阶段儿童读者的心理需求和审美需求，"①如许多耳熟能详的经典作品《一千零一夜》、《上下五千年》、《稻草人》、《寄小读者》、《男生贾里》等都成为许多家长的选择；其次，家长要根据自己孩子的年龄和性格特点去选择儿童文学作品。目前市面上销售的儿童文学作品，大都标注了适宜的具体年龄段，这给家长的挑选带来了一定的便利。家长可以在合适年龄段的书籍中挑选适合自己孩子的书籍，如孩子的性格偏内向，可以选择以冒险精神为主题的书籍，打开孩子的内心；如果孩子的性格有些叛逆，可以选择乐观积极为主题的书籍，帮助孩子调整心境等。

父母与孩子"同读一本书"是当前教育界十分推崇的一种阅读方式，许多学校都将这种方式进行了普及，结果表明：家长和孩子都十分认同，效果良好。其实，父母在与孩子共同读书的过程中为孩子树立了榜样，孩子在家长的支持和引导下也能够更好地理解书籍的内涵，它们之间是一种相互促进、相辅相成的关系。父母在家中认真读书的态度会影响到孩子的读书态度，他们也会效仿家长认真的样子去读书，并且家长在读完书后还能够帮助孩子进行阅读，并将自己较为成熟的理解直接传达给孩子，让孩子的读书更加轻松，产生良好的阅读效果。

目前，由于少年儿童所面临的升学压力较大，除了课堂上的正常学习之外，课余时间也通常被课业所填满，孩子基本上没有时间去阅读儿童文学作品。家长和老师也通常站在应试教育的角度上，过分关注学习成绩，而对孩子进行儿童文学阅读进行限制。其实，面对这样的情况，家长和老师不应该采取一味管制的手段，对孩子进行儿童文学阅读进行简单的控制，而是应该"站在孩子的角度进行考虑，鼓励孩子在做好功课的前提下适当阅读儿童文学作品，并帮助孩子进行时间上的规划，将分散的时间充分利用起来"，②这样一方面不会影响孩子的正常学习，另一方面也很好地满足了孩子阅读儿童文学作品的兴趣，对于提升孩子的文学素养打下良好的基础。

---

① 梁俊、刘代友：《当前中小学生儿童文学阅读现状调查分析》，《四川职业技术学院学报》2007年第2期，第78—79页。

② 池文清：《儿童阅读能力培养的模式探究》，《文学教育》2010年第2期，第60—61页。

第四节　畅通儿童文学接受与反馈路径

作为儿童文学作品的最终接受者，少年儿童因具有认知力不足、依附性强等特点，在接受的过程中受到各种内因和外因的共同作用而产生接受阻力，即"接受障碍"。据前文对儿童文学阅读现状与接受障碍的调查显示：儿童文学的接受过程充满了各种障碍，具体表现在社会、媒介、家庭等外部环境障碍以及儿童自身的阅读能力障碍等，这些障碍的出现，在一定程度上阻碍了儿童文学作品的顺利传播。与此同时，作为儿童文学作品受众的少年儿童的阅读心理、购买偏好等因素也会反过来对市场形成反馈作用，直接影响写作和出版的倾向和思路，同样，在这个反馈的过程中也存在着一些障碍，影响着作者和出版社对市场的判断力。因此，扫清儿童文学接受与反馈过程中的障碍，是畅通儿童文学传播，适应儿童文学市场的必经之路。现从以下几个方面谈相关对策。

一　营造良好的外部环境

"优秀的儿童文学作品，既是儿童学习语言的最好范本，也是儿童学习成为'人'的通灵宝玉"，从心理学的角度来讲，儿童文学的接受是从内心的需要开始的，基于这种需要会产生对儿童文学作品的关注，继而付诸行动去进行听讲和阅读，最终对阅读儿童文学作品产生浓厚的兴趣。因此，儿童文学的接受过程大致可以总结为：需要——注意——阅读——兴趣。在这个过程中，少年儿童的自制力差、依附性强等自身特点决定了其在接受过程中的每个环节中都会受到外部因素的影响和制约，产生一个或顺畅或阻碍的接受过程。因此，"要使儿童文学得到发展，走向繁荣，必须营造良好的儿童文学生态环境，使政府重视儿童文学，社会重视儿童文学，教育界重视儿童文学，出版界和传媒界重视儿童文学。"①

（一）营造关注少儿阅读的社会环境

所谓环境是指存在于少年儿童周围的客观世界，它包括自然环境和社会

---

① 谭旭东：《儿童文学的现实困境与发展对策》，《淮北职业技术学院学报》2007年第4期，第24—26页。

环境。少年儿童只有在良好的自然环境中才能够健康茁壮的成长，同时，社会环境作为一种潜移默化的外部影响力，也会对少年儿童产生不容小觑的影响和作用。社会环境不仅会对儿童阅读产生直接的障碍，而且会对二级传播中的主体——语文教师和家长产生障碍，从而影响儿童文学的传播过程。此外，"知沟"的存在导致了儿童文学作品传播的不平衡性逐渐明显，这种不平衡性使得经济状况较好的受众群体与经济条件较差的受众群体之间在儿童文学的信息接收量上的差距越来越大，产生了不同地域的少年儿童信息接收不平衡的消极影响。也就是说，语文教师、家长以及社会现实，共同构成了制约和影响儿童接受的社会环境。

受到中国教育体制的影响，语文教师和家长重视分数而忽视阅读的现象十分普遍，他们的态度和做法直接影响着儿童文学作品能否最终传播到少年儿童手中。在少年儿童对儿童文学作品极度缺乏并渴望的今天，语文教师和家长必须从根本上改变自身对儿童文学作品的偏见，帮助学生正确处理好考试与阅读的关系，让学生们在轻松愉悦的氛围中进行学习和阅读。首先，语文教师和家长应该转变传统的应试理念，将提升学生文学素养的儿童文学阅读纳入到教学和教育的过程当中，帮助学生营造一种积极和谐的阅读环境。语文教师和家长要在重视教材中儿童文学作品的同时，鼓励学生阅读更多的儿童文学作品，并充分发挥其引导和推荐的作用，让更多更好的儿童文学作品进入孩子们的世界。其次，语文教师和家长要积极提升自身的儿童文学素养。长久以来，"儿童文学一直像异己一样被中国文学学科体制所排斥，全国各大学的中文系基本都没有开设儿童文学课程，更没有儿童文学师资。"[①]作为少年儿童阅读的推荐者和指导者，语文教师和家长必须对儿童文学拥有较为充分的理解和认识，并不断完善自身的儿童文学知识构成，只有这样，才能充当好孩子阅读儿童文学作品的"领路人"。

目前，中国少年儿童对于信息的接受量存在明显的地区差异，身处偏远山区的孩子能够接受到的儿童文学作品的数量非常有限，农村儿童文学素养的缺失已经逐渐演变成一种社会问题，整个社会并未形成一种和谐良好的儿童阅读氛围。要想改变这种现状，营造一种全社共同关注少年儿童阅读的良好环境，需要国家、地区乃至社会各界的共同努力。首先，国家应该适

---

① 谭旭东：《儿童文学的现实困境与发展对策》，《淮北职业技术学院学报》2007年第4期，第24—26页。

当加大财政投入，对偏远地区的农村儿童进行阅读环境的改善，如建设乡村图书馆，将优秀的儿童文学书籍源源不断地送到农村孩子的身边；其次，对农村教师进行儿童文学知识培训，让他们从根本上认识到儿童文学阅读对孩子的重要性，并提升自身的儿童文学素养，成为农村儿童阅读的优秀"掌舵手"；再次，政府要积极呼吁社会各界对农村儿童的阅读问题进行关注，并号召大家伸出援手捐献书籍，让越来越多的儿童文学作品充实到农村当中去，从根本上解决儿童文学阅读的地区差异性。

（二）打造良好积极的大众传媒环境

"文学的传播需要媒介，文学是媒介传播的内容与信息，媒介是文学传播的载体。作为载体，媒介在历史发展进程各个阶段中的状况和特点对文学的影响具有根本性意义，它决定了文学存在的基本物化形态、文本形式及与此关联的文学观念和文学活动特点等。"[①]近年来，随着信息技术的不断发展以及立体化、工业化运作方式的层层推进，儿童文学市场呈现出多种媒体交互使用的现状，这对传统纸质儿童文学的出版形成冲击和压力的同时，也带来了一股"专业教育"和"功利教育"的出版风潮。为了在竞争激烈的儿童文学市场中立足，不论是传统纸质媒介还是新兴的网络媒介，都不得不将"教育"和"功利"作为儿童文学出版的首要出发点，而忽视了儿童文学的"文学性"才是儿童真正需要的"精神食粮"，造成了少年儿童思维的简单和贫乏，这些都对孩子接受优秀的儿童文学作品产生了一定的阻力。

各种媒介应该担负起营造良好大众传媒环境的重任，摒弃以教育和功利为目的的传播方式，提倡读书，读好书，积极向少年儿童推荐书，并通过开展丰富多彩的活动等方式，营造出一种有利于形成良好儿童文学阅读氛围的大众传媒环境。首先，媒介应该大力宣传"多读书、读好书"的优势和意义，让学生、家长和老师都能够充分地认识到阅读儿童文学作品的重要性，提高学生的阅读积极性，提升家长和老师对孩子阅读儿童文学作品的认同感，共同营造出一种积极的读书氛围；其次，充分发挥媒介对儿童文学作品的推荐作用。在儿童接受儿童文学的过程中，总会有这样那样的阻碍出现，这是不可避免的现实，然而，传媒本身所具有的权威性、公信力等优势则有助于消除这些阻碍，在这种情况下，各种媒介都应该积极地为少年儿童推荐

---

① 赵小东：《传播媒介发展与文学演变的互动与双赢》，《当代文坛》2007年第2期，第152—154页。

更多更好的儿童文学作品，让这些优秀的儿童文学作品越过重重阻碍传递给儿童；最后，通过媒体丰富的社会关系，组织开展一些社会性的读书活动，如：小读者读书会、朗读比赛、情景剧展示等，将优秀的儿童文学作品贯穿其中，并在后期形成多种媒体交互报道，最终达到营造积极媒介环境，宣传优秀儿童文学的目的。

（三）重视培育良好阅读习惯的成长环境

"童年是人生的基础阶段，孩童时代的阅读经验往往构成一个人生命的根基。学生认知能力的提高、情感的丰富、性格的塑造、品质的锤炼，既有待现实生活的锻造，也需要文学的启蒙和熏陶。"[1]可见，童年时代的阅读基础对于孩子的成长和成才都非常重要，作为孩子的启蒙老师和成长摇篮，家长以及家庭对儿童阅读的影响不容小觑。"成人是儿童的榜样。成人的阅读状况对儿童阅读将会产生直接的影响。倘若成人社会尚未形成良好的阅读氛围，缺少应有的阅读习惯，必然会给孩子带来潜移默化的影响。"[2]然而，现实中的许多家长却不能充分地认识到阅读儿童文学作品的重要性，而仅仅将儿童文学作品当做一种课外读物来看待，更没有帮助孩子养成良好阅读习惯的意识，更没有注意在家庭中营造积极的阅读氛围，在这种环境当中，自制力较差的儿童往往会跟随家长的意愿，将儿童文学作品"拒之门外"，丧失了接受儿童文学熏陶的黄金时期。为了避免这种情况的出现，家长应积极配合学校儿童文学阅读课程的要求，积极营造良好的家庭读书氛围，同时注重自身儿童文学素养的提升，通过建设家庭书屋等方式，将购买图书作为家庭日常生活开销中的一部分，并通过"亲子阅读"的方式，与孩子一起多接受儿童文学的熏陶，让浓浓书香时刻充溢在家庭当中。此外，各种新媒体的发展在让孩子阅读儿童文学作品的空间更为广阔的同时也带来了许多诱惑，许多孩子将儿童文学阅读仅仅停留在电视儿童剧当中，甚至想当然地认为看电视与看书是一回事。在这种情况下，如果将孩子放任自流，缺乏正确的指引和良好的环境，儿童很难形成好的阅读习惯。因此，家长在保证孩子阅读时间的同时也要关注阅读的质量，防止孩子因为各种诱惑而不愿意专心阅读。

---

[1]　张翠玉：《儿童文学阅读的宽度、温度和深度》，《七彩语文·教室论坛》2010年第11期，第17页。

[2]　余人：《拓宽儿童文学的传播之路》，中国作家网，2010年1月22日。

二 开发儿童自身阅读能力

"儿童时期是一个具有相对时间长度的年龄增长阶段，随年龄的增长而相伴出现的儿童生理、心理和社会化程度的变化，会带来其对文学选择的兴趣渐进变化。而在小学不同学段的学习中，儿童文学接受的兴趣选择又往往因其性别、智力因素乃至个性心理的不同而体现出相对集中的群体差异性。"[1]儿童具有与其他文学受众群体明显不同的特点，特别是年龄的特殊性为儿童文学的传播接受增添了许多障碍。儿童文学作品经过成人的层层过滤和筛选后来到少年儿童的身边，进入了"接受"阶段，然而接受的过程中，少年儿童由于语言文字能力、阅读兴趣、阅读习惯及心理状态等因素的影响，使得儿童文学传播接受的过程障碍重重。现抛除其他因素的影响，纯粹从儿童自身原因阐述扫除儿童文学传播过程接受障碍的对策和建议。

（一）提高接受儿童文学的能力

提升语言文字能力。儿童文学作品是依靠文字传递信息的，因此，拥有一定的语言文字能力是阅读儿童文学作品的基础。提升少年儿童的语言文字能力，不仅能够畅通阅读过程，而且能够帮助少年儿童更深层次地理解儿童文学作品的内涵。

提高书籍阅读能力。"在现代社会，阅读能力是一种极其重要的能力。许多国家都不约而同地大力推广阅读运动，尤其是儿童阅读，而且把阅读的年龄降至学前阶段。"[2]儿童文学作品大多集结成书出版，少年儿童具有活泼好动的天性，常常不能沉下心来阅读完一本书，半途而废的情况时有发生，这就大大降低了儿童文学作品本身魅力的释放，实际上是一种很大的资源浪费。提高少年儿童的书籍阅读能力，不仅要锻炼他们的阅读速度和阅读质量，而且也要训练他们的阅读耐心，通过长期的、不间断的阅读训练，督促少年儿童能够静下心来进行阅读，做到能够真正用心去体会出作品中所要传达的意义和真谛。

提高作品理解能力。每一部儿童文学作品都有其深刻的内涵，大多数儿童在阅读时往往只能理解其表面上的意义，而无法深入地把握作品的内涵表

---

① 王昆建：《儿童：特殊的文学接受群体》，《昆明师范高等专科学校学报》2007年第1期，第6—9页。

② 刘翔平：《不会阅读的孩子》，华东师范大学出版社2008年版，第97页。

达，这就需要老师和家长适时地加以指引，循序渐进地引导孩子去理解每一部儿童文学作品的内涵，并且在指导的过程中，老师和家长要有意识地锻炼他们的理解能力，鼓励他们在阅读之后勇敢地说出自己的理解，老师和家长再进行适时地纠正和指导，长此以往，少年儿童的作品理解能力便能够得以提升。

（二）培养阅读兴趣，发掘阅读潜能

"新课程改革以后，教师的教学理念和教学方式发生了根本性转变，但还是有不少学生的语文学习状态不容乐观，学生学习被动，课堂回答问题表达能力差，没有课外阅读的习惯，从而导致学生阅读理解能力，写作水平难以提高。"①究其根本原因，是由于学生没有对儿童文学作品产生浓厚的阅读兴趣，因此应该首先培养学生对儿童文学作品的兴趣，通过老师推荐、活动推进，让儿童文学作品的生动性和艺术性完全显露出来，从而令学生产生阅读的欲望。而学生一旦对阅读产生了兴趣，便会犹如久旱的小苗一般，显露出自己吸收知识的阅读潜能，这时，老师和家长要进行恰当的指导，帮助他们合理安排阅读时间，推荐和购买最佳的儿童文学书籍，从而最大限度地发挥出孩子的阅读潜力。

（三）健全儿童心理，培养独立思维

少儿在儿童文学阅读时普遍具有"从众心理"、"功利心理"和"偏好心理"，这从一定程度上制约了儿童文学传播的正常接受，同时对于少年儿童本身的阅读状态也产生了十分不利的影响。由于少年儿童的心理发育不成熟，极易受到身边人的影响，在儿童文学阅读上，表现为盲目地跟随其他人的阅读步伐，而不考虑自己究竟需要什么样的作品，喜爱什么样的作品，这势必导致孩子们所阅读的儿童文学作品不能发挥最大的积极功效，浪费了许多宝贵的资源和时间；少年儿童在进行阅读时，有时候不是单纯地进行文学的欣赏，而是带有一种"功利性"，认为多读一些儿童文学作品能够得到老师的表扬，得到同学们的羡慕，这种心理从根本上抹杀了阅读儿童文学作品的初衷，对于少年儿童的成长也极其不利；大多数少年儿童对儿童文学的认识仅仅停留在"有趣的故事"上，过分关注了"有趣"而忽略了儿童文学作品本身的文学性，在这种理念的指引下，少年儿童往往会根据自己的兴趣

① 林华宁：《儿童文学作品对学生阅读兴趣的激发及有效性指导》，《文学教育(中)》2011年第3期，第130页。

去选择儿童文学作品，偏重于一种题材或一个领域，长此以往，便会造成他们文学知识的偏颇，不利于少年儿童的全面发展。为了避免这些弊端的出现，教师和家长应该以健全少年儿童的心理和人格为基础，对他们进行心理的指导和人格的锻造，培养他们独立思考的能力，形成自己的个性思维和适合自己的"阅读观"，充分调动孩子全方位的阅读积极性，教导他们在阅读儿童文学作品时不功利、不盲从、不偏颇。同时，善于利用孩子的"从众心理"，在课堂上对喜爱读书的孩子进行表扬，并让他们推荐自己喜欢的好书，从而激发起不喜欢读书的孩子的兴趣，使得读书成为一种"流行"，在课堂内外都受到学生的喜爱和追捧。

三　畅通儿童反馈路径

儿童对于儿童文学的反馈表现在儿童文学传播的全部过程中，既包含从作家创作、图书出版发行到学校、家庭等作为"把关人"的二级传播者，也包括对同样贯穿整个过程的相关教育科研机构、大众传媒。儿童文学传播障碍不仅仅体现在从文学作品生产、传播到儿童受众阅读的单向过程，也同样呈现在儿童对于整个传播过程的信息反馈上。如果没有一个良好的信息反馈机制，则不能证明儿童文学阅读的有效程度，也不能呈现儿童文学接受的问题所在。因而，对于儿童文学的信息反馈如何通畅同样事关全局、至关重要，那么建立通畅的儿童文学信息反馈渠道就成为如何屏蔽儿童文学障碍的最后一个环节。

首先，对于儿童本身而言，要培育儿童养成良好的文学阅读习惯，能够在文学阅读之后提出自己的看法和见解，能够对儿童文学有所感悟，而不是单纯的走马观花式的休闲娱乐式体验，以看热闹、玩游戏的心态去阅读。培育儿童养成良好的文学阅读习惯，这不仅对于培养儿童如何阅读文学作品的基本素养具有重要意义，同时对于儿童在博览群书、面对众多文学作品的时候养成良好的人生观、价值观作用重大。例如，养成做读书笔记的习惯，经常开展读书心得讨论，低年级的小朋友可以开展"看图书、讲故事"活动，能够在阅读之后有心灵的收获，也要有笔下和口中表达和表现的能力。对于儿童文学阅读的反馈来讲，反馈的不能仅仅是是否阅读、读何种书之类的信息统计的具体数字，更应关注儿童在阅读文学作品之后产生了怎么样的文学阅读体验，这是儿童在阅读之后能够进行信息反馈的基础条件，也是文学阅读素养养成的基础条件。

其次，在反馈渠道上，要建立和健全畅通有效的信息传播机制体制。只有一个有效畅达的信息传播机制，才能实现信息传播的畅通，也才能实现信息反馈的畅通。信息传播是一个由传播者经过传播渠道到达受众，再由受众反馈到传播者之间的一个循环的过程，而不单是一个线性的单一传播过程。然而，很多机构和个人没有认识到这一点，因而在儿童文学的传播上，更多的是考虑如何建立健全儿童文学的提供和发布平台，建立起一套完善的儿童文学正向传播的机制，然而，却忽视了儿童文学阅读的反馈。学校和家庭能够推荐图书给孩子，却不能时常倾听孩子阅读的心声，不能和孩子共同分享阅读的快乐，这对于孩子而言仅仅是埋头读而不能抬头说，这不能不说是孩子的遗憾，也同样是儿童文学传播的遗憾。在学校，定期开展读书心得交流会、倡导撰写读书笔记；在家庭，家长和孩子共读一本书，开展亲子阅读活动；全社会养成良好的阅读氛围，并开展交流活动，让读书不单纯是个人行为，而成为民族和社会的盛大派对，这才是儿童文学阅读的有效方式，这种方式不仅实现了信息的有效反馈，同时也实现了儿童文学及时的信息交流与互动，较之反馈，互动上升到了一个更高的层次。这诸多方式和措施里面，除了家庭、学校、全社会的广泛动员与参与之外，同样也离不开大众传媒的积极参与。大众传媒对于整个社会而言，是信息传播的中介机构，具有较强的社会公信力、具有较强的社会影响力，大众传媒的积极参与不仅能够动员全社会，使全社会积极参与进来，而且还能够提供一个良好的反馈机制和平台。

再次，建立儿童文学信息反馈的有效接收终端。反馈是信息传播过程中由受众到传播者的过程，然而在现实中通常的情况是传者只负责传播信息，尽管受众在很多情况下有信息反馈和表达的需求，而传播者却没有敞开对信息反馈接受的窗口。由此，关闭了信息反馈的大门。对于传播者而言，最简单的接受信息反馈的方式，如开设一个邮箱、建立一个论坛，让读者在看了作品之后能够和作家进行沟通和交流，不至于让作者"两耳不闻窗外事"，只会在家闭门造车，这样自然也不会拥有绝对的读者。对于传媒媒介而言，通过各种信息传播渠道广开言路，例如，在报纸开设读者来信、在电视举办读书栏目，邀请读者和作者进行交流，在网站开设相关的交流平台。种种措施既包括作家敞开接受孩子心灵的大门，也包括相关专家学者真正能低下头来以低姿态倾听孩子的心声，同样也应该包括相关的研究机构、政府部门能够为以高度的社会责任感来对待孩子的话语表达。

　　孩子是一个家庭的希望，也是我们民族的未来。孩子读什么样的书，决定着我们的民族具有怎样的性格，甚至影响着我们民族的未来走向。在全新的大众传媒环境下，儿童文学的阅读者是孩子，而传播者则是全社会。消除儿童文学传播障碍，建立和健全儿童文学传播有力的机制和体制，让儿童文学的顺畅传播成为浸润着全社会每个家庭的精神餐桌的一个庞大的系统工程，这需要动员全社会的成员。儿童文学阅读的渠道通畅，是一个全方位的系统工程，不能单纯一个人、一个机构来解决问题，而是需要各部门的有效配合、共同合作。在新的大众传媒环境下，随着互联网的不断升级换代、手机等移动信息接收终端日益走进孩子的手中，儿童文学呈现形式复杂多样。依靠全新的数字技术建立强大的儿童文学传播服务系统，实现资源的全方位整合，既能给每个孩子提供适合的、好玩儿的儿童文学作品，也能给儿童带来依靠现代科技武装的新形势体验；既能够满足儿童对于文学的信息交流和互动，也为专家学者提供信息收集与整理的研究平台，实现资源的最大化整合，为儿童文学的健康传播带来新的气象。这一系统的建立除了信息技术的跟进外，依靠市场化的运作手段建立和健全庞大的儿童文学服务系统，实现手机、电脑的终端互联，实现学校、家庭、社会图书馆的实体互联，运用全新的虚拟技术、3D模拟手段，游戏化操作概念等也是重中之重。建立儿童文学信息传播服务系统，不仅是全社会对于软件和硬件建设的经济投入，同样也是凝聚着我们民族和国家对于未来和希望的一份责任与情怀。

余论：传媒时代，儿童文学研究何为

传媒时代，儿童文学研究何为？简单的问题包含着重大沉重而庞杂的思考。问题的背后，是延绵不绝的媒介文化发展及其对儿童和儿童文学的深远持久的影响。

文学的传播需要媒介，文学是媒介传播的内容，媒介是文学传播的载体。传媒时代的儿童文学，作为文学乃至文化的一部分，其创作、出版和接受的每一个环节都折射出媒介文化无所不在的渗透力。由于现代传媒在传播方式上迥异于传统传播，受此影响的儿童文学无论创作还是出版抑或阅读接受，其行为主体的思维模式和行为方式都发生了根本变化。在前大众传媒时代，儿童文学作家主要依凭个人对社会、生活和儿童心理的把握进行创作，儿童文学出版主要借助儿童文学作家在读者中间口耳相传建立起来的口碑，或者依靠作者自身的创作能力，通过其投稿被采纳的方式使作品得以出版。"前大众传媒时代的儿童文学作品，在挖掘现实生活、深入儿童心理、打动读者心灵方面都不乏能够传世的经典作品。"[1]但是，随着传媒时代的到来，电影、电视、网络等新兴媒体共同营构了新的媒介潮与文化波，音频、视频及网络的多元素传播符号系统超越传统的文字叙述，以更强的感染力进入叙事层面，并在生成个性化的影视文化、网络文化的同时，对其他文化语言进行操控式解读，将其纳入自身的文化格局中，最终使自己成为媒介文化的掌控者，给当下的文学生产和文学传播带来极大的影响。新兴媒体在逐步发展中建立起自己的权威，其传播方式已经成为当代儿童文学创作和出版竞相仿效的对象。

在我国，很长一段时期，纸质媒体是一种小众产品，甚至是精英阶层专有的文化消费品。而传媒时代的到来使得文学图书尤其儿童图书逐渐大众传媒化。在电视、电影、广告、网络、娱乐节目、电子游戏日益充斥我们生

---

① 何军民：《影响的焦虑:大众传媒时代的儿童文学创作和出版》，《出版广角》2010年第2期，第58页。

活的同时，当代的文化形态也在发生变化。大量复制的快餐式、商业化作品占据出版市场，对感官享受的描写逐步取代传统作品中对崇高精神的追求，视觉文化的冲击让人们远离阅读体验。在商业化和时尚化写作流行的境遇之中，文学难以保持自身品格。"大众传媒的发展，除了现代科技的推动外，更是以价值规律为基本法则的商业运作的结果。"①这一商业法则，以现代营销方式为手段，其控制范围包括从选题内容、表现方式、外观形式直至宣传与营销等每一个环节。它的巨大影响，改变了文化传播领域的整体气象，儿童文学也不能例外。

于是，我们看到，畅销书作家的创作在获得了令人目眩的市场号召力的同时，也不可避免地对市场做出妥协。"市场需要卖点，需要明星化的作者，需要风格的同一和批量化、系列化的写作。"②而这样的写作方式，既无法完全坚持传统儿童文学的美学准则和艺术根基，也不能为儿童文学的多样化发展提供保证。这样的创作，即使有利于儿童文学广阔市场的建立，也无法为儿童文学提供稳固的文学根基。我们也看到，儿童文学创作与出版表面繁荣的背后，是文学传播的遇冷和遇阻，我们不得不承认，儿童文学在大众传媒语境中面临着时代的巨大困境。于是，如何抵制大众传媒的消解之力，从大众消费文化中突围而出，就成为摆在儿童文学研究者面前的突出问题。

在这一问题面前，涌现出了形形色色的态度和答案。有悲观失望痛心疾首者，有厌恶痛恨不与为谋者，有茫然不知所措者。传媒时代，儿童文学研究何为？显然，这不是一个让人能够轻松作答的问题。难道困境是传媒时代带给我们的唯一一种意义？困境中是否存在发展的机遇？

荷兰学者佛克马和蚁布思曾在他们合著的《文学研究与文化参与》一书中呼吁：面对电子媒介的冲击，文学研究者和作家应该自信。他们指出："最近一个时期，由于新传媒的出现，从电视机到各个种类的互动型电子通讯手段，使得人们对文学在未来社会中的作用产生了怀疑。在欧美成年人当中，文学研究者和文学读者看来为数不多。然而科学家也为数不多，但是却没有人会否认他们在现代社会中的重要作用。同样，文学研究者也可以被作为交往领域中的专家来看待，他们了解文本对于读者和听众的影响，他们对一门知识进行处理加工，这门知识以某种淡化的形式在传媒当中得到了应

---

① 彭浪：《大众传媒时代的儿童文学》，《湖南科技学院学报》2007年第7期，第21页。

② 同上。

用。"①从这段话可以看出，佛克马和蚁布思认识到了媒介与文学的密切联系，本文也试图体现这种文化参与的观点与热情和对未来文学的信心，希望儿童文学研究不仅仅停留在文学研究或文化研究的"纯学术"范围，而是通过对儿童文化乃至与之相关的整个社会文化语境的思考和参与，实现对儿童文学的现实建设的努力。

传媒时代，如何才能重建儿童文学理论批评？或者说，怎样才能使儿童文学理论批评重新走上儿童文学发展的前台而发挥建设性的作用？

"在当今全球化的后现代语境里，儿童文学的生存与生产，牵连着社会的各种异己关系，不断地与他者交际对话，其带有文化的互文性，是如何也无法再像过去那样被认为是'纯粹'的文学样态。我们的儿童文学，因此需要拓展出一种能够妥适地反映文化眼界的切入角度，而呼应这一角度所需要的便是文化研究的视野。"②台湾学者张嘉骅的这一观点无疑是具有现实合理性的。儿童文学的创作、传播与接受都是多种社会合力作用的结果。能否突破"本质主义"，拓宽研究视野，这是关键的一步。在媒介时代，从媒介文化的研究角度切入可以使许多困扰儿童文学的问题得以解决。因为"媒介所导引的消费文化对传统文学形态和人文意识的消解已成为文化界和文学界许多学者的个体焦虑和集体共识。"③儿童文学作为文学整体的一个有机部分，同时也作为童年文化的有机部分，当然也无法逃离媒介与媒介文化的重重包围与全面塑造。在以往的文学研究中，世界—作家—作品—读者构成了研究的四要素，而文学生产、传播、接受中的媒介因素一直被遮蔽和忽视。直到大众传媒在一日千里的发展中日益显示出其广泛深远的影响力，我们才意识到，媒介已成为探析文学现代化进程不可规避的重要因素。问题是，我们如何意识到这种重要因素的价值，在儿童文学研究中开启媒介研究的视角。这就需要走出原有的作家中心，作品中心和读者中心的研究格局，引入传播学及其他相关学科的理论话语，重视儿童文学发展中的媒介因素，关注儿童文学的传播环境、传播过程，接受与反馈等。传播学研究方法的运用，对于儿童文学研究而言，一定程度上意味着研究视阈的拓展和新的研究增长点的可能。儿童文学的媒介研究有利于儿童文学的现代建设和学科话语的突破，同

---

① [荷兰]佛克马、蚁布思：《文学研究与文化参与》，俞国强译，北京大学出版社1996年版，第27页。

② 张嘉骅：《文化研究：切入儿童文学的一种视野》，《中国儿童文学》2003年第1期，第87页。

③ 谭旭东：《呼唤新的儿童文学理论批评》，《文艺报》2004年2月24日第2版。

时实现对儿童文学本体论的补充和对儿童文学边界的延伸。

传媒时代，儿童文学研究中运用传播学等相关理论来考察儿童文学生存境遇的变化以及儿童文学的发展，观照儿童文学创作系统内部和外部之间的关联与相互影响是非常必要的。它表面看上去似乎属于自身的外部研究，其实与内部研究密切关联甚至是内部研究的重要组成部分，它有别于文学研究之外的文化研究，不是借助儿童文学来谈媒介文化，而是以媒介文化为通道进入儿童文学的内外机制的学理思辨，是跳出儿童文学作家、作品研究的固有模式来对儿童文学进行由外而内审视的一种文学的文化研究，说到底是对儿童文学文化场域的分析。弗莱在《批评之路》中说："批评总要有两面，一面是朝向文学的结构，另一面朝向组成文学的社会环境的其他文化现象。他们在总体上是平衡的，一旦我们只研究其中的一面而排斥另一面，批评的方面就需要调整了。"①儿童文学自身是一个有机的系统，它的创作、出版、阅读接受以及反馈组成了一个环环相扣、互相作用和影响的链条，而这一链条又与儿童文学的外部环境息息相通。"儿童文学有自己的物候、地理、风向、水土、潮流，儿童文学的生长与发展需要与其外部气候与环境的协调，同时要促进儿童文学的良性发展，就要努力营造好其生态系统。而营造好儿童文学的生态系统，就需要用生态学的观点和系统论的方法来对其进行系统考察。"②弗莱在《批评之解剖》中，把他的批评称为"对艺术形式的系统批评"。笔者以为，在针对传媒时代的儿童文学开展研究时，采用"系统批评"的方法将十分有效，它避免了片面的方法而带来"问题的遮蔽"。运用"系统批评"的方法方式来考察童年和儿童文学将有利于儿童文学的现代建设和学科话语的突破，同时实现对儿童文学本体论的补充和对儿童文学边界的延伸，儿童文学理论批评应该敢于跳出"儿童文学"这个圈子，采用跨学科研究的方法，将研究对象置于当代传媒文化中去观照和审视，梳理与辨析。

儿童文学的传媒研究中，可以开辟出足够多的重要理论命题③：如五四时期以报刊为主的大众传媒对于儿童的发现的积极意义；网络等新媒体的出现对儿童观的嬗变所起的作用，影视、网络对儿童文学生产、传播和审美品性

① 茨维坦·托多洛夫：《批评的批评：教育小说》，王东亮、王晨阳译，生活·读书·新知三联书店2002年版，第201页。
② 谭旭东：《呼唤新的儿童文学理论批评》，《文艺报》2004年2月24日第2版。
③ 此处关于"重要理论命题"的论述参见胡丽娜《重视儿童文学的媒介因素》，求是理论网，2010年7月19日，http://www.chinawriter.com.cn 。

的冲击；儿童文学如何借助新兴媒介，积极介入儿童文化消费，发挥对儿童
精神形塑和引导的重要作用？在以网络和手机为代表的又一轮媒介冲击波面
前，儿童文学研究一方面要对新媒介在内的各种媒介的影响和冲击予以充分
且适度的估量，以发展的眼光密切关注行进中的新媒体与儿童文学的发展实
践，对融合于流行文化、视觉文化、消费文化中的相关文化事件和现场予以
跟踪、体验并进行"田野考察"。如将绘本的出版与热销、儿童文学的跨媒
介传播、青少年的低龄化写作等现象放置在现代传媒语境中予以考察；再如
"火星文"等网络语言、网络游戏、亲子博客、QQ群等都是研究者进入儿童
文化现场的有效路径。另一方面，我们应当回溯儿童文学与大众传媒交织的
历史渊源，反顾儿童文学在大众传媒影响下的发展历程。如反思大众媒介作
为儿童文学载体的意义，媒介的发展之于儿童文学作品文类、作家风格等方
面的影响，媒介市场化、商业化对儿童文学创作与出版的影响，对尚未进入
文学史视野的重要现象和典型个案进行系统梳理与研究，如对郑振铎、陈伯
吹等出版人以及不同阶段的重要出版事件的研究，对《幼儿画报》、《儿童
文学》、《少年文艺》等重要刊物的研究，对新兴媒体冲击下的成功出版个
案如杨红樱系列作品的出版与热销进行研究。从传播学尤其受众的接受角度
对儿童文学发展史予以重新审视，能够发现以往儿童文学史写作中被遮蔽和
未能有效阐释的问题，构筑多元立体的儿童文学史，并为当下儿童文学传播
的研究提供坚实的历史基础。

　　总而言之，我们应以开放和发展的眼光看待大众传媒与儿童文学之间的
关系，从某种程度上说，儿童文学的传媒研究既是对传媒时代现实语境的顺
应，也是儿童文学研究直面现实困境、提升批评的问题意识和现实效力的表
现。大众传媒语境下儿童文学的发展是一个充满历史追问意义和现实人文关
怀的命题，也是一个在有待在研究视角和理论支撑上进行突破的全新命题。
"生长延展的传媒文化和儿童文学也要求我们在对现实的密切关注中更新理
论话语，对这一命题予以持久、延展性地探讨。"①调查研究大众传媒语境中
儿童文学所遭遇的传播障碍并进行归因分析，仅是揭开了传媒文化和儿童文
学研究这座冰山的一角，还有更多的未知等待我们去探索。

---

① 胡丽娜：《重视儿童文学的媒介因素》，求是理论网，2010年7月19日，http://www.chinawriter.com.cn。

参考文献

外文译著：

1. [美] 尼尔·波兹曼：《童年的消逝》，吴燕莛译，广西师范大学出版社2004年版。

2. [美]詹姆斯·罗尔：《媒介、传播、文化——一个全球性的途径》，董洪川译，商务印书馆2005年版。

3. [美]沃纳·塞弗林，小詹姆斯·坦塔德：《传播理论：起源、应用与方法》，郭镇之、孟颖等译，华夏出版社1999年版。

4. [英]约翰·汤林森：《文化帝国主义》，冯建三译，上海人民出版社1999年版。

5. [加]马歇尔·麦克卢汉：《理解媒介》，何道宽译，商务印书馆2001年版。

6. [奥]弗洛伊德：《作家与白日梦》，张唤民、陈伟奇译，知识出版社1987年版。

7. [英]利萨·泰勒、安德鲁·威利斯：《媒介研究：文本、机构与受众》，吴靖、黄佩译，北京大学出版社2005年版。

8. [美]尼尔·波兹曼：《娱乐至死》，章艳译，广西师范大学出版社2006年版。

9. [美]约翰·费斯克著：《传播研究导论：过程与符号（第二版）》，许静译，北京大学出版社2008年版。

10. [美]马克·波斯特：《第二媒介时代》，范静晔译，南京大学出版社2001年版。

11. [德]瓦尔特·本雅明：《机械复制时代的艺术作品》，王才勇译，江苏人民出版社2006年版。

12. [美]林文刚：《媒介环境学:思想沿革与多维视野》，何道宽译，北京大学出版社2007年版。

13. [美]罗纳德•扎加，约翰尼•布莱尔：《抽样调查设计导论》，沈崇麟译，重庆大学出版社2007年版。

14. [美]道格拉斯•凯尔纳：《媒体文化：介入现代与后现代之间的文化研究、认同性与政治》，丁宁译，商务印书馆2004年版。

15. [美]戴安娜•克兰：《文化生产：媒体与都市艺术》，赵国新译，译林出版社2001年版。

16. [波兰]迈克尔•查嘉克：《少儿图书市场：忧虑与希望》，刘立群译，中国少儿出版社2004年版。

17. [瑞士]皮亚杰：《发生认识论原理》，商务印书馆1996年版。

18. [美]B.维纳：《责任推断：社会行为的理论基础》，华东师大出版社2004年版。

19. [英]大卫•帕金翰：《童年之死——在电子媒体时代成长的儿童》，华夏出版社2005年版。

20. [美]W.E.肯尼克：《传统美学是否基于一个错误》，光明日报出版社1986年版。

21. [美]约书亚•梅罗维茨：《消失的地域:电子媒介对于社会行为的影响》，清华大学出版社2002年版。

22. [美]W.施拉姆：《传播学概论》，新华出版社1984年版。

23. [法]罗贝尔•埃斯卡皮：《文学社会学》，浙江人民出版社1987年版。

24. [美]尼葛洛庞帝：《数字化生存》，海口，海南出版社1996年版。

25. [意]阿特休尔：《权利的媒介》，黄煜、裘志康译，华夏出版社1989年版。

26. [法]布迪厄：《关于电视》，许钧译，辽宁教育出版社2000年版。

27. [法]布迪厄：《艺术的法则：文学场的生成和结构》，刘晖译，中央编译出版社2001年版。

28. [美]丹尼尔•贝尔：《资本主义文化矛盾》，三联书店1989年版。

29. [美]马斯洛：《动机与人格》，华夏出版社1987年版。

30. [美]尼古拉•尼葛洛庞帝：《数字化生存》，北京大学出版社1999年版。

31. [德]伊瑟尔：《阅读活动：审美反映理论》，金元浦、周宁译，中国社会科学出版社1991年版。

32. [美]大卫·阿什德：《传播生态学：文化的控制范式》，华夏出版社2003年版。

33. [加]英尼斯：《传播的偏向》，何道宽译，中国人民大学出版社2003年版。

34. [日]佐藤卓己：《现代传媒史》，诸葛蔚东译，北京大学出版社2004年版。

35. [瑞士]J·皮亚杰，B·英海尔德：《儿童心理学》，商务印书馆1980年版。

36. [美]罗伯特·斯莱文：《教育心理学》，人民邮电出版社2004年版。

37. [美]多米尼克：《大众传播动力学》，中国人民大学出版社2004年版。

38. [美]费斯克等：《关键概念：传播与文化研究辞典》，李彬译，新华出版社2002年版。

39. [英]爱·摩·福斯特：《小说面面观》，花城出版社1984年版。

40. [英]哈特曼·斯托克：《语言与语言学词典》，上海辞书出版社1981年版。

41. [英]卡尔·波普尔：《电视腐化人心，一如战争》，王凌霄译，选自《二十世纪的教训——卡尔·波普尔访谈演讲录》，广西师范大学出版社2004年版。

42. [英]保尔·亚哲尔：《书·儿童·成人》，傅林统译，台湾，富春文化事业股份有限公司1999年版。

43. [美]克林斯·布鲁克斯、罗伯特·潘·沃伦：《理解小说》，主万译，外语教学与研究出版社2004年版。

44. [波]罗曼·英加登：《对文学的艺术作品的认识》，陈燕谷、晓未译，中国文联出版公司1988年版。

45. [美]B.维纳：《责任推断：社会行为的理论基础》，华东师大出版社2004年版。

46. [联邦德国]H.R.姚斯、[美]R.C.霍拉勃：《接受美学与接受理论》，周宁、金元浦译，辽宁人民出版社1987年版。

47. [瑞士]皮亚杰：《发生认识论原理》，商务印书馆1996年版。

48. [美]菲德勒：《媒介形态变化：认识新媒介》，明安香译，华夏出版社2000年版。

49. [美]卡斯特：《网络社会的崛起》，夏铸九等译，社会科学文献出版社2002年版。

50. [德]哈特曼•斯托克：《语言与语文学词典》，外语教学与研究出版社2000年版。

51. ［美］威尔伯•施拉姆：《传播学概论》，陈亮等译，新华出版社1984年版。

52. [美]斯蒂文•小约翰：《传播理论》，中国社会科学出版社1999年版。

53. [美]约书亚•梅罗维茨：《消失的地域:电子媒介对于社会行为的影响》，肖志军译，清华大学出版社2002年版。

54. [法]茨维坦•托多洛夫：《批评的批评：教育小说》，王东亮、王晨阳译，生活•读书•新知三联书店2002年版。

中文著作：

1. 陈平原：《文学的周边》，新世界出版社2004年版。

2. 陈原：《语言与社会生活：社会语言学札记》，生活•读书•新知三联书店1980年版。

3. 谭旭东：《重构文学场：当代文化情境中的传媒与文学》，敦煌文艺出版社2010年版。

4. 杨鑫辉：《西方心理学名著提要》，江西人民出版社1998年版。

5. 梅子涵等：《中国儿童阅读六人谈》，新蕾出版社2009年版。

6. 郑国民：《当代语文教育论争》，广东教育出版社2006年版。

7. 课程教材研究所小学语文课程教材研发中心：《义务教育课程表标准实验教科书•语文（全12册）》，人民教育出版社2004年版。

8. 孙建国：《儿童文学视野下小学语文教学研究》，光明日报出版社2010年版。

9. 朱自强等：《小学语文教材七人谈》，长春出版社2010年版。

10. 郑荔：《教育视野中的幼儿文学》，江苏教育出版社2005年版。

11. 闫欢：《电视与未成年人心理》，中国传媒大学出版社2009年版。

12. 周益民：《儿童的阅读与为了儿童的阅读》，长春出版社2009年版。

13. 王泉根：《儿童文学教程》，首都师范大学出版社2008年版。

14. 蒋风：《中国儿童文学发展史》，少年儿童出版社2007年版。

15. 王泉：《儿童文学的文化坐标》，湖南师范大学出版社2007年版。

16. 王泉根：《新世纪中国儿童文学新观察(上、下)》，明天出版社2009年版。

17. 王泉根：《中国儿童文学新视野》，湖南少年儿童出版社2009年版。

18. 朱自强：《朱自强小学语文教育与儿童教育演讲录》，长春出版社2009年版。

19. 方建移等：《社会教育与儿童社会性发展》，浙江教育出版社2005年版。

20. 王万森：《文化冲突与文学对话》，中国文联出版社1997年版。

21. 梅子涵：《相信童话》，少年儿童出版社2007年版。

22. 刘光磊：《网络传播导论》，经济日报出版社2001年版。

23. 陈平原、山口守：《大众传媒与现代文学》，新世界出版社2003年版。

24. 蒋原伦：《媒体文化与消费时代》，中央编译出版社2004年版。

25. 戴元光：《传播学研究理论与方法》，复旦大学出版社2003年版。

26. 吕巧平：《媒介化生存——中国青年媒体素质研究》，中国传媒大学出版社2007年版。

27. 黄发有：《媒体制造》，山东文艺出版社2005年版。

28. 吴玉杰、宋玉书：《冲突与互动——新时期文学与大众传媒研究》，辽宁人民出版社2006年版。

29. 张邦卫：《媒介诗学：传媒视野下的文学与文学理论》，社会科学文献出版社2006年版。

30. 崔欣，孙瑞祥：《大众文化与传播研究》，天津人民出版社2005年版。

31. 于德山：《当代媒介文化》，新华出版社2005年版。

32. 叶虎：《大众文化与媒介传播》，学林出版社2008年版。

33. 马永强：《文化传播与现代中国文学》，安徽大学出版社2003年版。

34. 李培林：《读图时代的媒体与受众》，新华出版社2005年版。

35. 赵勇：《大众媒介与文化变迁——中国当代媒介文化的散点透视》，北京，北京大学出版社2010年版。

36. 吴信训：《文化传播新论》，上海，上海人民出版社2008年版。

37. 欧阳友权：《网络传播与社会文化》，高等教育出版社2005年版。

38. 张国良：《社会转型与媒介生态实证研究》，上海交通大学出版社

2007年版。

39. 张艺：《现代传媒与文学教程》，浙江大学出版社2008年版。

40. 陈崇山，孙五三：《媒介·人·现代化》，中国社会科学出版社1997年版。

41. 张咏华：《大众传播社会学》，上海外语教育出版社1998年版。

42. 张国良：《现代大众传播学》，成都，四川人民出版社1998年版。

43. 王玉琦：《近现代之交中国文学传播模式转换研究》，江西人民出版社2005年版。

44. 李彬：《传播学引论》，新华出版社1993年版。

45. 陈卫星：《以传播的名义——陈卫星自选集》，北京广播学院出版社2004年版。

46. 王岳川：《媒介哲学》，河南大学出版社2004年版。

47. 欧阳友权等：《网络文学论纲》，人民文学出版社2003年版。

48. 王晓明：《在新意识形态笼罩下——90年代的文化和文学分析》，南京，江苏人民出版社2000年版。

49. 胡正荣：《传播学总论》，北京广播学院出版社2002年版。

50. 吴其南：《守望明天：当代少儿文学作家作品研究》，宁夏人民出版社2008年版。

51. 王泉根：《现代中国儿童文学主潮》，重庆出版社2000年版。

52. 朱自强：《中国儿童文学与现代化进程》，浙江少年儿童出版社2000年版。

53. 邵培仁：《大众传媒通论》，浙江大学出版社2005年版。

54. 谭旭东：《重构文学场：当代文化情境中的传媒与文学》，敦煌文艺出版社2010年版。

55. 沙莲香：《社会心理学》，中国人民大学出版社1987年版。

56. 蒋风：《儿童文学概论》，四川少年儿童出版社1982年版。

57. 浦漫汀：《儿童文学教程》，山东文艺出版社1991年版。

58. 韦苇，汤素兰：《小学生必读丛书》，北京少年儿童出版社2003年版。

59. 周鸿铎：《应用传播学引论》，中国纺织出版社2005年版。

60. 单晓红：《传播学：世界的与民族的》，云南大学出版社2003年版。

61. 孙绍先：《文学艺术与媒介关系研究》，北中国社会科学出版社

2006年版。

62. 郭庆光：《传播学教程》，中国人民大学出版社1999年版。

63. 南帆：《双重视域——当代电子文化分析》，江苏人民出版社2001年版。

64. 李新立：《国际传媒考察报告》，上海文化出版社2005年版。

65. 林崇德：《发展心理学》，浙江教育出版社2002年版。

66. 金元浦：《接受反应文论》，山东教育出版社2001年版。

67. 蒋荣昌：《消费社会的文学文本》，四川大学出版社2004年版。

68. 吴格言：《文化传播学》，中国物资出版社2004年版。

69. 刘永芳：《归因理论及其应用》，山东人民出版社1998年版。

70. 王卫平：《接受美学与中国现代文学》，吉林教育出版社1994年版。

71. 范大灿：《作品，文学史与读者》，师范大学出版社2003年版。

72. 杨鑫辉：《西方心理学名著提要》，江西人民出版社1998年版。

73. 童清艳：《超越传媒——揭开媒介影响受众的面纱》，中国广播电视出版社2002年版。

74. 梅子涵：《阅读儿童文学》，少年儿童出版社2005年版。

75. 马戎等：《21世纪：文化自觉与跨文化对话》，北京大学出版社2001年版。

76. 方卫平：《儿童文学接受之维》，湖北少年儿童出版社1995年版。

77. 庞丽娟：《教师与儿童发展》，北京师范大学出版社2003年版。

78. 郑兴东：《受众心理与传媒引导》，新华出版社1999年版。

79. 陈振桂：《新儿童文学教程》，广西人民出版社2007年版。

80. 文言：《文学传播学引论》，辽宁人民出版社2006年版。

81. 钱理群：《语文教育门外谈》，广西师范大学出版社2003年版。

82. 刘京林：《传播、媒介与心理》，北京广播学院出版社1999年版。

83. 端木义万：《美国传媒文化》，北京大学出版社2001年版。

84. 方卫平：《儿童文学的当代思考》，明天出版社1995年版。

85. 刘翔平：《不会阅读的孩子》，华东师范大学出版社2008年版。

86. 王泉根：《儿童文学的审美指令》，湖北少年儿童出版1991年版。

87. 心理学百科全书编委会：《心理学百科全书》，浙江省教育出版社1995年版。

88. 张令振，《电视与儿童》，人民教育出版社1999年版。

89. 黄发有：《文学季风——中国当代文学观察》，，山东大学出版社2006年版。

90. 陈霖：《文学空间的裂变与转型——大众传播与20世纪90年代中国大陆文学》，安徽大学出版社2004年版。

91. 孟繁华：《众神狂欢——当代中国的文化冲突问题》，今日中国出版社1997年版。

92. 郑崇选：《镜中之舞——当代消费文化语境中的文学叙事》，华东师大出版社2006年版。

93. 贺桂梅：《人文学的想象力——当代中国思想文化与文学问题》，开封，河南大学出版社2005年版。

94. 于文秀：《当下文化景观研究》，人民出版社2007年版。

95. 卜卫：《媒介与儿童教育》，新世界出版社2002年版。

96. 卜卫：《大众媒介对儿童的影响》，新华出版社2002年版。

97. 陈向明：《质的研究方法与社会科学研究》，教育科学出版社2002年版。

98. 单小曦：《现代传媒语境中文学的存在方式》，中国社会科学出版2008年版。

99. 王泉根：《儿童文学与中小学语文教学》，广东教育出版社2006年版。

学位论文：

1. 谭旭东：《童年再现与儿童文学重构——电子媒介时代的童年与儿童文学研究》，北京师范大学，2006年。

2. 闫欢：《中国少儿电视节目传播障碍的归因研究》，中国传媒大学，2006年。

3. 单小曦：《现代传媒语境中文学的存在方式研究》，四川大学，2006年。

4. 陈苗苗：《出版文化视野下中国当代儿童文学——以20世纪90年代末至今为个案》，北京师范大学，2007年。

5. 陈爱华：《儿童文学类图书选题策划研究》，武汉理工大学，2009年。

6. 马红娟：《新时期我国儿童文学畅销丛书选题研究》，河北大学，2009年。

7. 赵淑萍：《以校园网为平台推进儿童文学课外阅读的实践及思考》，金华，浙江师范大学，2008年。

8. 王俊杰：《儿童文学在小学语文教学中的现状及对策》，东北师范大学，2007年。

9. 李娟：《小学语文教师儿童文学素养论》，南京师范大学，2008年。

10. 王洪芝：《改革开放以来我国少儿文学图书出版研究》，河南大学，2010年。

11. 潘正茂：《大众文化资源对中学生阅读的影响及其开发研究》，华中师范大学，2007年。

12. 赵准胜：《呼唤和谐的儿童本位观—儿童文学与小学语文教育》，吉林大学，2007年。

13. 董天策：《消费时代的中国传媒文化研究》，四川大学，2006年。

14. 郑轶彦：《论21世纪语文教师的儿童文学理念教育》，西南师范大学，2004年。

15. 本萑：《论小学语文教师儿童文学审美素养的提升》，四川师范大学，2010年。

16. 彭彩霞：《从儿童文学研究视角审视小学语文教材中的儿童文学作品》，北京师范大学，2006年。

论文资料：

1. 王一川：《大众媒介与审美现代性的生成》，《学术论坛》2004年第2期。

2. 周国清、莫峥：《电子媒介时代儿童文学的突围》，《书屋》2011年第9期。

3. 濮美琴：《儿童文学定义初探》，《文教资料》2008年第34期。

4. 刘卫利：《信息传播中的障碍分析》，《情报杂志》2010年第29期。

5. 屠克：《文本分析的接受美学视角》，《重庆科技学院学报（社会科学版）》2010年第12期。

6. 童清艳：《信息时代媒介受众的认知结构分析》，《新闻与传播研究》2000年第4期。

7. 殷文：《社会新闻中的不良镜头对青少年的影响》，《广西社会科学》2006年第11期。

8. 陈燕华：《"使用与满足"理论与科学的受众研究取向》，《东南传播》2006年第10期。

9. 王泉根：《简议中国新时期儿童文学》，《中国图书评论》2002年第6期。

10. 王泉：《中国儿童文学的文化坐标——以20世纪90年代以来的儿童文学创作为例》，《学术探索》2010年第3期。

11. 杜霞：《寻找回来的世界——新世纪儿童文学创作述评》，《天津师范大学学报:社会科学版》2010年第3期总第21期。

12. 朱自强：《新世纪以来原创儿童文学两大走向》，《中华读书》2008年第6期，第10版。

13. 王慧：《全媒体出版为少儿读物开辟新领地》，《出版营销》2010年第9期。

14. 赵霞、方卫平：《论消费文化背景下的儿童文学创作与出版》，《南方文坛》2011年第4期。

15. 韩进：《儿童文学出版的市场表现及价值诉求》，《出版科学》2009年第2期。

16. 谭旭东：《"偏食"引进底气不足——少儿图书引进版现象管见》，《出版广角》2008年第9期。

17. 李欣人：《经典引介与儿童文学出版的发展——兼谈明天出版社的儿童文学图书引进》，《出版发行研究》2010年第6期。

18. 谭旭东：《呼唤新的儿童文学理论批评》，《文艺报》2004年2月24日第2版。

19. 崔文晶：《中国儿童文学的弱点和发展的必然趋势》，《商业文化:学术版》2010年第5期。

20. 王美婵：《谁说"孩子不能输在起跑线上"》，《中国青年报》2011年5月24日第2版。

21. 李东华：《儿童文学的新声音》，《文艺报》2005年12月20日第2版。

22. 黄瑛：《儿童文学：期待为农村少年儿童言说》，《电影评介》2007

年第9期。

23. 阮咏梅：《对网络儿童文学的浏览和思考》，《广西社会科学》2003年第6期。

24. 王昆建：《儿童：特殊的文学接受群体》，《昆明师范高等专科学校学报》2007年第1期。

25. 林华宁：《儿童文学作品对学生阅读兴趣的激发及有效性指导》，《文学教育(中)》2011年第3期。

26. 张小琴,李巧义：《儿童文学课外阅读现状及对策初探》，《读与写：教育期刊》2009年第11期。

27. 黄俊,华党生：《泰州市小学生儿童文学阅读现状调查》，《湖南科技学院学报》2011年第7期。

28. 冯丽军：《儿童观：儿童文学的支点》，《韩山师范学院学报》2002年第12期。

29. 王海英：《20世纪中国儿童观研究的反思》，《华东师范大学学报（教育科学版）》2008年第6期。

30. 韩进：《百年中国儿童文学》，《江苏教育学院学报》2003年第9期。

31. 曹文轩：《高贵的格调：安徒生文字中最值得迷恋的地方》，《湖南科技学院学报》2006年第3期。

32. 王羽：《朴素的写作观——谈杨红樱的儿童文学创作》，《长春教育学院学报》2006年第9期。

33. 杨红樱：《创作的秘诀是想象力》，《天津日报》2011年6月27日第10版。

34. 陈振桂：《从"杨红樱现象"的论争谈儿童文学的发展》，《南方文坛》2010年第3期。

35. 孙悦：《梅子涵儿童文学创作艺术分析》，《渤海大学学报》2011年第3期。

36. 常立：《吐掉那个苹果,中国儿童文学写作的禁忌》，《社会观察》2010年第8期。

37. 陈香,黄蓓佳：《成人文学让我释放 儿童文学让我纯净》，《中华读书报》2008年8月20日第12版。

38. 解玺璋：《低龄化写作：文学之外的视野》，《当代文学研究资料与信息》2001年第5期。

39．杨萌：《儿童文学为何难以跨出国门》，《出版参考》2009年6月上旬刊。

40．王蒙：《我看儿童文学》，《中国海洋大学学报》2005年第6期。

41．杨建生：《儿童文学是最美的事业——解读秦文君的儿童文学观》，《太原教育学院学报》2003年第6期。

42．王泉根：《儿童文学中的类型形象与典型形象》，《语文建设》2010年第4期。

43．徐萍：《略论沈石溪的动物小说》，《学术探索》2003年第12期。

44．马莹莹：《动物小说只有故事会水平》，《华夏时报》2006年3月9日B5版。

45．马亮静：《谈中国当代动物小说创作的新动向》，《龙岩学院学报》2009年第12期。

46．薛韬,郭晓娟：《郑渊洁：想象力比文凭更重要——访著名儿童文学作家郑渊洁》，《中学生读写：初中》2006年第7期。

47．梁颖：《秦文君儿童文学创作论》，《石家庄铁道大学学报》2011年第6期。

48．金莉莉：《儿童文学审美情感中的成人参与》，《当代文坛》2000年第5期。

49．李丽华：《儿童文学的言说方式及对儿童教育的启示》，《宁夏社会科学》2011年版。

50．陈香：《儿童文学创作与出版:最好时代，最"坏"时代?》，《中华读书报》2010年5月26日16版。

51．王泉根：《从儿童文学大国走向儿童文学强国》，《文艺报》2005年6月28日第2版。

52．鲍丰彩：《现代传媒时代文学传播主体新解》，《大众文艺》2010年19期。

53．张文哲：《"文学场"中出版机制的转型与文学走向市场》，《山东教育学院学报》2009年第24期。

54．谭旭东：《少儿图书编辑问诊》，《出版广角》2005年第12期。

55．王庆：《90年代农村小说的苦难意识》，《江汉论坛》2001年第4期。

56. 黄峰：《读图时代与儿童文学的阅读危机》，《湖南教育(语文教师)》2008年第8期。

57. 刘波：《读图时代的受众心理和阅读取向》，《编辑学刊》2005年第1期。

58. [英]安德鲁·比伦、阿瑟·米勒：《以戏剧还原真实人生》，《参考消息》2002年11月4日。

59. 徐琳：《电视越来越"开放"——美国家长伤透脑筋》，《世界报》2005年11月30日至2005年12月6日，第7版。

60. 赵维森：《视觉文化时代人类阅读行为之嬗变》，《学术论坛》2003年第3期。

61. 张静：《业内人士：中华泱泱大国，文学的受众却少的可怜》，中国新闻网，2004年12月。

62. 王海鹰：《我国儿童阅读现状调查——拿什么样的书送给孩子》，新华网教育新闻，2007年5月28日。

63. 曹文轩：《中国的作家总是在地上爬行》，《东莞日报》2009年9月28日 C08版。

64. 韩进：《建设原创儿童文学的和谐生态》，《文艺报》2005年5月31日第3版。

65. 潘雷：《少年儿童阅读心理初探》，《图书馆建设》1987年第S1期。

66. 王昆建：《儿童：特殊的文学接受群体》，《昆明师范高等专科学校学报》2007年第29期。

67. 李艳红、董明钢：《对阅读倾向的社会心理学分析和社会控制》，《现代情报》2004年第7期。

68. 张正：《资讯时代大众阅读心理研究》，《图书馆学理论研究》2009年第13期。

69. 中国新闻出版研究院国民阅读研究与促进中心：《全国小学生阅读状况在线调查》，襄州教育信息网，2011年9月28日。

70. 刘光磊：《受众的嬗变——从网络传播者看受众的角色变化》，《宁波大学学报（人文科学版）》2004年第17期。

71. 彭浪：《大众传媒时代的儿童文学》，《湖南科技学院学报》2007年第7期。

72．邢宇皓、方卫平：《重视新媒介对儿童文学的影响》，《光明日报》2009年4月22日第10版。

73．朱敏：《互联网：文学的麦加——透视文学生产方式的革命》，《互联网周刊》2000年第2期。

74．唐英：《从动物小说的兴起看我国儿童文学的发展》，《西南民族大学学报（人文社科版）》2003年第8期。

75．马力：《大地：儿童与儿童文学栖息的场》，《社会科学辑刊》2011年第4期。

76．王泉根：《谈谈儿童文学的叙事视角》，《语文建设》2010年第5期。

77．李之义：《长袜子皮皮和她的白发母亲》，《中华读书报》2002年第2期。

78．肖绍聪，刘铁芳：《从文学书到图画书：读图时代的教育思考》，《河北师范大学学报（教育科学版）》2005年第3期。

79．方卫平：《细节•巧思•主题及其他——关于原创图画书创作的几点初步思考》，《昆明学院学报》2009年第1期。

80．南妮：《独特的你,世界向你微笑——读秦文君新作<贾梅日记>》，《文汇读书周报》2011年第25期。

81．马力：《感悟儿童文学——中国著名儿童文学作家张之路访谈录》，《辽宁教育学院学报》2002年第1期。

82．谭旭东：《新世纪北京儿童图书出版考察》，《石家庄学院学报》2007年第4期。

83．胡丽娜：《重视儿童文学的媒介因素》，求是理论网，2010年7月19日。

84．王治浩：《多元媒体背景下的当代儿童文学》，《河南社会科学》2005年第5期。

85．张彩秋、董丽娟、张洪菊：《网络环境下中小学生阅读习惯变化的调查》，《春理工大学学报(高教版)》2009年第4期。

86．何军民：《影响的焦虑:大众传媒时代的儿童文学创作和出版》，《出版广角》2010年第2期。

87．谭旭东：《文学童书出版的价值追求》，《中国出版》2007年第6期。

88．陈苗苗：《对少儿图书营销的思考》，《中国出版》2007年第2期。

89．许湘云：《如何对小学生开展儿童文学的课外阅读指导》，《文教资料》2011年第7期。

90．梁俊、刘代友：《当前中小学生儿童文学阅读现状调查分析》，《四川职业技术学院学报》2007年第2期。

91．池文清：《儿童阅读能力培养的模式探究》，《文学教育》2010年第2期。

92．谭旭东：《儿童文学的现实困境与发展对策》，《淮北职业技术学院学报》2007年第4期。

93．赵小东：《传播媒介发展与文学演变的互动与双赢》，《当代文坛》2007年第2期。

94．张翠玉：《儿童文学阅读的宽度、温度和深度》，《七彩语文•教室论坛》2010年第11期。

95．余人：《拓宽儿童文学的传播之路》，中国作家网,2010年1月22日。

96．张嘉骅：《文化研究：切入儿童文学的一种视野》，《中国儿童文学》2003年第1期。

97．胡丽娜：《媒介时代儿童文学研究的突围与拓进——兼谈儿童文学研究的文化转向》，《当代文坛》2008年第2期。

98．胡丽娜：《新媒介时代的儿童文学生产与传播》，《当代文坛》2012年第2期。

99．于莆：《现代传媒冲击下的文学如何可能》，《文艺评论》2004年第5期。

外文资料：

1．Wilbur schramm，Jack Lyle，and Edwin Parker，*Televion in the Lives of Our Children*，Stanford University Press.1961.

2．Sanrock.J.w.，*Adole Scence*(8th edition)，New York:McGraw—Hill Companies，Inc. 2001.

3．Patton.M.Q.，*Qualitative Evaluation and Research Methods*.Newbury Park:Sage.1990.

后 记

选择"儿童文学传播障碍"为研究对象，有两个原因。

一是对于儿童文学的热爱，这种热爱源自童年。孩提时代那些辗转借来或者花五分钱、一角钱在街角书摊上租来的童话或小说点亮了童年寂寞的星空，丰富和慰藉了一颗幼小而多感的心灵。随着岁月的流逝，我对儿童文学的热爱不仅没有因成年而消退，反而在成为教师和母亲后愈发认识到其独特价值，觉得难以割舍。无论是和孩子在窗前、灯下一起享受阅读，还是在中小学教师培训中讲授儿童文学方面的课程，或是作为阅读推广人为更多的孩子讲故事，还是作为研究者为更多的家长开展公益讲座，于我，都是一种幸福。

二是对于儿童文学的困惑，这种困惑来自当下。新世纪的儿童文学，丰富多彩而且新作迭出，出版和销售一路飙升。然而，在繁荣的表象下，却是传播的遇冷。阅读的有效率越来越趋于低水平，反馈的不畅使得传播无法成为良性循环的过程。当下的孩子们，还有几个能兴致勃勃、心无旁骛地潜心于儿童文学阅读呢？以往的孩子缺少丰富的书籍，现在的孩子却缺少阅读的时间和兴趣。他们被繁重的学习任务挤占了课外阅读的时间，也被电子传媒的立体丰富消退了阅读的热情。于是，这种专为儿童创作的文学，仿佛变得与儿童无关。越来越多的孩子把残存的闲暇时间交给电视、电脑和手机，沉浸于声音和图像的感官刺激，成为不折不扣的"屏幕小孩"。当全社会将"不要输在人生起跑线上"这句口号喊得越来越响时，有多少人能意识到，倘若把儿童文学阅读当做童年最重要的功课，将会为一生的写作起草最精彩的开篇。

文学需要读者，读者也需要文学。怎样才能在现代传媒迅猛发展的今天，在影像文化与电子游戏的浸染之下，让越来越多的孩子重新捧起一本书，爱上儿童文学阅读？怎样才能充分发掘儿童文学的潜力并合理利用现代传播平台，实现儿童文学的顺畅传播，让优秀的儿童文学作品走近它的小读者？曾经从事过现当代文学和新闻传播两个不同领域的专业学习并一直在它们的交叉地带做研究的我感到责无旁贷，并对此项研究怀有浓厚的兴趣，希望利用现有条件尽可能广泛地开展调查，用数据和事实说话，在此基础上发现儿童文学传播中存在的问题，并积极探寻解决问题的路径。在我看来，这也是一名社会科学研究者发挥自身优势、服务社会的有效途径。我希望为那些远离文学的人们尤其孩子们做些事，为他们更好地融入文学生活尽一点绵薄之力，在这一过程中，也实现自身的价值。

最初的想法就是如此单纯和自然，真正投入才觉得如同置身一场不见硝烟的持久战。看似简单的调查问卷经过反复修改和试调查，大约一年才定稿，正式调查中得到的七万多个数据仅录入就用了一个月。至于调查过程，说是"带着干粮、顶着太阳"并不夸张。从确定选题到修改完成书稿，整整用了五年的时间。其间，得到过不少支持和鼓励，也不止一次听到怀疑和反对的声音，以及对于用SPSS社会科学软件包这种陌生的研究工具开展文学研究尤其做博士论文是否可行的善意的担忧。

在时而奋勇向前时而迷茫无措的状态中，是老师们为我指明前进的方向。回想1995年读研时，韩之友先生不嫌愚钝，收我为关门弟子，无私教诲，润物无声，至今难忘。2006年又承王万森先生厚爱不弃，肯收为徒，无论治学还是做人，循循善诱，谆谆教导，使忝列门墙的我倍感亲切与信赖。现在想来，二位先生风格颇有相似之处，均望之俨然，即之则温，学术造诣深厚，治学风格严谨。先生春风化雨般的教诲如水滴石穿，使我受益终身；心系华国，衿包方外的高远境界更是我终生学习的榜样。

大恩无以言报。学生唯有默默努力，拿出优秀的成果方能不负先生厚望。

山东师大现当代文学专业的朱德发先生、王景科先生、魏建先生、房福贤先生、李掖平先生、吕周聚先生、吴义勤先生、李宗刚先生也处处言传身教，以身示范，授业解惑。本科时的恩师吕家乡先生虽已退休多年，对我的论文写作和出版仍给予热情支持和无私关怀。课题的研究如同在充满歧路和险嶂的地方寻找通衢，是诸位老师的悉心教导和宝贵意见以及大力扶持，使我得以克服每一个具体环节的困难，一步步构建出论文的雏形。累老师们多时，内心颇感不安。老师们为我榜样，学生当展翅翱翔。

除了感谢诸位老师，我还要感谢山东师范大学文学院的领导、老师们，与你们一起工作的这二十年，是我生命中最瑰丽的珍藏。

还要感谢赵金、孙俊青、宋彦、武黎、许玉庆、王晓文、万杰、陈艳丽、史玉丰等同窗好友，他们的相伴，使我度过了充实快乐的时光。

感谢我的学生，从他们身上我感觉到压力更感觉到动力，他们对我的支持与期待，使我愿意继续在学术的田野上默默耕耘，在三尺讲台上挥洒青春。

感谢对于我的调查和访谈给予大力支持的各位小朋友和他们的家长、老师，没有他们的支持与配合，无法想象这样一项繁杂的研究任务能得以完成。

感谢以自己的研究成果给予我的写作以启发、激发的学界前辈和同仁，对他们的研究成果，我怀着虔诚与感恩的心情学习或运用。尽管多数人未曾谋面，但我仍将他们视作我学术研究中的良师益友，荀子云："以仁心说，以学心听，以公心辩。"在本著即将面世的时刻，我同样怀着虔诚的心情，期待他们的批评指正。

感谢中国社会科学出版社的编辑武云博士、山东教育出版社的周红心编辑、《河北学刊》的王维国老师、《东岳论丛》的曹振华老师、《新闻记者》的刘鹏老师、《青年记者》的荆成老师，是他们给我鼓励与帮助，使我的学术成果得以不断面世。

感谢我的父母和亲人。父母生我养我教我，一路艰辛，而今年近八旬，病体缠绵，虽与我同处一市却不仅不能得到我时常的看望与照料，反而一直牵挂着我的教学与研究，为我忧心。唯一的姐姐身在异国，仍时常询问我的生活与工作。王亮方、王静群诸位远在故乡的堂兄堂姐也关心着我的学业、事业和家庭，令我倍感亲人的温暖。感谢我的爱人和孩子，他们是我最直接的动力与支持的来源。对于我早年的脱产读研和后来的自费读博给家庭带来的压力，爱人毫不犹豫、毫无怨言地承担，那份宽容与豁达、理解与帮助令我深深体味"人生得一知己足矣"的幸福和满足。儿子小小年纪就已懂得分担我的艰辛，无论生活还是学习均能自理，甚至还主动充当我的"科研小助手"，为我解答电脑操作方面的问题，联系小朋友做我的访谈对象。

感谢在百忙之中为我评审学位论文和出席我论文答辩会的各位专家、学者。各位匿名评阅人的充分肯定和答辩会上温儒敏、王保生等诸位老师的支持与厚望，使我坚定了将这项极富挑战性的研究继续做下去的决心。

于忐忑不安中交上这份答卷，却发觉自己已从而立走入不惑。一路行

来，无论对于工作、学习还是家庭，虽竭尽所能，辛苦奔波，但迄今也只是
一个不够出色的研究者，一个没有尽到孝心的女儿，一个不够体贴的妻子和
一个不太合格的母亲。

　　念及此，虽不至泪涕满面，仍令人百感交集。笔停此处，心戚戚焉。

                                                                    王　倩
                                                              2012年10月24日